erin

Anne Bax

Herbstläuferin

Eine Liebesgeschichte

Konkursbuch
Verlag Claudia Gehrke

Für Birgit und die letzten 30 Jahre

Eins

Una wischte die Staubschicht vom matten Bildschirm, tippte hastig die Zahlenkombination in das alte Keypad und wartete ungeduldig. Wenn sie sich umdrehte, konnte sie im fahlen Licht der Notfallbeleuchtung ihre Schritte, die einsam über den staubbedeckten Boden der leeren Kuppel führten, gut erkennen. Sie schaute vom Boden hinauf zur gewölbten Decke. Der dunkle, hohe Raum hatte etwas Erhebendes, das den aktiven Lagerkuppeln fehlte. Früher hatten hier sicher auch in großen Regalen und Containern dicht an dicht Nahrungsmittel oder Stoffe und Holz gelagert, was genau, wusste Una nicht, denn diese Zeiten waren lange vorbei. Die Container und Regale waren vor Jahrzehnten recycelt worden oder sie beherbergten jetzt Güter in einer anderen Kuppel. Sie nicht zu nutzen war in Firmament undenkbar, dafür waren ihre Ressourcen viel zu knapp. Die Kuppel selber aber wurde ignoriert.

Sie war da und gleichzeitig nicht da.

Die Filter arbeiten nicht mehr gut genug, dachte Una. Auf der einen Seite war das beruhigend, weil die unberührte Staubschicht zeigte, dass niemand die stillgelegte Kuppel betreten hatte, auf der anderen Seite war es gefährlich, denn wenn es jemand tat, war die alte Schleuse, die versteckt hinter einem abgeteilten Betriebsraum lag, durch ihre Spuren im Staub leicht zu finden.

Wer sollte in eine stillgelegte Kuppel kommen? Una schüttelte, ohne es zu bemerken, den Kopf. Die Leere und die Weite zu fürchten war ihnen allen in die Wiege gelegt oder, wie Una es zunehmend empfand, geschrien worden.

Draußen war der Tod. Draußen war der Tod. Draußen war der Tod.

Darüber wurde gesprochen, geflüstert, gesungen und gedichtet. Nicht in anrührende Reime gefasst wurde die Tatsache, dass sie langsam, aber sicher immer weniger Platz brauchten, weil die Zahl der Bewohner stetig sank. Seit ungezählten Jahren hatte kein Paar mehr als ein Kind bekommen, Kansa wurden missgebildet geboren oder starben im Kindesalter. Wann das angefangen hatte, wusste keiner, denn natürlich wurde auch hierüber nie gesprochen.

Das Schwinden war da und es war nicht da.

Diese hier, eine reine Vorratskuppel, war eine der ersten stillgelegten gewesen, und hatte lange vor Unas Geburt ihren Sinn verloren. Wie bei den beiden anderen überflüssigen Kuppeln taten alle so, als ob sie nicht mehr existierte. Kinder, die übermütig durch die Gänge streiften, ignorierten die großen leeren Räume und betraten sie nie, obwohl Una für sich beschlossen hatte, dass sie großartige Spielplätze abgaben. Sie wusste aber, dass niemand in Firmament ihre Meinung teilte und behielt sie für sich.

Es ist wichtiger, worüber wir schweigen.

Ich muss trotzdem die Sauger laufen lassen und die Filter austauschen, damit ich in Ruhe hier sein kann, dachte Una und fühlte, wie die Unruhe in ihr sofort stärker wurde.

Ob ich nach der nächsten Sturmzeit noch irgendwo in Ruhe hingehen kann?

Auch wenn sie sich gerade erst bestätigt hatte, dass hier niemand unterwegs war, wartete sie ungeduldig auf das leise Zischen, mit dem sich die Tür in den Schleusenraum öffnen würde, und sah sich nervös um. Es wäre Hagen zuzutrauen, dass er ihr auch mitten in der Nacht hinterherschlich. Hagen. Die Wut darüber, wie sehr er sie zunehmend als seinen Besitz betrachtete und behandelte, hatte sie heute Nacht nach langer Zeit wieder auf diese Idee gebracht.

Ich muss raus!

Das kleine Licht über den kaum noch lesbaren Zahlen leuchtete endlich auf und blinkte einen langen

Augenblick rot, bevor es grün wurde und die Tür den Blick in den unbeleuchteten winzigen Raum dahinter freigab. Una huschte hinein und sah zu, wie die Tür sich hinter ihr verschloss. Der feine goldene Strich, der sorgfältig von ihrer Nase quer über ihre Wange zu ihrem Ohr tätowiert war, prickelte leicht, während er mit dem elektronischen Schutzschild um die Kuppeln kommunizierte. Bei ihrem ersten Besuch hier hatte sie diese Empfindung erschreckt, denn auch wenn der Strich dafür gedacht war, wurde er schon ewig von niemandem mehr dafür benutzt. Er war ein Relikt aus einer anderen Zeit, eine sichtbare Ermahnung und eingestochene Versicherung.

Wer immer die alte Schleuse modifiziert hatte, hatte dafür gesorgt, dass diese Kommunikation ihr zwar den Durchgang erlaubte, aber weder die Zentrale erreichte, noch registriert wurde. Das Prickeln ihrer goldenen Zeichnung ließ nach und vor ihr öffnete sich die Luke. Sie bückte sich, kroch hindurch und die Öffnung schloss sich sofort hinter ihr. Einen Moment blieb sie in der Hocke und legte die Hand auf das abgedeckte Keypad neben dem kleinen Eingang. Bei ihren ersten Solo-Ausflügen hatte sie mit Herzrasen hier vor der Schleuse gehockt und sich nicht weiter hinausgetraut, aus Angst, die Luke würde sich nicht mehr öffnen oder sie würde den Weg zurück nicht mehr finden. Es war wie ein schrecklicher Rausch gewesen, den Wind zu spüren, den weiten Himmel und den glitzernden Sternenteppich über sich zu sehen und zu wissen, dass man die einzige Kansa außerhalb der Kuppeln war. Die Dunkelheit war in mondlosen Nächten wie ein eigener flüssiger Raum gewesen, der sie mit seiner endlosen Schwärze umhüllt hatte.

Mit den Jahren war sie mutiger geworden. Mut. Sie musste über sich selber lächeln.

Wenn ich mutig wäre, würde ich mich Hagen entgegenstellen.

Sie richtete sich auf und der Wind fuhr ihr sofort durch die langen, hellen Haare und verwirbelte sie vor ihrem Gesicht. Sie zwängte die wehenden Strähnen unter ihre dunkle Kapuze und kramte in der Tasche ihres Overalls nach dem Stab. Erst hier draußen hatte sie begriffen, wie gut eine Kapuze die Ohren vor dem Wind schützte. In den Kuppeln dienten sie nur dazu, den Getreidestaub beim Ernten aus den Haaren fernzuhalten.

Von hier draußen war der Eingang zur alten Schleuse schlecht zu sehen und Una legte einen kleinen Leuchtstab neben die Öffnung, um sicher zu sein, die Schleuse im Ernstfall schnell zu finden. Die Sonne würde noch lange nicht aufgehen und wenn, dann würde sie am frühen Morgen an einem trüben Himmel wenig Helligkeit spenden. Oder vielleicht würde es sofort strahlend hell sein, Una hatte noch nie einen Sonnenaufgang gesehen, sie hatte noch nie gewagt, über Tag hinauszuschleichen, und ihre Vorstellung davon, wie das Veld im Sonnenlicht aussehen würde, wechselte.

Sechs Stunden würde der Stab grünlich leuchten. Sie aktivierte einen Countdown auf ihrer Uhr, bevor sie den Mundschutz hochzog, den Sitz der Wasserflasche und der Pistole in ihren Halftern überprüfte und sich auf den Weg machte.

Freiheit.

Im Licht des vollen Mondes hatte sie nach nicht einmal zwanzig Minuten den Rand der Ebene erreicht und fand den kleinen natürlichen Pfad zwischen den dichten Büschen. Die Hügelkette am Rand war steiler, als sie sie aus der letzten sturmfreien Zeit vor sechs Monaten in Erinnerung hatte. Auf der Spitze angekommen, zog sie den Mundschutz herab, keuchte laut und blickte zurück. Ganz in der Ferne loderte einsam die winzige Flamme, die das träge nachströmende Grubengas der stillgelegten Mine abfackelte.

Eine kleine, vergessene Kerze in einer großen Dunkelheit.

Ihr Herz schlug schnell unter dem alten dunkelgrauen Overall, der sie zu einem Teil der Nacht machte. Ich bin zu alt für diese Abenteuer, dachte sie und musste über sich selber schmunzeln.

»Das ist etwas für junge Kansa, die erst 19 Sturmzeiten erlebt haben«, sagte sie laut in die Nacht hinaus und der Wind zerstreute ihren Satz zwischen den Sträuchern und den Steinen. Die letzte Sturmzeit war ihre Zwanzigste gewesen. Wenn in wenigen Wochen die nächste Sturmzeit anbrach, würde sie sich entscheiden müssen.

Als ob ich eine Wahl hätte.

Una schüttelte den unangenehmen Gedanken ab und atmete tief ein. Sie liebte es, sich außerhalb der Kuppeln zu bewegen. Sie liebte den Blick auf die Welt, die niemand außer ihr sehen konnte. Bei ihren ersten Ausflügen hatte sie jede neue Empfindung verwirrt und manchmal erschüttert. Es gab so viel, mit dem sie nicht gerechnet hatte, so viel, über das sie nichts wusste. Die Weite, die kein Ende nahm, der Wind, der fühlbar über ihre Haut fuhr, ihre Haare verwirbelte und laut rauschend durch die Bäume und Sträucher fuhr. Die Nachtluft, die mal feucht und kühl und mal sanft und warm war. Als es bei einem Ausflug geregnet hatte und dicke Wassertropfen auf sie herab prasselten, war sie vor Schreck zurück in die Schleuse gerannt. Sie hatte schnell gelernt, die Regenschauer zu lieben und die seltenen Nächte, in denen sie im Regen draußen sein konnte, waren ihr kostbar geworden. Ein einziges Mal hatte sie ein Gewitter in der Ferne gesehen und der ganze Himmel hatte für eine Sekunde einen blendend hellen Riss bekommen, der sich aus den Wolken bis zum Boden erstreckt hatte. Ein plötzliches Geflecht aus Licht hatte die Dunkelheit durchbrochen, als enthülle die Nacht leuchtende Adern und kleinere Gefäße, die von ihnen ausgingen. Sie hatte sich eng an einen Baum gepresst und dann hatte es einen anderen Riss, an einer anderen Stelle, gegeben, und das Grollen des Donners war drohend und überirdisch durchs Veld gerollt.

Es war ihr nicht gelungen, das ein zweites Mal zu erleben, denn ihre Ausflüge waren selten und sie hatte von innen keine Möglichkeit vorherzusehen, wie es draußen sein würde. Nur der Anfang und das Ende jeder neuen Sturmzeit wurde in den Kuppeln verkündet, weil sie das Jahr einteilte und ihre tobenden Winde, heftigen Gewitter, prasselnden Hagelschauer und Regenfluten eine Gefahr für die Turbinen, die Sonnenkollektoren und die Kanalisation darstellten. Die Sturmzeit war der spürbare Beweis für die tödliche Bedrohung außerhalb der Kuppeln. Ansonsten wussten sie alle nichts über das Veld.

Natürlich nicht. Es gab kein Draußen, nicht für sie und die anderen Kansa in Firmament.

Die Oberfläche ihrer Kuppeln waren komplett mit Sonnenkollektoren beschichtet und ihre mit wechselnden Bildern bespielten Innenflächen gaben keine Auskunft darüber, ob es draußen Tag oder Nacht war. In Firmament kam das Sonnenlicht aus Röhren und die Luft und das Wasser aus Filtersystemen, deren Wirkung auf die Kansa wie alles in den Kuppeln perfekt dosiert war.

So wie es eben sein musste, wenn Kansa überleben wollten.

Für Una roch die Luft hier draußen, außerhalb, frischer, obwohl sie nie staubfrei, nicht sorgfältig gereinigt und nicht künstlich mit Sauerstoff angereichert war.

»Das redest du dir ein, Una. Hier draußen ist nichts frisch. Hier ist der Tod. Alles, was du hier findest, sind die Geister einer Welt, die es nicht besser wusste«, hatte ihre Mutter ihr mürrisch erklärt, als sie sie am achten Jahrestag des Unfalls ihres Vaters zum ersten Mal in der Dunkelheit mit durch die alte Schleuse genommen hatte.

Als ob sie das mit ihren zehn Sturmzeiten nicht gewusst hatte. Jedes Kind wuchs mit der Geschichte der Apokalypse und der letzten Kansa auf. »Wir sind die letzten Kansa. Wir sind die Hüter der Wahrheit.« Una flüsterte unwillkürlich die ersten Sätze des Schwurs, den sie alle zu Beginn jeder neuen Sturmzeit aufsagten.

Warum Elsen, ihre Mutter, ihr den undenkbaren Weg ins Veld damals gezeigt hatte, blieb bis heute ihr Geheimnis, und Una hatte schwören müssen, es um jeden Preis zu bewahren und nur an ihre Tochter weiterzugeben.

Von der es nicht sicher war, ob es sie einmal geben würde.

»Wir werden diese Probleme nicht haben«, hatte Hagen ihr zugeflüstert, als vor einem Monat die erwünschten Verbindungen der nächsten Sturmzeit verkündet wurden und ihre beiden Namen nebeneinander auf den großen Bildschirmen erschienen. Sein selbstbewusstes Grinsen hatte sie abgestoßen, aber er hatte ihre Ablehnung wohl für Schüchternheit gehalten und ihr so demonstrativ zugezwinkert, dass sich eine Gesichtshälfte verzogen hatte und es für einen Moment so ausgesehen hatte, als ob sein Gesicht aus zwei verfeindeten Hälften zusammengezwungen worden war, die jetzt um die Herrschaft kämpften. Widerlich! Sie hatte das Zwinkern zu Hause für ihre Mutter dramatisch dargestellt und sich darüber gefreut, dass Elsen darüber kurz gelächelt hatte. Das tat sie selten.

Einmal nur, als ihre Mutter sie vor Jahren bei den Vorbereitungen zu einem ihrer nächtlichen Soloausflüge ertappt hatte und daraufhin tagelang schweigend mit ihr die Wohnung teilte, hatte Una sie wütend gefragt, warum sie ihr den streng verbotenen Weg nach draußen denn überhaupt gezeigt hatte.

»Das war ein Fehler! Eine Dummheit! Ein tragischer Hang zur Nostalgie! Ich hätte das nicht tun sollen … er hätte das gewollt … er wollte so viel … ich …«, hatte Elsen aus zusammengepressten Lippen hervorgestoßen, sich dann selber unterbrochen und müde und alt ausgesehen. Das war alles, was sie über das Thema sagen wollte, in den ganzen zehn Sturmzeiten, die Una jetzt von der Schleuse wusste. Keine Erklärungen, woher sie den Weg kannte, keine Geschichten darüber, warum sie selber einst hinausgegangen war. Nichts. Nur dieses unglückliche Schweigen, wenn sie das Thema ansprach, und der Satz:

»Wenn du schon rausgehst, dann ausschließlich in der Nacht und nie weiter als bis zur Bank!«

Da jetzt keine Sturmzeit war, trieb der Wind nur wenig Staub durch das dornige Gestrüpp, das ihr auch hier oben bis zu den Knien reichte. Über den mächtigen, matt glänzenden Kuppeln von Firmament, die sich kilometerweit über die ganze Ebene erstreckten, hing der volle Mond wie eine vor langer Zeit angebrachte und vergessene Dekoration zwischen der Nacht und den Sternen. Der helle Trabant, das matte Leuchten der Kuppeln und die winzige, bläuliche Flamme ließen die Dunkelheit um sie herum noch bedrohlicher und endloser erscheinen.

Firmament, das einzige, künstliche Gebilde, so weit ihre Augen reichten.

Firmament, ihr Zuhause, ihr Schutz vor der vor langer Zeit aus den Fugen geratenen Welt. Firmament, die letzte Zuflucht der Menschheit.

Firmament, ihr Gefängnis.

Sie schaute auf ihre Uhr und stellte fest, dass sie noch genug Zeit hatte, also wandte sie sich ab. Die Hügelkette war auf der anderen Seite steiler und felsiger und sie setzte ihre Füße im Licht ihrer Taschenlampe sorgfältig zwischen die Steine. Die Kuppeln verschwanden hinter ihr und es gab jetzt nur noch sie und den Mond und das kleine Licht, das um ihre Schuhe tanzte. Una liebte das. Es war der einzige Ort auf der ganzen Welt, an dem sie sich nicht beobachtet und gedrängt fühlte. An einem kleinen Vorsprung, der wie eine natürliche Bank aus einem Felsen ragte, hielt sie inne, setzte sich, zog den Mundschutz hinab und trank einen großen Schluck Wasser aus ihrer Flasche. Die Wut, die sie an die alte Schleuse und hier hinaus in die ungeschützte Wildnis außerhalb der Kuppeln getrieben hatte, war längst verflogen, wie sie das immer getan hatte, wenn ihre Pflichten es zuließen, dass sie hinausschlich. Sie schaute hinab in die endlose, mondbeschienene Weite des Velds und ließ es zu, dass die Furcht vor dieser toten Welt und der Stolz darauf, die Einzige zu sein, die sich außerhalb der Kuppeln bewegte, um die Vorherrschaft kämpften. Ein Kampf, den der Stolz ohne große Mühe gewann. Sie zog ihre Kapuze nach hinten, ließ den Wind mit ihren Haaren spielen und prostete in Richtung der Sterne. Auch das Wasser schmeckte hier draußen besser. Sie nahm einen tiefen Schluck und wischte sich den Mund ab, damit der Staub nicht an ihren Lippen kleben blieb. Es war wunderbar hier draußen. Wunderbar und furchterregend zugleich.

Es war frei.

»Dann geh ich raus ins Veld!«, hatte sie als Sechsjährige wutentbrannt in der Schule geschrien, als man ihr etwas, das die Jungen durften, verweigern wollte. Oder vielleicht auch nur aus Langweile, sie erinnerte sich nicht mehr an den Grund, aber sie war sich sicher, nicht einmal genau gewusst zu haben, was das Veld überhaupt war. Für die Reaktion der Gemeinschaft hatte das keine Rolle gespielt. Die Erziehungsdienerin hatte sie strampelnd und schreiend aus dem Schulraum getragen, die anderen Kinder hatten laut geweint, daran erinnerte sie sich deutlich. Und an Elsen, ihre Mutter, die, dicht neben ihr, still den Worten des obersten Verwalters gelauscht hatte. Dass sie eine tragische Ähnlichkeit mit Aventh, ihrem Vater, aufweise und dass man das besser jetzt in den Griff bekommen solle. Und dann hatte man Elsen einen Verweis erteilt und sie selber für sechs Monate in der Gemeinschaftserziehung untergebracht. Una musste eingesperrt auswendig lernen, wie die Kansa in den Jahrhunderten vor ihr die Kuppeln unter großen Opfern erbaut und verteidigt hatten, wie sie alle Bequemlichkeiten der alten Welt losließen, die die Kuppeln nicht ermöglichten, und wie sie neu erfanden und verbesserten, was sie besaßen. Und täglich musste sie wiederholen, dass jeder Versuch, die Kuppeln zu verlassen, den Tod bedeuten würde. So, wie die Menschen auf der Erde vom luftleeren und tödlichen Weltraum umgeben waren, so war Firmament umgeben vom tödlichen Veld. Das war es, was sie und alle anderen in der Gemeinschaftserziehung auswendig aufsagen mussten. Wie der mühselige Weg in den Weltraum zur Todesfalle geworden war, wie die Technikfeinde die verhassten Technologien zur Waffe gemacht hatten. Wie direkt zu Beginn der Kriege die Raumstationen und Satelliten, die die Menschen verbunden hatten, hinabgestürzt waren und Tausende getötet hatten.

Draußen wartete nichts als der Tod.

Die goldene Tätowierung, die verhinderte, dass irgendwas oder irgendwer, der sie nicht besaß, ins Innere der Kuppeln gelangen konnte, verhinderte auch, dass irgendjemand sie verließ. Wer darüber sprach, stellte alles, woran die Kansa glaubten, in Frage. Als sie endlich zurück bei ihrer Mutter war und am normalen Schulungsprogramm teilnehmen durfte, hatte sie gelernt, dass es leichter war, ihre Gedanken für sich zu behalten. Die restlichen Schuljahre waren ohne sichtbare Zwischenfälle vergangen.

Aber Elsen schien zu wissen, wie es in ihrer Tochter aussah, sie hatte sie heimlich in vielen vernachlässigten Fächern unterrichtet und als Una alt genug war, um in vollem Umfang zu begreifen, was ein Verrat der Schleuse bedeuten würde, hatte sie sie mitgenommen.

Es war wie ein geheimes Ritual gewesen, das sie mit zehn Sturmzeiten vom Kind zur Erwachsenen gemacht hatte. Sie hatten sich in kleinen, eiligen Schritten immer weiter von den Kuppeln entfernt und den Hügel im Laufschritt erklommen. Und dann hatten sie wort- und atemlos auf dem kleinen Vorsprung gesessen und in die Dunkelheit geschaut. Auf den Mond, der in dieser Nacht eine leuchtende Sichel gewesen war, die sich nie sichtbar bewegt und doch die Position gewechselt hatte. Auf die Sterne, von denen im Wechselspiel der Wolken mal wenige und mal unzählige den Nachthimmel bedeckt hatten. Auf die einsame Flamme, deren Licht von niemandem gesehen wurde. Unas Welt hatte vom Anblick der Weite einen Sprung bekommen, der nie mehr zusammengewachsen war und über den sie mit niemandem hatte reden können.

Der Wind wurde stärker und die knorrigen, dicht belaubten Büsche am Rande des Hügels unter ihr raschelten, als ob sie sich Geheimnisse zuflüsterten. Vielleicht waren es auch die kleinen Lebewesen, die sie manchmal gehört, aber selten gesehen hatte. Einmal hatte einer von ihnen wenige Meter von ihr entfernt einen Stein erklommen und mit der kleinen, spitzen Schnauze in die Nacht geschnuppert, ohne sie zu bemerken. Una hatte ihn fasziniert beobachtet, bis er plötzlich, von einer für sie unsichtbaren Gefahr aufgeschreckt, mit einem Satz in der Dunkelheit verschwunden war. Sie hatte sie die Huscher getauft und warum sie hier draußen überleben konnten, war ein weiteres Rätsel, das sie nicht zu lösen vermochte. Ohne viel darüber nachzudenken hatte sie sie zu den Dingen sortiert, die es in Firmament nicht geben durfte und die es hier draußen trotzdem gab.

Sie schob die Haare zurück unter die Kapuze. Lange kann ich nicht mehr bleiben, dachte sie und hob die Taschenlampe an, um sich zu erheben. Der aufflammende Lichtstrahl erfasste kurz etwas Großes, Huschendes, das sich nicht synchron zu den Büschen im Tal bewegte und schnell wieder aus dem Lichtstrahl verschwand. Sie ging reflexartig vor dem Felsvorsprung in die Hocke, ließ die Taschenlampe erlöschen und griff nach ihrer Waffe. Nichts hier draußen, außer ihr, war so groß. Es gab laut der Erziehungsdiener Tiere auf der Welt, grässlich verformte Bestien und monströse Raubtiere, die ihnen folgten. Oder es hatte sie gegeben, niemand wusste, wie alt die Berichte waren. Niemand wollte wissen, was die Radioaktivität in den letzten Jahrhunderten angerichtet hatte. Hier draußen gab es für kein großes Lebewesen mehr genug Nahrung, um länger an einem Ort zu bleiben, und die verheerenden Sturmzeiten taten ihr Übriges. Una wusste zwar nach all ihren Besuchen, dass die Radioaktivität in der Gegend der Kuppeln keine große Rolle mehr spielen konnte, aber sie hatte in den vergangenen zehn Jahren noch nie etwas gesehen, das annähernd so groß wie sie gewesen war.

Es gab allerdings eine Gefahr, die jeder Kansa von Kindesbeinen an kannte, obwohl sich niemand daran erinnern konnte, wann jemand zum letzten Mal einen lebendigen Drachen gesehen hatte.

Sie waren da, weit draußen in der unbekannten Öde des Velds, das war sicher, und eine Begegnung mit ihnen war ohne jede Ausnahme tödlich. Die Drachen, mutierte Nachfahren der Irrsinnigen, die die Welt erst in die Katastrophe getrieben und dann alles zerstört hatten, was sich ihnen, ihrem Glauben und ihrem Hass auf jede Form von Technik nicht unterwerfen wollte. In allen Geschichten, die sie gehörte hatte, waren die Drachen der Inbegriff des Chaos. Menschenfeindliche Ungeheuer, die Wasser vergifteten und Sonne und Mond zu verschlingen drohten. Sie waren von mutigen Kansa im Kampf überwunden und getötet worden, damit die neue Welt entstehen und die Menschheit weiterbestehen konnten.

Als die Kansa es endlich unter großen Opfern geschafft hatten, die Oberhand zu gewinnen, war es für den größeren Teil der Menschheit zu spät gewesen. In wenigen Jahren waren aus sieben Milliarden ein paar Hunderttausend geworden. In den Jahrhunderten, die seitdem vergangen waren, hatten die Kansa sich auf dem von Klimakatastrophe und Nuklearkrieg zerstörten Planeten auf den Erhalt der Dinge konzentriert, die Menschen zu Menschen machten, hatten die Erinnerung und kleine Teile der Natur bewahrt und die Technologie weiterentwickelt. Hier in Firmament und in weit entfernten Kuppeln auf anderen Kontinenten. Der Kontakt der wenigen weit verstreuten Kansagruppen zueinander war irgendwann im letzten Jahrhundert abgerissen und niemand wusste genau, warum. Radioaktivität war mit den Stürmen in wechselnden Mustern über die Welt gefegt und hatte Tod und Krankheit mit sich gebracht. Die Funkgeräte waren still geworden und man hatte sie abgeschaltet. Vielleicht hatten die Drachen die anderen überfallen und ausgelöscht, vielleicht waren die letzten Menschen verhungert oder verdurstet. Niemand wagte sich hinaus, um das herauszufinden. Wie auch? Die Welt war eine öde, feindliche Wüste mit wenig Wasser und Nahrung. Die alten Transportmittel und Wege waren zerstört, genau wie die Technologien, die sie ermöglicht hatten. Monate andauernde, möglicherweise radioaktive Stürme machten Reisen über größere Distanzen unmöglich. Die kleinen Elektrofahrzeuge, die sie innerhalb der Kuppeln verwendeten, waren die einzigen Transportmittel, die sie besaßen, und sie wären ohne Schutzanzüge und Strom draußen im Veld nutzlos gewesen. Nicht, dass es jemand versucht hätte oder darüber gesprochen wurde, es zu versuchen.

»Es ist wichtig, worüber wir reden, es ist wichtiger, worüber wir schweigen« stand in großen Buchstaben über dem Eingang der großen Zentralkuppel, in der sie sich an Festtagen versammelten, und Una verbeugte sie sich wie alle anderen Kansa, wenn sie am Leitsatz der Gemeinschaft vorbeiging.

Die Drachen waren über die Welt verstreut worden und hatten jede Menschlichkeit verloren. Sie hatten keine Siedlungen gebildet, hatten ihre Sprache vergessen und sie kannten keine Gnade. Firmament war zu groß und zu gut gesichert, aber Una kannte die alten Geschichten von kleineren Ansiedlungen, die in den vergangenen Jahrhunderten von gnadenlosen Drachen angegriffen und zerstört worden waren. Sie kannte die alten Bilder der ermordeten und gefolterten Kansa, die sie als Zeichen zurückgelassen hatten. Auf einem alten Film, von dem die Erziehungsdienerin nicht sagen konnte, wann er aufgenommen worden war, warf sich ein gefangener Drache laut brüllend gegen die Gitter seines Käfigs. Er war riesig, dicht behaart und kauerte, wenn er nicht tobte, auf allen Vieren in der Ecke des Käfigs. Eine monströse Karikatur des Menschen, der er einmal gewesen war. Viele der kleineren Kinder hatten in ihrer Klasse vor Angst geweint und Una war froh gewesen, als sie alt genug war, um den Film nicht mehr sehen zu müssen.

Sie lauschte angestrengt in die Dunkelheit hinein und saß vollkommen still. Das unruhige Rascheln der Büsche machte es unmöglich zu hören, ob sich etwas außer Blättern und Ästen in ihnen bewegte. Der Mond gab silbriges Licht, aber viel zu wenig, um Details zu erkennen. Sie versuchte, mit ihren Augen die Dunkelheit zu durchdringen, denn sie wollte sich nicht durch das Licht der Taschenlampe verraten.

Das habe ich sicher schon.

Sie sah sich arglos im Licht der Taschenlampe den

Pfad zur Bank hinabsteigen, gut sichtbar für alles, was sich in der Ebene verbarg.

Ich war sorglos.

Der Gedanke durchfuhr sie mit kalter Gewissheit und sie fühlte ihr Herz laut und schnell schlagen. Ihr war übel und die Knie schmerzten von der engen Hocke, in die sie ihren Körper gezwungen hatte. Das Tal unter ihr war ruhig und dunkel, nichts außer den unterschiedlich dichten und hohen Pflanzen, die sich leicht im Wind bewegten. Ich habe mich bestimmt geirrt, dachte Una und streckte ein Bein vorsichtig nach vorne, ohne die Augen von der Dunkelheit zu nehmen. Da unten ist nichts. Und überhaupt, wenn ich schnell aufspringe und loslaufe, bin ich in zehn Minuten oben auf dem Hügel, und auf der anderen Seite geht es bergab noch schneller. Ich kenne den Pfad doch gut genug. Heute ist die Tatsache, dass ich größer und sportlicher bin als die meisten Kansa-Frauen, vielleicht endlich mal kein Nachteil. Du weißt doch gar nicht, wie schnell Drachen sind, meldete sich ein Gedanke aus dem Teil ihres Gehirns, der vollständig mit der Angst beschäftigt war. Ich weiß auch nicht, ob das da unten wirklich ein Drache ist, rief sie sich selber zur Ordnung und versuchte das Zittern, das sich langsam von den verkrampften Beinen in ihrem Körper ausbreitete, zu unterdrücken. Das kann alles sein und nichts.

Was das auch ist, ich muss jetzt handeln! Sie entsicherte die Pistole, sammelte sich, befahl sich innerlich ruhig zu werden und dann, nach einem kurzen Countdown, loszusprinten.

Drei …

Zwei …

Sie sah die Bewegung nur noch aus dem Augenwinkel, weil sie sich in der Hocke in Richtung Firmament gedreht hatte, und dieses Mal gab es keinen Zweifel. Aus den knorrigen Büschen unten am Hügel erhob sich eine unförmige, aber menschenähnliche Gestalt und richtete sich mit weit ausgestreckten Gliedmaßen zu bedrohlicher Größe auf. Una schoss, ohne das geplant zu haben, sprang auf und hetzte den Hügel hinauf, als der Wind ihr einen einzelnen Laut zutrug. Ihre Beine hämmerten auf die Spitze der Anhöhe zu und rutschten und stolperten auf der anderen Seite hinab. Sie riss sich ihren Anzug im Fallen an Steinen und Dornen auf und fühlte, wie ihr das Blut an den Waden hinunterlief. Weiter, dachte sie, weiter. Als sie in der Ebene ankam, kämpfte sich ihr Atem im Rhythmus ihrer Schritte mit lauten schmerzhaften Stößen in die Stille der Nacht hinaus.

Ihre rechte Hand hatte die Pistole auf dem ganzen Weg so fest umklammert, dass es ihr schwerfiel, den Code einzutippen, als sie endlich an der Schleuse ankam. Sie hockte sich erschöpft hin, griff nach dem kleinen Leuchtstab und fühlte glücklich das Surren ihrer Tätowierung auf der Haut, als das Tor sich öffnete und sie nach vorne in den kleinen Durchgang fiel. Die Schleuse schloss sich hinter ihr und sie blieb weinend und blutend auf dem staubigen Boden des winzigen Raumes liegen, während vor ihr die Tür in die Kuppel zur Seite glitt.

Zwei

»Hilfe!«

Una erwachte von dem fernen, verzweifelten Schrei und fuhr alarmiert hoch. Es war dunkel. Natürlich, hier draußen im Veld gab es kein Licht. Wo war der Schrei hergekommen? Sie sprang auf. Aus den Büschen im Tal? Sie tastete in die Dunkelheit, ihr Mund war trocken und ihr ganzer Körper schmerzte. Ich muss helfen, dachte sie und sah sich mit wildem Blick um. Ein helles Licht flammte auf und sie schloss mit einem Stöhnlaut die geblendeten Augen.

»Una? Kind?«

Was machte ihre Mutter im Veld? Hatte sie um Hilfe gerufen? Una zwang die Augen auseinander und sah, jetzt erst ganz erwacht, dass Elsen in ihrem Raum vor ihrem blutverschmierten und schmutzigen Bett stand und sie fassungslos anstarrte.

»Una, was ist passiert?«

Elsen half ihr, sich hinzulegen und strich vorsichtig über die vielen blutigen Schrammen, die ihre Beine und Arme bedeckten.

»Du warst gestern Nacht draußen? Bist du so durch die Kuppeln gelaufen? Hat dich jemand gesehen?«

In Elsens Gesicht waren die unterschiedlichsten Sorgen hinter den Fragen deutlich zu sehen. Der dunkle Staub, der Unas Bettwäsche und ihre Wunden bedeckte, sprach für sich. Sie hatte draußen ihr Leben riskiert und hier drinnen ihr beider Leben gefährdet. Sie sah Elsen an. Es war sehr wichtig, dass sie jetzt ruhig wirkte, das wusste sie.

»Ich war draußen, ja. Und ich bin auf dem Rückweg gefallen. Ich habe einen Stein übersehen und bin fast den ganzen Hügel hinuntergekullert. Aber außer meinem Stolz hat nichts wirklich Schaden genommen. Vaters alter Anzug vielleicht noch. Und die Bettwäsche, wenn ich es jetzt so genau betrachte.«

Sie versuchte ein Grinsen, während ihre Gedanken innerlich taumelten und sich schwer sortieren ließen.

»Und nein, mich hat natürlich niemand gesehen.«

Elsen sah sie prüfend und besorgt zugleich an.

»Bist du dir ganz sicher?«

Una nickte mit dem Kopf und hielt Elsens Blick stand, bis diese wieder auf ihre Wunden schaute.

»Gut! Wir müssen das auswaschen, deine Wunden müssen gereinigt werden und den Anzug müssen wir kompostieren. Du bist doch in diesem Monat bei der Wartung der Windturbinen in der Südkuppel, oder? Da hast du gestern Abend spät noch eine Anzeige kontrolliert und bist gestürzt. Diese alten Treppen stehen schon ewig auf der Reparaturliste.«

Sie lächelte resigniert.

»Wie eigentlich alles in Firmament auf irgendeiner Reparaturliste steht. Und es ist ja auch nicht das erste Mal, dass du irgendwo herunterfällst.«

Una musste selbst in diesem seltsamen Augenblick

darüber schmunzeln, wie praktisch Elsen veranlagt war. Und sie war froh, dass sie keine weiteren Fragen stellte. Sehr froh! Genau in diesem Moment nahm Elsen ihre Hand und sah ihr ungewöhnlich tief in die Augen.

»Du lebst, du bist hier und niemand weiß von deinen Ausflügen, das ist das Einzige, was zählt! Lass uns großzügig mit der Wasserration sein und dir ein kleines Bad einlassen.«

Una erwiderte den festen Druck der Hand, versuchte aber, dem intensiven Blick zu entkommen. Sie folgte Elsen in den kleinen, kargen Waschraum und sah, wie sich auf ihrer Rationsuhr die Zahlen drehten, während sich der Boden der kleinen Zinkwanne mit warmem Wasser füllte. Auch wenn Firmament eine Quelle hatte und Regenwasser sammelte, sauberes Wasser war kostbar und das hier war ein echter Luxus, für den sie sehr dankbar war. Viel mehr als ein paar Zentimeter über dem Boden stand das warme Wasser noch nicht, als Una sich vorsichtig hineinsetzte und ihre langen Beine ausstreckte, so gut das ging. Ihre Wunden brannten, vor allem an den Knien waren die Abschürfungen tief, aber ihre Muskeln signalisierten, dass ihnen die Wärme guttat. Sie tupfte sich den Dreck und den Staub aus der abgeschürften Haut und lächelte Elsen an, die ihr einen neuen Waschlappen reichte. Was würde es helfen, wenn sie Elsen von ihrer Begegnung im Veld erzählen würde? Gar nichts! Im schlimmsten Fall würde Elsen ihr verbieten, jemals wieder nach draußen zu gehen. Oder sie würde die Verwaltung alarmieren und den Weg nach draußen damit unwiderruflich verschließen.

Und ihr Leben riskieren, weil sie den Weg kannte? Unsinn!

Elsen hatte das Geheimnis der Schleuse über Jahrzehnte bewahrt, sie würde es nicht für einen einzigen Vorfall preisgeben. Wollte sie nach der gestrigen Nacht denn noch nach draußen? Und hatte sie überhaupt eine Begegnung gehabt? Mit was? Mit wem? Alles, was sie gesehen hatte, war ein Schatten im Unterholz gewesen und sie hatte auf diesen Schatten geschossen.

»Leg dich hin, ich trage dich für heute als krank ein und gehe für dich zur Wartung. Du kannst ab morgen in die Agrarkuppeln gehen. Die Sojabohnen haben dich sicher vermisst.«

Elsen kam zurück in den Raum, bekleidet mit einem der praktischen Anzüge, die sie alle zur Arbeit trugen. Una streckte ihr die Zunge heraus, sie hasste die Arbeit in den Agrarkuppeln und Elsen wusste das nur zu gut.

»Kann ich nicht zur Metallurgie? Oder zur Elektrik? In die Schreinerei?«

Elsen schüttelte den Kopf.

»Da sind alle Schichten gut besetzt.«

»Vielleicht sind die Sojabohnen noch nicht dran!«

»Oh, sie sind dran, da kannst du sicher sein. Sie sind gerade mit dem Mais fertig geworden. Gute Ernte beim Mais übrigens, nicht so wie bei den Kartoffeln … ich meine …«

Elsen sah sie bittend an.

»Ich weiß, ich werde darüber nicht mit anderen reden.«

So, wie sie nicht über leere Kuppeln und fehlenden Nachwuchs sprachen, sprachen sie auch nicht über die anderen Schwierigkeiten, über die schlechten Ernten, die technischen Probleme und den Husten.

Sie lächelten sich an und Una war froh, dass ihrem nächtlichen Schrecken jetzt kein tagelanges Schweigen in ihren Räumen folgte, auch wenn sie keine Ahnung hatte, warum Elsen ihren Unfall so leichtnahm. Ich bin nur gestolpert, erinnerte sie sich, das war ihr in den Kuppeln schon oft passiert und hatte nichts mit den Gefahren im Veld zu tun.

»Ruh dich aus, kleine Sojabohne!«

Elsen küsste Una sanft auf den Kopf und ging hinaus.

Una hörte, wie die Haustür hinter ihrer Mutter zufiel. Sie schloss die Augen und tupfte weiter mit dem warmen Lappen an ihren müden Muskeln entlang. Eine Woche Bohnen ernten würde ihre Laune zwar nicht heben, aber es würde Elsen das Gefühl geben, sie für ihre Unaufmerksamkeit bestraft zu haben. So hatte sie das oft gehandhabt, wenn Una wieder einmal unerlaubt irgendwo hinaufgeklettert und oft genug hinuntergefallen war. Das Brennen ihrer vielen kleinen Schürfwunden war mittlerweile zu einem einheitlichen Schmerz verschmolzen, der es schwer machte, die einzelnen Punkte zu unterscheiden. Ich muss schlafen, dachte sie, und wenn ich aufwache, wird alles besser sein und ich werde nicht mehr an den Laut denken.

»Hilfe!«

Sie musste in der Wanne eingenickt sein, denn sie schreckte mit dem gleichen hellen Schrei im Ohr auf. In den Räumen, die Una und Elsen bewohnten, war es so still, wie es in Firmament sein konnte. Die großen Sauger im Kuppeldach waren gerade mit metallischem Klicken angesprungen und summten leise, die Lichtquelle im Waschraum brummte.

Habe ich im Schlaf geschrien?

Sie erhob sich mühsam aus der Wanne und ließ das Wasser in den Recyclingkreislauf fließen, bevor sie sich abtrocknete und nach einem anderen alten Overall ihres Vaters suchte. Da sie deutlich größer als die anderen Kansa-Frauen war, konnte sie die Overalls der Männer ohne Probleme tragen. In der Öffentlichkeit wurde das nicht gern gesehen, auch wenn sich die Kleidungsstücke nur in den Farben und der Anzahl der Taschen unterschieden. Während die grauen, weißen und schwarzen Overalls der Männer unterschiedlich große Taschen an den Seiten, der Brust und der Rückseite hatten, zierte die roten und rötlichen Anzüge der Frauen nur eine einzige Tasche mitten auf dem Bauch. Die Dinge müssen ihre Ordnung haben, hatte Elsen ihr ohne jeden Humor eingebläut, wenn sie spöttisch anmerkte, dass sie doch nur ihre Hände in die Taschen stecken wolle, aber dass sie leider mehr Hände als Taschen habe.

Aventh, ihr Vater, hätte sicher auch auf die angemessenen Anzüge bestanden, aber Una konnte sich kaum mehr an den stillen Mann erinnern, der kurz vor ihrem zweiten Geburtstag bei einem Unfall umgekommen war. Meist hatte Elsen ihr die Overalls der Frauen und Mädchen verlängert, um ihr die Ermahnungen der anderen zu ersparen. Hier, in ihren Räumen, waren die verblichenen Kleidungsstücke ihres Vaters teils Nostalgie, teils Rebellion und eine weitere kleine Eigenheit ihres Lebens, von der sie wusste, dass sie ihr in der nächsten Sturmzeit genommen werden würde.
Sie mischte sich Brei mit Obst und versuchte, während sie aß, den hellen Klang in ihrem Kopf zu ignorieren. Der Kommunikator an ihrer Wand blinkte mit einer Nachricht von Hagen auf, der sich nach ihrem Befinden erkundigte. Natürlich, er war bei den Turbinen aufgetaucht, um nach ihr zu sehen. Manchmal fragte sie sich, wie er es ohne Strafen schaffte, seine Arbeit zu erledigen, so viel Zeit, wie er damit verbrachte, ihr auf ihren unterschiedlichen Wegen durch die Kuppeln zu folgen. Er lebte ziemlich weit entfernt in einer der östlichen Kuppeln und war zu höheren Verwaltungsaufgaben erzogen worden. Was ihm offensichtlich schon im unteren Rang eines jungen Verwalters Zugang zu allen möglichen Informationen verschaffte. Später, wenn er wirklich in den obersten Verwaltungsrat gewählt werden würde, würden weitere Privilegien dazu kommen. Eine freie Woche in jedem Arbeitsmonat zum Beispiel, die der Rat abgeschieden von der Gemeinschaft mit der Zukunftsplanung für die Kuppeln verbrachte.

Die Kontemplation der Verwaltung gibt Firmament Zukunft.

Una kaute missmutig auf ihren Haferflocken. Sie hatte Hagen bis vor ein paar Monaten flüchtig gekannt, so, wie man in einer Gemeinschaft die Menschen der eigenen Generation kannte. Man sah sich bei Feierlichkeiten, tanzte vielleicht im großen Kreis oder saß in der Zentralkuppel, wenn abends die Geschichten erzählt wurden. Während sein Status als Sohn des obersten Verwalters, sein ewiges Grinsen und die lauten Scherze bei ihren Freundinnen gut ankamen, fand Una ihn selbstverliebt und alarmierend unintelligent. Ihre Verbindung war für die nächste Sturmzeit von der Zentrale als genetisch wünschenswert eingestuft worden und so gab es zwar theoretisch die Möglichkeit, einen anderen Mann zu wählen, sie hatte aber noch nie von einer Frau gehört, die das gewagt hatte.

»Männer-Overalls sind die eine Sache … aber sich gegen die Zukunft der Kansa zu entscheiden …«

Elsen hatte sie traurig angesehen und Una war klar, was das bedeutete. Firmament hatte nur noch ein paar tausend Bewohner unter seinen Kuppeln, die genaue Zahl zu kennen, war der Verwaltung vorbehalten und es war verboten, darüber zu spekulieren. Verbote waren die eine Sache, die in Firmament nie knapp wurde.

Es ist wichtiger, worüber wir schweigen.

Auch auf Unas Schultern lag die Verantwortung für den Fortbestand der Menschheit. Der gesamten

Menschheit, denn es gab keine Anzeichen dafür, dass es eine andere Kansagruppe irgendwo auf der Welt geschafft hatte. Una legte den Löffel zur Seite und tippte eine schnelle Antwort auf das Display, nicht, weil sie das wollte, sondern um sich weitere Fragen zu ersparen. Die natürlich trotzdem kamen. Ob er sie besuchen könne?

Nein.

Ob sie morgen erst bei den Turbinen sei oder direkt in die Agrarkuppeln ging?

Nein!

Sie schlug wütend mit der Faust direkt neben das Display, weil der Verwaltersohn seine Position schon wieder genutzt hatte, um ihren Arbeitsplan einzusehen. Jetzt schmerzte die Hand auch noch und sie tippte schnell ein paar ausweichende Worte hinzu, bevor sie das Kom vom Netz nahm. Eine weitere Handlung, die nicht gern gesehen wurde.

»Macht doch eine Liste!«, brüllte Una viel zu laut in den stillen Raum und schämte sich dann dafür. Sie rollte sich zerschlagen und aufgewühlt zugleich auf ihrem Bett zusammen und versuchte Ruhe zu finden. Sie schlief kurz über ihren wütenden und verzweifelten Gedanken ein und erwachte unmittelbar danach.

Das war eine Kansastimme! Ich habe eine Kansastimme gehört! Du bist verrückt geworden! Una rief sich selber zur Vernunft. Du hast auf einen Schatten geschossen und bist gerannt, wer weiß, was da gequietscht hat.

Vielleicht hat deine Kugel einen der Huscher im Gebüsch erwischt.

Das war kein Quietschen!

Es war auch keine Stimme!

Niemand außer dir geht hinaus ins Veld.

Dann aktiviere das Kom und sieh nach, ob es heute irgendwelche besonderen Ereignisse gegeben hat. Wenn irgendjemand da draußen angeschossen liegt, müsste das doch auffallen. Una tat das und las die wenig aufregenden Nachrichten der letzten vierundzwanzig Stunden sorgfältig durch. Alles war, wie es sein sollte. In einer der Lagerkuppeln für Holz hatte es ein kleines Feuer gegeben, das die Löschanlage sofort erkannt und erstickt hatte, einige Turbinen waren ausgefallen, einige Wohnungen waren ohne Strom gewesen und das Einsatzteam hatte das Problem schnell gelöst, in der Turbinenhalle Süd war jemand von einer Treppe gestürzt und hatte sich leicht verletzt. Sie brauchte einen Moment, bis sie begriff, dass es sich bei diesem Unfallopfer um sie selber handelte. Sonst war nichts passiert. Niemand wurde vermisst, natürlich nicht.

Gut.

Was sie da getroffen hatte, hatte einen Ton von sich gegeben, der in der Dunkelheit nach einer menschlichen Stimme geklungen hatte. Diese Stimme hat »Hilfe!« geschrien. Una hatte damit begonnen, ihr Bett neu zu beziehen, aber jetzt hielt sie inne und setzte sich zurück auf die Bettkante.

Ich muss schauen, ob ich auf einen Menschen, ob ich auf einen Kansa geschossen habe. Wenn ich unbemerkt hinausschleichen kann, kann das vielleicht auch noch jemand anderes. Sie war überrascht, dass sie darüber noch nie ausgiebiger nachgedacht hatte.

Weil es undenkbar ist.

Ich muss sicher sein und dann finde ich Ruhe. Inmitten ihrer Probleme und Sorgen, was die eigene Zukunft betraf, schien ihr diese Aufgabe lösbar und so hatte sie ihre Vorbereitungen abgeschlossen, als Elsen sie zum Essen im Gemeinschaftsraum abholte.

Drei

Una bemühte sich, während der Mahlzeit die geläuterte und extrem müde Tochter so gut zu spielen, dass Elsen nach dem Abendessen ohne Bedenken zum Kreis der Experten gehen würde. Sie ertrug den Spott ihrer Freundinnen, die sich genüsslich andere Missgeschicke erzählten, die Una in ihrem Leben passiert waren.

»Wie war das noch, als du beweisen wolltest, dass man an den Gerüsten, die die Apfelbäume halten, mit verbundenen Augen hochklettern kann? Oder an den Olivenbäumen? Oder dass es ja nicht schwer sein kann, von der obersten Kartoffelkiste auf die Maissäcke zu springen?«

Enne, ihre beste Freundin, die heute am Kopfende des langen hölzernen Tisches saß und damit eigentlich für Ruhe sorgen sollte, löste mit dieser Frage einen Sturm von Anekdoten und lautem Gelächter aus. Die goldenen Tätowierungen auf den Wangen der Mädchen hoben und senkten sich über den aufgerissenen Mündern. Um sie herum lachten und redeten ihre Freundinnen durcheinander und Una schmollte gespielt. Sie war, so lange es erlaubt gewesen war, als Kind mit den Jungen durch die Kuppeln getobt und für ihre Abenteuerlust bei allen jetzt noch bekannt. Das gab ihrer Geschichte heute die nötige Glaubwürdigkeit.

Beim Nachtisch wandten sich die Gespräche unweigerlich den bevorstehenden Verbindungen der nächsten Sturmzeit zu und Una war mit ihren Gedanken, einem sparsam gesüßten Birnenkompott und einem trockenen Keks allein. Sie sah sich vorsichtig um und fragte sich, ob irgendjemand, den sie kannte, schon einmal draußen gewesen war. War das denkbar? Alle saßen ordentlich an ihren langen Tischen, trugen die roten und grauen Anzüge der Frauen und Männer, hatten viele Taschen oder eine einzige und aßen aus den gleichen kleinen Schüsseln. Es wurde geredet, gelacht oder schweigend und hungrig gegessen und über allen Gesprächen lag das metallische Scheppern der Löffel und Gabeln, die beim Essen an die Schüsseln schlugen. Ein kleiner, blasser Junge trug mit großem Ernst seine Schüssel alleine an ihrem Tisch vorbei zum Geschirrband und wurde nach der Rückkehr an seinen Tisch von seiner Mutter mit einem Keks belohnt. Er lachte Una fröhlich an und kaute mit einem Gebiss, in dem schon einige Milchzähne fehlten, hingebungsvoll das harte Gebäck. Una hielt ihren Keks hoch und nickte ihm zu. Er sah zu seiner Mutter, die bestätigend lächelte, und kam zu ihr, um sich den Keks zu holen.

»Danke für deine Mitarbeit.«

Er strahlte sie an und steckte sich den Keks glücklich in eine seiner Taschen. Ob andere Familien geheime Ausgänge kannten und nicht darüber sprachen? Ob jetzt gerade irgendjemand aus einer anderen Kuppel da draußen lag und einsam verblutete? Quatsch, niemand wagte sich hinaus, das war nicht vorstellbar.

So wie auf der Erde niemand unbemerkt ins All geflogen war. Und wenn doch?

Worüber wir schweigen ist wichtiger.

»Alles in Ordnung?«

Enne hatte offensichtlich gesehen, wie sie bei ihrem letzten Gedanken schmerzhaft das Gesicht verzogen hatte und kam zu ihr herüber.

»Alles, bis auf die Treppen. Und die Birnen!«

Una verzog übertrieben das Gesicht und schüttelte sich in der Hoffnung, dass das Ennes Sorgen zerstreute.

»Seltsam, oder? Ich kann mich nicht erinnern, dass die letzte Zuckerrohr- und Rübenernte so schlecht ausgefallen ist. Diese ewigen Sparmaßnahmen machen mich krank. Morgen ist salzfreier Tag, obwohl die letzte Aussolung nach Plan gelaufen ist, und der Zucker ist die ganze Woche rationiert. Aber ich will mich nicht beschweren. Wir leben satt und in Sicherheit und es ist klug, für die Sturmzeit zu sparen!«

Sie sagte den letzten Satz lauter, beugte sich dicht zu Una und flüsterte:

»Ich will zu meiner Verbindung auf jeden Fall eine süße Torte. Du doch auch, oder?«

Sie kicherte, wandte sich ab und hustete kurz und röchelnd.

Una war es gleichgültig, welche Torte sie bei ihrer Verbindung mit Hagen essen würde, der Gedanke schnürte ihr den Magen so eng zusammen, dass selbst ein perfekt gesüßter Keks es schwer haben würde, Platz zu finden. Aber jetzt war nicht die Zeit, ihren

Widerwillen öffentlich zu zeigen, wenn es diese Zeit denn überhaupt jemals geben würde.

»Ich will auf jeden Fall eine süße Torte und Plätzchen für alle!«

»Einigkeit!«

Enne drückte sie kurz, bevor sie weiterging und sich an einem anderen Tisch in ein anderes Gespräch ziehen ließ.

Elsen hatte sich von ihrem Stuhl erhoben und sah Una fragend an.

»Geh ruhig und sorge dafür, dass Firmament noch viel besser wird! Ich bin so müde, dass ich sofort einschlafen werde und keine interessante Gesellschaft bin.«

Una ließ die Schultern ein wenig nach vorne sacken und hoffte, dass sie das müder aussehen ließ.

»Bist du sicher?«

»Wenn ich so sicher auf den Füßen wäre, wie ich mir sicher bin, müde zu sein, würden wir uns jetzt ausschließlich über Alternativen zu diesem Birnenkompott unterhalten.«

Elsen schien im Blick ihrer Tochter nach einem Hinweis zu suchen, der sie von ihren Plänen abhalten würde, fand in Unas hellen grünen Augen aber nur den wachen Spott, der dort in sehr jungen Jahren eingezogen war. Das ist nicht alles, was dort zu sehen ist, korrigierte sie sich, in letzter Zeit war dort eine ungeduldige Wut zu finden, die ihr Sorgen machte. Du bist meine Hoffnung, dachte sie und drückte Unas Hand viel heftiger, als sie beabsichtigt hatte.

Una lächelte müde zu ihr hinauf.

»Jetzt geh endlich und zerbrich dir den Kopf über Materialien, die sich noch besser recyceln lassen. Und wenn ihr schon dabei seid, die Anzüge der Frauen haben unerklärlicherweise weiterhin zu wenig Taschen. Und die Birnen haben eindeutig zu wenig Zucker. Erkennst du das Muster?«

Mutter und Tochter umarmten sich lachend und Una blieb noch einen Moment sitzen, bevor sie den anderen zuwinkte, sich erhob, ihre Schüssel ordentlich wegstellte und ebenfalls den Raum verließ.

»Einigkeit!«

Sie winkte in die Runde und ihr Gruß wurde von allen freundlich erwidert.

Es würde wichtig sein, dass sie keinen Fehler machte, nicht überhastet handelte und vor allen Dingen schnell, leise und sauber in die gemeinsamen Räume zurückkehrte. Elsen hatte zwar einen festen Schlaf und ihre Tür war in der Nacht geschlossen, Una wollte aber nicht ausschließen, dass sie in den nächsten Nächten genauer hinhören würde.

Die Abendansprache der obersten Verwaltung, die leicht blechern aus dem Kom hallte, enthielt keine wichtigen Neuigkeiten und Una lauschte der pompös klingenden Stimme von Diest, Hagens Vater, der diese Position, wie sein Vater vor ihm, eine gefühlte Ewigkeit innehatte. Und wahrscheinlich würde Hagen eines Tages diesen Posten für den Rest ihrer Tage übernehmen. Keine Ahnung, wer in jeder neuen Generation für die Söhne dieser Familie stimmte, sie würde es auf jeden Fall nicht tun, wenn sie in der nächsten Sturmzeit ihr Abstimmungsrecht bekam, dachte sie leicht angewidert. Diest verlas ein paar Grußbotschaften zu Ehrentagen und erklärte, wessen Kunstwerke in den nächsten Tagen an welche Kuppelinnenfläche projiziert wurden. Die Asche zweier verstorbener Kansa war in den Agrarkuppeln verstreut worden, damit sie zum Überleben der Gemeinschaft beitragen konnten.

»Lebenszeit«, murmelte Una die vorgeschriebene Reaktion auf diese Nachricht mit allen anderen, die gerade zuhörten. Es gab eine Geburt in der Südkuppel und zwei in der Ostkuppel.

»Lebenszeit.«

Una sprach das Wort zwar hörbar, aber ohne die vorgeschriebene Freude, die es begleiten sollte, in die leere Wohnung. Genetisch wurde es bei diesen Zahlen für die nächsten Generationen zunehmend enger, was natürlich nicht Thema der Ansprache war. Die Ernten waren zumindest in seiner Rede gut, die nächste Sturmzeit war noch Wochen entfernt, die Turbinen und die Solarpaneele lieferten genug Strom und die Wassertanks waren voll. Das Kansalied erklang und die Lampen in den Gängen und Gemeinschaftsräumen aller Kuppeln wurden aufs Nachtniveau gedimmt. Die krakeligen Kinderzeichnungen, die bis jetzt die Innenwände der Kuppeln geziert hatten, wurden durch beruhigende Muster ersetzt.

»Von Feinden umgeben, von Freunden gestärkt, schaffen wir Lebenszeit. Einigkeit, Einigkeit, Einigkeit«, sang Una leise die letzten Zeilen, ohne das zu wollen, mit, während sie die Overalltaschen im Anzug ihres Vaters mit Verbandswolle, einer Kräutertinktur gegen Schmerzen und einer gegen Entzündungen füllte. Sie arrangierte ein paar Decken und Kissen zu einer Form, die unter der Bettdecke einer schlafenden Person ähnlich sah, solange man das Licht nicht einschaltete und näher ans Bett kam.

Das musste sie riskieren.

Una steckte ihre Pistole ins Halfter und machte sie fest. Dass alle Kansa über fünfzehn Sturmzeiten eine Waffe besitzen mussten, hatte die Bedrohung durch die Drachen für ihre Freundin Enne sehr real gemacht, als sie noch jünger waren.

»Wenn sie nicht noch da draußen lauerten, bräuchten wir keine Waffen.«

Enne hatte ihr das ängstlich zugeflüstert, als sie beide ihre Pistolen bekamen. »Meinst du, sie sagen uns nicht die Wahrheit darüber, wie nah sie sind?«

»Es gibt niemanden, der sie in diesem Jahrhundert gesehen hat. JAHRHUNDERT! Die Waffen sind ein Relikt aus einer anderen Zeit. Da draußen ist niemand mehr, und selbst wenn da jemand wäre, Firmament hat ein Schutzschild, wir sind hier sicher. Hier kommt niemand rein!«

Una hatte der Freundin beruhigend über die schmale goldene Tätowierung auf deren dunkler Wange gestrichen und nicht zum ersten Mal bedauert, dass sie ihr nicht von ihren nächtlichen Abenteuern außerhalb der Kuppeln erzählen konnte. Von der stillen, leeren Welt da draußen. Von dem Gefühl, die Einzige unter dem weiten Himmel zu sein. Aber das hätte Ennes Welt erschüttert und Unas und Elsens Leben gefährdet. Una war sich nicht einmal sicher, was die Strafe für ein Verlassen der Kuppeln war, sie hatte nie erlebt, dass es jemand versucht hatte. Es war undenkbar, so wie niemand, den sie kannte, versuchen würde, zu fliegen.

Sie löschte das Licht in den beiden Räumen, schloss vorsichtig ihre Tür und zog die Tür zur Wohnung leise hinter sich zu. Es waren ungefähr fünfzehn Minuten zum Holzlager, aus dem der alte Versorgungstunnel an einer Abzweigung in die stillgelegte Kuppel führte, aber sie machte einen kleinen Umweg und war beruhigt, als sie niemanden traf.

Bis sich die kleine Schleuse hinter ihr geschlossen hatte, war ihr der Ausflug noch einigermaßen sinnvoll vorgekommen, draußen in der Dunkelheit überkam sie erneut Panik. Die Schatten der Sträucher und Bäume tanzten im Mondlicht vom Wind angestiftet drohend umher. Die Hügelkette ragte mit scharfen Felsenzacken drohend in den Himmel. Una fühlte ihren Mund trocken werden, die Wunden an den Beinen schmerzten und ihre Hände zitterten. Sie blieb stehen und atmete tief ein. Du könntest jetzt im Bett liegen und deine größte Sorge wären die Bohnen, der Brei und der aufdringlich fortpflanzungswillige Verwaltungsnachwuchs.

Ich würde mich ewig fragen, ob ich mir den Hilfeschrei nur eingebildet habe.

Jetzt ist es schon ein Hilfeschrei? Du hast ein Geräusch gehört, als du in Panik geflohen bist. Una schlug sich mit den Händen auf beide Ohren, als könne das ihr Selbstgespräch beenden. War das ein Zeichen von Wahnsinn, wenn man mit sich selber diskutierte? Der Gedanke beschäftigte sie genug, um sie zu beruhigen. »Es ist definitiv ein Zeichen von Wahnsinn, dass ich hier draußen sitze«, sagte sie laut. Niemand in ihrem Kopf widersprach und so schlich sie in der Dunkelheit in Richtung Hügelkette.

Es war wichtig, dass sie dieses Mal nicht von Weitem gesehen werden konnte, das war ihr klar, als sie abseits ihres üblichen Weges vorsichtig zwischen einem dichteren Gebüsch über die Hügelkette kroch. Der Mond war hinter Wolken verschwunden und im Veld unter ihr war es dunkel und still. Niemand schrie, kein Licht war zu sehen, nichts bewegte sich außer den dichten Büschen. Was hatte sie erwartet? Dass sie von hier oben sehen konnte, ob da unten ein Mensch lag? Sie rutschte vorsichtig zwischen den Büschen ein Stück hinab und behielt die Stelle unten fest im Blick. Ohne die Taschenlampe war es so dunkel, dass sie wusste, sie musste weit über ihren Platz auf dem Hügel hinausgehen, um etwas erkennen zu können.

Das hast du doch die ganze Zeit gewusst, rief sie sich innerlich zur Ruhe.

Ihr rechter Fuß verlor seinen Halt und sie rutschte ein Stück den Hügel hinab, bevor sie sich fangen konnte. Mit ihr rutschten kleine Steine und jede Menge Sand. Sie fluchte leise. Wer da unten lag, musste blind, taub oder tot sein, wenn er ihre Ankunft verpassen wollte. Einen Moment verharrte sie dicht am Boden und wartete. Nichts bewegte sich, niemand erhob sich aus dem Unterholz. Ihre Augen hatten sich so weit an die Dunkelheit gewöhnt, dass sie im kargen Licht des Mondes das Gebüsch sehen konnte, aus der sich die Gestalt erhoben hatte. Oder war es das daneben gewesen? Sie schlich gebückt näher und ihr Herz schlug heftiger, je mehr sie sich dem flachen Veld näherte. Warum tust du das, fragte eine Stimme, die die Reste ihrer Vernunft repräsentierte, über den dröhnenden Herzschlag hinweg. Du riskierst dein Leben. Ihre Hand berührte die ersten Zweige und sie schob sie zur Seite. Nichts. Sie erhob sich und wollte erleichtert ausatmen, als sie die schmale Gestalt am Rande einer kleinen Hecke ein paar Schritte weiter zu ihrer Linken liegen sah. Ein Mensch, eindeutig. Una fürchtete, das Bewusstsein zu verlieren, so heftig schoss ihr das Blut in den Kopf und rauschte in ihren Ohren.

Was jetzt?

Die Gestalt lag reglos und so, wie die Arme und Beine seltsam abgespreizt waren, sah es aus, als ob sie in diese Position gefallen war. Una richtete ihre entsicherte Pistole auf die Mitte der Gestalt, ging einen weiteren Schritt nach vorn und lauschte.

Keine Bewegung, kein Geräusch, außer dem Flüstern der Äste und Blätter.

Sie konnte jetzt sehen, dass die große, schlanke Gestalt einen dunklen Overall mit vielen Taschen trug, der ihrem nicht unähnlich war.

Große Kuppel der Mitte, es ist ein Kansa, ein wagemutiger junger Mann aus Firmament, der wie sie einen Ausgang kannte. Sie ließ die Taschenlampe aufflammen und der Lichtstrahl fuhr den Anzug hinauf bis zum Gesicht, das unter einer Kapuze von ihr abgewandt lag. Habe ich ihn getötet? Ihr Blut raste durch den Körper und machte es schwer, einen klaren Gedanken zu fassen. Ich muss feststellen, ob er noch lebt, dachte sie und kniete sich so, dass sie mit der Hand an eine unbedeckte Stelle des Halses fassen konnte. Als ihre Finger nach einem Puls tasteten, stöhnte die Gestalt auf und versuchte sich aufzurichten. Una sprang mit gezogener Pistole auf.

»Hilfe«, flüsterte die Gestalt kaum hörbar mit trockener, brüchiger Stimme.

»Wer du auch bist, bitte hilf mir, ich bin verletzt. Etwas hat mich getroffen.«

Dann sank er zurück und schien wieder das Bewusstsein zu verlieren.

Irgendetwas in Una zwang sie zu einer Ruhe, von der sie überrascht war, dass sie sie besaß. Er spricht, also kann er kein Drache sein, er liegt hier allein und hilflos seit gestern Nacht, wenn du jetzt nichts unternimmst, wird er sterben. Der letzte Gedanke sorgte dafür, dass sie handelte. Sie nahm die Taschenlampe in den Mund und leuchtete seinen Körper entlang, während sie ihn vorsichtig auf den Rücken drehte. Die obere, rechte Seite des Anzugs war blutdurchtränkt und der Ärmel aufgerissen. Er stöhnte leicht auf, wehrte sich aber nicht. Seine Kapuze war dicht um sein Gesicht zugebunden und vor dem Mund trug er einen Schutz gegen den Sand, der ihm verkrustet am Gesicht festklebte. Ich muss ihm zuerst zu trinken geben, dachte Una. Sie öffnete ihre Wasserflasche, löste vorsichtig den Mundschutz von seinem Gesicht und hielt die Flasche an seine Lippen. Als die ersten Tropfen seinen Mund berührten, öffnete er ihn einen Spaltbreit und sie ließ das Wasser vorsichtig in seine Kehle laufen. Er hustete kurz und schluckte dann begierig, ohne richtig das Bewusstsein zu erlangen. Während er trank untersuchte sie die blutige Stelle an seiner rechten Schulter. Ich muss den Anzug öffnen und sehen, wo ich ihn getroffen habe, dachte sie, tastete unter seinem Kinn nach dem Reißverschluss und zog ihn vorsichtig bis zum Bauch hinunter. Das einfache graue Hemd darunter klebte blutig am Körper und sie schob den Anzug vorsichtig auseinander, um die Wunde sehen zu können. Der Oberkörper war unverletzt, sie schien ihn wirklich direkt am Arm getroffen zu haben.

Ihn?

Sie spürte die weiche Erhebung der Brust unter ihren tastenden Fingern, mehr als dass sie sie sehen konnte, und zog die Hand erschreckt zurück.

Vor ihr auf dem Boden lag kein fremder Mann, sondern eine fremde junge Frau.

War das möglich?

Keine Kansafrau würde es wagen, die Kuppeln zu verlassen, das war undenkbar.

Du bist hier, erinnerte sie sich, und es macht keinen Unterschied, ob du auf einen Mann oder eine Frau geschossen hast. Da sie das Hemd nicht weiter hochziehen wollte, schob sie ihre Hand in die Öffnung am Hals und tastete vorsichtig die rechte Seite ab. Keine Wunde, sie atmete erleichtert aus und ließ das Licht der Taschenlampe auf den aufgerissenen Teil des Ärmels leuchten. Genau dort, in Höhe der Brust, hatte ihre Kugel einen blutigen Streifen hinterlassen, der zwar nicht tief war, aber stark geblutet hatte und jetzt an den Rändern schmutzig und rötlich entzündet aussah. Una spürte eine große Erleichterung. Auch wenn sie noch nie eine Schusswunde gesehen hatte, sagte ihr ihre Ausbildung in Erster Hilfe, dass es keine lebensbedrohliche Verletzung war. Ich muss verhindern, dass sie sich weiter entzündet, das ist jetzt das Wichtigste.

Davon kann sie aber doch nicht ohnmächtig geworden sein.

Una ließ den Lichtkegel über den restlichen Körper und schließlich über den Kopf streifen. Ich muss die Kapuze abnehmen, dachte sie und nestelte an dem schmalen Band, das unterm Kinn zusammengebunden war. Die junge Frau stöhnte wieder auf. »Es ist alles gut, ich helfe dir«, flüsterte Una, ohne zu wissen, ob sie verstanden wurde, und schob die Kapuze nach hinten. Kurze lockige schwarze Haare kamen darunter zum Vorschein und Una konnte einen überraschten Ausruf nicht unterdrücken.

Eine Kansa mit kurzen Haaren?

Una war sicher, dass sie davon gehört hätte, selbst wenn die entsprechende Frau in einer weiter entfernten Kuppel lebte. Kurze Haare waren genauso undenkbar für eine Kansa wie die empfohlene Verbindung abzulehnen. Und Anzüge mit mehr als einer Tasche. Una musste inmitten der Angst und Verzweiflung, die sie fühlte, über die Absurdität ihrer Gedanken lächeln. Sie nahm die Taschenlampe zurück in den Mund und hob den Kopf der Fremden sanft an.

»Wer bist du?«, flüsterte sie und registrierte, dass der jungen Frau die goldene Tätowierung der Kansa fehlte. Sie hielt inne. Auf der hellbraunen Haut ihrer Wangen gab es ein paar helle Sommersprossen, aber keinen schmalen Strich von der Nase zum Ohr.

Das war doch alles nicht möglich.

Auf dem Hinterkopf ertastete Una eine erhebliche Schwellung und die Fremde stöhnte laut, als sie darüber strich.

»Ist in Ordnung, alles ist in Ordnung.«

Sie musste nach dem Schuss mit dem Kopf auf einen der großen Steine, die hier überall herumlagen, gestürzt sein und das erklärte ihren Zustand mehr, als es der Streifschuss selber tat.

»Bitte.«

Die Fremde deutete mit der unverletzten Hand in Richtung des dichten Gebüschs weiter im Veld.

»Fleck braucht Wasser, bitte …"

Una sprang erschreckt auf und richtete ihre Waffe und die Taschenlampe hektisch in das Dickicht hinter sich. Ihr Herz schlug dröhnend gegen ihren Brustkorb. Sie ist nicht allein!

Waren da noch mehr Fremde? Noch mehr Feinde?

Natürlich! Welche junge Frau, egal, wo sie herkam, würde alleine durchs Veld ziehen? Welche Frau, egal welchen Alters? Irgendwo da draußen lauerte ein Gefährte auf seine Chance, sie anzugreifen. Die Frau am Boden hatte die Augen geschlossen und lag still vor ihr. Der Wind wehte durch das Dickicht und die Blätter der Büsche zeigten ihre glänzende Unterseite im Strahl von Unas Taschenlampe, der unkontrolliert umherzuckte. Una stand da und fühlte sich hilflos und ängstlich. Ihr war übel und ihre Gedanken rasten durch den schmerzenden Kopf. Warum bin ich jemals ins Veld gegangen? Das Adrenalin in ihrem Körper wollte sie zum Handeln zwingen, aber ihr Verstand machte keinerlei Vorschläge, was sie tun sollte.

Weglaufen? Weiter ins Dickicht vordringen und sich damit in unkalkulierbare Gefahr bringen? Nichts in ihrem Leben in den Kuppeln hatte sie auf einen Moment wie diesen vorbereitet. Und auch keiner ihrer nächtlichen Ausflüge. Alles war ruhig und ohne Zwischenfälle verlaufen, so als ob alle Gefahren, von denen sie jemals gehört hatte, erfunden waren.

Du hast auf die Fremde geschossen, nicht umgekehrt. Erinnerst du dich? Du bist die Gefahr. Sie zwang sich, gleichmäßiger zu atmen, und es gelang ihr, ein paar vernünftige Gedanken zu fassen. Wenn da wirklich noch andere Kansa wären, dann hätten sie der Verletzten doch längst geholfen, und dafür gab es keine Anzeichen. Die verletzte Frau war dehydriert und litt unter Schmerzen, vielleicht war dieser Fleck eine Wahnvorstellung? Eine Erinnerung? Oder sie hatte sie nicht richtig verstanden? Die Worte der Fremden waren zwar verständlich, aber zum Teil seltsam betont.

Verbinde sie und wenn dann nichts passiert ist, geh und sieh nach.

Sie kniete sich so neben die Fremde, dass sie das Dickicht im Blick behalten konnte und legte ihre Taschenlampe schräg auf einen Stein, damit sie ihr Licht bot. Dann suchte sie sich die benötigten Dinge aus ihren Taschen zusammen, reinigte die Wunde am Arm mit dem Wasser aus ihrer Flasche, strich sie sorgfältig mit der Kräutertinktur ein und verband sie. Sie tastete mit der Hand nach der Beule im dichten Haar und rieb sie, so gut es ging, mit der gleichen Tinktur ein. Die Fremde hatte die Augen wieder geöffnet und schien kurz bei Bewusstsein zu sein, denn sie schaute auf den Verband.

»Kannst du den Mund öffnen? Ich habe hier ein Mittel gegen die Schmerzen.«

Una ließ die Tropfen abgezählt in den leicht geöffneten Mund fallen und bemerkte, wie trocken und aufgesprungen die Lippen waren. Sie hat einen schönen Mund, dachte sie zu ihrer eigenen Überraschung und fand diesen Gedanken nicht mehr oder weniger absurd, als die anderen Gedanken, die ihr durch den Kopf tobten. Ich muss mehr zu trinken holen, so wird sie das nicht überleben. Sie gab nach den Schmerztropfen Wasser in kleinen Schlucken in den Mund und die Fremde trank langsam und mühsam. Una hielt ihren Kopf und schob ihr vorsichtig den kleinen Rucksack, der neben ihr lag, unter den Nacken. Bequem war das sicher nicht, aber das war im Moment das Beste, was sie für die Kopfverletzung tun konnte.

»Fleck«, sagte die Fremde noch einmal flehentlich, bevor die Tropfen ihre Wirkung taten und sie einschlief. Una erhob sich und richtete ihre Taschenlampe und ihre Waffe entschlossen in die große Dunkelheit vor ihr. Sie war so weit gegangen, sie würde auch noch herausfinden, was ein Fleck war.

Das Dickicht war in dieser Richtung schwerer zu durchdringen und sie blieb ständig an Dornen und Ästen hängen. Wenn das Knacken und Rascheln der Büsche den zweiten Fremden nicht alarmierte, dann würden es ihre schlecht unterdrückten Flüche tun. Vielleicht war er auch verletzt? Hatte sie auf zwei Menschen geschossen? Ihre Taschenlampe fand eine kleine Öffnung in den Hecken und sie zwängte sich hindurch. Dahinter lag eine winzige, natürliche Lichtung mit einem windgekrümmten Baum in der Mitte. Una sprang entsetzt zurück, als sie das große, vierbeinige Wesen sah, das mit einem Seil an den Baum gebunden war. Sie hatte wenige Bilder und Filme über die Tiere der Vergangenheit gesehen, aber das war lange her. Innerhalb der Kuppeln gab es keine Tiere und niemand, den sie kannte, hatte jemals ein lebendiges Säugetier gesehen.

Du schon, beruhigte sie sich. Du hast die kleinen Huscher gesehen.

Sie hatte keine Ahnung, was es für ein Tier war. Es war von zotteligen Haaren bedeckt, sein Körper reichte ihr bis zur Hüfte und auf seinem langen, schmalen Hals saß ein kleiner Kopf mit großen, dunklen Augen in der Höhe ihrer Schulter. Es gab ein kleines Geräusch von sich, als es sie erblickte und tänzelte unruhig hin und her. Eine dunkle Stelle unterbrach die hellen, dicht gekräuselten Locken genau zwischen den Augen.

»Ein Fleck!«

Una sah, wie das Tier den Kopf hob, als es seinen Namen hörte. Direkt neben ihm stand eine leerere Wasserschale und etwas weiter entfernt ein kleines Zelt mit mehreren Wasserkanistern, zwei robusten Körben und einem kleinen Gebilde aus Holz und Seilen. Una bewegte sich langsam in Richtung der Kanister und ließ das Tier nicht aus den Augen. Es schnaubte unruhig, zupfte mit dem Maul ein paar Blätter von einem Ast und kaute darauf herum. Es machte keinen aggressiven Eindruck. Una füllte vorsichtig Wasser in seine Schale und es senkte sofort den Kopf und begann, gierig zu trinken. Sie ließ Wasser nachlaufen, sah sich um und versuchte zu erfassen und zu verstehen, was sie sah. Das hier war das Lager der Fremden? Und das Tier, trug es diese Körbe? Hieß das, dass sie nicht aus Firmament war? Das weißt du doch schon längst, rügte sie sich und war überrascht, als das Tier kurz seinen Kopf hob und sie ansah. Sie hatte den Satz offensichtlich laut gesagt. Sie fühlte die Erschütterung, die diese Erlebnisse in ihr auslösten, wie einen Schwindel, der es ihr schwer machte, klar zu denken und den sie unbedingt loswerden wollte. So dicht neben einem lebendigen Säugetier zu stehen, war genauso unfassbar wie der Rest dieser Nacht. Una streckte vorsichtig ihre Hand aus und murmelte beruhigend den Namen des Tieres. Seine Haare fühlten sich weich und rau zugleich an und es schien die Berührung nicht störend zu finden, denn es trank ungerührt weiter. Nannte man die Haare eines Tieres überhaupt Haare? Sie versuchte sich an die vielen Stunden zu erinnern, die Elsen ihr heimlich Unterricht in vielen unerwünschten Fachrichtungen erteilt hatte. Fell. Man hatte das früher Fell genannt. Wenn ich das Enne erzähle. Sie zog die Hand traurig zurück.

Ich werde Enne das nie erzählen können.

Ich werde das niemals irgendjemandem erzählen können.

Ich bringe die Frau hierher, dachte sie, ich bringe sie hierher zu ihrem Lager, lasse ihr die Medikamente da, gehe nach Hause und vergesse die Sache.

Die Fremde lag, als sie zu ihr zurückgefunden hatte, schlafend da und es kostete Una einiges an Kraft, sie vorsichtig aufzurichten und hochzuheben. Obwohl sie groß war, wog sie weniger, als Una erwartet hatte, und es gelang ihr, sie mit zwei Pausen zu ihrem Lager zu tragen und auf die dünne Matte im Zelt zu betten. Es gab eine Decke aus einem seltsamen Stoff und ein

Kissen. Sie deckte die Frau zu und sorgte dafür, dass ihr Kopf gut auf dem Kissen lag. Wie viel die Fremde davon mitbekam, war nicht klar. Sie öffnete zweimal kurz die Augen, murmelte ein paar unverständliche Worte und schlief wieder ein. Una zog das Wasser und die Vorräte aus einem Korb an das Zelt, legte die restlichen Verbände, ihre eigene, noch fast volle Wasserflasche und das Gläschen mit den Schmerztropfen daneben. Sie besah sich das ungewöhnliche Lager und musste an ihre Kindheit denken. Am Ende ihrer Schulzeit durften die jungen Kansa für eine Nacht in kleinen Zelten in den Agrarkuppeln übernachten. Draußen, wie die Erziehungsdiener es anpriesen, und für die Zwölfjährigen war das ein großes Abenteuer. Es gab ein offenes Lagerfeuer direkt unter einer Absauganlage und es wurde gesungen und gespielt. Una und Enne hatten sich in ihrer Zeltnacht kichernd in den Feldern versteckt, bis Enne Angst bekommen hatte und sie Hand in Hand zurück ins Lager gelaufen waren.

Una strich kurz mit der Hand über die weiche, untätowierte Wange der schlafenden Fremden.

»Es tut mir sehr leid. Ich hoffe, du wirst gesund«, flüsterte sie, warf noch einen Blick auf das Tier, das jetzt friedlich an einem Blatt kaute, und kämpfte sich, von unterschiedlichsten verwirrenden Emotionen getrieben, rennend und weinend zurück zur Schleuse.

Vier

»Niemand liebt die Agrarkuppeln so innig, wie du sie liebst. Und niemand zeigt es auf so ungewöhnliche Weise. Was ist es heute, das dich in Gegenwart der Sojabohnen schwach werden lässt? Oder sind es gar nicht die Bohnen? Haben die Rüben dir etwas Anstößiges anvertraut? Nein, die Rüben sind zu verschwiegen … Warte … deine dramatische Darstellung lässt nur eine einzige Diagnose zu … im Angesicht der üppig gereiften Fruchtstände hat dich der Fluch der eigenen Fruchtbarkeit ereilt.« Enne tauchte lachend neben dem kleinen elektrischen Drechsler auf, in dem Una zusammengesunken saß und sich den Kopf hielt.

»Una?«

Ennes Stimme hatte den Tonfall gewechselt, als Una den Kopf hob und sie in ihr Gesicht sehen konnte. Sie klang jetzt ernsthaft besorgt.

»Du siehst ja schrecklich aus.«

Sie korrigierte sich sofort.

»Entschuldige. Ich meine, krank. Du siehst wirklich krank aus. Hast du Fieber? Dein Gesicht ist irgendwie geschwollen und rot …«

Una spürte die kühle Hand ihrer Freundin auf der Stirn und sah, wie diese sofort einen Schritt zurücktrat. Sie hatte darauf verzichtet, sich vor ihrer Schicht heute Morgen im kleinen Spiegel des Waschraumes zu betrachten, konnte sich aber vorstellen, wie sie nach der schlaflosen durchweinten Nacht aussehen musste. Gut, dass Elsen heute Morgen früh die Wohnung verlassen hatte. Una sah ihre Freundin wortlos und mit brennenden Augen an. Enne war alles, was Una an Firmament liebte, sie war lustig, immer bereit, anderen zu helfen und ihr Glaube an das Gute war unerschütterlich.

Ihr Glaube an die Gemeinschaft und ihre vielen Regeln leider auch.

»Einigkeit.«

Una hob grüßend die Hand und strich der Freundin zärtlich durch das Gesicht. Weißt du, dass da draußen Kansa umherziehen, dachte sie.

Andere Kansa, die nicht zu Drachen mutiert sind? Und dass ich auf eine von ihnen geschossen habe? Und dass sie ein Tier hat, das mit ihr durchs Veld zieht? Sein Fell ist weich und seine Augen sind groß und dunkel. Und es hört auf seinen Namen. Fleck.

»Una, verstehst du mich überhaupt?«

Enne nahm jetzt ihre Hand und zog sie aus dem Sitz des Drechslers.

»Du machst mir Angst! Du hast Fieber, denke ich, und du weißt ja, was das heißt. Soll ich einen Transport rufen oder schaffst du es bis zur Quarantäne 1? Ich rufe besser einen Transport.«

»Nicht nötig, entschuldige.«

Una gab sich einen Ruck und bemühte sich, klar und normal zu sprechen.

»Ich schaffe das. Mach' dir bitte keine Sorgen, kann sein, dass ich eine Erkältung verschleppt habe. Oder es sind Nachwirkungen des Sturzes. Vielleicht habe ich mir doch die Rippen geprellt. Ich habe kaum geschlafen und viel gehustet. Du hustest doch auch viel in letzter Zeit, oder? Ich lasse mir jetzt Tropfen gegen die Kopfschmerzen geben und lege mich hin. Wir sehen uns später?«

Enne nickte und sah der Freundin besorgt hinterher, bevor sie sich wieder ihrer Arbeit zuwandte.

Der Weg bis zur Quarantäne 1 war nicht weit, was daran lag, dass jeder Arbeitsbereich seine eigene medizinische Erstversorgungsstelle hatte. Una ging langsam den Weg zwischen den Feldern entlang und strich im Vorbeigehen mit der Hand durch die ordentlich in Reihen stehenden Pflanzen. Alles hier war reguliert, das Licht, die Luft, der Boden, und alles beruhte auf dem Glauben, dass dort draußen der Tod auf sie alle wartete.

Aber sie lebt dort draußen. Und sie sieht aus wie wir.

Die Bedeutung ihrer Begegnung war ihr in der Nacht mit jeder Stunde klarer geworden.

Die zuständige Gesundheitsdienerin nahm ihre Werte und reagierte auf die erhöhte Körpertemperatur mit der für ihre abgeschlossene Gemeinschaft angemessenen Gründlichkeit, aber ohne die Panik, die Una auch schon erlebt hatte, wenn jemand in Verdacht stand, eine Virusinfektion zu haben.

»Du bist vor Kurzem gestürzt? Gibt es noch andere Symptome außer den Kopfschmerzen und dem Fieber? Gliederschmerzen?«

Una nickte und wusste, dass sie sich mit diesem Eingeständnis in Quarantäne 2 befördert hatte. Genau da wollte sie hin. An einen Ort, an den niemand, den sie kannte, ihr folgen konnte, um Fragen zu stellen. Sie verbrachte die nächsten Stunden, die es dauerte, ihr Blut auf etwaige Viren zu untersuchen, die ihr und den Kansa in den Kuppeln gefährlich werden konnten, in einem Zustand müder Schlaflosigkeit. Enne und Elsen winkten ihr am Abend aufmunternd durch die Scheibe vor ihrem Zimmer zu und es gelang ihr, zurückzuwinken. Hagen ließ ihr eine kleine Dose mit einer Süßigkeit überbringen, die sie angewidert in eine der beiden Schubladen an ihrem kleinen Nachttisch räumte. Wenn sie wach war, wunderte sie sich darüber, wie wenig Gedanken sie sich um diese Viren machte und wie viele um die Fremde, die draußen verletzt im Veld lag. Dabei war es doch durchaus realistisch, dass sie, die als Einzige die Kuppel verlassen hatte, sich bei der Fremden oder ihrem Tier mit einem für die Gemeinschaft in Firmament unbekannten Erreger infiziert hatte.

Und sie kannte die Geschichten, in denen Virusinfektionen kleinere und größere Kansagruppen getötet hatten. Ihre eigenen Großeltern waren Opfer einer solchen Infektion geworden. »Aber ich bin nicht krank«, flüsterte sie in ihrem Bett, mit dem Gesicht zur Wand liegend.

»Jedenfalls nicht körperlich.«

Sie hatte das Gefühl, als könne ihr Körper die unfassbare Begegnung nicht anders als mit unterschiedlichsten Schmerzen und erhöhter Temperatur verarbeiten. Und obwohl sie sich da sicher war, hatte sie ihre Symptome genannt und sich in Quarantäne begeben.

»Um dich selber vor der Versuchung zu schützen, hinauszuschleichen und nach ihr zu schauen.«

Sie flüsterte diesen Satz gegen die beige Wand neben ihrem Bett und strich mit einem Finger über den leicht angerauten Stein. Ich weiß nicht einmal ihren Namen, dachte sie, aber den muss ich gar nicht wissen. Wenn ich hier herauskomme, ist sie längst weitergezogen.

Die Begegnung hatte sie zutiefst verstört und rüttelte an vielen Dingen, die sie bis jetzt sicher gewusst hatte. Dass es dort draußen niemanden gab zum Beispiel, außer sagenumwobenen Feinden, und dass jede Begegnung mit einem Drachen tödlich verlaufen würde. Die Fremde war aber kein Drache und sie war nicht feindlich und sie war keine Kansa, denn sie war nicht tätowiert, und sie war dort draußen. Una begann wieder zu weinen und wartete in der Sicherheit der Quarantäne darauf, dass ihr aufgewühltes Gedankenkarussell zum Stillstand kam.

Fünf

Una hörte sich die Erläuterungen der Gesundheitsdienerin am nächsten Tag regungslos an. Es gab keinen Befund, keine Viren, keine Entzündungen, nichts in ihrem Körper erklärte die erhöhte Temperatur und sie würde die Quarantäne 2 am nächsten Tag verlassen dürfen, falls sich keine weiteren Symptome zeigten. »Vielleicht eine Reaktion auf deinen Sturz oder die Hormone spielen verrückt. Das kommt auch bei so gesunden jungen Kansa schon mal vor.«

Die Gesundheitsdienerin zwinkerte ihr aufmunternd zu.

»Wird in den nächsten Jahren bestimmt noch öfter ein Thema werden. Du solltest deine Fruchtbarkeit bald wieder testen lassen. Ich werde dich zu einer gründlichen Untersuchung vormerken. Keine Sorge, wir machen das wie gewohnt unter Betäubung, du wirst keinerlei Schmerzen haben.«

Una nickte gespielt freundlich und schob sich einen weiteren Löffel des faden Breis, der hier als Frühstück durchging, in den Mund. Sie fühlte sich mehrfach bestraft. Als ob die Fruchtbarkeitsuntersuchungen nicht häufig genug waren, jetzt hatte sie sich auch noch eine zusätzliche eingehandelt. Sich auch hier Anspielungen auf ihre bevorstehende Verbindung anhören zu dürfen, keinen Appetit zu haben und dann noch diesen langweiligen Getreidebrei essen zu müssen, um keine weiteren Untersuchungen auszulösen, war nicht fair. Sie legte sich auf das schmale Krankenbett, bat um ein Schlafmittel und schlief die nächsten vierundzwanzig Stunden traumlos.

Enne holte sie am nächsten Morgen auf ihrem Weg in die Agrarkuppeln ab und begleitete sie in ihre Wohnung. Una versuchte, auf die »Neuigkeiten«, die ihre Freundin auf dem kurzen Weg zum Thema anstehende Verbindungen heraussprudelte, angemessen zu reagieren. Was konnte in den wenigen Stunden passiert sein? Jost und Mazy hatten ihr Versprechen vorzeitig öffentlich bekräftigt, was genauso wenig eine Überraschung war wie die öffentliche Erklärung von Thin und Ronse. Thin war lange Jahre ein guter Freund gewesen und es hatte eine Zeit gegeben, in der Una gehofft hatte, dass er für sie bestimmt war. Aber je näher die Zeit der Verbindungen kam, desto größer wurde für junge Kansa der Druck, ausschließlich Freundschaften im eigenen Geschlecht zu pflegen. Thin hatte seit einigen Sturmzeiten nicht mehr mit ihr die Kuppeln durchstreift und saß beim Essen jetzt mit ein paar anderen jungen Männern ganz am Rande des Esssaales. Sie lächelten sich manchmal zu und Una glaubte, auch in seinen Augen ein wenig Bedauern gesehen zu haben, als die Verbindungen auf dem Kuppeldach erschienen waren. Vielleicht hatte sie das so sehen wollen. War Hagen wirklich der einzige junge Kansa, der mit ihr ohne Risiko für Nachkommen sorgen konnte? Das ganze System der Beziehungen in Firmament schien ihr absurder, als es ihr schon vor ihrer nächtlichen Begegnung erschienen war. Wir hinterfragen so vieles nicht, dachte sie.

»Ist das nicht toll? So früh schon so gute Nachrichten! «

Enne hakte sich bei ihr ein.

»Jost und Mazy sind ein schönes Paar.«

Una fixierte den Boden als gäbe es dort Hindernisse, über die sie fallen könnte, und sagte: »Hast du schon einmal davon gehört, dass jemand eine Verbindung abgelehnt hat?«

»Was?«

Enne sah Una fassungslos an.

»Hast du schon einmal von jungen Kansa gehört, die sich ihrer Verbindung verweigert haben oder keine Verbindung eingegangen sind?«

Beide waren jetzt stehengeblieben und Una sah, dass in Ennes dunklen Augen ehrliche Verwirrung stand.

»Wie meinst du das? Die erwünschte Verbindung freiwillig einzugehen, das ist doch der schönste Moment im Leben jedes Kansa. Das Überleben aller Kansa hängt davon ab. Hagen ist verrückt nach dir und du nach ihm, auch wenn du dich bemühst, das nicht zu zeigen, und ihr seid erwünscht. Ihr seid das tollste Paar dieser Verbindung! Der Sohn des Verwalters und die schöne Una. Ich weiß, dass du das nicht gerne hörst, aber alle Jungen haben dich schon seit der Schule heimlich angeschaut.«

»Weil ich so groß bin und sie Angst hatten, dass ich sie in den Bewegungsstunden besiege. Was ich im Übrigen oft nur deshalb nicht getan habe, um ihnen öffentliche Tränen zu ersparen.«

Una versuchte, das Thema mit einem Scherz zu beenden, aber Enne war nicht mehr zu bremsen und ging ein paar schnelle Schritte.

»Ihr seid das Paar dieser Verbindung, toller als Jost und Mazy. Und ich kann es nicht abwarten, bis Maurits mich endlich fragt.«

»Du kennst Maurits doch gar nicht wirklich.«

Una wusste, dass man diesen Punkt so nie ansprach, aber es war ihr herausgerutscht.

»Wieso sagst du so etwas?«

Enne war wieder stehengeblieben und starrte sie jetzt fassungslos an.

»Bist du sicher, dass mit dir alles in Ordnung ist? Was soll das denn heißen? Wir sind Kansa, wir sind erwünscht und mit der nächsten Sturmzeit fängt unser Leben an. Ich gehe die Verbindung mit Maurits ein und du mit Hagen und wir werden viele Kinder haben!«

»Natürlich. Entschuldige!«

Una zog die Freundin weiter, um ihrem verletzten und verunsicherten Blick auszuweichen.

»Dieses blöde Fieber hat mir Angst eingejagt und ich habe in den letzten achtundvierzig Stunden viel wirres Zeug geträumt. Hat Maurits deinen Eltern schon seinen Besuch angekündigt?«

Una war überrascht, wie nahtlos für Enne der Übergang zum alten Thema war.

»Hat er noch nicht, aber ich bin ganz sicher, dass er es bald tun wird. Ist das nicht Wahnsinn? Wie lange warten wir schon auf diesen Augenblick?«

Da sie in diesem Moment vor Unas Tür angekommen waren und Elsen diese öffnete, blieb Una eine Antwort erspart. Sie drückte die Freundin fest an sich und ging an ihrer Mutter vorbei in die Wohnung. Enne blieb an der Tür stehen. »Einigkeit, Elsen! Sehen wir uns heute Abend beim Essen, Una?«

»Einigkeit, Enne! Lass sie erstmal ausruhen. Ich habe sie für eine Woche von der Arbeit befreien lassen und ich denke, es ist besser, wenn sie hier in der Wohnung in Ruhe isst.«

Elsen nickte Enne freundlich zu und schloss die Tür.

Mutter und Tochter sahen sich wortlos an, bis Una ihrer Mutter weinend um den Hals fiel.

»Du hast mir Angst gemacht«, flüsterte Elsen ihrer Tochter ins Ohr, während sie ihr beruhigend über den Rücken strich.

»Ich mir auch«, flüsterte Una zurück.

»Hast du gefrühstückt?«

Una schüttelte den Kopf und Elsen zog sie mit sich in die kleine Küche.

»Ich habe dir eine Extraportion deines Lieblingsbrotes gesichert und frischen Tomatenaufstrich.«

Una schmierte sich mit gespieltem Appetit das Brot und aß es, um Elsen nicht zu beunruhigen. Sie sah ihre Mutter, die emsig um sie herum räumte und dabei mehr oder weniger sinnvoll die wenigen Dinge, die in der Küche standen, an andere Plätze stellte, zwischen den einzelnen Bissen an.

Was ist, wenn ich sie frage? Was passiert, wenn ich ihr von meiner Begegnung erzähle?

»Schmeckt es dir, Kind?«

Una nickte und Elsen strich ihr über den Kopf.

Dann lässt sie mich nie mehr raus ins Veld.

Willst du denn noch raus?

»Hagen schleicht seit Tagen um mich herum, mal hat er eine Frage, mal will er einen Rat, er ist wirklich ein netter junger Kansa. Und so höflich! Er wird eines Tages ein guter oberster Verwalter, davon bin ich überzeugt. Wird jetzt nicht mehr lange dauern, bis er hier vorspricht. Wahrscheinlich will er meine Erlaubnis, euch groß auf dem Jahresfest zu verkünden.«

Elsen lächelte ihre Tochter ein wenig zu bemüht an.

»Und sein Vater Diest hat mir beim Treffen der Experten im Vorübergehen zugenickt.«

Una hatte das bevorstehende Jahresfest mit seinem ganzen Trubel komplett vergessen. Einmal im Jahr wurde einen ganzen Tag lang getanzt und Theater gespielt, es gab außergewöhnliche Speisen und alle kamen zusammen, um ein weiteres erfolgreiches Jahr zu feiern. Einige der erwünschten Paare zogen tanzend und singend durch alle Kuppeln und sammelten Glückwünsche ein. Natürlich würde Hagen dort ihre Verbindung offiziell machen, vor großem Publikum mit seltenen Blumen und Süßigkeiten, zu denen die Verwaltung seltsamerweise leicht Zugang fand.

Der Sohn des Verwalters erwählte seine Frau.

Auch wenn Hagen genauso wenig wie sie die Wahl hatte, würde er daraus ein Spektakel machen, das alle verzücken würde. Und da die Söhne der anderen beiden Verwalter noch ein paar Sturmzeiten von ihrer Verbindung entfernt waren, konnte er sich auf die ungeteilte Aufmerksamkeit der Gemeinschaft freuen. Der frische Tomatenaufstrich schmeckte plötzlich extrem fade und das Brot kaute sich wie trockener Maisfladen. Wie lange war es noch bis zum Fest? Sie rechnete heimlich im Kopf nach, keine zwei Wochen mehr.

Ich muss noch einmal raus, bevor ich das gar nicht mehr kann. Ich muss versuchen, mit der Fremden zu sprechen.

Wenn sie noch da ist.

»Ich gehe zur Arbeit, die Turbinen und die Abwasserpumpen haben wieder Probleme. Kann sein, dass der Wind früh stark wird in diesem Jahr, so viele Reparaturen hatten wir lange nicht um diese Zeit.«

Una gelang es zu verbergen, wie sehr sie die Nachricht von stärkerem Wind erschreckte und war froh, als Elsen endlich, nach einigem Zögern, die Wohnung verlassen hatte. Sie stellte das Kom auf Ruhe, was angesichts ihrer Krankheit keine Fragen aufwerfen würde, die garantiert kamen, wenn sie es komplett vom Netz nahm. Dann setzte sich sich auf ihr Bett und fasste einen Plan.

Am frühen Nachmittag schaute sie stolz auf die Rationen und das Obst, das sie unauffällig an verschiedenen Essensausgaben mitgenommen hatte. Sie stopfte alles in einen alten Rucksack ihres Vaters, brachte noch

Medikamente aus ihrem eigenen Vorrat unter und lud ihre Taschenlampe auf. Den ganzen Tag hatte sie sich geweigert zuzugeben, dass die Fremde nach zwei Tagen sicher nicht mehr in der Nähe war. Würdest du bleiben, wenn jemand ohne Grund auf dich geschossen hätte?

Ich habe ihr aber auch geholfen!

Weshalb sie trotz Schusswunde und Gehirnerschütterung wahrscheinlich in der Lage gewesen ist, so schnell wie möglich weiterzuziehen.

Elsen brachte ihr am Abend das Essen mit in die Wohnung und sie aßen schweigend gemeinsam am Tisch, bis Una die Stille unterbrach.

»Ich werde heute Nacht nach draußen gehen und ich möchte, dass du dir keine Sorgen machst.«

Elsen wollte sofort antworten, aber Una hob die Hand und sprach weiter. Den ganzen Tag hatte sie sich überlegt, wie sie mit ihrer Mutter über dieses Thema sprechen würde, ohne sie noch mehr zu alarmieren.

»Du kennst mich ja. Es fällt mir sehr schwer, mich auf Veränderungen einzustellen und ich liebe unser gemeinsames Leben hier. Ich weiß um meine Verpflichtung gegenüber der Gemeinschaft und ich werde sie erfüllen. Jetzt brauche ich aber noch meine kleine Freiheit, bevor ich sie aufgebe.«

»Sind das die Gedanken, die dich krank machen?«

Elsen klang nicht überrascht.

»Ja.«

Una beließ es bei der kurzen Antwort, die nicht ganz wahr und nicht ganz falsch war.

»Und du passt auf dich auf da draußen?«

»Mir reicht es, vor den Kuppeln allein spazieren zu gehen und den Mond zu betrachten. Und ab und zu wenig elegant einen mittleren Hügel hinunterzufallen.« Mutter und Tochter lächelten sich an.

»Ich habe das auch geliebt früher.« Elsens Lächeln bekam etwas Wehmütiges.

«Einen Hügel hinunterzufallen?"

Una wurde von diesem Bekenntnis komplett überrascht und flüchtete sich in einen Scherz. Ihre Mutter hatte noch nie positiv von ihren eigenen Ausflügen gesprochen. Sie hatte eigentlich überhaupt noch nicht davon gesprochen.

Es ist wichtiger, worüber wir schweigen.

Elsen tat ihr den Gefallen zu lächeln.

»Ich mochte die Stille und das Gefühl der Weite. Aventh mochte den Mond.«

»Hast du dich nie gefragt, wer die Schleuse ursprünglich manipuliert hat?«

Una fühlte, dass sie jetzt so nah wie niemals zuvor an einem richtigen Gespräch über die verbotenen Ausflüge waren. Elsen stand auf, wich ihrem Blick aus und fuhr sich nervös durch die Haare.

»Nein.«

Das war die Grenze, über mehr würde ihre Mutter niemals sprechen. Una erhob sich, um ihre Sachen abzuspülen.

»Ich musste mich das nicht fragen, weil ich es wusste.«

»Du warst das.«

Una wusste auch nicht, warum sie plötzlich so sicher war, aber das stumme Nicken ihrer Mutter barg keine Überraschung mehr.

»Es war eine schwierige Zeit in Firmament damals. Ich weiß nicht … dein Vater und ich … wir haben an eine bessere Zukunft geglaubt und versucht daran zu arbeiten … aber dann …«

Elsen unterbrach sich, als hätte sie zu viel erzählt, und sah Una eigenartig traurig und flehend an.

»Aber was dann?«

Una nahm ihre Mutter bei der Hand. Sie hatte nie davon gehört, dass irgendjemand in Firmament an eine andere Art zu leben geglaubt hatte. Es gab auf diesem Planeten keine andere Art zu leben. Hatte ihre Mutter die Schleuse modifiziert, um Firmament zu verlassen? Wo hatte sie hingehen wollen?

»Dann wurdest du geboren und wir waren so glücklich, weil wir nach den vielen gemeinsamen Jahren nicht mehr damit gerechnet hatten … und dann ist dein Vater verunglückt und alles ist anders geworden. Ich weiß nicht mehr, wovon wir vorher geträumt hatten, aber es war dummer Unsinn. Wir waren jung und naiv. Ohne die Gemeinschaft gibt es kein Überleben!«

Elsen klang jetzt trotzig und so, als habe sie sich diesen Satz nächtelang aufgesagt, um ihn zu glauben.

»Aber du hast die Schleuse so gelassen und niemandem davon erzählt.«

»Es war alles, was ich von der Zeit mit deinem Vater noch hatte. Ein Ort, der uns allein gehört hatte. Ein Traum, für den er gestorben ist …«

»Vater ist doch verunglückt. Bei den Filteranlagen ...«

In den Augen ihrer Mutter stand für einen Moment eine Wut, die Una noch nie gesehen hatte. Aber der Funken verschwand so schnell, wie er gekommen war, und Elsens Blick wurde wieder traurig.

»Ja, sicher ist er das. Man hat ihn da gefunden, er war gestürzt. Er war hoch hinaufgeklettert und eine der Streben oben am Geländer ist gebrochen.«

»Du glaubst nicht daran, dass das ein Unfall war?«

Unas Welt war mittlerweile in so viele scharfe kleine Teile explodiert, dass sie es wagte, auch diese Frage zu stellen. Und sie war sich sicher, dass der kurze Blick ihrer Mutter Bedeutung gehabt hatte.

Elsen setzte sich zurück an den Tisch und stützte ihren Kopf in die Hände.

»Es war ein Unfall. Natürlich war es ein Unfall. Lass uns nicht mehr reden. Ich weiß nicht mehr, was ich alles geglaubt habe damals, du warst so klein und ich war so verzweifelt. Da sucht man Zusammenhänge und Gründe, damit nicht alles sinnlos ist. Die Gemeinschaft hat mich gerettet. Sie hat dich gerettet. Alles andere ist doch nach all den Jahren auch vollkommen unwichtig.«

Una sah die Tränen, die langsam die Wangen ihre Mutter hinabliefen, setzte sich zu ihr und legte die Arme um sie. So saßen sie noch, als das Kansalied verklang und die Lichter in den Gängen gedämmt wurden.

Sechs

Draußen vor der Kuppel setzte Una den schweren Rucksack auf und bereitete sich auf den Weg den Hügel hinauf vor. Der Wind wehte leicht durch die kleinen Büsche und sie war froh, dass er nicht schon stärker war. Eigenartig, dass man das im Inneren glaubte. Ich muss eine ruhigere Nacht erwischt haben, dachte sie und wischte sich, auf der Spitze angekommen, den Schweiß aus dem Gesicht. Unter ihr im Veld war alles dunkel. Das war der Anblick, den sie gefürchtet hatte. Dass dort nichts als die dunkle, endlose Leere war, in die sie ihr ganzes Leben geschaut hatte. Sie ließ sich kurz auf der Bank nieder, um Luft zu holen, und überlegte. Sie ist weitergezogen und ich werde nie erfahren, wer sie war und wo sie lebt.

Lass ihr den Rucksack unten. Vielleicht kommt sie auf dem Rückweg noch einmal hier vorbei.

Auf dem Rückweg? Woher soll ich denn wissen, ob sie auf dem Hin- oder Rück- oder was für einem Weg gewesen ist? Una erhob sich und stieg im Licht des Mondes hinab bis zu dem Platz, an dem die Fremde gelegen hatte. Der Wind und der Sand hatten jede Spur ihrer Begegnung verwischt. Sie ließ die Taschenlampe aufleuchten und der Strahl verfing sich im Dickicht hinter ihr. Vielleicht ist sie an ihrem Lager.

Warum sollte sie hier draußen schutzlos herumsitzen? Neue Hoffnung keimte in ihr auf und sie zwängte sich, wie an jenem seltsamen Abend, durch die Hecken und Büsche, bis sie zu der kleinen Lichtung kam.

Nichts.

Kein Tier, das sie mit dunklen Augen ansah, kein Zelt und vor allem keine fremde Frau.

Vielleicht habe ich das alles ja geträumt?

Sie suchte im Licht der Taschenlampe den kleinen Platz ab und schließlich blieb der Lichtkegel an einer leeren Flasche hängen, die ordentlich an einem Stein lehnte. Das ist die Wasserflasche, die ich ihr hiergelassen habe. Sie hat sie geleert, alles andere eingepackt und ist weitergezogen. Die Traurigkeit in Una wuchs so schnell, dass sie sich leicht schwindelig fühlte. Sie stellte den alten Rucksack neben den Baum, an den das Tier gebunden gewesen war, und holte tief Luft.

Hast du gehofft, dass diese Begegnung hier dein Leben nachhaltig verändern würde? Alles, was du jetzt hast, sind noch mehr Fragen. Die Frau ohne Tätowierung war da und nun ist sie es nicht mehr und du gehst jetzt brav zurück und lebst das Leben, für das du bestimmt bist.

Warum soll ich das ganze Zeug den Hügel hinaufschleppen? Ich lasse es einfach hier.

Sie gönnte sich diesen Gedanken wie eine letzte kleine Rebellion. Vielleicht findet es irgendjemand. Wenn sie hier draußen umherzieht, wer weiß, wer das noch alles tut? Una ließ das Licht ihrer Lampe noch einmal durch das dichte Gebüsch gleiten und machte sich auf den Heimweg.

Der Weg den Hügel hinauf war leichter und schwerer zugleich. Una war froh, das Gewicht des Rucksacks nicht mehr auf dem Rücken zu spüren, aber eine große, schmerzhafte Leere breitete sich mit jedem Meter, den sie sich vom verlassenen Lager der Fremden im Veld entfernte, in ihr aus. Das war es jetzt, dachte sie. Das einzige außergewöhnliche Erlebnis deines Lebens ist vorbeigegangen und was jetzt bleibt, ist eine endlose Zeit mit Bohnen und Turbinen, mit schlecht gesüßten Birnen und Hagen. Und mit Fragen. Sie schlich mit gesenktem Kopf langsam den Hügel hinauf und schaute mehr auf ihre Füße als nach vorne.

»Hast du mich von hier aus verletzt?«

Die Stimme mit dem seltsamen Tonfall kam vom kleinen Steinvorsprung, den Una und Elsen »die Bank« nannten und auf dem sich jetzt eine dunkle Gestalt erhob. Una erschrak so sehr, dass sie schräg auf einen Stein trat, den Halt verlor und ein paar Zentimeter den Hang hinabrutschte.

»Vorsicht!«

Die Fremde sprang vor, griff nach ihrem Arm und hielt sie fest.

»Lass uns nicht noch mehr von deinem guten Verbandsmaterial verbrauchen.«

Ihre Worte waren klar verständlich, obwohl sie sie eigenartig betonte. Una starrte sie wortlos an. Da stand sie, die Frau, die es nicht geben konnte, und ihre große, schlanke Silhouette zeichnete sich vor dem Nachthimmel wie ein unwirklicher Scherenschnitt ab.

«Ja, aber ich wollte gar nicht schießen. Ich habe mich erschrocken … ich hatte Angst … ich …«

Sie biss sich hilflos auf die Lippe und unterbrach sich. Die Fremde nickte ernst. »Damit wird schießen?«

Sie zeigte auf die Pistole an Unas Hüfte und schien das Wort in ihrem Mund zu proben.

»Geschossen, ja.«

Die Fremde wiederholte das Wort leise und nickte dann wieder.

»Und du wohnst dort unten drin?«

Sie deutete hinter sich auf die Hügelspitze und die Kuppeln, die von hier aus nicht sichtbar dahinter lagen.

»Ja.«

Una schaute fasziniert auf die kurzen Haare, die in kleinen Locken und Strähnen ohne rechte Ordnung vom Kopf der Fremden abstanden.

»Und ihr habt Schächte?«

Una folgte dem Blick der Fremden zu der kleinen Fackel, die weit hinter den Kuppeln aus einem hohen, schmalen Rohr das ewig strömende Gas der alten Mine abfackelte.

»Erz und Salz, ja, Kohle nicht mehr.«

Es war Una peinlich bewusst, dass sie wie eine Schülerin in einer Prüfung klang.

»Und du redest nicht viel?«

In der Stimme der Fremden lag eine Art feindseliger Belustigung und Una suchte den Blick der dunklen Augen, deren Ausdruck sie in der Dunkelheit schlecht erkennen konnte.

»Es tut mir sehr leid.«

»Ein ganzer Satz! Ich bin beeindruckt und deshalb darfst du Platz nehmen. Falls ihr nicht gerade nach neuen Zielen sucht, du und dein tragbares Licht.«

Die Fremde setzte sich zurück auf die Bank und deutete auf das Felsenstück neben sich. Selbst mit dieser eigenartigen Betonung war der spöttische Ton in ihrer Stimme eindeutig. Aber es war kein boshafter Spott, auch das konnte Una hören. Sie ließ sich in gebührendem Abstand auf dem Vorsprung nieder und stellte ihre Lampe aufrecht zwischen sie, sodass sie den kleinen Platz erleuchtete. Die Steine außerhalb des Lichtkegels lagen still in der Dunkelheit und schienen wie sie auf eine Erklärung zu warten.

»Ich bin Thau.«

Die Frau machte eine Pause zwischen dem A und dem U und Una versuchte, den seltsamen Namen in ihrem Kopf zu wiederholen. Tha – u.

»Una«, sagte sie dann laut, deutete auf ihre Brust und wünschte sich, es gäbe eine Betonung, die ihren Namen interessanter machte. Beide sahen gemeinsam ins mondbeschienene Veld. Was fragte man jemanden, den es nicht geben konnte? Auf den man ohne Grund geschossen hatte? Wie sprach man mit jemandem, der nicht aus Firmament war? Una bewegte sich nervös und überlegte fieberhaft.

»Wo kommst du her?«

Die Frage hatte sich nach vorne gedrängt, weil sie

ihr seit zwei Tagen durch den Kopf geisterte.

»Aus einer Siedlung, in der man nicht auf wehrlose Menschen schießt, aus Fundament.«

Die Fremde deutete mit dem unverletzten linken Arm vage in eine Richtung in der Dunkelheit.

»Machst du dich über mich lustig?«

Una sah Thau verunsichert an.

»Ich habe dir doch gesagt, dass es mir leidtut. Sehr leid.«

Sie fühlte Tränen aufsteigen und wusste nicht, ob es ihr Schuldgefühl oder die Unsicherheit war, die dort wässrig aus den Augen entkommen wollte.

»Warum denkst du, dass ich mich über dich lustig mache?«

Thau hielt ihrem Blick stand. Die Augen, die sie von dichten Wimpern umgeben so ernst und fragend ansahen, waren schön. Una schüttelte den Gedanken ab und wischte sich kurz über ihr Gesicht.

»Deine Kuppeln heißen wirklich Fundament?«

Thau nickte.

»Keine Kuppeln, aber ja, unsere Siedlung über den Schächten heißt Fundament, sagte ich doch. Wie nennst du die Kuppeln da?«

»Firmament.«

»Ist das dein Ernst?«

Jetzt schaute Thau verwirrt und sah, wie Una nickte. Beide schwiegen einen Augenblick.

»Fundament und Firmament … klingt, als ob sie zusammengehören oder vom selben Kansa benannt worden sind. Seltsam, oder?«

Una durchsuchte ihr Schulwissen nach einem Hinweis auf eine Kansasiedlung in der Nähe. Wie weit konnte diese Thau sich mit ihrem Tier in der sturmfreien Zeit bewegt haben?

»Ja, aber nicht so seltsam wie die Tatsache, dass du hier draußen leben kannst.« Una holte tief Luft. »Wenn du eine Siedlung hast, warum bist du allein hier draußen im Veld?«

»Ich bin ein Herbstläufer ... oder eher eine Herbstläuferin ... die erste übrigens. Aber keine Angst, ich plündere nicht ...ich suche nach ...«

Thau unterbrach sich selber.

»Nach allem, was uns beim Überleben hilft eigentlich. Waffen wie diese da und tragbares Licht haben wir zum Beispiel nicht.«

»Ihr habt keine Elektrizität?«

»Wenn es das ist, was dieses Licht möglich macht, dann haben wir es nicht.«

»Und du bist allein ausgezogen, um nach Sachen zu suchen, die ihr brauchen könnt?«

»Das ist meine einzige Aufgabe als Herbstläuferin.«

Thau sagte das Wort »Herbstläuferin« mit Stolz und so, als hätte es eine Bedeutung, die Una verstehen müsste. Einen Moment lang war sie sicher, das Wort schon einmal gehört zu haben, aber es wollte ihr nicht einfallen in welchem Zusammenhang.

»Was ist eine Herbstläuferin?«

Thau sah sie ungläubig von der Seite an.

»Hast du nicht deshalb auf mich geschossen? Wegen der alten Geschichten, dass die Herbstläufer plündern?«

Una schüttelte unwillig den Kopf.

»Ich kenne diese Geschichten nicht. Ich habe geschossen, weil ich dachte, dass du ein Drache bist und mich ermorden wirst.«

Jetzt war es an Thau, sie kurz ratlos anzusehen und laut aufzulachen.

»Jetzt machst du dich über mich lustig. Ein Drache? So wie in den Schriften der Ältesten?«

Sie hob einen Finger als unterrichte sie die Kleinen in der Schule.

«Und er griff den Drachen, die alte Schlange, welche ist der Teufel und Satan, und band ihn tausend Jahre. Hatten die nicht sieben Köpfe und zehn Hörner?«

Thau wollte sich belustigt die Zeigefinger als Hörner an den Kopf halten, sprang aber erschreckt auf, weil im selben Augenblick die Uhr an Unas Arm einen leisen, aber schrillen Alarmton von sich gab. Sie blieb in einem Abstand von Una stehen, der es ihr gestattet hätte, mit einem kleinen Vorsprung den Hügel hinabzusprinten, und lauschte dem Piepen unruhig.

»Ich muss zurück.«

Una erhob sich und sah, wie Thau die Uhr an ihrem Arm ängstlich anstarrte.

»Das hier ist eine Erinnerung, ein Wecker, wenn du willst. Ich kann ihn abstellen.«

Sie drückte den Knopf, der den Alarm zum Schweigen brachte.

»Ich habe dir Vorräte mitgebracht und Medikamente. Sie sind da unten, wo dein Lager war. Ich könnte morgen Nacht wiederkommen. Ich kann dir die Taschenlampe nicht hierlassen, du müsstest sie aufladen, sonst hört sie auf zu leuchten. Siehst du?«

Sie schob das Fach, hinter dem die Batterie lag, auf und sah Thaus verständnislosen Blick. Die selbst erklärte Herbstläuferin hörte sich den Wortschwall wachsam an und wirkte unschlüssig, was sie tun sollte.

»Wenn du doch nützliche Sachen für deine Siedlung suchst … wir haben genetisch verändertes Saatgut, das immun gegen Krankheiten ist … ich kann auch Kuchen mitbringen.«

Una bemerkte, wie kindlich flehend ihr letzter Satz geklungen hatte, und ärgerte sich über sich selber. Bei der außergewöhnlichsten Begegnung ihres Lebens klang sie, als wolle sie auf einen Kindergeburtstag eingeladen werden.

»Erzählst du den anderen da drinnen von mir?«

Thau klang misstrauisch. Sie ließ die Uhr nicht aus den Augen.

»Bist du verrückt?«

Die beiden Frauen sahen sich lange an und Una konnte sich nicht erinnern, dass ein solcher Blickkontakt sich schon einmal wie ein intensiver Austausch angefühlt hatte. Oder wie ein Erkennen. So, als könnten die Blicke der Fremden durch ihre Augen in ihre Gedanken spazieren und sich dort umsehen. Ihr Gesicht wurde warm und sie vergrub ihre Hände tief in den Taschen. Sie hielt dem Blick trotzdem stand und sah schließlich, wie die anderen Augen das Lächeln, das sie vorsichtig in diese stumme Konversation geworfen hatte, akzeptierten. Beide nickten sich kurz zu.

»Ich kann noch hier in der Gegend bleiben, nicht mehr lange, aber ein paar Nächte gehen wohl in Ordnung, denke ich. Wenn ihr wirklich dieses seltsame Saatgut habt.«

Una nickte und stolperte ohne jedes weitere Wort den Hügel in Richtung Firmament hinauf und auf der anderen Seite hinunter. Sie glaubte zu spüren, dass Thau ihr nachsah, bis sie durch die Schleuse verschwand, obwohl das unmöglich war.

Sieben

Im Essbereich ihrer Kuppel war so früh am Morgen wenig Betrieb. Die Frauen der Frühstücksschicht in ihren hellroten Anzügen kochten Tee, schnitten eifrig Obst und füllten den noch heißen Getreidebrei und die Bohnenpaste in kleine Schüsseln. Una holte sich ihren Brei und setzte sich an einen der großen Tische. Die Innenseiten der Kuppeln zeigten noch die bläuliche Nachtansicht und würden erst in einer Stunde auf ein neues künstlerisches Tagmotiv wechseln. Eine kleine Gruppe Technikdiener der Nachtschicht saß mit müden Gesichtern an einem anderen großen Tisch in der Nähe der Getränkeausgabe und schaute, gemeinsam leise diskutierend, auf eine große technische Zeichnung. Una kannte die meisten von ihnen und sie hatten ihr freundlich zugenickt, als sie den Saal betreten hatte.

Alles hier war so wie immer, alle lebten ihr Leben, aßen, reparierten, machten Pläne und niemand fragte sich, ob das, was sie über die Welt wussten, wirklich stimmte.

Der Brei schmeckte überraschend gut, war gesüßt und fruchtig und Una fand ihn nach der schlaflosen Nacht belebender als den Ingwertee, der jetzt in großen dampfenden Kannen auf die Tische gestellt wurde.

Sie hatte sich umgezogen, die Schuhe gereinigt und war in den letzten Stunden alleine durch die Kuppeln gestreift. Während sie ziellos durch vertraute und fremde Gänge gegangen war, hatte sie sich gewundert, wie selten sie ihren eigenen Bereich verließ. Warum auch? Alle Wohnkuppeln sahen gleich aus, die Wände freundlich gestrichen, die Bereiche der Kinder bunt bemalt, die Gänge zu den Wohnungen mit kleinen persönlichen Hinweisen versehen. Die Versorgungskuppeln waren nichts als große Lagerräume, und auch wenn viele Kansa gerne an den Rändern der großen Felder in den Agrarkuppeln spazieren gingen, hatte sie das selten getan. Ihr gefielen die Bewegungsfelder in der großen Zentralkuppel und das gewaltige Amphitheater, in dem sie für Theater und Feierlichkeiten alle Platz fanden. Bald würde es die größte dieser jährlichen Feierlichkeiten geben. Sie seufzte.

»Du kannst nicht schlafen?«

Elsen war hinter ihr aufgetaucht, ohne dass Una das bemerkt hatte. Sie nickte und Elsen setzte sich zu ihr.

»Wie ist der Brei?«

»Überraschenderweise gesüßt.«

Una bemühte sich, so normal zu klingen wie das Leben um sie herum.

»Ich dachte, wenn ich schon nicht schlafe, kann ich die Ruhe um diese Zeit nutzen und den Brei essen, solange er noch frisch ist.«

Elsen sah sie liebevoll an, goss sich den heißen Tee ein und trank vorsichtig pustend einen Schluck. Kleine, scharfe Ingwerwolken wehten Una ins Gesicht.

»Warum kannst du nicht schlafen? Hast du noch Schmerzen, Kind?«

»Nein, alles gut. Ich mache mir nur ein paar Gedanken, weißt du …«

Una unterbrach sich, um nicht preiszugeben, was in ihrem Kopf vorging.

»Über die Zukunft?«

Elsen nickte grüßend zu den Technikdienern hinüber, die jetzt den Saal verließen. Ihre leeren Schüsseln und Tassen schepperten leise auf dem Geschirrband in Richtung der Spülküche. Una lauschte ihrer kurzen Fahrt. Das Geräusch war beruhigend, weil es vertraut war. So vertraut wie der scharfe Geruch des Tees, das leise Summen der Ventilatoren und die ewigen Gespräche über den Brei.

Nein, dachte sie, ich mache mir Gedanken über die Vergangenheit und über die Gegenwart, über unser ganzes Leben hier.

»Ja«, sagte sie laut, »natürlich über die Zukunft.«

Ihr war in den Stunden nach ihrer Rückkehr klar geworden, dass sie versuchen musste herauszubekommen, ob es in den Datenbanken von Firmament irgendwelche Hinweise auf andere lebende Kansa oder auf einen Ort namens Fundament gab. Ob sie etwas übersehen hatte, das alle wussten und das das Auftauchen einer Kansa außerhalb von Firmament erklärte.

»Ich weiß so wenig über das Leben als Verbundene … du weißt schon …«

Sie sah auf den Tisch und spielte eine beschämte Wortlosigkeit, die sie nicht empfand. Sexualität war kein ständiges Thema in Firmament, aber es war auch kein Tabu. Alle jungen Kansa waren über die körperlichen Aspekte der Vereinigungen informiert und natürlich hatten sie außerhalb des Unterrichts ausgiebig darüber getuschelt. Darüber und wie die Liebe entstand. Es ist das große Wunder unseres Lebens, hatte Enne ihr mehr als einmal erklärt und Una sah ihre leuchtenden Augen vor sich.

»Eine Verbindung wird bekannt gegeben und dann erkennen beide die Liebe in ihren Herzen. Sie ist die ganze Zeit da gewesen, aber erst jetzt können sie sie erkennen.«

Una dachte an Hagen und ihre Hand ballte sich so fest um den Löffel, dass ihre Knöchel weiß hervortraten. In ihr musste diese Liebe außergewöhnlich tief verborgen sein. Sie sah, dass Elsen das nicht entging, und lächelte sie an.

»Ich würde da gerne ein paar Dinge in Ruhe nachlesen, aber ich will nicht unbedingt zu einem Gespräch in die Verwaltung eingeladen werden, wie Barint damals, weißt du?«

»Barint war sieben Sturmzeiten alt. Sieben! Ich glaube kaum, dass du jetzt ein Gespräch zu befürchten hättest, wenn du bestimmte Themen recherchierst.«

Elsen grüßte eine neue Gruppe Kansa, die den Saal betrat. Es wurde voller und lauter im Raum. Eine kleine Gruppe Kinder auf dem Weg zur Schule durchsuchte die Obstkiste nach den besten Äpfeln und Birnen, bevor sie sich mit ihrem Brei an einen Tisch setzten. Die langen Haare der Mädchen waren in ordentliche

Zöpfe geflochten, die kurzen Haare der Jungen waren sauber gescheitelt. Una stellte sich Thau und ihre wilden, kurzen Haare vor und zwang sich weiterzureden.

»Trotzdem! Du weißt doch, wie Hagen ist. Er hat mehrmals die nicht öffentlichen Dienstpläne durchgesehen, um mich zu finden. Ich möchte auf keinen Fall, dass er von meinem Interesse erfährt.«

Una vermied den Blickkontakt mit ihrer Mutter, was einerseits gut zu ihrer Geschichte passte und andererseits verhindern sollte, dass sie die Lüge in ihren Augen erkennen konnte.

»Verstehe.«

Elsen legte den Arm um ihre Tochter und zog sie an sich.

»Hagen hat mich gebeten, die Verbindung mit dir auf dem Fest offiziell verkünden zu dürfen. Ich freue mich so für euch beide!«

»Was? Nein!«

Una sprang auf, ohne das zu wollen und setzte sich sofort wieder hin, als sie die Blicke der Kansa an den anderen Tischen sah.

»Ich meine, natürlich, ich brauche nur noch Zeit. Diese Krankheit und der Sturz haben mir irgendwie zugesetzt.«

Sie riss sich zusammen und sah ihre Mutter verschwörerisch an.

»Ich frage mich … weißt du … du hast mir ja nie viel von Aventh erzählt … War es bei euch beiden eigentlich wirklich so, dass sich die Liebe mit der Verbindung eingestellt hat?«

Die Frage so zweifelnd zu formulieren hätte Una bei anderen Kansa einen Verweis eingebracht und Una wusste nicht einmal wirklich, wo sie plötzlich hergekommen war.

»Ist es das, was dir Sorgen macht? Die Liebe?«

Elsen lächelte erleichtert.

»Da kann ich dich beruhigen! Ja, es ist uns genauso passiert, wie die alten Geschichten es erzählen. Wir waren uns fremd und sehr, sehr unterschiedlich und als wir verbunden wurden, sind unsere Herzen füreinander geöffnet worden und wir haben uns geliebt. Nicht sofort, aber nach und nach immer mehr. Sehr.«

Una konnte sehen, dass im Gesicht ihrer Mutter ein Ausdruck aufgetaucht war, den sie nicht kannte. Es sah aus wie ein schöner Schmerz und es berührte sie tief. Sie zog den Arm ihrer Mutter fester um sich und legte ihren Kopf an deren Schulter.

»Hättest du denn eine Ahnung, wie man unbemerkt recherchieren kann?«, hatte Una Elsen gefragt, bevor sie sich auf den Weg zur Arbeit gemacht hatte.

Und Elsen hatte eine Idee gehabt.

»Wir wollten damals auch einen Zugang, der nicht alle Suchvorgänge an die Zentrale gemeldet hat, und so habe ich einen Terminal in der Nähe der Schleuse modifiziert, kann sein, dass er noch funktioniert. Ich habe auf jeden Fall dafür gesorgt, dass er nicht recycelt wird.«

Acht

Una warf sich vor, nicht selber darauf gekommen zu sein, es dort zu versuchen, als sie den alten Computer, der in einer Ecke des Betriebsraumes der stillgelegten Kuppel in einer Holzkiste auf dem Boden verstaubte, hochfuhr. Sie überprüfte die Kabelverbindung und drückte den Betriebsknopf. Er surrte lange und Una musste ihn zweimal neu starten, bevor sein Monitor doch noch hell wurde und die Suchmaske der Kuppeln auf dem trüben Bildschirm erschien. Sie atmete erleichtert aus, staubte die Tastatur sorgfältig ab und gab wahllos ein paar Begriffe ein. Das System warf brav die dazu vorhandenen Daten aus und sie wurde mutiger. Die Geschichte der Kansa war so verheerend, wie sie sie in Erinnerung hatte. Trotzdem klickte Una auf jeden Link und suchte nach Anhaltspunkten für eine andere Siedlung, die bis in ihre Zeit überlebt hatte. Alle Beziehungen zu anderen Orten waren weit vor ihrer Zeit abgerissen, einzelne Überlebende hatten einige Male per Funk kurz von der Zerstörung berichten können und waren dann auch verschwunden. Ermordet oder in der unwirtlichen Welt umgekommen, da war man sich sicher. Seit über hundert Sturmzeiten hatte niemand mehr Kontakt zu einer Siedlung außerhalb von Firmament gehabt. Sie rief die Daten zu den Drachen auf und die alten selbstgezeichneten Karten erschienen, die an verschiedenen Stellen den Hinweis »Hier sind Drachen« enthielten. Sie sah die Bilder und Berichte, die ihre Freundin Enne als Kind gefürchtet hatte. Die mutierten, behaarten Tierwesen, kaum als menschlich zu erkennen und ohne Sprache und Intelligenz. Das Wort »Fundament« ergab ausschließlich Treffer, die sich mit dem Bau der Kuppeln und dem unerschütterlichen Glauben an die Gemeinschaft beschäftigten. Als Letztes tippte sie »Herbstläuferin« in die Suchmaske ein und zu ihrer Überraschung erschien ein alter Kinderreim auf dem Bildschirm. Sie erinnerte sich verschwommen daran, ihn als kleines Kind in der Spielgruppe gelernt zu haben, deshalb hatte sie wahrscheinlich kurz aufgehorcht, als Thau sich selber so bezeichnet hatte. Der Herbstläufer war Hauptfigur eines Spiels, bei dem eine Gruppe Kinder denjenigen auswählte, der etwas suchen musste. Alle standen dicht beisammen im Kreis und sagten gemeinsam die Zeilen auf, während sie rhythmisch in die Hände klatschten. Mit dem letzten Wort rannten alle zu einem vorher bestimmten Ziel und wer als Letztes dort ankam, war der Herbstläufer und musste mit verbundenen Augen ein vorher verstecktes Spielzeug finden, während die anderen um ihn herumrannten und lachten und Hinweise schrien. Una fiel ein, dass sie das Spiel geliebt hatte, weil es oft wild dabei zuging. Im Gegensatz zu den meisten Kindern, die sich vorsichtig durch den Raum tasteten, war sie selbst mindestens einmal mit verbundenen Augen gegen einen Tisch gerannt und hatte eine Platzwunde am Knie davongetragen. Sie war überrascht, dass sie das Spiel und den Reim vergessen hatte.

Herbstläufer, Rothäufer,
bist du schon erwacht?
Herbstläufer, Rothäufer,
warte auf die Nacht.
Bleibe in der Dunkelheit,
Du hast nur die Einsamkeit.
Hast du uns nichts heimgebracht
Wirst du dreimal ausgelacht.

Es gab keinen Hinweis darauf, aus welcher Zeit der Reim war, und keine weiteren Einträge zum Wort »Herbstläufer«. Ein Rothäufer, entnahm Una einer erweiterten Datenbank, bevor sie den Terminal hinunterfuhr, war ein Wort aus der Zeit der Apokalypse und es bedeutete so viel wie »gnadenloser Mörder«. Als Kind hatte sie geglaubt, dass es jemand war, der Dinge sammelte, die rot waren, daran erinnerte sie sich jetzt auch wieder.

Neun

Una suchte am Mittag in den Agrarkuppeln nach Enne und fand sie beim Sortieren. Sie setzte sich auf eine Erntekiste und sah ihr aus der Ferne zu. Die kleine, zerbrechlich wirkende Frau beobachtete konzentriert, wie die vielen Gurken auf einem laut rumpelnden Förderband in Richtung der Einweckung tänzelten und griff mit sicherem Blick verdorbene Exemplare heraus. Ihre lockigen dunklen Haare waren am Hinterkopf zu zwei sehr ordentlichen Zöpfen geflochten, die ihr weit den Rücken hinunterfielen. Auch wenn sich Una wesentlich weniger für Haartrachten interessierte als Enne, hatten sie sich oft gegenseitig neue Zöpfe geflochten. Una griff nach ihrem eigenen hellen Zopf und zog ihn fester, bevor sie sich erhob und zu Enne hinüberging. Sie sah, dass Enne innehielt, tief Luft holte und kurz und röchelnd hustete, ein Geräusch, das in Firmament zum Alltag gehörte, denn viele der jungen Männer und Frauen hatten diesen trockenen Husten und keiner der Gesundheitsdiener konnte sagen, warum.

»Zu viele untalentierte Kandidaten im Gurkenballett?«

»Brennfleckenkrankheit.« Enne warf zwei bräunlich-fleckige Exemplare in den Auffangbehälter.

Una stellte sich neben sie und steckte ihr übertrieben heimlich eine kleine Tüte mit warmen Keksen zu.

»Ich habe für dich mein Leben riskiert und in der Backstube Kekse entwendet. Du weißt, was das heißt! Da backt heute Siwer und sie bewacht ihre Backwaren wie die Kuppeln von Firmament. Machst du Pause mit mir?«

Enne strahlte sie heftig nickend an und winkte eine andere Kansa herbei, die sich nach kurzem Gespräch bereitwillig an das Band stellte.

»Es geht dir wieder besser?«

Die beiden gingen ein Stück und setzten sich dann auf eine Bank am Rand eines Feldes. Una nickte und Enne biss glücklich in einen leicht bräunlichen Keks, der mit kleinen Nussstücken besetzt war. Sie strahlte über das ganze Gesicht.

»Du bist die Beste!«

Una verbeugte sich, soweit sie das im Sitzen konnte.

»Es war mir eine Ehre, junge Unverbundene.«

Zwischen den Feldern ging eine kleine Gruppe junger Kansa, sichtbar aufgeregt, in den grauen und rötlichen Anzügen der männlichen und weiblichen Lehrlinge hinter einem Erziehungsdiener her. Sie wirkten sehr jung, was daran lag, dass sie sehr jung waren. Die Schulzeit der Kansa ging mit der zwölften Sturmzeit von Theorie in Praxis über. Bis dahin waren Lesen und Schreiben etabliert und die Vergangenheit und ihre Schrecken ausführlich unterrichtet worden. Ab jetzt würden die unterschiedlichen Bereiche, die das Überleben in den Kuppeln sicherten, ihr einziges

Lehrfach sein und verhindern, dass sie zu viele Fragen stellten. Una fühlte die Dankbarkeit für Elsens heimlichen Unterricht wieder einmal deutlich.

Die winzigen, fliegenden Bestäubungsdrohnen verteilten auf einem benachbarten Feld surrend Pollen, die Una in der Nase kitzelten. Sie nieste heftig und Enne lachte, was einen neuen Hustenanfall auslöste.

»Ich huste, du niest, wir sind ein tolles Paar.«

Una strich ihrer Freundin beruhigend über den Rücken und sah sie besorgt an.

»Was sagen die Gesundheitsdiener bei dir?«

Enne war deutlich anzumerken, dass ihr dieses Thema unangenehm war.

»Was sollen sie schon sagen? Sie vermuten, dass es eine Art Allergie ist, aber sie wissen nicht, wogegen wir alle allergisch sind … ich vermute, es ist der ungesüßte Brei.«

Beide grinsten sich an.

»Kannst du dir vorstellen, dass in ein paar Jahren unsere Kinder in ihren ersten Arbeitsanzügen den Weg zu den Feldern antreten werden?«

Enne war beim zweiten Keks angekommen, der mit seinem dicken Fruchtaufstrich einen kleinen Schnurrbart aus Aprikose über ihrer Oberlippe hinterließ, und schaute zu den Lehrlingen hinüber. Auf ihrem Gesicht lag eine seltsame Mischung aus Angst und Hoffnung.

Una lachte sie an.

»Ich hoffe, sie gehen zuerst in die Schule und nicht direkt zu den Bohnen. Sag mal, kannst du dich noch an die Spiele erinnern, die wir in der Schule gespielt haben? Ich musste in letzter Zeit viel an diese Jahre denken.«

Sie stahl sich einen Keks aus der Tüte und ignorierte Ennes gespielten Protest.

»Ich denke auch viel daran, weil ich mich so darauf freue, Maurits ein Kind zu schenken. Ich sehe schon, wie wir es beim Fest in die Gemeinschaft aufnehmen lassen und wie es seine goldene Tätowierung bekommt. Ich habe sogar schon einen Namen für unseren Sohn.«

Sie flüsterte den letzten Satz leise und hustete wieder.

»Wirklich?«

Una merkte, dass es nicht so leicht werden würde, mit Enne über die Vergangenheit zu reden. Enne nickte.

»Edain.«

»Toller Name. Hatten wir nicht einen Jungen in der Spielgruppe, der so hieß?«

Una wusste ganz genau, dass in ihrer Gruppe niemand so geheißen hatte, aber sie hatte keine Ahnung, wie sie sonst zurück auf das Thema Schule kommen sollte.

»Ich glaube nicht, das wüsste ich doch noch. Ich habe ihn aus einem der Theaterstücke, die Maurits geschrieben hat. Die Geschichte vom jungen Edain, der seine Kuppeln gegen die Drachen verteidigt und dabei stirbt. In den Armen von Eta, mit der er gerade erst verbunden worden war.«

Ihre Augen leuchteten, was wohl eher dem Dichter als dem grausamen Schicksal des jungen Helden geschuldet war.

Una suchte nach einem neuen Punkt, an dem sie einhaken konnte.

«Schreibt Maurits auch andere Sachen? Lieder? Gedichte? Ich frage mich manchmal, woher eigentlich die alten Kinderreime kamen? Weißt du? So wie Herbstläufer, Rothäufer? Das haben wir doch gerne gespielt.«

Enne, die noch vollkommen in zuckrigen Plätzchen und tragischen Helden versunken war, sah sie fragend an. Mit ihrem fruchtig glänzenden Aprikosenschnurrbart sah sie dabei unfreiwillig komisch aus.

»Keine Ahnung, ich mochte das Spiel nie. Wer weiß, wer sich das ausgedacht hat.«

Ich kenne eine, weißt du, hätte Una gerne gesagt. Ich habe eine Herbstläuferin getroffen, aus einer Siedlung, die Fundament heißt. Sie hat tiefe, dunkle Augen und kurze lockige Haare, die der Wind zerzaust. Kurze Haare, kannst du dir das vorstellen? Auf ihrer Wange ist keine Tätowierung und sie ist so groß wie ich. Wenn sie spricht, verlassen unsere vertrauten Sätze ihren Mund wie eine seltsame Melodie und sie hat ein Tier, mit dem sie durch das Veld zieht. Es heißt Fleck.

Aber das sagte sie natürlich nicht.

»Du hast Aprikosenmarmelade an der Oberlippe. Bis zur Verbindung solltest du die wegwischen, sonst bleibt Maurits an deiner Oberlippe kleben. Vielleicht schreibt er dann ein Stück darüber. Die Geschichte von Maurits, der gegen den Aprikosenschnurrbart von Enne kämpft und verliert.«

Una spitzte den Mund und imitierte den armen Maurits, der vergeblich gegen die Kraft der Aprikosenmarmelade ankämpfte.

Enne streckte ihr die Zunge heraus, leckte sich genüsslich die Frucht vom Mund und schubste sie lachend von der Bank.

»Ich muss weitermachen. Wenn du gesund genug bist, dich über mich lustig zu machen, bist du doch sicher auch gesund genug, um heute Abend zum Essen zu kommen? Wir wollen danach noch mit ein paar Ungebundenen zur Singgruppe.«

»Ja, ich denke, das sollte gehen, wenn Elsen mich lässt.«

Una schaute Enne nach, die zurück zu den stetig hüpfenden Gurken ging, und schlenderte dann langsam in Richtung des Saatgut-Lagers.

Zehn

Obwohl sie damit nicht gerechnet hatte, amüsierte sich Una bei der Singgruppe am Abend prächtig und sie konnte aus den Augenwinkeln sehen, dass Elsen das mit Freude beobachtete. Es waren nur ungefähr zwanzig Frauen erschienen, zum größten Teil Unverbundene, aber das gemeinsame Singen beruhigte Una und sie überließ sich dieser Stimmung. Mitten im Refrain eines alten Liebesliedes bemerkte sie, wie die vertrauten Worte sich in ihrem Kopf in ein Gefühl verwandelten, das sich, von der Melodie getragen, in ihrem gesamten Körper ausbreitete und ihrer Stimme einen neuen Klang gab. Es war, als ob die Worte, die sie tausendmal gesungen hatte, ihr erst jetzt ihre Bedeutung enthüllten.

> Ich kann dich sehen mit geschlossenen Augen,
> ich weiß, du bist ein Teil von mir …

Als sie als letztes gemeinsam und mehrstimmig das Kansalied sangen, war sie beinahe traurig, dass der Abend zu Ende war, und sang es mit großer Inbrunst.

Vor der Tür des Musikraumes wartete Hagen mit einem kleinen Blumenstrauß und die Mädchen um sie herum brachen in schlecht unterdrücktes begeistertes Kichern aus. Der junge Kansa wirkte heute zur Abwechslung wenig überheblich, sondern hielt ihr mit schüchternem Lächeln die wenigen Blüten hin. Una nahm sie und bedankte sich höflich.

»Darf ich dich nach Hause begleiten?«

Hagen schlug die Richtung zu ihrer Wohnung ein, bevor Una antworten konnte. Die anderen verteilten sich nach und nach in unterschiedliche Richtungen, selbst Elsen schien noch eine Beschäftigung in einer Nachbarkuppel gefunden zu haben und nickte ihr freundlich zu, bevor sie in einem der Gänge verschwand. Die beiden Erwünschten gingen schweigend nebeneinander her und Una versuchte zu verhindern, dass ihr Arm Hagens Arm beim Gehen berührte.

»Ich bin froh zu sehen, dass es dir besser geht, denn ich habe in der letzten Woche mit deiner Mutter gesprochen und ich werde unsere Verbindung auf dem Jahresfest offiziell verkünden.«

Una nickte, ohne Hagen anzusehen.

»Und du wirst direkt nach der Verkündung der Verbindung zu mir in die Verwalterkuppel ziehen. Warum bis zur Sturmzeit warten? Meine Mutter hat eine große Wohnung für uns gefunden. Wir wollen doch keine Zeit verlieren.«

Das waren keine Fragen gewesen und Una fühlte, wie eine Wut in ihr aufstieg, die sie automatisch schneller gehen ließ. Hagen hielt ihr Tempo mühelos. Sie sah zu Boden und verfolgte, wie seine Schuhe im Gleichschritt neben ihren eigenen aufsetzten.

Schritt für Schritt für Schritt für Schritt für Schritt …

»Ich werde darüber nachdenken, ab wann ich wo wohnen möchte«, hörte Una sich sagen und konnte von der Seite in Hagens Gesicht die Verblüffung sehen, die sie selber fühlte. Eine Kansafrau lebte bei ihren Eltern oder, wenn sie Waise war, in der Gemeinschaftserziehung und zog nach der Verbindung zu ihrem Partner. Zu diesem Modell gab es keine Alternativen.

Hagen sah sie einen Moment fassungslos an und dann grinste er, ohne dass seine Augen an dieser Mimik beteiligt waren.

»Du bist so wild, wie alle sagen, aber du kannst nachdenken, so viel du willst, nach der Verbindung entscheide ich allein über unser Leben. Was ganz offensichtlich auch nötig ist. Was sind das denn für Ideen?«

Er schüttelte den Kopf und griff zu fest nach ihrem Arm, um sie zum Anhalten zu zwingen.

Sie standen sich wortlos gegenüber.

»Du tust mir weh!«

Una entzog ihren Arm seinem harten Griff und ging weiter. Hagen folgte ihr zu ihrer Überraschung nicht, sondern blieb stehen und sie war sich deshalb nicht sicher, was er als Letztes leise gezischt hatte.

Es hatte wie »Warte ab!« geklungen.

Elf

Thau saß auf der Bank und Una fühlte, wie ihr Herz vor Erleichterung einen Schlag aussetzte, bevor es wie wild zu schlagen begann.

Was ist, wenn sie nicht mehr da ist? Was ist, wenn sie nicht mehr da ist? Was ist, wenn sie nicht mehr da ist?, hatte sie in einer engen Endlosschleife gedacht, während sie atemlos den Hügel hinaufgehetzt war. Sie hatte Elsen in der gemeinsamen Wohnung angefahren, als die ihr vor dem Schlafengehen wieder erzählen wollte, wie aufmerksam sie Hagens Blumengruß gefunden hatte. Elsen hatte sie verletzt angesehen und Una hatte sich schmollend in ihrem Zimmer verkrochen, bis es überall still geworden war.

Sie ließ den großen Beutel voller Saatgut, das sie in kleineren Mengen aus verschiedenen Lagern entwendet und sorgfältig in kleinen Tüten beschriftet hatte, mit einem Seufzer der Erleichterung von ihrer Schulter neben den Steinvorsprung gleiten.

»Alles dabei, Obst, Gemüse, Getreide, Soja. Keine großen Mengen, aber das ist alles, was ich heute mitnehmen konnte. Ich habe auch frisches Brot mitgebracht und Kuchen. Was machen der Arm und der Kopf?«

»Beides viel besser! Ich habe ein neues Lager unten.«

Thau untersuchte neugierig den aus einem alten Tuch geknoteten Beutel und zeigte dann ins Veld. Una konnte sehen, dass sie den verletzten rechten Arm schonte. Die Herbstläuferin stand auf, nahm die Vorräte und wandte sich der Dunkelheit zu.

»Magst du mit mir essen?«

Una nickte sofort und die große, schlanke Fremde ging vorsichtig in der Dunkelheit vor ihr den Hügel hinab, suchte sich sicher einen Weg durchs Dickicht bis zu einer noch kleineren Lichtung, an deren Rand Fleck an einen dickeren Ast gebunden war und friedlich an einem Blatt kaute. Das kleine Zelt und die Körbe standen hier dichter beisammen als auf der anderen Lichtung und es war gerade genug Platz für die beiden Frauen, um sich nebeneinander auf den Boden zu setzen. Una beobachtete, wie Thau den Beutel in einem Korb unterbrachte und danach eine dicke Kerze in den Boden steckte. Sie nahm zwei Steine aus ihrem Overall und schlug sie so geschickt gegeneinander, dass sprühende Funken auf einen eng geflochtenen Bund kurzer Strohhalme fielen und eine kleine Flamme entfachten. Thau hob den Bund und die kleine Flamme dicht vor ihr Gesicht und pustete ihr flackerndes Leben ein, mit dem sie den dicken Docht der Kerze entzündete. Una sah freudig dem Licht zu, das sich aus der Kerze in die dunkle Nacht streckte, denn offenes Feuer und Kerzenlicht gab es in den Kuppeln nur zu einigen wenigen Feierlichkeiten. Hier draußen, in der Dunkelheit, sah der brennende Docht aus wie eine wilde, dreigeteilte Lebensform. Während die eigentliche Flamme in Gelb- und Orangetönen züngelte, changierte darunter ein blaues Glühen und direkt über dem Docht verwehrte sich ein dunkler Bereich in einem trotzigen Bogen komplett dem Licht. Mit jedem kleinen Windstoß, der es durch Blätter und Äste in die Lichtung schaffte, tanzten Schatten an einer anderen Stelle. Thau lehnte sich an einen der Körbe und sah Una an. Una blickte in den neu erschaffenen Raum aus flackerndem Licht und tanzender Dunkelheit und konnte sich wieder nicht erinnern, schon einmal so viele Fragen gehabt zu haben. So viele Fragen, dass sie nicht entscheiden konnte, mit welcher sie anfangen sollte. Sie zog den Kuchen und das Brot aus ihrem Rucksack und legte es zwischen sie auf das Tuch, in dem es eingeschlagen gewesen war. Thau griff nach dem Kuchen und Una tat es ihr nach. Das Kuchenstück zerbrach in ihrem ungeschickten Griff und fiel in Bröckchen in ihren Schoß. Die Nähe der Fremden machte sie noch unruhiger, als sie es auf dem Weg ins Veld gewesen war. Das war alles extrem verwirrend. Sie sammelte die Kuchenstücke ein und zwang sich zur Ruhe, was nicht leicht war. So dicht bei Thau atmete sie deren angenehmen und fremden, leicht holzigen Duft ein. In Firmament roch niemand so. Die Männer rochen nach Olivenseife und Schweiß, die Frauen nach Lavendelöl, einige wenige nach Rosenessenz. Sie riecht wie die Freiheit, dachte Una, sie riecht wie das Veld. Sie biss in den Kuchen und kaute, ohne etwas zu schmecken.

Bevor Thau zu essen begann, senkte sie den Kopf und murmelte mit geschlossenen Augen ein paar unverständliche Worte vor sich hin. Dann machte sie mit dem verletzten Arm eine Bewegung zu ihrem Kopf und ihrem Herzen hin und biss erst danach in den Kuchen. Mit wem hatte die Herbstläuferin gesprochen? Una versuchte, sie nicht ununterbrochen fasziniert anzustarren, und so sahen beide auf den Boden und kauten still. Thau streckte sich nach dem linken Korb und zog einen kleinen dunklen Streifen aus einem Beutel. Sie schnitt ihn mit einem Messer, das sie an der Hüfte trug, in zwei Teile und reichte die größere Hälfte Una.

»Was ist das?«

Una griff danach und besah sich das seltsame Ding in ihrer Hand. Es fühlte sich hart an und roch salzig.

»Trockenfleisch. Beiß ab! Du musst es gut kauen.«

»Was ist Trockenfleisch? Du isst Menschen?«

Una war aufgesprungen und hatte den bräunlichen Streifen angewidert fallen lassen. Die Kerze flackerte wild und bevölkerte den kleinen hellen Raum mit bizarren Schattenwesen, als wolle sie sie warnen. Ihr fielen alle Geschichten, die sie über die Drachen draußen im Veld gehört hatte, gleichzeitig ein, und sie war kurz davor, den Hügel hinaufzurennen.

Herbstläufer, Rothäufer.

»Was? Bist du verrückt? Esst ihr etwa Menschen? Du bist doch im Gegensatz zu mir zur Hälfte eine Maschine.«

Thau sprang ebenfalls auf die Füße und beide funkelten sich alarmiert und wütend an. Fleck schnaubte unruhig und drängte sich näher an einen Strauch.

»Was bin ich?«

Unas wütender Ekel schlug in Verwirrung um.

»Ein Maschinenwesen! Nur oberflächlich aus Fleisch und Blut.«

Thau deutete auf die Uhr an Unas Arm.

»Da hat dich deine Technik doch in die Kuppeln zurückgerufen.«

»Meine Technik?«

Una schnallte das Band ihrer Uhr ab und reichte sie wütend der seltsamen jungen Frau.

»Bitte, das ist die ganze Technik, die ich besitze. Und sie ist in keiner Weise mit mir verbunden. Das ist eine Uhr und sonst ist alles an mir Kansa. Fleisch und Blut.«

Sie drehte sich vor Thau mit übertrieben hochgereckten Armen im Kreis.

Thau nahm die Uhr vorsichtig an, besah sie sich das kleine glatte Display neugierig und hob dann die Hand.

»Und das ist auch keine Technik, die mit dir verbunden ist?«

Sie deutete mit dem Finger auf den goldenen Streifen in Unas Gesicht.

»Das?«

Una strich sich selber über die Tätowierung und fühlte sich ertappt. So hatte sie das noch nie gesehen.

»Doch, ist es schon, aber es ist nur eine dünne Goldschicht, die vom elektronischen Schutzschild der Kuppeln erkannt wird. Das ist alles, was sie kann. Sie sorgt dafür, dass jemand, dem diese Tätowierung fehlt,

Firmament nicht betreten kann. Ich bin nicht damit geboren, ich habe sie als Kind bekommen. Siehst du? Sie ist in meine oberste Hautschicht tätowiert. Eingestochen.«

Una nahm Thaus Hand und führte deren Zeigefinger vorsichtig von der Nase über die Wange bis zum Ohr. Sie standen beide still. Thau strich mit ihrem Finger mehrmals fasziniert die feine Goldlinie entlang und Una konnte nicht verhindern, dass die ungewöhnliche Berührung ein angenehmes Schaudern in ihrem Inneren auslöste. Es war wie das Prickeln beim Durchschreiten des Schutzschildes, aber es breitete sich unter der Haut vom Gesicht über den Hals in Richtung ihrer Brust aus. Schließlich ließ Thau zu Unas Bedauern ihre Hand sinken.

»Aber du lebst mit den Maschinenwesen? Und du trägst ihre Vernichtungswaffen. Haben sie dich entführt und du lebst als Sklavin bei ihnen? Das erklärt, warum du mich nicht getötet hast.«

»Was sind denn bitte Maschinenwesen und Sklaven? Und Vernichtungswaffen? Ich bin in Firmament geboren und alle dort sind so wie ich.«

Una zog die Pistole aus dem Halfter und hielt sie Thau hin, die sofort einen kleinen Schritt zurücktrat.

»Hier, siehst du? Das ist meine Waffe, jeder von uns bekommt eine, wenn wir erwachsen werden. Das ist eine alte Tradition und alles, was wir neben dem Schutzschild zur Verteidigung haben … eine alte Pistole und sechs Kugeln. Fünf jetzt, in meinem Fall. Wir schmieden keine neuen. Schon ewig nicht mehr. Bis ich sie benutzt habe, war ich nicht einmal sicher, ob sie überhaupt funktioniert. Und es tut mir leid, dass sie es getan hat. Wo hast du diese Geschichten denn her?«

Da Thau keine Anstalten machte, nach der Pistole zu greifen, steckte sie sie zurück an ihre Hüfte.

»Kennst du denn das Evangelium der Apokalypse nicht?« Thau sah sie gleichermaßen fasziniert und fassungslos an. »Die Aufzeichnungen über die Maschinenwesen, die so vernarrt in ihre Erfindungen waren, dass sie mit ihnen verschmolzen sind? Die die Welt erst in die Katastrophe getrieben und am Ende mit ihren Vernichtungswaffen alles zerstört haben, was sich ihnen, ihrem irrsinnigen Glauben und ihrem Hass auf jede Form von göttlicher Natur nicht unterwerfen wollte?«

Thaus Tonfall veränderte sich und es klang, als würde sie auswendig zitieren.

«Um den Thron, von dem Blitze, Stimmen und Donner ausgehen, stehen vierundzwanzig andere Throne, auf denen die vierundzwanzig Ältesten sitzen. Sie bekommen eine mit sieben Siegeln versiegelte Buchrolle, die niemand außer den Ältesten und den Priestern deuten darf. Die Rolle enthält die Geschichte der Apokalypse:

Hagel und Feuer, mit Blut vermischt, fielen aufs Land. Ein Drittel der Erde wurde verbrannt. Es wurden vier am Euphrat gefesselte Engel losgebunden. Ein Drittel der Menschheit wurde durch Feuer, Rauch und Schwefel getötet. Trotzdem wollten sich die Maschinenwesen nicht bekehren lassen. Als die Kinder des Glaubens es endlich unter großen Opfern geschafft haben, die Oberhand zu gewinnen, war es für den größeren Teil der Menschheit zu spät. In wenigen Jahren waren aus sieben Milliarden ein paar Hunderttausend geworden. In den Jahrhunderten, die seitdem vergangen sind, haben die wenigen überlebenden Kansa sich auf dem zerstörten Planeten auf den Erhalt der Dinge konzentriert, die Menschen zu Menschen machten. Sie haben in festem Glauben die Geschichte und Teile der Natur bewahrt und bewohnbar gemacht. In Fundament und in Siedlungen auf anderen Kontinenten. Gott steht über den Schächten, bei ihm sind die Menschen, die seinen Namen auf der Stirn tragen. Sie singen vor dem Thron ein neues Lied, das nur sie lernen konnten. Die letzten Maschinenwesen haben sich in ihre glänzenden Kuppeln im Norden zurückgezogen und wer ihnen in die Hände fällt, wird von ihnen versklavt und in ihrer Gefangenschaft sterben, ohne Aussicht auf einen Platz im Himmelreich. Um sie herum ist eine Zone aus Tod.«

Was Una an Thaus seltsamem Vortrag am meisten verblüffte war, wie oft er, trotz seines absurden Inhalts und einiger Worte, die sie nicht kannte, den gleichen Wortlaut hatte wie die Geschichte, die sie von klein auf gelernt hatte. Sie hob die Hand, um sie zu unterbrechen, und sprach ihre Version der Apokalypse leise in die flackernde Flamme und die raschelnde Dunkelheit, die sie umgab. Als sie fertig war, schwiegen beide, Thau kaute langsam und nachdenklich auf dem dunklen Streifen.

»Du bist kein Maschinenwesen und keine Sklavin und du lebst in den Kuppeln. Und du bist die Einzige, die sie heimlich verlässt«, stellte sie schließlich laut fest.

»Willst du wirklich sagen, dass alle, die dort drinnen geboren werden, auch dort sterben, ohne jemals hinausgegangen zu sein? Und dass ihr das seit Generationen tut?«

Una fiel es schwer, darauf zu antworten und deshalb nickte sie. So, wie Thau es formulierte, klang ihr Leben in Firmament schrecklich, aber das war es nicht. Es scheint ihr so, weil sie es von außen betrachtet, beruhigte Una sich. Ihr fehlen zu viele Informationen, sie hat eine völlig verzerrte Perspektive.

»Und du bist kein Drache und ziehst durchs Veld«, sagte sie leise in die Stille. Thau schüttelte belustigt den Kopf.

»Ich denke, das hatten wir schon festgestellt, obwohl meine Haare der Beschreibung annähernd entsprechen.«

Sie fuhr sich mit der Hand durch die widerspenstigen dunklen Locken und beide sahen sich kurz an. Una fühlte wieder, wie dieser Blick einen Weg fand, von dem sie nicht gewusst hatte, dass es ihn gab.

Ich kann dich sehen mit geschlossenen Augen …

Dann traf sie eine Entscheidung und reichte Thau feierlich die Hand.

»Lass uns noch einmal ganz von vorne anfangen. Einigkeit! Ich bin Una, 20 Sturmzeiten alt, Tochter von Elsen und Aventh, ich lebe in Firmament und freue mich sehr, dich kennenzulernen.«

Thau zögerte einen kurzen Augenblick, ergriff dann die ausgestreckte Hand mit großer Ernsthaftigkeit und erwiderte den Händedruck fest.

»Aufwärts! Ich bin Thau aus Fundament, aufgezogen im festen Glauben der Gemeinschaft, die erste und einzige Herbstläuferin aus dem Süden, und es ist mir eine große Freude, dich zu treffen.«

Una mochte die Art, in der sich diese fremde Hand warm um ihre schloss, und sie hielt sie einen Augenblick zu lange fest, bis ihr das bewusst wurde.

Beide zogen ihre Hände zurück und lachten verlegen.

»Essen wir jetzt weiter?«

Thau ließ sich in einer anmutigen Bewegung auf dem Boden nieder und Una versuchte, es ihr ohne viel Erfolg gleichzutun.

»Und das hier war übrigens eine Kuh.«

Thau hob den dunklen Streifen auf und staubte ihn ab.

»Weißt du, was das ist, eine Kuh? Wir haben eine kleine Herde draußen über den Schächten und ich habe meine Ration Trockenfleisch für den Weg aufgespart.«

»Ihr habt Tiere?«

Una blieb bei ihrem Kuchen.

Thau kaute abwechselnd auf dem Fleisch und auf ihrem Brot und nickte.

»Und ihr esst sie?«

»Manche von uns, ja, und manche nicht. Wir haben nicht viele Kühe und nicht viele Hühner. Ein paar Pferde, die die Lasten ziehen, ein paar Schafe, ein paar Schweine, einige Lamas. Die Ziegen kommen und gehen. Es gibt nicht genug Felder, um auch noch Nahrung für Tiere anzubauen, die brauchen wir für uns selbst. Also wandern sie herum und suchen sich ihre Nahrung meist selber. Die Pferde halten wir dicht bei den Schächten. Ihr habt keine Tiere in den Kuppeln?«

Una schüttelte den Kopf und schaute auf das pelzige Tier, das friedlich an seinem Platz döste.

»Ist Fleck eine Kuh?«

Thau lachte laut auf.

»Nein, Fleck ist ein Lama und ich würde ihn oder dich nur im äußersten Notfall essen.«

Sie riss mit den Schneidezähnen ein großes Stück aus dem dunklen Streifen. Una sah sie entsetzt an und sah erst danach das Funkeln in Thaus dunklen Augen.

»Du hast einen Scherz gemacht.«

»Ich habe einen Scherz gemacht.«

Die Uhr, die zwischen Una und Thau auf dem Boden gelegen hatte, leuchtete in diesem Moment auf und gab ihr Signal von sich. Dieses Mal erschreckte Thau sich nicht, sondern hob sie auf und reichte sie Una.

»Du musst zurück?«

Una nickte und erhob sich. Ohne es zu wollen, sprudelte sie plötzlich alles heraus, was ihr im Kopf herumging.

»Bist du morgen noch hier? Bitte! Ich … ich habe so viele Fragen … ich.… ich möchte alles wissen, darüber, wie du lebst und wie du durchs Veld ziehst und … alles …«

Thau lächelte sie erfreut an und Unas Herz setzte deutlich spürbar einen Schlag aus.

Schlag, Blick, Stille, Schlag.

Wenn das noch öfter vorkommt, muss ich das unbedingt in der Erstversorgung untersuchen lassen, dachte sie.

»Ich bin morgen noch hier. Wenn das da drin wirklich alles Saatgut ist, brauche ich nicht weiterzusuchen und kann bald nach Hause. Falls du noch mehr hast. Und Werkzeuge?«

»Ich habe noch mehr!«

Una wandte sich zum Gehen und Thau griff nach ihrem Arm.

»Ich freue mich, wenn du wiederkommst, Una aus den Kuppeln.«

Una spürte den Druck der fremden Hand noch auf ihrem Arm, als sie längst schon in ihrem Bett lag. Ich freue mich auch, Thau, dachte sie und der ungewöhnliche Name schmolz wie eine kostbare Süßigkeit ganz langsam auf ihrer Zunge, als sie einschlief.

Zwölf

Obwohl sie den Eindruck hatte, keinen Augenblick geschlafen zu haben, schreckte Una aus tiefem Schlaf hoch, als der Alarm in den frühen Morgenstunden ohrenbetäubend schrillte. Gerade war sie einer schattenhaften Gestalt noch durch ein großes Tal gefolgt, ohne sie erreichen zu können, und jetzt starrte sie auf die blinkenden Lampen in ihrem Raum. Es kostete sie einige Zeit, sich aus den intensiven Gefühlen des Traums zu lösen und in der Realität des frühmorgendlichen Probealarms zurechtzufinden. Schließlich sprang sie auf, rieb sich die Augen und lauschte auf das durchdringende Heulen der Sirenen.

Kurz, kurz, lang, interne Kuppelevakuierung.

Sie griff nach dem Notfallrucksack unter ihrem Bett und ging mit schnellem Schritt in den Wohnraum, wo Elsen bereits im Schlafanzug, mit ihrem Rucksack ordentlich auf dem Rücken, in der geöffneten Wohnungstür stand. Beide bewegten sich zügig in die von den hellen Lichtmarkierungen vorgegebene Richtung. Zea, ihre Nachbarin, die zum Ordnungsdienst gehörte, sorgte mit lauten Kommandos dafür, dass niemand langsamer wurde. Die blinkenden Lichter und durchdringenden Töne erschienen Una heute unerträglich und obwohl der Traum verwirrend gewesen war, hasste sie es, so ruckartig herausgerissen worden zu sein. Immer mehr Kansa drängten sich in den Fluren und in wenigen Minuten waren sie im Laufschritt in der ausgewählten Evakuierungskuppel angekommen. Die großen Sicherheitstore schlossen sich knirschend hinter Una und Elsen und allen anderen Kansa, die aus benachbarten Kuppeln herbeigeströmt waren. Alle standen in unterschiedlicher Nacht- oder Tagkleidung herum und unterhielten sich ruhig. Als Kind hatte Una die meist nächtlichen Probeevakuierungen geliebt. Es war so abenteuerlich gewesen, zur Nachtzeit durch die blinkenden Gänge zu rennen und die anderen in ihren unterschiedlichen Schlafanzügen zu sehen. Viele Kinder hatten ängstlich geweint, für Una hatte es eine willkommene Unterbrechung des Alltags bedeutet.

Nach zwanzig Minuten kam die gewohnte Durchsage, dass die Evakuierungsübung perfekt abgelaufen sei, und die großen Tore öffneten sich knarrend. Una sah, dass Kansa aus allen Ordnungsdiensten in den Durchgängen postiert waren und die Rucksäcke auf ihren Inhalt überprüften. Da die Übungen in unregelmäßigen Abständen erfolgten, war Una sich nicht sicher, ob ihr Rucksack die vorgeschriebene Menge an Medikamenten und haltbaren Nahrungsmitteln enthielt.

Nein.

Sie blieb mitten im Strom der Kansa stehen, ein Mann, der dicht hinter ihr ging, kam nicht rechtzeitig zum Stehen und lief in sie hinein.

»Entschuldige!«

Sie berührte seinen Arm und er ging unwillig murmelnd um sie herum. Sie hatte die Medikamente für Thau zum Teil aus ihrem Notfallrucksack genommen und das bedeutete, dass ihr jetzt gleich eine Schulung und eine Strafe drohten. Sich nicht ordnungsgemäß auf einen Notfall vorbereitet zu haben, galt als schweres Vergehen und wurde hart geahndet. Jeder Kansa war im Ernstfall dafür verantwortlich, dass alle in einer von der Versorgung abgeschnittenen Kuppel überleben konnten, bis das Problem gelöst war. Una suchte fieberhaft mit den Augen die Ausgänge ab, um festzustellen, ob sie irgendjemanden vom Ordnungsdienst kannte. Die anderen drängten sie langsam näher an eines der Tore. Sie scherte aus und sah sich um.

Keine Bekannten beim Ordnungsdienst, kein Tor unbesetzt, natürlich nicht.

An den einzelnen Ausgängen würden die Schlangen bald kürzer werden und sie würde hier alleine in der Mitte stehen. Was konnte sie noch tun? Una verharrte regungslos und die anderen um sie herum drängten sie langsam näher an eine der Kontrollen. Ihre Gedanken rasten und sie begann zu schwitzen. Was, wenn sie mich sofort in die Schulungskuppel beordern? Das war das übliche Vorgehen. Da gibt es eine Nachtwache und ich kann nicht mehr hinaus zu Thau … vielleicht für Wochen nicht … sie wird glauben, dass ich nicht mehr komme … sie wird weiterziehen und ich werde sie nie wieder sehen. Una hatte nicht gewusst, dass es so ein mächtiges Gefühl von Schmerz und Trauer geben konnte, denn es nahm ihr fast vollständig die Luft. Ihr Brustkorb schien eine eigene Kraft zu besitzen, mit der er ihre Lungen langsam und schmerzhaft zusammendrückte. So ist das also, wenn man ohnmächtig wird, dachte sie und versuchte tief einzuatmen. Du kannst jetzt nicht umfallen! Sie rief sich zur Ruhe. Überleg dir einen Ausweg! Sie ließ weitere Kansa vorbeigehen, aber das verschaffte ihr nur ein paar Minuten. Um sie herum lichtete sich die Menge jetzt sichtbar.

Ich werde sie nie wiedersehen. Ich werde ihre Stimme nie mehr hören. Ich habe doch so viele Fragen.

Elsen erschien aus dem Nichts neben ihr und zog sie mit sich in Richtung eines nahen Ausgangs. Una atmete mehrmals tief ein, um den Druck auf ihren Brustkorb zu verringern und sah hilflos zu, wie die Kontrollen näher kamen.

Das durfte doch nicht passieren. Ich kann mich nicht einmal von ihr verabschieden. Sie wollte Elsen anflehen, ihr zu helfen, aber sie bekam kein Wort heraus.

Im Tor angekommen, hielt sie ihren Rucksack wie alle willenlos hin. Das war es. Gleich würde sie ermahnt und für die Schulung aussortiert werden. Die junge Kansa, die ihren Rucksack kontrollierte, lächelte sie an, zog den Reißverschluss auf und zählte mit großer Genauigkeit die Medikamente und Vorräte durch. Una stand da und wartete auf den Moment, der ihr Leben zerstören würde.

»Alles da, danke für deine Mitarbeit.«

Die Ordnungsdienerin winkte den nächsten Kansa heran. Una sah sie fassungslos an und ging langsam in die Richtung ihrer Kuppel. Elsen hatte die Kontrolle ebenfalls überstanden und tauchte wieder neben ihr auf. Una fiel ihr wortlos um den Hals und begann zu weinen.

»Ich hatte so ein Gefühl, dass bald eine Übung kommt, und ich weiß ja, wie du mit deinen Sachen bist.«

Elsen hielt sie und strich ihr tröstend über den Rücken. Sie konnte fühlen, wie ihre Tochter von Weinkrämpfen geschüttelt wurde, und ihre schlimmsten Befürchtungen nahmen Gestalt an. In ihren Räumen angekommen, sorgte sie dafür, dass Una sich hinlegte, was sie ohne Gegenwehr tat. Dann wartete sie neben ihrem Bett, bis sie eingeschlafen war und setzte sich ratlos alleine an den Tisch im Wohnraum, als die Atemzüge ihrer Tochter regelmäßig wurden.

Das Gesicht ihrer Tochter bei der drohenden Kontrolle hatte Bände gesprochen und Elsen war jetzt vollkommen sicher. Sie ist hier nicht mehr glücklich, sie will um jeden Preis wieder nach draußen gehen und ich habe es ihr auch noch ermöglicht. Sie sah sich selber in der letzten Nacht Unas Rucksack auffüllen und in kurzen Abständen von Zweifeln gequält auf das leere Bett ihrer Tochter starren. Was hatte sie mit den fehlenden Medikamenten gemacht? Wenn sie wirklich plant, dort draußen alleine zu überleben, dann wirst du an ihrem Tod schuld sein, weil du es nicht verhindert hast.

Aber was, wenn sie dort draußen überlebt und eine Antwort auf Avenths Fragen findet?

Sie sah kurz nach ihrer tief schlafenden Tochter und machte sich auf den Weg zur Klimaanlage der Zentralkuppel, die heute zur Inspektion anstand. Ihre Kollegen grüßten freundlich und Elsen plauderte höflich mit der Nachtschicht, bevor sie sich an das elektronische Steuerpult stellte. Während sie die Routinearbeiten durchführte, glitten ihre Gedanken ab. Durchs Unas anstehende Verbindung und ihre häufigen nächtlichen Ausflüge war für Elsen in den letzten Wochen die Zeit mit Aventh lebendiger geworden. Und eben in der Kuppel, als sie Unas Verzweiflung deutlich gesehen hatte, waren die Erinnerungen brennend lebendig geworden. Sie hatte sich lange Jahre bemüht, nicht zu viel an ihren Mann zu denken, um den Schmerz erträglich zu halten und ihre kleine Tochter, die sich kaum an den Vater erinnerte, ohne diese Last aufzuziehen.

Jetzt sah sie ihn wieder deutlich vor sich, den jungen stillen Aventh, der sie mit der Verbindung aus der Gemeinschaftserziehung befreit hatte. Ihre eigenen Eltern waren kurz nach ihrer Geburt bei einer Infektionswelle verstorben, die über hundert Kansa hinweggerafft hatte, bevor sie gestoppt wurde. Sie hatte keinerlei Erinnerungen an die beiden und sich nie bemüht, viel über sie zu erfahren. Das Leben in der Gemeinschaftserziehung mit einigen anderen Waisen hatte sie gleichzeitig gesellig und einsam gemacht. Sie hatte schnell begriffen, dass es sich auszahlte, die Regeln der

Kuppeln zu befolgen und sich durch Gefälligkeiten bei den wechselnden Erziehungsdienerinnen beliebt zu machen. Sie hatte nebenbei gelernt, ihre Fragen und Sorgen mit niemandem zu teilen. Als Avenths Name neben ihrem auf dem großen Bildschirm erschienen war, hatte sie sich erschreckt. Er galt als mürrisch und linkisch, zwei Eigenschaften, die in Firmament nicht gern gesehen wurden, und das machte ihn zu einer Art Außenseiter, der von höheren Aufgaben ausgeschlossen war. Wie ihre Eltern war seine Mutter bei der Epidemie verstorben, aber im Gegensatz zu ihr war er bei seinem Vater aufgewachsen, der nach dem Tod seiner Gefährtin kein großes Interesse an seinem Sohn aufbringen konnte. Beruflich hatte er sich nicht spezialisiert und wurde zu wechselnden Arbeiten in allen Kuppeln herangezogen. Elsen war als begabte Technikdienerin mit vielen großen und zum Teil nicht öffentlichen Projekten, die das Überleben der Kansa sicherten, betraut.

Wenn die Genetik es nicht verlangt hätte, wären sie niemals ein Paar geworden.

Zu Beginn ihres gemeinsamen Lebens hatten sie sich freundlich, aber distanziert behandelt und Elsen hatte sich damit abgefunden, dass das den Rest ihres Lebens so bleiben würde. Aber hinter der Fassade des ungeschickten Jungen hatte ein intelligenter Mann voller Fragen gewartet, die er niemandem stellen konnte, und je mehr Abende sie allein in ihren Räumen verbracht hatten, desto enger war ihre Beziehung geworden.

Enger und leidenschaftlicher.

Aventh hatte sich zu ihrer Überraschung Zugang zu verborgenen Dateien im System verschafft. Er hatte alles gelesen, was sich mit der Geschichte und dem Bau der Kuppeln beschäftigte und sie nach und nach auf die Lücken in den Erzählungen hingewiesen. Zuerst war sie sein Korrektiv gewesen, sein Publikum, das ihn zwang seine Theorien zu verteidigen, nach und nach war ihr klar geworden, wie folgerichtig seine Analysen gewesen waren. Es war ihr schwergefallen, sich das einzugestehen, aber aus ihrer intensiven Verbindung war mit jedem neuen Gespräch ein Pakt geworden, der die anderen ausschloss und es ihr ermöglichte, in undenkbare Richtungen zu denken. Elsen war es besser als Aventh gelungen, ihre größer werdende Distanz vor der Gemeinschaft zu verbergen, und sie hatte ihn gedrängt, es ihr gleichzutun. Er hatte es versucht und sein neues Verhalten wurde ihrem guten Einfluss zugeschrieben. Sogar sein Vater hatte sie ab und zu besucht, war aber verstorben, bevor seine Enkelin geboren wurde. Dass sie die ersten zehn Jahre ihrer Verbindung kinderlos geblieben waren, war nicht ungewöhnlich gewesen und hatte sie eher zum Teil der Gemeinschaft gemacht. Es hatte ihnen gleichzeitig den Raum gegeben einen Plan zu fassen. Einen wahnsinnigen, unmöglichen Plan.

Aventh hatte es Elsen ins Ohr geflüstert, als sie eng umschlungen in ihrem Bett lagen.

»Ich will rausgehen.«

Sie hatte gehofft, dass sie die Bedeutung seines Satzes missverstanden hatte, und wusste doch, dass viele ihrer nächtelangen Diskussionen auf diesen unausgesprochenen Punkt hinausgelaufen waren. Aventh reichte es nicht mehr, sich nur Gedanken darüber zu machen, wie der tödliche Raum um sie herum aussah, er wollte ihn sehen.

»Es gibt keinen Weg hinaus«, hatte sie dicht an seinem Ohr geflüstert und ihn zärtlich berührt in der Hoffnung, dass ihn das ablenkte. Er hatte ihre Hand genommen und ihr fest in die Augen gesehen.

»Doch, den gibt es, und nicht nur einen. Es gibt Schleusen nach draußen, für den schlimmsten aller Notfälle erbaut und vom Computersystem der Kuppeln überwacht. Alle tun so, als ob es sie nicht gäbe, aber sie sind da und sie führen hinaus.«

Er hatte mit dem Finger die goldene Tätowierung auf ihrer Wange nachgezogen.

Ja, es gab diese Schleusen und Elsen, die mit vielen Aufgaben betraut war, hatte sie in den Zeichnungen der unterschiedlichen Kuppeln gesehen. Im Alltagsleben fielen sie nicht auf und wurden als Verzierungen an den Wänden übersehen. In der außenliegenden großen Zentralkuppel waren sie an einer Seite riesig, aber so perfekt in das reich verzierte Design integriert, dass sie nicht als Ausgang zu erkennen waren.

»Selbst wenn es sie gibt, du könntest sie nicht öffnen. Sie sind alle durch einen Code geschützt.«

Sie hatten diese Diskussion über Monate geführt und Elsen war bei diesem erneuten Gespräch im ersten Moment nicht klar gewesen, was sie mit dieser

Aussage endgültig offenbart hatte. Aventh hatte sie fest umarmt.

»Wusste ich doch, dass es einen Code geben muss! Und ich kenne die Frau, die ihn findet.«

Sie konnte nicht verhindern, dass ihr eigenes Interesse geweckt war und die Wissenschaftlerin in ihr nach weiteren Antworten gierte. Noch nie vorher war es ihr erlaubt gewesen, in Gesprächen die Grundlagen ihres Daseins infrage zu stellen oder sich in alternative Versionen ihrer Lebensrealität zu denken. Wer konnte dagegen argumentieren, dass der globale Zugang zu allem Wissen vor der Apokalypse nicht geholfen, sondern geschadet und den Untergang beschleunigt hatte? Jede Forschung in Firmament diente ausschließlich der Erhaltung der Kuppeln und der Sicherung des Überlebens. Alle anderen Forschungsgebiete waren verboten und führten zur sofortigen Degradierung. Wer sich nicht dauerhaft beim Reinigungsdienst oder in der Korrektur wiederfinden wollte, hielt sich an die Regeln. Elsen hatte nicht das Gefühl, dass es ihren Kollegen schwerfiel, auf verbotene Forschungen zu verzichten. Sie waren alle ausgelastet mit der Erhaltung eines künstlichen Lebensraumes, der nach einigen Jahrhunderten deutliche Merkmale des Verfalls zeigte. Eine Tatsache, die selbst die, die täglich dagegen ankämpften, natürlich niemals ansprachen.

Sie kannte das Computersystem der Kuppeln in- und auswendig und es war nicht schwer gewesen, den Code in den Daten zu finden und die Schleuse einer stillgelegten Außenkuppel zu modifizieren. Sie provozierte in einer schlecht besetzten Nachtschicht einen Stromausfall, der einen Neustart unterschiedlicher Bereiche nötig machte. In der allgemeinen Hektik der Situation trennte sie die Schleuse von der Überwachung und aktivierte sie anschließend mit den anderen Systemen neu.

»Was, wenn die Radioaktivität draußen wirklich so hoch ist?«

Sie konnte sich erinnern, wie Aventh sie vor ihrem ersten Ausflug ins Veld angelacht hatte.

»Die Kuppeln sind doch nicht aus Blei und wir nutzen das Regenwasser, wenn das so wäre, wären wir doch alle längst schon tot. Oder hätten sieben Arme.«

Und dann hatte sie den Code eingetippt und er war vor ihr in den Schleusenraum gegangen. In vielen Nächten hatten sie danach die Umgebung durchstreift, hatten schließlich den kleinen Felsvorsprung auf der Rückseite der Hügel entdeckt und zu ihrem speziellen Platz gemacht.

Bevor sie richtig mit der Erkundung des Velds beginnen konnten, war sie überraschend schwanger geworden und für eine Weile hatten sich ihre Gedanken ausschließlich um dieses neue Leben gedreht. Zu viele Schwangerschaften endeten vorzeitig, zu viele Kinder starben früh. Sie waren beide überglücklich, als ihre Tochter gesund zur Welt gekommen war und sich prächtig entwickelte. Als Una die gefährliche Säuglingsphase überlebt hatte, war Aventh öfter ohne sie hinausgegangen, hatte Bodenproben genommen, die

Sterne beobachtet und sich in der unmittelbaren Umgebung umgesehen. Sie hatte ihn gehen lassen und sich der kleinen Una gewidmet, die mit ihrer dunklen Haut und ihren hellen Augen und Haaren eine berührend perfekte Mischung aus ihr und Aventh war.

Und dann war der Unfall passiert und alles war anders geworden.

Aventh war wütend gewesen an diesem Abend, weil er die erneute Nachtschicht an den oberen Filteranlagen als Strafe betrachtet hatte. Sie hatte versucht, ihm das auszureden, wusste aber genau, dass sein schriftlich eingereichter Vorschlag, in den stillgelegten Kuppeln nach Wegen zu natürlichem Licht zu suchen, in der Verwaltung auf Ablehnung und Sorge gestoßen war. Sein heftiger Streit mit Diest über potenzielle Gefahren der Erzmine am Vortag hatte die Lage noch verschlimmert und der Grund für die Auseinandersetzung hatte ihr große Angst gemacht. Einige Kollegen waren ihr beim Essen ausgewichen und sie hatte die Verunsicherung in ihren Blicken gesehen.

Sie hatte sich schlaflos im Bett gewälzt und wenn Una nicht gewesen wäre, hätte sie sich auf den Weg zu Aventh gemacht. Mitten in der Nacht hatte der oberste Verwalter in Begleitung seines Assistenten plötzlich vor ihrer Tür gestanden und für einen Augenblick hatte sie gefürchtet, ihre Manipulation der Schleuse wäre aufgefallen und er wäre gekommen, um sie abzuholen. Sein Blick war aber nicht streng, sondern freundlich und mitfühlend gewesen, und er hatte sie gegen ihren Willen umarmt. Sie hatte regungslos in seinen Armen der Nachricht gelauscht. Aventh war über die Brüstung eines Umganges gestürzt. Eine Strebe war gebrochen, wahrscheinlich, als er sich darübergelehnt hatte, um einen Filter zu überprüfen. Sie wussten es nicht genau, niemand hatte es gesehen. Nur den lauten Aufprall hatten mehrere Arbeiter der Nachtschicht gehört und dann hatte man ihn tot am Fuße der Anlage gefunden.

Und jetzt konnte sie Avenths Unruhe in den Augen ihrer Tochter sehen und stand wieder vor der Entscheidung, einen Menschen, den sie liebte, vor sich selber zu schützen oder zu verlieren. Ist es denn nicht das, was du gewollt hast, als du ihr den Weg nach draußen gezeigt hast? Dass sie Avenths Ideen neues Leben gibt? Elsen zog, in Gedanken versunken, eine der Schrauben am Haltesystem zu fest nach und die alte Schraube brach ab. Wunderbar! Ich sollte mich darauf konzentrieren, die Probleme hier drinnen zu lösen, anstatt sie zu vergrößern. Jetzt würde ihr Tag daraus bestehen, das gesamte Paneel zu entfernen, um die Reste der Schraube herauszubekommen. Elsen tippte die Bitte um Unterstützung in ein Kom und machte sich seufzend an die Arbeit.

Dreizehn

Una verschlief einen großen Teil des Tages und war überrascht, wie wach und ausgeschlafen sie sich nach ihren nächtlichen Aufregungen fühlte. Im Spiegel glänzten ihre Augen endlich klarer und die roten Ränder waren kaum noch zu sehen. Sie duschte ausgiebig, ohne die Rationsuhr aus dem Blick zu lassen, und es gelang ihr, sich sorgfältig die Haare mit der Lavendelseife zu waschen, bevor die Uhr blinkte und sie folgsam das Wasser abdrehte. Als sie mit der Bürste durch die langen Strähnen fuhr, fragte sie sich, wie es sich wohl anfühlte, so kurze Haare wie Thau zu haben. Sie fasste ihre feuchten Haare hinter dem Kopf zusammen, betrachtete sich nachdenklich im leicht beschlagenen Spiegel und ließ die Haare schnell zurück über die Schultern fallen.

Kansafrauen hatten keine kurzen Haare und das hatte seine Gründe.

Am späten Nachmittag band sie sich einen ordentlichen Zopf am Hinterkopf und machte sich auf zu einer Runde durch die Agrarkuppeln. Sie winkte einer Gruppe Kansa zu, die in den Feldern arbeitete.

»Einigkeit!«

Eine junge Frau aus einer anderen Kuppel, die sie flüchtig kannte, sah sie freundlich, aber fragend an, als sie das erste Saatgutlager betrat, und Una erzählte ihr unaufgefordert eine viel zu lange Geschichte über ihre Krankheit und dass man ihr zu Spaziergängen in den Agrarkuppeln geraten hätte. Die Kansa, deren Name Una nicht einfiel, hörte sich das geduldig an.

»Dann solltest du das auch tun. Ich würde gerne mit dir tauschen, diese jährliche Inventur gegen Ende der sturmfreien Zeit ist ein bisschen langweilig. Aber wichtig natürlich, weshalb ich sie gerne erledige.«

Una dankte ihr für ihre Mitarbeit, so wie man das in Firmament tat und ging hinaus. Wenn heute Inventur war, würde sie auch in allen anderen Lagern auf Kansa treffen, was es unmöglich machte, heute Nacht Saatgut für Thau mitzubringen. Die kleinen Mengen, die sie den Containern entnommen hatte, würden bei der Zählung sicherlich nicht auffallen, aber heute etwas mitzunehmen, würde zu lästigen Fragen führen. Das war ärgerlich, aber nicht zu ändern. Eine kleine Stimme in ihr wies darauf hin, dass Thau dann ja noch eine Nacht länger würde bleiben müssen und Una erfüllte diese Überlegung mit plötzlichem Glück. Sie ging vorbei an den Kansa in den Feldern und setzte sich auf eine Kiste am Rand. Im Licht der länglichen, künstlichen Sonnen sah sie fasziniert zu, wie sich eine junge Frau anmutig nach den Äpfeln streckte und sie pflückte. Sie hatte ihren roten Anzug bis zu den Hüften hinuntergezogen und das tiefrote Unterhemd der verbundenen Frauen bedeckte ihren Oberkörper. Ihre nackten Arme glänzten vom Schweiß und ihre Muskeln spannten sich bei den Bewegungen an unterschiedlichen Stellen an. Una sah, wie ihre Brüste sich unter dem Hemd deutlich abmalten und mit den Bewegungen in einem hypnotischen Rhythmus hoben und senkten. Wie es sich wohl anfühlte, mit den Fingern diesen feuchten Hals hinunterzufahren? Sie hob ihre eigene Hand vors Gesicht und bewegte die einzelnen Finger, als würde sie das zum ersten Mal tun. Eine andere Frau anders als freundschaftlich zu berühren, war ihr nie in den Sinn gekommen. Warum auch? Sie fühlte plötzlich deutlich, wie ihre Finger suchend über Thaus Haut gefahren waren und Thaus Brust gestreift hatten.

Die sanfte Erhebung, so weich, so fest, so unerwartet.

Aus den Augenwinkeln bemerkte sie eine Bewegung und sah an ihrer Hand vorbei auf das Feld dahinter. Die Frauen bei den Äpfeln hatten ihre Arbeit unterbrochen und sahen lachend und feixend zu ihr hinüber. Mehrere hielten sich die Hand dicht vors Gesicht und imitierten sie. Sie stand auf, streckte ihnen die Zunge raus und hoffte im Gehen, dass sie nicht sehen konnten, wie rot ihre Wangen geworden waren. Sie stahl ein paar Plätzchen und Kuchen und ging zurück in ihre Wohnräume.

Was die Werkzeuge anging, die sie Thau versprochen hatte, konnte sie nur die alten Werkzeuge ihres Vaters ohne Probleme ins Veld bringen. Es gab in der Grube von Firmament seit Jahren nur noch begrenzte Möglichkeiten, die für die Herstellung neuer Werkzeuge und Geräte notwendigen Erze zu gewinnen, und so wurden alle metallischen Dinge gut gepflegt und weiter genutzt. Dass sie Avenths Werkzeuge behalten durfte, war Elsens großer Trauer zu verdanken, die es verboten hatte, einem wichtigen Mitglied der Gemeinschaft noch weiteren Schmerz zuzufügen, indem man ihr die Erinnerungsstücke nahm. Da sie die Werkzeuge ihres verstorbenen Mannes bei ihren Arbeiten ab und zu selbst benutzte, konnte die Gemeinschaft diesen Schritt zudem gut vor sich selber rechtfertigen, ohne dass jemand dahinter eine Bevorzugung oder einen Bruch der Traditionen vermuten musste.

Una fand die Kiste mit den Werkzeugen ganz hinten in Elsens Schrank unter einem kleinen Stapel seiner alten Hemden und einem Stapel alter Decken und Tücher. Sie zog sie hervor und pustete die Staubschicht von der Oberfläche. Es war eine der typischen Werkzeugkisten, die alle hier hatten. Eine stabile Pappbox, auf der man in einem kleinen vorgedruckten Feld auf der Oberseite seinen Namen eintragen konnte. »Aventh« stand da in großen, dunklen Buchstaben, und Una war seltsam davon berührt, dass ihr Vater diese Buchstaben selber aufgeschrieben hatte. Spuren seines Lebens, die so deutlich waren, gab es kaum, dafür hatte Elsen gesorgt, aber es entsprach auch dem Leben der Kansa. Es gab seine Anzüge und eine kleine Holzfigur auf einem Regal an Elsens Bett, die Aventh ihr geschnitzt hatte. Für Firmament war das viel. Es hatte ihn gegeben und dann hatte es ihn nicht mehr gegeben, so wurde jeder Tod in den Kuppeln behandelt. Wer starb, der wurde verbrannt und seine Asche wurde zum Düngen der Felder verwendet, wo er zum Überleben der Gemeinschaft beitragen konnte.

Wir schaffen Lebenszeit, Einigkeit, Einigkeit, Einigkeit.

Sie hob die Kiste aus dem Schrank, trug sie in ihr Zimmer, klappte die oberen Deckel auseinander und sah neugierig hinein. Unter einem Haufen nachlässig gefalteter kleiner Putzlappen lagen neben einem Hammer, dessen Kopf nicht mehr allzu fest auf dem Holzstiel saß, eine ältere Säge, deren Zähne stumpf aussahen, und eine kleine rostige Zange. Una nahm die Werkzeuge heraus und legte sie vor sich auf den Boden. Es war nicht viel, aber wenn sie sie ein wenig herrichtete, konnte Thau bestimmt etwas damit anfangen. Sie holte sich ein großes Messer aus der Küche, sägte in mühsamer Kleinarbeit mehrere kleine Holzscheite aus einem der Füße ihres Bettes und klopfte sie mit der Zange so in den Spielraum am Kopf des Hammers, dass er fester saß. Dann rieb sie mit einem der alten Tücher gründlich den Rost ab, bevor sie die Werkzeuge mit Olivenöl einölte. Viel besser wurden sie dadurch nicht, aber Una hoffte, dass sie Thau trotzdem nützlich sein würden. Sie schlug die drei Gegenstände in eines der größeren Tücher und steckte sie zum Brot und zum Kuchen in ihren Rucksack. Als sie die Kiste zuklappen wollte, um sie zurückzustellen, sah sie zwischen den Stoffstücken etwas Metallisches schimmern, griff danach und zog es heraus. Es war ein kunstvoll geflochtenes Armband aus einem seltsamen braunen Material, das Una nicht kannte. Die drei eng ineinander verschlungenen Elemente waren dicker als Fäden und fühlten sich gleichzeitig fest und weich an. Es gab keinen Verschluss, in der Mitte wurde das geflochtene Band von einer länglichen rötlichen Messingplatte unterbrochen. Una streifte es über ihr Handgelenk, es ließ sich locker bis zum Oberarm hinaufschieben, und hielt auch dort nicht. Sie hatte noch nie von einem Band gehört, das man am Oberarm trug, also musste, wer es getragen hatte, einen deutlich kräftigeren Arm als sie gehabt haben. War das hier eine weitere Erinnerung an ihren Vater, die Elsen heimlich aufbewahrt hatte? Hatte Aventh dieses außergewöhnliche Band getragen? Woher hatte er dieses Material gehabt? Das waren weder Stofffäden noch Maisschnur und auch kein Hanfseil. Sie streifte es ab und hob die Platte näher vor ihr Gesicht. Messing wurde in Firmament fast ausschließlich für Koch- und Essgeschirr verwendet, sie hatte noch niemanden gesehen, der sich Messing oder eine andere Legierung in die traditionellen Armbänder oder Ketten geflochten hätte. Was in Firmament in der Erz- und der Salzgrube der Westkuppeln abgebaut und in der Metallurgie verarbeitet wurde, diente nicht der Zier, sondern einzig der Erhaltung ihres Lebensraumes. Sie rieb nachdenklich mit dem Finger über die kleine Platte und war überrascht, als sich die rötliche Farbe wie ein öliger Schmutzfilm abreiben ließ. Sie nahm ihren Ärmel zu Hilfe und nach und nach veränderte das Metall seine Farbe und wurde gelblicher. Ein schmaler Streifen in der Mitte blieb rötlich. Das war kein Messing, das sah aus wie Gold, und Una konnte sich nicht erinnern, schon einmal eine solche Menge davon gesehen zu haben. Das einzige Gold, das sie in Firmament besaßen, wurde für die Tätowierungen verwendet oder war in der Elektronik verbaut. Una betrachtete den rötlichen Streifen und ihr stockte der Atem, als sie ihn vor die Augen hob, um ihn genauer zu betrachten.

»Fundament«, stand da in verschlungen gravierten Buchstaben, aber klar und deutlich zu erkennen.

Una las die feine Schrift auf dem eigenartigen Metall noch einmal langsamer und erwartete, dass sich die Schrift veränderte. Dass sich die Buchstaben zu einem anderen Wort zusammensetzten, das mehr Sinn ergab. Oder einen anderen Sinn. Sie taten es nicht.

Fundament.

Hatte ihr Vater dieses Band im Veld gefunden? Hatte er gewusst, dass das der Name einer Siedlung war? Dass dort Kansa lebten? Wusste ihre Mutter es? Wie war das Band in die Nähe von Firmament gekommen? War einer der Herbstläufer, über die Thau geredet hatte, durch diese Gegend gekommen und hatte dieses Band verloren? Wie schon so oft in den letzten Tagen rasten die Gedanken durch Unas Kopf und sie fürchtete, die Kontrolle zu verlieren.

Sie hörte, wie die Wohnungstür sich öffnete, schob hastig die Kiste und das Küchenmesser unter ihr Bett und ließ das Armband in die Tasche ihres Overalls gleiten.

»Una?«

»Ich komme!«

Sie erhob sich, aber da erschien Elsen schon in ihrer Tür und sie erkannte an ihrem besorgten Blick, dass sie offensichtlich so aufgewühlt aussah, wie sie sich fühlte.

»Kind, so geht das doch nicht weiter.«

Elsen kam zu ihr herüber und strich ihr liebevoll die Haare, die sich aus ihrem Zopf gestohlen hatten, aus dem Gesicht.

»Willst du noch einmal in die Erstversorgung gehen? Vielleicht haben die etwas übersehen … hast du Schmerzen? Du kannst so nicht weitermachen, jede Nacht im Veld sitzen und jeden Tag ziellos durch die Kuppeln laufen. Schau dich doch an, die anderen reden schon. Die Gemeinschaft braucht deine Mitarbeit.«

Sie machte eine Pause.

»Ich brauche dich.«

Una sah ihre Mutter über das Dröhnen in ihrem Kopf hinweg fragend an.

»Wer redet über mich?«

»Ach, du weißt doch, wie das ist. Hagen hat seiner Mutter erzählt, dass du nicht sofort nach der Verkündung der Verbindung zu ihm ziehen willst und sie hat mich heute beim Essen darauf angesprochen. Sie war zufällig zu einer Besichtigung in unserer Kuppel und hat sich zu mir gesetzt. Sie ist eine sehr fürsorgliche Kansa und hat sich erkundigt, ob es noch Probleme mit deiner Gesundheit gäbe und ob sie sich Sorgen um dich machen müsse. Ich habe sie beruhigt und ihr versichert, dass Hagen dich missverstanden hat.«

»Er hat mich nicht missverstanden. Ganz und gar nicht. Und sie war wahrscheinlich auch nicht zufällig in unserer Kuppel. Der kleine Hagen hat seine Mama geholt, weil Una böse zu ihm war.«

Una trat einen Schritt zurück und funkelte ihre Mutter wütend an. Elsen griff fest nach Unas Armen.

»Kind, sie macht sich Sorgen um ihren Sohn, so wie ich mir Sorgen um meine Tochter mache. Verschließ dich nicht vor der Gemeinschaft, sie ist alles, was wir haben.«

»Warum hast du mir so wenig von meinem Vater erzählt?«

Una entwand sich dem Griff ihrer Mutter und beide standen sich angespannt gegenüber.

»Wir wühlen nicht in der Vergangenheit, wir erbauen die Zukunft.«

»Könntest du etwas weniger wie eine Abendansprache der Verwaltung und etwas mehr wie ein vernunftbegabtes Wesen klingen?«

Elsens Hand traf Unas Wange mit einem lauten Klatschen, das beide erschreckte. Elsen hatte Una nie geschlagen, auch wenn die Erziehungsdienerinnen das in Unas Kindheit empfohlen hatten. Dieser Tag, mit seinen Erinnerungen und Befürchtungen, hatte sich ohne Vorwarnung in der Bewegung ihrer Hand entladen. Oder es versucht.

»Una, entschuldige, ich …«

Elsen brach in Tränen aus und die ehrliche Verzweiflung in ihrer Stimme holte Una aus dem Strudel von Ratlosigkeit und Empörung zurück, der sich in ihrem Kopf gedreht hatte. Sie drückte ihre Mutter fest an sich und fühlte deren Tränen und ihr Schluchzen am Hals.

»Ich kann dich nicht auch noch verlieren, Una. So hat es bei ihm auch angefangen, er ist öfter alleine hinausgegangen und länger und die anderen haben ihn gemieden und dann war er weg und du warst alles, was ich noch hatte. Bitte ...«

»Du verlierst mich doch nicht. Ich suche doch nur noch ein wenig Freiheit, bevor ich zu Hagen in die Ostkuppeln ziehe. Er hat schon eine Wohnung, hat er mir erzählt, ist das nicht toll? Aber das muss doch nicht sofort nach der Verkündung sein, wir haben doch noch ein paar Wochen Zeit, bis die nächste Sturmzeit beginnt. Es gibt da bestimmt noch Möbel, die wir aussuchen oder bauen müssen. Glaubst du wirklich, dass ich in den Möbeln leben möchte, die Hagen sich bis jetzt zusammengesucht hat? Oder besser gesagt, die Ozora ihm ausgesucht hat? Das ist es, was ich gemeint habe. Nichts anderes!«

Una brannte die Frage nach dem Armband mehr unter der Haut, als die Ohrfeige ihrer Mutter ihr auf der Wange brannte, aber sie wusste, dass es jetzt unmöglich war, sie danach zu fragen. Jetzt musste sie Elsen um jeden Preis beruhigen, um heute Nacht zu Thau gehen zu können. Eine unbeantwortete Frage mehr wird mich nicht umbringen, dachte sie belustigt, und Elsen wurde ruhiger, als sie das Lächeln in Unas Augen sah.

Vierzehn

Thau saß auf einem größeren Stein direkt auf der Hügelkuppe und Una fühlte, wie ihr Herz freudig klopfte, als sie die dunkle Silhouette auf dem Weg nach oben ausmachte. Wie sehr sich meine Welt in wenigen Tagen verändert hat, dachte sie. Aus der Angst, hier draußen irgendjemandem zu begegnen, war die Angst geworden, dass das nicht passierte.

Una erreichte den Stein, setzte sich neben Thau und versuchte zu verbergen, wie tief sie atmen musste, um genug Luft zu bekommen. Sie war erst spät aus der Wohnung geschlichen, weil sie ganz sicher sein wollte, dass Elsen schlief und deshalb fast den ganzen Weg gerannt. Der Wind war heute stärker, er zerrte an ihren Haaren und die Büsche bogen sich geräuschvoll raschelnd in eine Richtung. Am dunklen Himmel zogen helle Wolken in schneller Folge und gaben manchmal den Blick auf den nicht mehr ganz vollen Mond frei, der heute näher und größer erschien. Die Bäume rauschten laut und einzelne Blätter flogen wie kleine, dunkle Lebewesen umher. Die Sturmzeit kam unaufhaltsam näher.

»Ich dachte, du kommst heute nicht und habe überlegt, dass ich mal nach den Kuppeln schaue, ob alles in Ordnung ist.«

Thau lächelte sie an und ihre Stimme klang erfreut.

»Alles in Ordnung mit den Kuppeln.«

Una keuchte die Worte heraus und Thau sah sie spöttisch an.

»Mit dir auch?«

»Mit mir auch, ich bin gerannt, um nicht noch später zu sein. Ich hätte mehr Zeit in den Bewegungsräumen verbringen sollen.«

»Eindeutig! Wenn ich auch keine Ahnung habe, was ein Bewegungsraum ist.«

Thau blickte auf die Kuppeln, die im Wechselspiel von Mondlicht und Wolken glänzten und dunkel wurden.

»Sie sind beeindruckend.«

»Ja, das sind sie. Als ich sie das erste Mal von hier oben gesehen habe, habe ich geweint und meine Mutter musste mich trösten.«

Una streckte die müden Beine in Richtung der gewaltigen Gebäude aus.

»Du kommst auch mit anderen hierher?«

Thau klang jetzt wieder misstrauisch und Una schüttelte schnell beruhigend den Kopf.

»Früher manchmal, aber jetzt schon lange nicht mehr. Niemand außer mir geht hinaus. Niemand in Firmament war je im Veld, außer meiner Familie, das habe ich dir doch gesagt.«

Thau sah sie an und schien etwas sagen zu wollen. Sie schwieg dann aber und schaute hinüber zu den Kuppeln.

»Wo lebst du?«

»Da! Irgendwo in der Mitte.«

Una deutete auf den westlichen Bereich der endlosen Kuppeln und freute sich darüber, dass sie die Lage ihres Wohnbereichs in vielen Besuchen ermittelt hatte. Erst war es ihr schwergefallen, sich im Veld zu orientieren und die einzelnen Bereiche von Firmament einer Richtung zuzuordnen, aber mit den Jahren war das besser geworden.

»Und dort hinten, die großen Kuppeln, das sind die Agrarkuppeln und die kleine, ganz rechts außen, ist die Erzgrube. Wir haben sogar eine Quelle und wir hatten eine Kohlemine, dort, wo die kleine Fackel das Gas entsorgt. Aber das habe ich dir ja schon erzählt. Das dort links am Rand ist die Zentralkuppel, da feiern wir.«

Sie ließ ihre Hand sinken.

»Und dort finden die Verbindungen statt.«

Ihr war klar, dass ihre Stimme bei den letzten Worten viel von ihrer Begeisterung verloren hatte, aber es überraschte sie, dass Thau das wahrgenommen hatte.

»Was sind Verbindungen? Klingt nicht besonders bedrohlich.«

Una bemerkte, dass Thau sie zum Lachen bringen wollte, aber ihre Stimmung war umgeschlagen.

»Eigentlich nicht. Es ist der Tag, an dem die genetisch erwünschten Paare ihr gemeinsames Leben beginnen ... kurz danach mit der nächsten Sturmzeit ...«

Thaus Blick wurde ratlos und sie suchte Unas Augen im schmalen Licht der Taschenlampe.

»Die genetisch erwünschten Paare? Was ist das? Wer entscheidet das?«

Una senkte die Lampe abrupt und so blieben ihre Augen in der Dunkelheit.

»Die Verwaltung führt Buch über unsere Herkunft und sorgt dafür, dass die Gefahr genetischer Schäden durch zu nahe Verwandtschaft minimiert wird. Ist das bei euch anders?«

Thau überlegte. Sie wusste nicht, was das Wort genetisch bedeutete und dachte an das göttliche Konzil der Ältesten, das zu jedem Pakt seine Zustimmung geben musste. Sie erhielten ihre Anweisungen direkt von Gott, der alle Entscheidungen in Fundament überwachte. Sie hatte sich als junge Frau wenig dafür interessiert, es war von Anfang an ihr Traum gewesen ein Herbstläufer zu werden, wenn sie alt genug war. Das hatte ihre Gedanken mehr bestimmt als die Suche nach einem möglichen Partner für den Pakt. Es hatte sie vor allem beschäftigt, weil es Gottes Plan für die Frauen von Fundament widersprach und deshalb ein unerfüllbarer Traum war.

»Wer einen Pakt wünscht, bittet Gott um die Erlaubnis und die Ältesten verkünden, ob er es gewährt.«

»Gott ist euer oberster Verwalter? Unserer heißt Diest.«

Una sah Hagens Vater vor sich, wie er mit seinem gewinnenden Lächeln durch die Kuppeln schritt, nach links und rechts grüßte, und ihre Stimmung wurde noch schlechter. Thau hob die Taschenlampe zusammen mit Unas Hand und sah sie fragend an.

»Ist das dein Ernst? Du weißt nicht, wer Gott ist?«

»Woher sollte ich das wissen? Bis vor ein paar Tagen wusste ich nicht, dass es noch irgendwo auf der Welt andere Kansa gibt. Wie könnte ich da euren oberen Verwalter kennen?«

»Gott ist kein Kansa, Gott ist allmächtig und hat diese Welt und alle Kansa und Tiere erschaffen und als die Maschinenwesen sie zerstört haben, hat er die Gläubigen beschützt und sie zu den Schächten geführt, damit sie dort in Frieden leben können. Wir beten zu ihm, dass er uns weiter gnädig bleibt. Er wacht von dort oben im Himmel über uns.«

Thau blickte in den dunklen Nachthimmel und Una folgte ihrem Blick, ohne einen Wohnort dieses Gottes erkennen zu können. Dort oben waren der Mond, unzählige Sterne und Wolken. Der Wind wurde kräftiger und der feine Sand wurde ihnen beiden mit den stärkeren Böen ins Gesicht geweht.

»Den Mond und die Sterne hat euer Gott auch erschaffen?«

Thau nickte selbstbewusst.

»Die Priester sagen, dass die Sterne seine Kraft und Würde zeigen. Dass wir unsere Augen gen Himmel richten sollen und die Sonne, den Mond und die Sterne, das ganze Heer des Himmels, anbeten sollen. Gott hat alle Sterne nummeriert, ihnen Namen gegeben und sie in erkennbare Gruppen sortiert.«

Thaus Zeigefinger reckte sich in die Unendlichkeit der leuchtenden Himmelskörper und Una versuchte erfolglos herauszufinden, wo genau sie hinzeigte.

»Siehst du? Da links? Das ist Orion, der Bär, und das da hinten ist das Siebengestirn. Gott ist derjenige, der die Bande des Siebengestirns zusammenbinden und den Gürtel des Orion auflösen kann. Er ist derjenige, der die Sterne aufgehen lässt zur rechten Zeit, um die Menschen nicht allein zu lassen, wenn die Sonne untergeht.«

Una stellte sich die Sonne, die sie noch nie gesehen hatte, vor. War sie nicht die große wärmende Kugel, von der Elsen berichtet hatte? War sie auch nur ein winziger Punkt?

»Und was sind sie, die Sterne, meine ich? Elsen hat mir erklärt, sie wären weit entfernte Sonnen, um die andere Planeten als unserer kreisen. Ist unsere Sonne so winzig?«

Thau sah sie überrascht an.

»Du hast die Sonne noch nie gesehen?«

»Ich war noch nie über Tag im Veld.«

»Sie sieht nicht aus wie einer dieser Sterne. Die Sonne ist groß, größer als der Mond und viel heller. Sie ist warm und gibt uns Licht.«

Beide schwiegen und hingen unterschiedlichen Gedanken nach, bis Thau sagte:

»Wir glauben, dass die Sterne uns über Gottes Macht, Weisheit und Unendlichkeit ins Erstaunen versetzen sollen. Das ist ihre einzige Aufgabe.«

Una suchte immer noch nach den Konstellationen, auf die Thau gezeigt hatte, und vermochte nicht sie zu finden. Der Mond war so klar, dass sie dunkle Flecken auf seiner Oberfläche erkennen konnte.

»Die Menschen sind vor der Apokalypse zu den Sternen geflogen, sagt Elsen, sie waren auf dem Mond und hatten Stationen im All.«

»Die Maschinenwesen haben es versucht und Gott hat ihre eisernen Flügel geschmolzen, als sie seiner Sonne zu nah gekommen sind. Sie sind hinabgestürzt und haben Tausende erschlagen.« Thau erhob sich und ihr Blick forderte Una heraus.

»Es gibt keine Maschinenwesen und es hat sie nie gegeben. Die Technikfeinde haben die Stationen im All auf die Welt regnen lassen und das hat Tausende getötet.«

Beide schwiegen demonstrativ den Mond an, der das unbeteiligt zur Kenntnis nahm. Ein größerer Stern in seiner Nähe blinkte in einer Wolkenlücke kurz und kalt auf. Una stellte sich neben die Herbstläuferin und stieß sie mit der Schulter vorsichtig an. »Oder es war vollkommen anders und wir wissen es beide nicht besser.«

»Warum sollten die Ältesten uns belügen?«

Thau sah, wie ein Windstoß Unas Haare von den Schultern hob und heftig verwirbelte. Natürlich hatten die Ältesten sie belogen. Über die Mauer, über den Norden, aber sie war nicht bereit, das laut auszusprechen.

»Komm, lass uns in mein Lager gehen, bevor du deinen Haaren folgst und auch noch zu den Sternen fliegst.«

Una folgte ihr tief in Gedanken versunken bis zum kleinen Lager in den Büschen im Veld. Als sie bei der Lichtung ankamen, ging sie zu Fleck, der neben dem kleinen Baum stand, und kraulte sein dichtes Fell. Das Lama schnaubte gutmütig und schnüffelte an ihr. Warum hatte sie sich nie gefragt, woher diese Welt und alles in ihr gekommen war? Konnte es sein, dass es ein Wesen gab, das all das erschaffen hatte? Und dass Thau und ihr Volk Kontakt zu diesem Wesen hatten? Was machte das aus ihr und den anderen Kansa in Firmament?

»Er mag dich.«

Thau trat neben sie und lachte sie an.

»Oder er hofft, dass du Möhren oder Äpfel dabei hast.«

Ihre Hand fuhr neben Unas über Flecks Rücken und Una folgte der Bewegung mit den Augen. Thaus Finger waren lang und schlank, ohne zierlich zu sein, ihre Fingernägel waren kurz. Auf ihrem Handrücken erhob sich deutlich eine bläuliche Ader und lief vom Mittelfinger in kleineren Bögen zum Gelenk. Sie war versucht, mit ihrem Finger den Weg dieser Ader entlangzustreichen und rief sich im letzten Moment zur Ordnung.

»Ich kann welche mitbringen, beim nächsten Mal. Saatgut bringe ich auch mit, dieses Mal ging das nicht, aber ich hoffe, du kannst die hier brauchen.«

Sie setzte sich, zog die verpackten Werkzeuge aus ihrem Rucksack und gab sie Thau, die höflich nickte.

»Bestimmt!« Die Herbstläuferin schlug die Tücher auseinander und besah sich die Säge, den Hammer und die Zange.

»Danke.«

Una zog den Kuchen aus ihrem Rucksack, teilte ihn in zwei gleiche Teile und beide aßen eine Weile still. Ich muss sie nach dem Armband fragen, dachte Una. Und nach dem Rest der Welt, sagte eine Stimme in ihr. Una sah auf ihre Uhr, ihr blieben in dieser Nacht noch höchstens zwei Stunden, bis sie zurück musste. Sie suchte Thaus Blick.

»Erzählst du mir von dir und dem Leben in Fundament? Bitte, ich will alles über dich wissen.«

Thau nickte und Una lauschte in den nächsten beiden Stunden dem angenehmen Klang dieser dunklen Stimme, deren Sätze eine so seltsame Melodie hatten und die das Leben in Fundament vor ihren Augen entstehen ließen.

Fünfzehn

Thau rutschte, wie an jedem der wöchentlichen Andachtstage, ungeduldig auf ihrem Platz im Gottesgewölbe hin und her und fragte sich nicht zum ersten Mal, wie die anderen um sie herum die stundenlange Aneinanderreihung von Liedern, Bitten, Predigten und Gebeten so klaglos ertrugen. Es war kalt heute Morgen, obwohl die Zeit der Stürme schon zu Ende war, und die Wolle ihres neuen Overalls war rau und kratzte. Gleich würde die erste Stunde, die sie sitzend verbrachten, enden und alle würden sich erheben, um eine Stunde stehend zu singen und eine weitere kniend zu beten. Die grobe Holzbank unter ihr knarrte hörbar, als sie ungeduldig ein Bein über das andere schlug, und sie wurde vor Schreck ganz still.

»Bist du denn nicht dankbar dafür, dass Gott uns auserwählt hat, die Apokalypse zu überleben? Und dass er uns sicher durch die Sturmzeiten bringt?«

Sie hatte den Fehler gemacht, ihren Kampf mit der Langeweile in einer Beichte anzudeuten und alles, was ihr das eingebracht hatte, waren wunde Knie durch zusätzliche Stunden in Andachtsräumen gewesen. Natürlich war sie dankbar und sie hatte sogar Ideen, wie sie aktiv zur Verbesserung der Lebensumstände in Fundament beitragen könnte, aber das wollte niemand hören. Ihr fehlte die Demut, das war die einhellige Meinung der meisten Menschen, mit denen sie in den dreiundzwanzig Jahren ihres Lebens zu tun gehabt hatte.

Jurrka hatte das nicht so gesehen, nicht, als sie beide Kinder waren und sich in den Schächten vor den Erzieherinnen versteckt hatten. Nicht, als sie Jugendliche waren und gemeinsam auf den Feldern arbeiteten. Aber jetzt saß Jurrka in den Reihen des schweigenden Ordens rechts neben dem Altar und sein Blick verriet nicht mehr, was er über sie dachte. Sie suchte seinen geschorenen Kopf zwischen den anderen geschorenen Köpfen der Silenti und entdeckte ihn am Ende der letzten Reihe. Sein Gesicht war blass, sein Blick war ergeben und konzentriert auf den Priester und den schwarz glänzenden Altar gerichtet. Der rituelle Singsang, in dem der Priester predigte, durchzog den hohen, kahlen Steinraum in regelmäßig wechselnden Wellen. Auf und ab, auf und ab. Der Geruch der unzähligen Kohleöfen in Fundament schien diese Wellen zu nutzen, um in wechselnden Schwaden die Rachen der Betenden zu reizen. Wie ein seltsames Musikinstrument, das von einem überirdischen Wesen gespielt wurde, hüstelte erst die eine Reihe, dann die andere und dann wieder eine dritte. Thau verbot sich, das Husten und Röcheln mit erhobenen Armen zu dirigieren und versuchte, ihre Gedanken zurück zu Gott zu lenken, aber die hatten andere Pläne. Als fühle er, dass sie mit sich kämpfte, nahm Jurrka seine Augen für einen kurzen

Moment vom Altar und ihre Blicke trafen sich. Thau spürte den Schmerz wie einen Schlag.

»Das ist nicht dein Ernst?«

Jurrka hatte ihr die Nachricht von seinem Eintritt in den Schweigeorden noch selber übermittelt und Thau wusste, dass es eine große Ehre für diejenigen war, mit denen die Novizen ihre letzten Worte in diesem Leben tauschten. Aber Thau empfand es nicht als Ehre, sondern als schmerzhaften und unnötigen Abschied vom einzigen Menschen, der ihr in Fundament etwas bedeutete. Wie konnte er das tun? Sie hatten doch als Kinder davon geträumt, eines Tages gemeinsam hinauszugehen und mit den Taschen voller nützlicher Dinge für die Gemeinschaft als ruhmreiche Herbstläufer zurückzukehren.

»Wir sind aber schon lange keine Kinder mehr und die letzten Herbstläufer sind vor langer Zeit in der gottlosen Fremde umgekommen, Thau.«

»Aber deshalb musst du doch nicht zu den Stumpfen gehen.«

Jurrka hatte sie verletzt angesehen, denn die schweigenden Mönche so zu nennen, war despektierlich und gehörte zum verpönten Jargon der Männer, die in den unteren Schächten die Kohle und die Erze aus dem Berg schlugen. Jurrka und Thau hatten ihnen oft kichernd gelauscht, wenn sie nach einer Woche in der Dunkelheit schwarz von der Kohle hinaufkamen und sich in ihren Unterkünften mit Weizenschnaps betranken.

Warum Jurrka diesen Weg in die strenge Männergemeinschaft gehen wollte, verstand sie auch nach seiner kurzen Ansprache nicht. Sein tiefer Glaube war nichts Außergewöhnliches, eher war sie und ihre pragmatische Einstellung zu ihrer Religion die Ausnahme innerhalb der Gemeinschaft. Selbst die rauen, ewig fluchenden Bergleute waren streng gläubig, weil nur Gott sie an ihren gefährlichen Arbeitsplätzen tief unter der Erde beschützen konnte. Schächte stürzten regelmäßig ein oder füllten sich mit Gas und Wasser. Am Beginn der vorletzten Sturmzeit erst hatte sich ein Unfall ereignet, bei dem einundvierzig Bergleute ihr Leben verloren hatten und viele andere verschüttet worden waren. Über hundert Bergleute waren auf der Fahrkunst, die sie in die Schächte brachte, gewesen, als ein Befestigungsbügel am Balancier gebrochen war. Der schwere Stamm, der die Konstruktion hielt, war in den Schacht gestürzt und hatte die Stufen der Fahrkunst mit sich gerissen. Die Überlebenden hatten gemeinsam tagelang im Gottesgebäude gekniet und für ihre Rettung gedankt. Neben ihnen hatten die Frauen der Verschütteten jede Andacht mit lauten Klagen und Bitten erfüllt.

Thau hatte ganz offensichtlich nicht bemerkt, wie auch Jurrkas Glaube intensiver geworden war.

»Meine Gebete werden auch dich beschützen. Gott verlangt mehr von mir, um Fundament zu erhalten und ich bin bereit, ihm alles zu geben.«

Jurrka hatte den Kopf wieder gedreht und Thau nahm den Blick von dem stummen kahlköpfigen Mönch, der ihr bester Freund gewesen war. Sie sah sich unauffällig um. Die meisten lauschten der Litanei des Priesters mit zum Boden gesenkten Augen. Ein kleines Mädchen in ihrer Bankreihe sah zum Holzdach hinauf und wippte mit den Füßen, die noch nicht bis zu den groben Steinen des Bodens reichten. Thau lächelte ihr aufmunternd zu, sie lächelte vorsichtig zurück, worauf eine Erzieherin des Kindes ihr aus der Bank dahinter zischend etwas ins Ohr flüsterte und das Wippen erstarb. Thau seufzte und richtete den Blick folgsam nach vorn. Im großen fensterlosen Andachtsbau flackerten und rußten die unzähligen Kerzen rund um den Altar im Rhythmus der Winde, die in unregelmäßigen Abständen durch die schmalen Belüftungsschlitze wirbelten. Ein außergewöhnlich starker Windstoß ließ die große geflochtene Kerze neben dem heiligen Kranz verlöschen und das unterbrach den Wortstrom des hohen Priesters für einen kurzen Augenblick. Sogar der junge Mann, der sich entschieden hatte, heute für seine Sünden zu büßen, indem er die gesamte Andacht regungslos ausgestreckt vor dem Priester auf dem kalten Steinboden lag, hob den Kopf. Ein unruhiges, ängstliches Murmeln durchzog den großen Raum, bis es einem der Messknaben mit einem langen brennenden Scheit gelang, den Docht zu entzünden und der Priester beruhigend die Hände hob.

»Das ist Gott, der uns an die nächste Sturmzeit erinnern will und daran, dass wir jetzt alle die Ernte mit vollen Kräften vorantreiben müssen. Danke, Herr!«

Der Priester breitete seine Arme weit aus und reckte sie nach oben.

»Aufwärts!«

Deklamierte die gesamte Gemeinde im Chor, bevor der Priester seine Predigt laut fortsetzte.

»Wer diese meine Worte hört und sich nach ihnen richtet, wird am Ende dastehen wie ein kluger Mann, der sein Haus auf felsigen Grund baute. Als die Regenflut kam, die Flüsse über die Ufer traten und der Sturm tobte und an dem Haus rüttelte, stürzte es nicht ein, weil es auf Fels gebaut war. Wer dagegen diese meine Worte hört und sich nicht nach ihnen richtet, wird am Ende wie ein Dummkopf dastehen, der sein Haus auf Sand baute. Als dann die Regenflut kam, die Flüsse über die Ufer traten, der Sturm tobte und an dem Haus rüttelte, fiel es in sich zusammen und alles lag in Trümmern.«

Thau war froh, als die stehende Stunde anfing und alle gemeinsam begannen, die ewig gleiche Reihenfolge der Loblieder zu singen. Die eigene Stimme mit den anderen gemeinsam zu erheben, bis der ganze Raum erfüllt war, ließ sie ihre Ruhelosigkeit nicht mehr so deutlich spüren.

Sechzehn

Das Kom leuchtete am frühen Morgen kurz hintereinander mit zwei Nachrichten auf und Una erhob sich widerwillig vom Tisch, um nachzusehen, wer ihre Gedanken, die sich um Thau und ihre Erzählungen der letzten Nacht drehten, stören wollte. Wahrscheinlich war es der unvermeidliche Hagen mit einem Gruß, einer Frage oder einer schlecht versteckten Drohung. Sie rief den ersten, kurzen Text ab und wurde blass. Der Gesundheitsdienst würde in einer Stunde vorbeischauen, um sich nach ihrem Befinden zu erkundigen. Sie möge sich bitte in ihren Wohnräumen bereithalten. Una sah sich um, als würde sie verfolgt, und hörte Elsens Satz vom Morgen.

»Gib der Gemeinschaft keinen Grund, dich auszuschließen, bitte, Kind.«

Sie hatte genickt und sich die Decke weit über den Kopf gezogen. Und jetzt wollte die Gemeinschaft ganz offensichtlich genau wissen, wie es ihr ging. Eine kleine unangenehme Gänsehaut kroch ihr den Rücken hinab und sie rieb sich mit den Händen über die nackten Oberarme.

Ein solcher Hausbesuch war nicht unbedingt außergewöhnlich, denn es war die Aufgabe der Kansa im Gesundheitsdienst, sich um die arbeitsunfähigen Kansa zu kümmern und sicherzustellen, dass sie gut versorgt wurden. Aber Una hatte bei ihren Unfällen noch nie erlebt, dass der Dienst sie zu Hause besucht hatte. Diese Besuche galten den Älteren oder Schwerverletzten. Sie tippte ihre Zustimmung in das kleine Gerät an der Wand und fragte sich, was diese spezielle Betreuung ausgelöst hatte.

Bevor sie die zweite Nachricht las, stellte sie schnell sicher, dass ihre Schuhe vom Staub befreit waren, verstaute die Overalls ihres Vaters im Schrank und zog sich ihren roten Anzug an. Dann ging sie hinüber zum Kom. Die zweite Nachricht war in keiner Weise dazu geeignet, ihre Stimmung zu heben. Hagen und seine Eltern baten sie und Elsen zu einem Abendessen im Esssaal der Verwaltung. Ob er einen Elektrowagen schicken solle, um sie abzuholen, fragte Hagen am Ende der Nachricht und Una drückte kurz auf »Nein«, bevor sie sich an den Tisch setzte und an ihr Gespräch mit Thau über deren Leben dachte.

»Und ihr lebt nicht in Kuppeln, weil dieser Gott euch schützt? Und deshalb singt und kniet ihr stundenlang?«

Una hatte Thau ungläubig angesehen.

Thau hatte genickt.

»Die Maschinenwesen konnten Kuppeln bauen, Menschen können das nicht. Wir leben in alten Häusern aus Stein über den Schächten. Durch die oberen Schächte sind die Häuser verbunden und wir können uns auch in den Sturmzeiten in Fundament bewegen. Aus den unteren Schächten holen wir die Kohle für die Öfen und die Erze für die Werkzeuge. Auf den Feldern wächst unsere Nahrung. Gott hat uns zu diesem Ort geführt. Wir müssen ihm Dankbarkeit zeigen.«

»Ihr baut draußen Nahrung an?«

Für Una hatte das alles äußerst unwahrscheinlich geklungen.

»Ja, wo denn sonst? Zwischen den Stürmen pflanzen und ernten wir und viele Bäume sind so an die Stürme gewöhnt, dass sie tief wurzeln und auch in der nächsten sturmfreien Zeit Früchte tragen.«

»Wie kann das sein? Die Stürme sind tödlich und draußen wächst nichts mehr.«

Una hatte den Kopf vehement geschüttelt und sich gefragt, ob diese fremde junge Frau ihr die Wahrheit erzählte.

»Draußen wächst jede Menge. Sieh dich doch um, ich habe auf meinem Weg unterschiedlichste essbare Pflanzen und Beeren gefunden. Gott hat Teile der Welt geheilt, um uns eine Chance gegen die Maschinenwesen zu geben.«

»Die es nicht gibt.«

Una hatte Thau böse angefunkelt und die hatte den Blick mit der gleichen Emotion erwidert. Beide hatten eine Weile schweigend nebeneinander gesessen.

»Was glaubst du denn, wie diese Welt entstanden ist?«

Una war Thau nicht nur für die Frage, sondern auch für den persönlichen Ton, in dem sie sie gestellt hatte, dankbar gewesen. Sie hatte ihr einen Weg aus der Sackgasse ihres Gesprächs angeboten.

»Die Erde und das ganze Universum sind in der Vorzeit durch eine kosmische Explosion entstanden. Da hat niemand etwas erschaffen. Die Kansa haben die Welt entwickelt, bis die Technikfeinde sie mit ihrem Hass zerstört haben. Da hat niemand etwas beschützt. Woher weißt du, dass es diesen Gott gibt? Hast du ihn je gesehen?«

Thau hatte den Kopf geschüttelt.

»Es ist nicht erlaubt, ihn abzubilden, aber er lässt uns mit seinen Taten spüren, dass er da ist. Ohne ihn hätten wir nicht überlebt, ohne ihn wäre Fundament nicht möglich gewesen. Die Schächte sind hunderte von Metern tief und reichen Kilometer weit ins Veld, das ist Gotteswerk.«

Thau war kurz still geworden und hatte sie dann sehr ernst angesehen.

»Wenn ihr keine Maschinenwesen seid, wer wacht dann über euch?«

»Die Kuppeln wachen über uns. Ihre Erbauer haben der Apokalypse getrotzt und gemeinsam eine Welt gebaut, in der die letzten Kansa überleben können. Draußen ist nur der Tod.«

Una hatte das mit einer Stimme, die keinen Widerspruch dulden wollte, gesagt. Thau hatte ihr einen übertrieben unterwürfigen Blick zugeworfen.

»Entschuldige meine Worte, allwissende Kuppelbewohnerin, aber wir sitzen hier draußen, ich lebe seit Wochen hier draußen, unsere Felder sind draußen …

und du wusstest das alles nicht … unterbrich mich ruhig jederzeit mit einer neuen Schauergeschichte über das Veld und den Tod.«

»Und wieso hat euer komischer Gott die Apokalypse überhaupt zugelassen? Und den Tod fast aller Menschen auf diesem Planeten?«

Una hatten die Argumente gefehlt, um Thaus Einwürfe zu entkräften, also hatte sie sich in eine Frage geflüchtet. Thau hatte ratlos mit den Schultern gezuckt.

»Ich habe mich das auch schon gefragt. Die Priester sagen, er wollte uns prüfen. Nur wer wirklich im Glauben lebte, ist gerettet worden.«

»Dann ist er grausam, euer Gott. Was ist mit denen, die ihn gar nicht kannten?«

Una hatte geschaut, ob Thau ihr zustimmte, aber die hatte wieder nur mit den Schultern gezuckt.

»Wenn du mit mir in die Kuppeln gehen könntest, dann könnte ich dir die Aufzeichnungen über die Entstehung der Welt und die Wahrheit über die Apokalypse zeigen und du könntest alles selber nachlesen.«

Thau hatte Una fragend angesehen.

»Was ist das, lesen?«

Una hatte auf ihren Namen, der sorgfältig auf dem Rucksack aufgebracht war, gedeutet. Thau hatte die drei Buchstaben fast ehrfürchtig betrachtet und dann den Kopf geschüttelt.

»Ich kann das nicht deuten, nur die Silenti, die Priester und die Ältesten können Zeichen deuten, um Gottes Botschaft zu verkünden.«

»Du kannst nicht lesen.«

Una hatte das mehr zu sich als zu Thau gesagt, die mit zusammengepresstem Mund den Namen auf ihrem Rucksack angestarrt hatte.

»Kannst du schwimmen?«

Thau hatte sie angesehen und laut gelacht, als Una den Kopf geschüttelt hatte.

»Ich weiß nicht mal, was das ist.«

»Dann wird es Zeit, dass du es lernst.«

Ein Klopfen an der Tür riss Una aus ihren Gedanken und sie öffnete einem Mann vom Gesundheitsdienst, den sie nicht kannte. Eigenartig, dass man keinen der Gesundheitsdiener aus ihrer Kuppel geschickt hatte, dachte sie und ließ ihn eintreten.

»Einigkeit.«

Sie wies ihm den Weg in den Wohnraum und er setzte sich an den Tisch. Sie räumte ihre Schüssel mit Brei zur Seite und bot ihm Tee an. Sein Blick streifte wie zufällig durch die Wohnung, während er den Tee ablehnte und einige Schriftstücke aus seiner Tasche nahm.

»Wie geht es deinen Verletzungen, Una? Ich bin Adant und von der Gemeinschaft damit beauftragt sicherzustellen, dass deine Genesung gut vorangeht.«

Sie sah, dass er so tat, als müsse er ihren Namen aus den Unterlagen ablesen, die er aus seiner Tasche gezogen hatte. Als wäre sie eine von vielen, die er heute besuchen müsse, aber sie hatte das Gefühl, dass er ihren Namen gut kannte.

Wie kam sie darauf? Vor ihr saß ein freundlicher und besorgter Gesundheitsdiener, dessen einziger

Fehler es war, dass er sich offiziell nach einer gestürzten und erkrankten Frau erkundigte. Er sah sie aus hellen, schmalen Augen an und Una konnte in seinem Blick nichts anderes als die Sorge um ihre Gesundheit ausmachen. Du fühlst dich grundlos verfolgt, schalt sie sich, und deine Geheimnisse erschweren dir den Kontakt zur Gemeinschaft. Sie versuchte, ihrem Gesicht einen freundlichen, offenen Ausdruck zu verordnen. Das schien zu funktionieren, denn Adant lächelte zurück, als er sie bat, den Overall abzulegen. Obwohl sie das für Untersuchungen von Gesundheitsdienern schon oft getan hatte, fühlte sie sich heute unbehaglich und schutzlos. Sie zog den Anzug langsam aus und faltete ihn ordentlich auf einem Stuhl zusammen, bevor sie sich in ihrer hellroten Unterwäsche auf den anderen setzte. Er kam um den Tisch herum und während seine kalten Hände prüfend über ihre Abschürfungen und bläulichen Flecke fuhren, fragte er sie nach ihrem Befinden. Einige Fragen waren sinnvoll, andere verwirrten Una. Wie es um ihre Menstruation stand? Ob sie gut schlafe oder viel wach liege. Ob die eine Woche für die Genesung ausreiche oder ob sie mehr Ruhe brauche? Wie es mit Alpträumen und Kopfschmerzen aussah? Schwindel? Erinnerungslücken? Nahm sie ausreichend Vitamine zu sich? Und freute sie sich auf das Jahresfest? Obwohl die letzte Frage genauso nüchtern und beiläufig gestellt wurde wie die anderen und Adant seine Untersuchung nicht unterbrach, fuhr Una eine kalte Gewissheit durch den Körper.

Sie litt nicht unter Verfolgungswahn.

Hagen oder sein Vater hatten diese Überprüfung in Auftrag gegeben und wollten sicherstellen, dass einer Verbindung nichts im Wege stand. Kein Wahn, wie er manchmal in den Kuppeln vorkam und meist Frauen befiel. Una beantwortete Adants Fragen ausführlich und versicherte ihm, dass sie sowohl auf die Proteine als auch auf die Vitamine achte und dass das Jahresfest das einzige Gesprächsthema für sie und ihre Freundinnen wäre. Ich sollte Maurits fragen, ob ich in seinen Theaterstücken mitspielen darf, dachte sie, während sie die Begeisterung einer jungen Kansa für die baldige Verbindung mit plappernder Inbrunst spielte.

»Es wird ja so vieles neu sein, da ist man schon durcheinander und aufgeregt. Also sehr aufgeregt! Ich bin es auf jeden Fall. Ich stelle mir vor, wie das sein wird und wie es sich anfühlt. Und dann bin ich glücklich! Ich bin sehr, sehr glücklich.«

Adant tastete noch ein wenig auf ihrem Körper herum, bevor er sie bat, sich zu bekleiden, ihr schriftlich attestierte, dass sie in der nächsten Woche arbeitsfähig war und ihr eine vorgedruckte Einladung zur Überprüfung ihrer Fruchtbarkeit übergab.

»Ist ja bald so weit für dich, da solltest du keine Untersuchung mehr auslassen. Und was die Aufregung angeht, du hast einiges an Temperament und Fantasie, darüber wird sich Hagen sicher freuen. Einigkeit.«

Er strich ihr zum Abschied bemüht väterlich durchs Gesicht und Una nickte mit gesenktem Blick, angemessen schüchtern und innerlich kochend vor Wut, als er grüßend die Wohnung verließ.

Um sich zu beruhigen, ging sie durch die Saatgutlager und füllte überall heimlich kleine Mengen in die kleinen Tüten, in die die Kinder ihre Schulbrote packten. Ihre Wut ließ langsam nach und ihrem Verstand gelang es zur eigenen Überraschung, die Oberhand zu gewinnen. Thau Saatgut auszusuchen und es zu beschriften machte sie seltsamerweise glücklich und ihre Gedanken klarer. Sie knotete ein Tuch zu einem Beutel und brachte die Tüten darin unter. Vielleicht kann ich ihr so viel zu lesen beibringen, dass sie die unterschiedlichen Beutel auseinanderhalten kann, dachte sie und sah sich neben Thau sitzen und die Buchstaben des Alphabets aufschreiben.

Um sie herum ging das Leben in den Kuppeln seinen normalen Gang, wie es das seit hundert Jahren oder länger tat. Kansa eilten von ihrem Arbeitsplatz zu den Wohnbereichen oder saßen gemeinsam neben den Feldern. Selbst wenn einige Sachen, die du geglaubt hast, nicht vollkommen korrekt sind, dann ändert das doch an den Kansa in Firmament nichts, sagte sie sich und sah zu, wie eine kleine Gruppe Kinder auf hölzernen Tischen neben den Olivenbäumen ein paar unförmige Töpfe aus Ton für ihre Eltern formten. Das hier ist deine Gemeinschaft, mit der du seit Beginn deines Lebens singst und spielst und arbeitest und lachst. Enne und Maurits, Jost, Mazy, Thin,

Ronse und all die anderen. Du hast mit ihnen solche Töpfe geformt und Elsen hat die scheußlichen Dinger genau wie die anderen Eltern glücklich in die Wohnräume gestellt. Auch wenn Hagen und Diest dir auf die Nerven gehen, bedeutet das doch nicht, dass die Gemeinschaft der Kansa schlecht und falsch ist. Für die anderen bist du wahrscheinlich wirklich eigenartig und das macht ihnen Angst. Hier in Firmament war kein Platz für Kansa, die nicht zur Gemeinschaft beitrugen, das hatte sie nicht nur gelernt, das glaubte sie auch aus vollem Herzen. Und was änderte es, wenn es da draußen noch eine andere Gemeinschaft gab, die keine Wilden und keine Feinde waren? Die andere Dinge glaubten oder wussten? Was änderte es, wenn man draußen überleben konnte?

Alles, sagte eine Stimme, die sie nicht hören wollte.

Sie dachte an das eigenartige Band, das sie in Avenths Tasche gefunden hatte. Was änderte es, wenn lange vor Thau Kansa einer anderen Siedlung in der Nähe der Kuppeln gewesen waren?

Alles, sagte die Stimme in ihrem Kopf, leise und bestimmt.

Hatte ihr Vater gewusst, woher das Band stammte? Was hatte Aventh mit diesem Wissen gemacht? Zum ersten Mal fühlte Una einen wirklichen Schmerz, weil sie nie mit ihrem Vater hatte reden können. Ich muss Thau noch so vieles fragen, dachte sie und suchte nach Enne, um mit ihr bei einem Mittagessen auf andere Gedanken zu kommen.

Siebzehn

Thau hatte sie gebeten, so früh wie möglich ins Veld zu kommen und sie kam diesem Wunsch nur allzu gern nach. Vielleicht sehe ich so zum ersten Mal noch einen Rest vom Tageslicht, erklärte sie sich ihre glückliche Unruhe. Mittlerweile war sie sehr geschickt darin geworden, auf verschlungenen Wegen durch die Kuppeln zu huschen, ohne jemandem zu begegnen. Oder wenigen, korrigierte sie sich, als sie vor der Schleuse den Leuchtstab aktivierte und den Rucksack aufsetzte. Auch wenn die Sonne schon ganz verschwunden war, fühlte sich die Luft noch warm an und ihr Glücksgefühl vertiefte sich. Heute hatte sie auf ihrem Weg mehrmals Kansa getroffen, weil sie losgegangen war, als die Nachtbeleuchtung gerade erst an den Kuppeldächern erschienen war. Solange sie in den roten Anzügen der Frauen unterwegs war, den Rucksack zu einer anderen Zeit an der Schleuse deponierte und die alten Overalls ihres Vaters erst in der alten Kuppel anzog, war sie Una und niemand interessierte sich für sie. Sie hatte sogar ein kurzes Gespräch mit Maurits geführt, der auf dem Weg zu einer Probe für sein Theaterstück gewesen war. Sie hatten geplaudert, über sein Stück und das Fest, und seine Begeisterung über die neuen Kostüme und Masken hatte Una schmunzeln lassen. Enne konnte sich glücklich schätzen, ihr Leben mit diesem sanften, fantasievollen Kansa verbringen zu dürfen. Der Gedanke hatte ihr einen Stich versetzt und sie hatte ihn schnell verdrängt, als sie weitergegangen war. Die ganzen Westkuppeln hatte ein intensiver Geruch von gebratenem Gemüse und Knoblauch durchzogen, der sie mit einem wehmütigen Gefühl von Heimat erfüllt hatte, aber wahrscheinlich eine Fehlfunktion in der Absauganlage der Küchen gewesen war.

Sie lief den Hügel hinauf, ohne anzuhalten. Eigentlich war es gar nicht so wichtig, nicht gesehen zu werden, es war wichtig, auf die, die man traf, normal zu wirken, dachte sie, während ihre Füße dem kleinen Lichtstrahl der Taschenlampe folgten. Wir sehen alle, was wir sehen können und wollen. Enne sah die Verbindung, Maurits sah seine Kostüme und sein Stück, wer weiß, was die anderen sahen. Wer nicht wusste, dass es einen Weg nach draußen gab, hatte keinen Grund zu vermuten, dass jemand auf dem Weg dorthin war. Was sehe ich? Die Frage begleitete sie auf dem Weg hinab ins Veld und die Antwort war zu offensichtlich, um sie zu übersehen.

Ich sehe Thau.

Sie stürmte der Herbstläuferin mit einem so unendlichen Gefühl von Glück entgegen, dass sie es mühsam einfangen musste, als sie bei ihr und Fleck im Lager ankam. Thau sprang auf als sich die Büsche zur Seite bogen und beide standen sich auf der Suche nach einer angemessenen Begrüßung ratlos gegenüber. Una wollte Thau am liebsten an sich drücken, weil sie auf dem Weg zu ihr immer Angst hatte, dass die Frau, die ihr ganzes Leben verändert hatte, verschwunden sein könnte. Sie wollte fühlen, dass Thau wirklich vor ihr stand.

»Einigkeit!«

Sie tätschelte stattdessen Thaus Arm ungeschickt und ihre Hand verharrte tatenlos in der Luft.

»Aufwärts!«

Thau erwiderte die Begrüßung und ihre Hand griff nach Unas Hand. Ihre Finger verflochten sich kurz und fest und ließen einander los, als wäre das ein Gruß, den sie beide abgesprochen hätten. Una packte das Saatgut aus und sah, wie Thau die Tüten und Beutel, ohne die Beschriftung zu betrachten, auf ihre Körbe verteilte und unter einer groben Plane sicherte. Wie will sie der Gemeinschaft erklären, was sie da mitgebracht hat, wenn sie es selber nicht weiß, dachte sie. Ich muss ihr das Alphabet beibringen.

»Fertig für das große Abenteuer?«

Thau wandte sich Una zu.

»Warst du schon einmal weiter draußen?«

»Ich war noch nie weiter als bis hier.«

Una schüttelte den Kopf und sah in die Dunkelheit des Veldes.

»Du warst wirklich noch nie am Fluss? Er ist doch gleich da hinten im Süden hinter dem kleinen Deich. Keine halbe Stunde von hier.«

»Was ist ein Fluss?«

Una kam sich dumm und unwissend vor und wollte nicht zugeben, dass sie das Wort Deich auch nicht kannte.

»Ein Fluss ist ein … Fluss. Strömendes Wasser. Die Priester sagen, Gott leitet das Wasser der Berge durch Land bis in ein großes Wasser namens Meer, damit wir davon trinken und uns reinigen können. Sie deuten an den Andachtstagen seine Worte und wir wiederholen sie: Alle Flüsse gehen ins Meer, aber das Meer wird nicht voll: An den Ort, wohin die Flüsse gehen, dahin gehen sie immer wieder. Wenn aber der Kansa rein wird von seinem Flusse, so soll er von da ab, wo er rein wurde, sieben Tage zählen; alsdann soll er seine Kleider waschen und seinen Leib in lebendigem Wasser baden – so wird er wieder rein werden.«

Thau grinste sie an.

«Wenn es nach mir ginge, könnten sich die Bergleute übrigens ruhig öfter reinigen. Fundament liegt an einem Fluss und auch wenn die Priester verkündet haben, dass es in der Nähe keinen zweiten gibt, habe ich jenseits der Mauer im Norden einen anderen gefunden … und dadurch deine Kuppeln.«

Sie gingen nebeneinander weiter ins dunkle Veld hinaus auf einem Weg, den Thau vorgab. Sie schaute in größeren Abständen im Licht von Unas Lampe auf ein kleines Gerät in ihrer Hand.

»Was ist das?«

Una berührte das Gerät, als Thau es vor die Augen hob und versuchte, damit die Panik zu unterdrücken, die sie befiel, als sie weiter und weiter in die Dunkelheit vorstießen.

»Das ist ein Kompass, er zeigt mir an, wo Norden ist. Siehst du? Er zeigt alle Himmelsrichtungen.«

Una sah die kleine Nadel, die in einem Kreis in die Richtung der Kuppeln zuckte, egal, wie Thau sie drehte. Sie sah die eingeteilten vertrauten Kuppelrichtungen. Norden, Süden, Osten und Westen und begriff, woher sie ihre Namen hatten. Warum kannte Firmament mit all seiner Technik dieses Gerät nicht? Una fiel es nicht mehr schwer, sich die Antwort zu geben.

Weil wir nicht hinausgehen, dachte sie. Damit wir nicht hinausgehen können.

»Warum tut sie das?«

Sie verfolgte die zuckende Nadel, so wie Thau es tat. Sie gingen in südwestlicher Richtung durch die dunkle Nacht.

»Gott hat das eingerichtet, weil die Maschinenwesen im Norden sind. Damit kein gläubiger Kansa dorthin geht und ihnen in die Hände fällt. Die Herbstläufer haben früher einen solchen Kompass von den Priestern bekommen. Und gelernt, dieses Zeichen zu deuten.«

Sie zeigte auf das große N.

»Ich bin trotzdem hinter die Mauer gegangen und dann weiter dem N entgegen.«

Sie sprach den Buchstaben nicht »en«, sondern »no«. Ihre Stimme klang trotzig.

»Wie lange warst du unterwegs?«

Una tippte ungläubig mit dem Finger gegen den Kompass. Die Nadel zitterte, aber ließ sich davon nicht in ihrer Richtung beeindrucken.

»Ich bin eine ganze Woche im Schutz der Dunkelheit an der Mauer entlanggegangen, bis ich eine Lücke gefunden habe, die groß genug für mich und Fleck war. Die heiligen Zeichen lehren uns, dass es keinen Durchgang gibt, aber alle Mauern, die ich kenne, haben mit der Zeit Löcher bekommen.«

Thau sah stolz aus.

»Und dann habe ich nach ein paar Tagen den Fluss entdeckt und bin ihm vier Wochen nach Norden gefolgt. Ich wollte schon umkehren, weil es nichts gab, das ich hätte mitnehmen können. Ein paar Ruinen einer alten Siedlung … und dann habe ich die Hügelkette gesehen und die Kuppeln der Maschinenwesen und …«

»Und dann hat eine übereifrige Kuppelbewohnerin dich fast zu deinem Gott geschickt?«

Una unterbrach Thau übermütig. Die Büsche um sie herum lichteten sich und wichen einem hohen festen Gras, das in dichten hellen Büscheln endete, die sich im Wind wiegten und den Staubwedeln des Reinigungsdienstes überraschend ähnlich sahen.

»Übereifrig? Ich würde diese Kuppelbewohnerin außergewöhnlich mutig nennen.«

Es gab einen speziellen Ton in Thaus Antwort, der Una mit einem Glücksgefühl durchflutete und den sie schnell Thaus spezieller Art, die Worte zu betonen, zuschrieb. Sie atmete die Nachtluft tief ein und ließ ihre Hände durch die weichen Blütenstände der Gräser streichen. Thau tat es ihr nach und bog einen der Büschel übermütig in ihre Richtung, so dass er sie im Gesicht kitzelte. Sie nieste laut und beide mussten lachen.

»Warum hast du das alles gewagt?«

Una versuchte gar nicht erst, die Begeisterung für den Mut der jungen Frau, die seit Wochen allein durch eine leere feindliche Welt zog, um die Lage ihrer Siedlung zu verbessern, in ihrer Stimme zu kaschieren.

Thau zuckte mit den Schultern, wie sie das oft tat.

»Weil seit Jahrzehnten kein Herbstläufer mehr brauchbare Güter in den von Gott erlaubten Richtungen gefunden hat. Sie sind alle mit leeren Händen zurückgekehrt … oder gar nicht mehr. Es muss in der Zeit der Apokalypse Herbstläufer gegeben haben, die geplündert haben. Vielleicht haben andere Siedler sie deshalb ermordet. Wir haben das nie erfahren und auch nie, ob es überhaupt noch andere Siedler gibt. Ein Leben ohne Gott ist nicht möglich, sagen die Priester und haben vor langer Zeit beschlossen, dass niemand mehr hinaus in die gottlose Welt geht. Bis ich gegangen bin.«

»Darf ich das halten oder legt dein Gott es dann still?«

Thau lachte und drückte Una den Kompass in die Hand.

»Der funktioniert, egal wer ihn trägt. Komm weiter, es ist noch ein kleines Stück.«

Una besah sich die kleine Halbkugel in ihrer Hand, während sie weitergingen. Neben den Kuppelrichtungen waren feine Striche auf der Vorderseite. Die Rückseite war nach außen gewölbt und von einer aufwendigen Schnitzerei bedeckt, in deren Mitte sie zwischen Blumen und Ranken verschlungene Buchstaben ausmachen konnte. Sie blieb stehen und hob die Lampe, um sie zu entziffern.

»Jurrka«, sagte sie laut und Thau zuckte zusammen, als hätte sie ein Schlag getroffen.

»Woher kennst du diesen Namen?«

»Ist das nicht der Junge, von dem du erzählt hast? Der Name steht hier auf deinem … Konpass?«

Sie zeigte einzeln auf jeden der Buchstaben in der Schnitzerei zwischen den gerankten Blumen.

»Kompass.«

Thau nahm das Gerät abrupt aus ihrer Hand und ging weiter. Sie liefen schweigend durch das hohe Gras, das nach und nach kleiner wurde, bis es in flaches Gras überging. Una hörte den Fluss bevor sie ihn sah. Ein Gurgeln und Glucksen, anders als das Geräusch der Blätter und Gräser, das sie kannte. Das Gras wurde noch einmal niedriger und als sie eine kleine Hügelkette erklommen hatten, wich es dahinter einem Streifen aus Sand und einem breiten Band aus dunklem Wasser, das zu beiden Seiten in der Nacht verschwand.

»Große Kuppel der Mitte!«

Der Anblick der Fluten, die sich glitzernd und kräuselnd im Licht des abnehmenden Mondes vor ihr erstreckten, ließ Una nach Worten ringen.

»Das ist … das ist …«

»Ein Fluss. Una, das ist ein Fluss. Fluss, das ist eine Una.«

Thau hatte ihre düstere Stimmung wieder verloren und verbeugte sich übertrieben, während sie die beiden einander lachend vorstellte.

»Und jetzt gehen wir schwimmen. Keine Angst, ich passe auf dich auf.«

Sie zog den Reißverschluss ihres Overalls hinab und schälte sich anmutig aus dem Anzug. Una stand tatenlos und erschreckt da, als Thau sich nach und nach entkleidete. Sie ließ die Taschenlampe verlöschen, als Thau ihre Unterwäsche abstreifte und ordentlich auf den Anzug legte.

»Was machst du da?«

Ihr Stimme hatte einen feindseligen Klang, den sie nicht empfand. Thau stand vollkommen nackt vor ihr und Una war froh und traurig zugleich, dass es so dunkel war.

»Wir gehen da jetzt rein und waschen ordentlich den ganzen Staub ab. Wenn wir nicht mit klatschnassen Anzügen zurückgehen wollen, sollten wir sie also besser ablegen.«

Thau nahm ein Tuch aus ihrem Rucksack und legte es auf die Kleidung.

»Lass deine Lampe hier und komm!«

Sie rannte in das viele Wasser und platschte kopfüber mitten in das bewegte Muster aus gestrecktem Mondlicht und gefleckter Dunkelheit. Una stand reglos da und sah Thaus Körper im Wasser verschwinden. Sie hielt erschreckt den Atem an und dann tauchte

Thau wieder auf und das Wasser glänzte überall auf ihrer nackten Haut. In Una erwachte ein neues Gefühl, das die drängende Kraft von Hunger mit der ruhigen Wärme einer Umarmung vermischte und sich durch ihren Unterleib zog. Der eingedellte Mond schien sich einen Spaß daraus zu machen, den wenigen Wolken am Himmel genau in diesem Augenblick zu entkommen und sein Licht über Thau zu gießen. Die junge Frau schüttelte den Kopf und kleine Tropfen aus ihren kurzen Haaren flogen bis zu Una hinüber. Una hörte auf die ziehende Unruhe in ihrem Bauch und ihr wurde klar, dass dieses neue Gefühl verbunden war mit dem Wunsch sich dicht neben Thau nackt in dieses Wasser zu stürzen. Sie streifte den Overall, die Unterwäsche und ihre Uhr ab, bevor ihr Kopf sie mit vernünftigen Einwänden daran hindern konnte. Was sollte sie tun, wenn sogar der Mond auf Thaus Seite war? Sie löste ihren Zopf und ging mit ungewöhnlich kleinen Schritten auf das Wasser zu. Der Sand unter ihren Füßen war rau und kleine scharfkantige Steinchen pressten sich schmerzhaft in ihre Fußsohlen.

Wo war das Problem? Una hatte Enne und viele andere Kansafrauen nach den Bewegungsstunden nackt gesehen und nie viel darüber nachgedacht. Die Nachtluft strich kühl über ihre Haut, als sie ihre Füße vorsichtig in den Fluss tauchte. Er war kalt und die träge Bewegung des Wassers, das ihre Beine umspielte, war ungewohnt. Thau stand immer noch lachend da und spritzte Wasser in ihre Richtung.

»Siehst du? Das ist Schwimmen.«

Sie versank im Fluss und bewegte sich darin mit seltsamen Arm- und Beinbewegungen fort, ohne den Boden zu berühren. Ihr Körper war durch das klare Wasser zu sehen. Leicht verzerrt und schemenhaft unwirklich zugleich. Una ging vorsichtig einige Schritte weiter und schauderte, als das Wasser ihr in kleinen Bewegungen bis zum Bauchnabel spülte. Der Mond hatte offensichtlich genug von ihrem Treiben und verschwand teilweise hinter einer kleinen Wolke.

»Woher kannst du das?«

Es war dunkel genug, um die nackte, glitzernde Thau direkt anzusehen.

»Hab ich doch gesagt. Wir haben auch einen Fluss und in der sturmfreien Zeit reinigen wir uns dort. Bekleidet natürlich und Männer und Frauen getrennt. Es sei denn, man schleicht sich nachts raus und vermeidet es, von den Erzieherinnen eingefangen zu werden. Komm, ich halte dich.«

Thau kam zu ihr und streckte Una die Arme in der Dunkelheit entgegen. Una ging tiefer ins Wasser, bis sie dicht vor ihr stand und die unruhige Oberfläche des Wassers ihre Brustwarzen mit kleinen Wellen berührte. Sie sahen sich an. Thaus dunkle Augen glänzten wie das Wasser und Una war sich plötzlich sicher, noch nie etwas so Schönes gesehen zu haben wie die nackte junge Frau, die vor ihr im Fluss stand.

»Beuge dich nach vorn. Langsam. Weiter. So.«

Una folgte Thaus Anweisung und fühlte die Hände der Herbstläuferin unter ihrem nackten Bauch. Das Ziehen und Drängen in ihr wurde spürbar stärker.

»Und jetzt nimm die Füße hoch. Keine Angst, ich halte dich.«

Als ihre Füße den Boden verließen und Thaus Arme sie waagerecht im Wasser hielten, wurde alles in ihr so leicht wie ihr Körper, der von Thau und vom Wasser getragen wurde.

»Beweg die Beine. Und die Arme. Spürst du, dass es dich trägt?«

«Ja, ich spüre es.«

Thau nahm einen Arm weg und Una verlor prompt ihr Gleichgewicht. Ihr Oberkörper kippte nach vorn, ihr Kopf tauchte in die kühlen Fluten und als Thau mit beiden Händen zugriff, tauchte sie hustend und spuckend wieder auf.

»Der Fluss kann mich nicht leiden, er trägt dich besser als mich.«

Sie lachten sich wieder an, während Una das Wasser in kleinen Rinnsalen aus der Nase lief.

»Ich könnte es dir beibringen.«

Thau schwamm um sie herum und beide vermieden es darüber nachzudenken, dass ihre gemeinsame Zeit dafür nicht reichen würde.

Als sie sich mit Thaus Tuch abgetrocknet und angezogen hatten, saßen sie noch eine kleine Weile am Fluss. Die Nachtluft wurde merklich kühler und Una sah auf ihrer Uhr, dass sie jetzt bald aufbrechen musste. Sie fuhr sich durch die langen nassen Haare und sah, dass Thau sie beobachtete.

»Darf ich?«

Thau kniete sich hinter sie und fuhr ihr mit den Fingern durch die Haare.

»Ich habe den kleinen Mädchen in der Gemeinschaftserziehung oft die Haare geflochten. Hier draußen habe ich keine Gelegenheit dazu, Fleck trägt sein Fell lieber offen.«

Una nickte lächelnd und genoss mit leichtem Herzklopfen, wie diese Hände ihre Kopfhaut berührten, durch ihre Haare fuhren und sie fachkundig teilten. Es fühlte sich an, als würde sie durch Thaus Berührung zu einem Teil der Nacht. Thau spielte mit ihren Haaren, der Mond spielte mit dem Fluss und der Wind spielte mit den Gräsern. Ich möchte ewig mit dir hier sitzen, dachte Una, während kleine wohlige Schauer auf ihrem Kopf prickelten, und sagte stattdessen: «Warum trägst du deine Haare kurz?«

Thaus Hände verharrten in ihren Haaren, bevor sie die geteilten Haarstränge weiter verflochten.

»Manchmal, wenn ein Mann zu krank wird, um in die Schächte zu gehen, wird es der Frau, mit der er im Pakt lebt, erlaubt, seinen Platz einzunehmen. Sie schneidet sich ihre langen Haare ab, um unsichtbar zu werden zwischen den Männern. Unsichtbar und hässlich. Meine Haare waren so lang wie deine und ich habe sie abgeschnitten, als ich Fundament verlassen habe. Weil ich mich unsichtbar machen und hässlich werden wollte.«

Ihr Griff war unwillkürlich härter geworden und Una verbot sich, wohlig zu erschauern. Sie legte ihre Hand kurz auf Thaus Arm.

»Das ist dir nicht gelungen.«

Thau senkte schnell den Blick und Una meinte, einen leichten roten Schimmer auf ihren Wangen zu erhaschen, bevor sie das Band, das Una ihr gereicht hatte, fest um den eng geflochtenen Zopf wickelte, spielerisch daran zog und sich erhob.

Una tat es ihr nach.

»Erzählst du mir mehr von Jurrka?«

Thau nickte. »Wir sind gemeinsam aufgewachsen. Er ist … er war der wichtigste Mensch in meinem Leben, mein einziger Freund. Das war sein Kompass. Komm, lass uns zurückgehen.«

Sie gingen schneller als auf dem Hinweg und Una empfand ein Gefühl irgendwo zwischen Wut und Trauer, weil es jemandem in Thaus Leben gab, der ihr viel bedeutete. Du bist albern, schalt sie sich. Natürlich hat sie einen Partner, oder wie man das in ihrer Siedlung nannte. Wahrscheinlich hat sie das Wunder nach der Verbindung schon erlebt und die Liebe ist zu ihr gekommen. Und sie würde mit ihrem Saatgut und den Werkzeugen zu ihm zurückkehren. Der Wutanteil des neuen Gefühls wurde größer und schmerzhafter und Una beschloss, das nicht zuzulassen.

»Erzählst du mir von eurer Kindheit?«

Thau nickte und begann mit ihrer ersten Erinnerung, mit der Zeit in der Erziehungsgruppe der Gemeinde. Ihre Füße traten ein paar kleinere Steine zur Seite und sie kam ein paar Sätze weit, bis Una sie unterbrach.

»Du weißt nicht, wer deine Mutter ist?«

»Wenn du dieses Wort für die Frau, die mich geboren hat, benutzt, dann nein. Niemand von uns weiß das. Wir sind Gottes Kinder von Anfang an und werden von der Gemeinde erzogen.«

»Aber wolltest du denn nie wissen, wer dich geboren hat?«

»Warum?«

Wieder das Zucken der breiten Schultern, das Una beim Einschlafen regelmäßig vor sich sah.

»Weil ihr verwandt seid und weil das eine enge und lebenslange Bindung ist. Vielleicht die stärkste überhaupt. Ich wüsste nicht, was ich ohne Elsen machen würde. Sie ist meine Familie.«

»Nicht bei uns. Bis wir den Pakt vor Gott schließen, gehören wir alle ihm. Es braucht unsere komplette Hingabe, um die schweren Aufgaben zu bewältigen. Wir haben keine Kuppeln, die uns schützen, wir haben nur Gott und unseren Glauben. Wenn wir im Pakt leben, haben wir jemanden, mit dem wir gemeinsam beten und arbeiten und der Gemeinschaft neue Gläubige schenken können. Zwei sind allemal besser dran als einer allein. Wenn zwei zusammenarbeiten, bringen sie es eher zu etwas. Wenn zwei unterwegs sind und hinfallen, dann helfen sie einander wieder auf die Beine. Aber wer allein geht und hinfällt, ist übel dran, weil niemand ihm helfen kann. Wenn zwei beieinander schlafen, können sie sich gegenseitig wärmen. Aber wie soll einer allein sich warm halten?«

Una hörte mittlerweile gut heraus, wenn Thau aus den Predigten der Priester zitierte, verbot sich weitere Fragen und hörte aufmerksam zu, als Thau mehr von ihrem Leben in Fundament erzählte. Von ihrer Kindheit und Jugend und von Jurrka, der an ihrer Seite gewesen war. Viele Aspekte erinnerten Una an den Alltag in Firmament. Der ewige Kampf gegen den Verfall, die Angst, dass die nächste Sturmzeit noch mehr zerstören würde und eine Gemeinschaft, die das zusammen meisterte. Nur Thaus Beschreibung der vielen Stunden, die Fundament mit der Anbetung eines unsichtbaren Wesens verbrachte, irritierten sie, denn diese Handlungen, obwohl mit großer Sorgfalt und regelmäßig ausgeführt, schienen das Leben in der Siedlung nicht entscheidend zu verbessern. Als Thau von Jurrkas Entscheidung, dem Orden der Silenti beizutreten, erzählte, konnte sie den Schmerz in ihrer Stimme in jedem Wort hören. Sie strich ihr über den Arm und Thau lächelte sie dankbar an.

»Und wo ist dein Jurrka jetzt? Immer noch bei den schweigenden Mönchen?«

Thau schüttelte den Kopf und Una hörte, dass sie schluckte.

»Er ist tot«, sagte sie und begann leise zu weinen. Una zog Thau bestürzt näher und hielt sie an sich gedrückt, während Thaus Körper von Schluchzern geschüttelt wurde.

»Es tut mir leid, ich wusste nicht … es tut mir so leid.«

Sie flüsterte die Worte dicht an Thaus nassen Haaren in ihr Ohr und ihre Lippen streiften beim

Sprechen Thaus Haut. Zuerst zufällig und dann absichtlich.

»Das ist nicht dein Fehler. Woher hättest du es wissen sollen?«

Thau rieb sich die Tränen aus dem Gesicht und putzte sich mit dem Ärmel die Nase.

»Wenn er nicht gestorben wäre, wäre ich jetzt nicht hier.«

Una verstand den Zusammenhang nicht, wollte Thau aber auch nicht danach fragen, um sie nicht noch einmal zum Weinen zu bringen. Sie wollte nie mehr der Grund dafür sein, dass Thau weinte. Aber Thau redete weiter, während sie dem Lager näher kamen, und so erfuhr Una, wie Jurrkas Tod und Thaus Reise zusammenhingen.

Es war einer dieser besonders anstrengenden Gottesdienste gegen Ende der letzten Sturmzeit gewesen. Die Öfen zogen nicht, sondern trieben beißende Rauchschwaden durch die Reihen der Knienden. Das Husten und Röcheln übertönte das Singen und draußen schlugen dicke Hagelkörner, vom Wind getrieben, gegen die Mauern. Alle beteten noch lauter. Thau schmerzten zwar die Knie, aber immerhin hatte damit die letzte Stunde der gemeinsamen Andacht begonnen. Gleich würde der Priester noch allgemeine Neuigkeiten verkünden und dann konnte sie endlich durch den Hauptschacht zum Esshaus gehen. Ihr Magen knurrte bei dem Gedanken. Gott sei Dank, dachte sie, als der Priester sich erhob und die Hände ausbreitete. Alle erhoben sich und senkten die Köpfe.

»Ein Schweigender hat seinen letzten Wunsch verkündet.«

Die Worte des Priesters berührten Thau in keiner Weise. Viele der Silenti waren alt und in den Sturmzeiten war es nicht ungewöhnlich, dass einer von ihnen starb. Im Gegensatz zu den Berg- und Talleuten, die so lautlos starben, wie sie lebten, erwarben die Silenti sich mit ihrem gottesfürchtigen Leben aber ein Privileg, wenn es ans Sterben ging. Ihnen wurde ein letzter Wunsch gewährt, den niemand infrage stellen durfte und den der Priester den Gläubigen verkündete. Sehr aufregend waren diese Wünsche nicht und entsprachen dem Leben, das die stillen Männer geführt hatten. Meist wünschten sie sich größere Nahrungsportionen für die Gemeinschaft oder neue Kleidung für die Mitbrüder. Dass jemand von ihnen sich etwas Eigennütziges gewünscht hätte, hatte Thau nie erlebt. Niemand von ihnen hatte das. Als der Priester seinen Namen aussprach, dachte Thau zuerst, dass sie sich verhört hatte und suchte fieberhaft mit den Augen die Reihen der Mönche ab. Jurrka saß nicht wie gewohnt unter ihnen. Ihr knurrender Magen begann zu schmerzen und sie presste die kalten Hände knapp unter den Rippen auf die Wolle ihres Anzugs.

»Jurrka hat die Lungenseuche und wird bald zu Gott gehen.«

Der Priester entfaltete eine Pergamentrolle und begann die Zeichen, die der sterbende Mönch dort hinterlassen hatte, zu deuten.

»Jurrka wünscht, dass …«

Für einen Moment wurde der Priester still und kniff die Augen zusammen, als habe er beim Deuten der Zeichen die Sehkraft verloren. Dann hob seine Stimme mit einem Ruck an und war klar und deutlich im ganzen Gottesgebäude zu verstehen.

»Jurrka verfügt, dass Thau unsere Gemeinde in der sturmfreien Zeit als Herbstläuferin verlassen darf. Und dass ihr ein Lama und ein Packsattel mit zwei Körben gestellt werden. Und wir für ihre sichere Rückkehr beten.«

Thau spürte die Blicke, die sich aus allen Bänken ungläubig auf sie richteten. Sie senkte den Kopf und hielt sich den stärker schmerzenden Magen.

»Jurrka geht zu Gott. Sein Wunsch ist uns Befehl«, murmelte die Gemeinde die traditionelle Schlussformel und Thau bewegte ihre Lippen stumm und fassungslos mit.

Una und Thau waren im Lager angekommen und die Herbstläuferin ließ sich müde auf ihre Matte fallen.

»Deshalb konnte ich gehen. Niemand hat gewagt, den letzten Wunsch eines Silenti abzulehnen. Aber ich habe deutlich gesehen, wie sie darüber dachten, dass jemand ins gottlose Land zieht. Und dann noch eine Frau. Ich denke, sie hoffen, dass ich nicht zurückkomme.«

»Aber jetzt kannst du zurückgehen mit Saatgut und Werkzeug und beweisen, dass es möglich ist.«

Wieder hoben sich Thaus Schultern langsam und senkten sich schnell. Sie zeigte in die Richtung der Kuppeln.

»Könntest du ihnen beweisen, dass es möglich ist, hier draußen in einem Fluss zu schwimmen?«

»Ich weiß es nicht.«

Una nahm nachdenklich ihren Rucksack.

»Hat euer Fluss einen Namen?«

Thau sah Una überrascht an.

»Ja, hat er. Wir nennen ihn Abiel. Die Priester sagen, das bedeutet »mein Vater ist Gott«.«

»Weißt du, ob der Fluss, an dem wir gerade waren, einen Namen hat?«

»Ich denke nicht. Wer sollte ihn benennen? Eigentlich sollte es ihn ja gar nicht geben.«

»Sollen wir ihn Jurrka nennen?«

Una sah, wie Thau sich erhob, nach Worten suchte und dann unter Tränen nickte. Sie drückte sie an sich und sprach in die Dunkelheit, dorthin, wo sie den Fluss vermutete.

»Fluss, dein Name ist Jurrka, von jetzt an und für den Rest dieser seltsamen Zeiten.«

Thau blieb in ihren Armen und ihre Tränen liefen auf ihrer beider Wangen hinab.

»Ich muss leider jetzt los.«

Una erhaschte einen Blick auf ihre Uhr, löste sich widerwillig aus der Umarmung und ihre Münder streiften die Wange der jeweils anderen sanft zum Abschied.

Achtzehn

Thau erwachte im Morgengrauen ruckartig aus unruhigem Schlaf und war sich nicht sicher, was sie geweckt hatte. War da nicht ein Geräusch gewesen? Sie meinte, es noch in ihrem Kopf zu hören. War Una überraschend zurückgekommen? Die Aufregung, die sie durch den Schrecken körperlich fühlte, bekam eine zusätzliche Note, die zwar angenehm, aber weit davon entfernt war, sie zu beruhigen. Sie konzentrierte sich auf das Geräusch von Schritten, aber um sie herum war es still. Ihr Herz schlug heftig und sie unterdrückte den Wunsch, aufzuspringen und nach dem Hammer im linken der Körbe zu greifen. Sie hob stattdessen vorsichtig den Kopf und sah sich um. Der Himmel war noch weitgehend dunkel, nur ein rosafarbener Streifen im Osten zeigte an, dass die Sonne ihren Weg an den Himmel begonnen hatte. Alles schien ruhig zu sein. Sie musste sich das Geräusch eingebildet haben. Fleck stand an seinem Platz und kaute ruhig, was er nicht tat, wenn ein anderes Lebewesen in der Nähe war. Er war es gewesen, der Una gewittert hatte, bevor sie das tanzende Licht auf dem Hügel erspähen konnte.

Und seitdem hatte sich alles verändert. Sie lächelte Fleck dankbar an, was er mit keiner Reaktion würdigte, und lauschte noch einmal angestrengt.

Sein Kauen konnte sie nicht geweckt haben, es war ein Geräusch, mit dem sie einschlief und das sie beruhigte, wenn sie in der Dunkelheit erwachte. Die Büsche um sie herum bewegten sich leicht im Wind, der erst im Verlauf des Tages stärker werden würde. Vielleicht hatte einer der kleinen Nager, die in den Nächten um ihr Lager huschten, versucht in die Körbe zu springen? Es wäre nicht das erste Mal gewesen, die behänden rotpelzigen Räuber schienen ihr und ihren Lebensmitteln durchs Veld zu folgen. Sie konnte keine Bewegung zwischen den Blättern und Ästen ausmachen. Du hast laut geträumt, schalt sie sich und ließ sich zurück auf ihre Matte sinken. Ihr Atem und ihr Herzschlag beruhigten sich und sie schloss die müden Augen wieder.

Diese durchwachten Nächte forderten ihren Preis. Thau rollte sich zusammen, fühlte sich schuldig und fürchtete nicht zum ersten Mal, dass Una sie vom Gott der Schächte entfernte. Vor der Begegnung mit der jungen Frau hatte sie die Nächte tief und traumlos durchschlafen oder sie hatte gebetet, um die Angst zu vertreiben. Sie hatte zu gleichen Teilen zu Gott und zu Jurrka, der bei ihm war, gebetet, obwohl sie wusste, dass die Priester das nicht billigen würden. Vom Morgengrauen bis zur Abenddämmerung war sie deshalb geschützt unterwegs gewesen, da war sie sicher. Kein Maschinenwesen hatte sie entdecken können, auch wenn sie das hohe Sirren ihrer pfeilschnellen Todesmaschinen auf ihrem Weg mehrmals in einiger

Entfernung gehört hatte. Sie lenkten fliegende Todesvögel, das wusste Thau wie jeder andere in Fundament von den Priestern, und sie töteten Kansa über große Entfernungen hinweg.

Wer in den Norden ging, musste sterben.

Gesehen hatte sie sie nie, nur einmal, hatte sie von einem Hügel aus beobachtet, wie in großer Entfernung eine schnurgerade Staubwolke über die Ebene gefegt war. Ob das eine Todesmaschine oder eine ungewöhnliche Windhose gewesen war, hatte sie nicht erkennen können. Was es auch gewesen war, Gott und Jurrka hatten sie davor bewahrt, in der Nähe zu sein, und sie hatte ihre Dankbarkeit in für sie ungewöhnlich langen Gebeten gezeigt.

Seit ein paar Tagen war das anders.

Jetzt verbrachte sie die Nächte mit einer Frau aus den Kuppeln der Maschinenwesen oder lag wach und versuchte, sich das Leben in diesen Kuppeln vorzustellen. Sie versuchte sich Unas Leben vorzustellen. Ihre Gebete waren eilige, formale Rituale geworden, die sie über Tag lieblos absolvierte. Meine Gedanken drehen sich nur noch um sie, dachte Thau und konnte nicht verhindern, dass sie auch jetzt ihren vielen Fragen nachhing. Wenn sie keine Maschinenwesen waren, wie konnten sie dort ohne Gott überleben? Gingen sie wirklich seit Generationen nicht hinaus? Wer steuerte dann ihre fliegenden Todesmaschinen? Dieser Punkt machte Thau am meisten zu schaffen, denn schließlich war Una ja hinausgegangen, tat es offensichtlich schon seit Jahren und auch mit anderen. Warum also belog sie Thau? Wenn sie ihr nicht in allen Punkten die Wahrheit sagte, welche ihrer Geschichten sollte sie glauben. Keine? Alle? Manche? War Una vielleicht gar nicht echt, sondern die Maschinenwesen hatten sie erschaffen und geschickt, um Thau in ihre Kuppeln zu locken? War das nicht wahrscheinlicher als eine Gemeinschaft von Kansa, die keine Maschinenwesen waren und freiwillig eingesperrt in ihren Kuppeln lebten? Thau hasste diesen Gedankenweg, konnte ihn aber nicht unterdrücken. Vielleicht war sie auch einer der Dämonen, mit denen die Priester drohten? War sie von den dunklen Mächten gesteuert, um sie hier draußen, weit weg von der Gemeinschaft, von ihrem Weg und ihrem Glauben abzubringen? Thau versuchte, sich an die genaue Beschreibung der Dämonen zu erinnern, stellte aber fest, dass sie den Predigten bei diesem Thema zu wenig zugehört hatte, um zu entscheiden, ob es einen Dämon gab, der wie eine große, schöne Frau aussah.

Und sie ist wirklich schön, dachte Thau. Die Tatsache, das so übermächtig wahrzunehmen, machte sie nicht zum ersten Mal unruhig und beflügelte ihre Befürchtung, dass der Zauber, der von Una ausging, nicht natürlich war. Wenn Una sprach, musste sie sich zwingen, sie nicht pausenlos anzustarren. Sie war fasziniert davon, wie sich dieser schöne Mund bewegte und wie die hellen Augen sich verkleinerten oder weiteten, je nachdem, wovon sie sprach. Ihre Sprache hatte einen eigenartigen weichen Klang, der vertraute und fremde Worte zusammenzog und zu einem kunstvollen Ganzen verflocht. So als würden die Worte eng aneinander geschmiegt miteinander tanzen. Ihre eigenen Sätze kamen ihr dagegen abgehackt und hart vor und es schien ihr, als ob ihre Worte in den Sätzen ungelenk herumstanden.

Mehr als einmal war sie versucht gewesen, Una die hellen Haare aus dem Gesicht zu streichen und diese dunkle Haut zu berühren. Wenn sich ihre Augen trafen, lag in ihrem Blick eine Wärme, die Thau körperlich spüren konnte. War das nicht das, was Dämonen taten? Sie verdrängten Gott aus den Herzen der Gläubigen und ersetzten ihn mit kranken Gelüsten? Sie erinnerte sich daran, dass Jurrka ihr das zugeflüstert hatte, als sie an einem kalten Abend dicht nebeneinander gelegen hatten, um sich zu wärmen, und er plötzlich von ihr abgerückt war. Dass man wachsam sein musste, um nicht in falsche Versuchung zu geraten. Jurrka. Nichts hatte sie mehr an ihrem Gott zweifeln lassen, als die Tatsache, dass er den frommen jungen Mann so früh hatte sterben lassen. Hatte Jurrka nicht alle Aufgaben, die Gott ihm gestellt hatte, erfüllt? Hatte er nicht auf alles verzichtet, was ihn hätte ablenken können? Gott hat ihn zu sich geholt, weil er so gläubig war, damit er jetzt schon im Himmel sein kann, wo es keine Maschinenwesen und keine Stürme gibt, hatte der Priester ihr versichert, als man ihr die Nachricht von seinem Tod und seinen Kompass überbracht hatte und sie weinend zusammengebrochen war. Bis zu diesem Moment hatte sie gehofft, dass man ihr gewähren würde, den Sterbenden noch einmal zu sehen. An jedem Morgen und jedem Abend war sie in den Tagen nach dem Gottesdienst zum Gebäude der Silenti gegangen und hatte darum gebeten, sich für seine Großzügigkeit bedanken zu dürfen. Da es diesmal keinen letzten Wunsch gegeben hatte, der sie dazu zwang, hatten die Mönche ihr nicht einmal die Tür geöffnet. Und so hatte sie begonnen, in Gebeten mit Jurrka zu sprechen.

Sie nickte ein und schreckte sofort wieder hoch. Diesmal hörte sie das Kratzen deutlich und sprang auf. Fleck schnaubte missmutig und bevor sie nach dem Korb greifen konnte, sah sie im fahlen Licht des Morgens, wie ein rotbuschiger Schweif und ein Beutel ihres Saatgutes in den Büschen verschwanden.

Neunzehn

Obwohl Una noch bis zum Ende der Woche von allen Diensten befreit war, meldete sie sich am Morgen für leichte Arbeiten zurück und wurde zum Sortieren in die Wäscherei beordert. Sie war nach ihrer Nacht im Veld so aufgewühlt und unruhig erwacht, dass sie nicht den ganzen Tag in ihren Räumen sitzen wollte. Das Bad im Fluss, Thaus Hände und Thaus Geschichten hatten sie in ihre Träume begleitet und sich dort zu neuen, beunruhigenden Bildern verwoben.

Als das Fließband startete und die gefalteten Anzüge an ihr vorbeizogen wusste sie, dass sie sich richtig entschieden hatte. Das Sortieren nach Farben, Namen und Kuppeln verwies ihr Gehirn zurück in eine Ordnung, die es verzweifelt vermisste.

Die heilende Ordnung der Normalität.

Ronse stand direkt neben ihr und zwei weitere Kansa, die sie aus der Singgruppe kannte, arbeiteten auf der anderen Seite. Es wurde gescherzt und gelacht und Una fühlte sich zum ersten Mal seit längerer Zeit als Teil der Gemeinschaft.

Es kann nicht alles falsch sein, was wir leben, dachte sie, während sie mechanisch nach den frisch gewaschenen Anzügen griff und dafür sorgte, dass ihre Besitzer und Besitzerinnen sie am Abend am korrekten Abholplatz vorfinden würden. Nach einer Stunde wurde der Kansa, der mit strengem Blick auf der Leitstelle über ihnen den Ablauf überwachte, weggerufen und Ronse stieß sie übermütig an.

»Zeit für eine kleine Freiheit.«

Sie begann, laut ein populäres Lied zu singen und die anderen stimmten ein. Einige schlugen den Takt der Melodie auf das Band und die Behälter. Una sah sie singen und klatschen und lauschte regungslos auf den Text, der vom Wunder der Liebe und vom Wunsch, dass alles so bleibt, wie es ist, handelte.

»Nur hier mit dir kann ich glücklich sein
Möge das Morgen genau wie das Gestern sein.
In Einigkeit. Mit dir allein.«

Sie sah, wie sich die schöne, fremde Herbstläuferin nach dem Schwimmen mit der Hand durch die nassen, kurzen Haare fuhr. Sie sah, wie sich ein paar Wassertropfen kurz in der kleinen Kuhle unterhalb ihres Halses festhielten, um dann gemeinsam über ihr Brustbein ihrem Bauch entgegenzukullern.

Ronse faltete einen der dunklen Männeranzüge auseinander und tanzte mit ihm wie mit einem Partner zur eigenen Melodie am Band entlang. Sie drückte die Kapuze mit der einen Hand dicht an ihre Wange und hielt mit der anderen den Anzug anzüglich eng an ihren Bauch gepresst. Die Beine ihres willenlosen Tanzpartners flatterten bei jedem Sprung und Schritt. Alle lachten und feuerten sie an, sich noch wilder zu drehen und noch höher zu springen. Una klatschte wie alle anderen mit, aber das Gefühl, dazuzugehören, war verschwunden. Thaus Hand, die sie im Wasser hielt, Thaus Finger in ihren Haaren, Thaus Mund, der ihre Wange streifte. Die endlose Folge der ordentlichen Anzüge, die sich jetzt am Ende des Bandes langsam ineinanderschoben, erschien ihr nicht mehr ordnend, sondern bedrohlich, und der Gesang wirkte wie ein Spottlied.

Mit dir allein. Mit dir allein. Möge das Morgen genau wie das Gestern sein.

Ein schriller Pfiff von der Leitstelle brachte Ronse zum Stillstand und sie kehrte schuldbewusst an ihren Platz zurück.

»Wenn ich die Leitstelle eines Tages übernehme, dürfen alle singen und tanzen, so viel sie wollen.«

Ronse grinste sie an, während sie mit demonstrativer Sorgfalt die aufgelaufenen Anzüge sortierte. Der Kansa auf der Leitstelle warf ihr noch einen strafenden Blick zu und setzte sich an sein Pult. Alle arbeiteten weiter und unterhielten sich mit leisem Kichern.

»Und du kannst die Verwaltung ein bisschen zum Tanzen bringen.«

Ronses geflüsterter Scherz ließ Una zusammenzucken.

Da war sie wieder, ihre Zukunft. Die einzige Zukunft, die sie hatte.

Möge das Morgen genau wie das Gestern sein.

Egal, wie viele Fragen sie hatte, egal, ob Thau die Wahrheit sagte oder log. Egal, ob sie gemeinsam Flüsse oder ganze Landflächen benannten – nichts konnte verhindern, dass ihr ein Leben mit Hagen bevorstand. Ihr Magen zuckte schmerzhaft und sie musste die Tränen zurückhalten. Sie sah sich von Thau gehalten im Wasser schweben und ihr wurde schmerzhaft klar, dass es nicht allein die Fragen waren, die sie quälten. Es gab hinter allen Zweifeln und Überlegungen eine Erkenntnis, die ihr zunehmend die Luft zum Atmen nahm, wenn sie sie zuließ.

Thau würde eines Tages gehen.

Irgendwann, vielleicht morgen, vielleicht in einer Woche oder sogar in zwei. Sie würde verschwinden und sie würde die Herbstläuferin nie wiedersehen. Das Band blieb stehen, als hätten ihre dunklen Gedanken es zum Stillstand gebracht, und alle gingen redend in Richtung der Frühstückspause. Una folgte ihnen mechanisch und bemühte sich, die Erinnerung an Thaus Hände auf ihrem nackten Bauch für Hunger zu halten.

In der Mittagspause deponierte sie weitere Saatguttüten und einen kleinen rostigen Schraubenzieher, den sie vergessen unter einer Werkbank entdeckte hatte, an der Schleuse, bevor sie ans Wäscheband zurückkehrte.

»Du denkst an unsere Verabredung mit Hagen und seinen Eltern?«

Elsen beobachtete Unas Vorbereitungen zu einem weiteren nächtlichen Ausflug am Abend ungehalten.

»Ununterbrochen.«

Una schnürte sich die Leinenschuhe zu und antwortete, ohne aufzusehen. Sie wollte jetzt nicht an

Hagen und seine Eltern denken, sie wollte hinaus zu Thau.

»Una, bitte! So geht das nicht weiter. Deine Launen machen es sehr schwer, vernünftig mit dir zu reden. Enne hat mich heute auch gefragt, was sie für dich tun kann. Ich bin nicht dein Feind! Wir sind nicht deine Feinde! Ich will nicht mit dir kämpfen.« Elsen stellte sich dicht vor sie.

»Ich lasse dich hinausgehen und ich stelle keine Fragen. Was kann ich noch tun? Was bist du noch bereit, für mich und die Gemeinschaft zu tun?«

Elsen hob das Wort »Du« in ihrem Satz so deutlich und laut hervor, dass es ihre Distanz zum Leben in den Kuppeln auch akustisch darstellte. Una hielt inne und sah ihre Mutter an. Um die hellen Augen zogen sich Falten, die nicht nur vom Lachen in ihre Haut gegraben worden waren. Ihr Mund hatte einen strengen Zug, der die vollen Lippen schmal werden ließ. Was weiß ich über dich, dachte sie.

»Ist die Erinnerung an Aventh irgendwann verblasst?«

Una konnte in Elsens Gesicht sehen, dass sie mit dieser Frage nicht gerechnet hatte, und die Überraschung ließ sie sanfter klingen.

»Wie kommst du denn jetzt darauf, Kind?«

»Ich denke viel über das Wunder der Liebe nach, das weißt du doch. Wie es entsteht und ob es vergeht.«

Wie bei jeder Antwort, mit der sie Elsen Anlass gab zu glauben, dass ihre Gedanken sich mit einer Zukunft in Firmament beschäftigten, wurde sie ruhiger und der strenge Zug um ihren Mund verschwand. Elsen nahm sie in den Arm.

»Ich habe deinen Vater nie vergessen, wenn es das ist, was du wissen willst. Wie hätte ich das gekonnt? Auch wenn wir in Firmament nicht der Vergangenheit nachhängen, spüre ich ihn heute noch deutlich in meinem Leben.«

Sie hielt inne.

»Und ich habe ja dich und du erinnerst mich sehr an ihn.«

Una zupfte an ihren frisch geknoteten Schnürsenkeln. Elsen spürte Aventh nach zwanzig Jahren noch in ihrem Leben. Eigentlich hatte Una die Frage nach ihrem Vater als Auftakt für ein Gespräch über Erinnerungsstücke gestellt. Um vielleicht sogar über das Armband sprechen zu können. Jetzt fragte sie sich, wie lange es dauern würde, bis sie Thau vergessen hatte. Ihr habt ja das Wunder der Liebe nicht erlebt, könnt es gar nicht erleben, selbst wenn du sie nicht vergisst, wirst du sie nicht mehr spüren. Das hatte sie sich am Wäscheband wiederholt gesagt und der Satz beruhigte sie.

»Una?«

Elsen legte eine Hand auf ihre Schulter.

»Wo bist du mit deinen Gedanken?«

»Bei der Erinnerung.«

Una zwang sich ein Lächeln aufs Gesicht und legte ihre Hand auf die Hand ihrer Mutter.

»Hast du persönliche Dinge, die dich an Aventh erinnern?«

Elsen zeigte stumm auf die Holzfigur.

»Du weißt doch, dass wir die Vergangenheit nicht künstlich festhalten sollen.«

»Das ist alles?«

»Ich habe noch ein paar alte Werkzeuge, die ich benutze und einige, die niemand mehr benutzen kann. Wenn du die zu den Erinnerungsstücken zählen willst.«

Una beobachtete ihre Mutter eingehend und konnte kein Zögern in ihren Worten erkennen. Sie schien nichts von dem seltsamen Armband zu wissen.

»Hat Aventh eigentlich Dinge aus dem Veld mit in die Kuppeln gebracht?«

»Erde manchmal, Steine und Beeren, die er heimlich analysiert hat. Er hatte sich in der Metallurgie einen Platz eingerichtet und versucht, mehr über die Beschaffenheit des Bodens herauszufinden. Warum fragst du das? Hast du etwas gefunden da draußen?«

Die Unruhe in Elsen wurde schnell größer und spülte blendend hell eine Erinnerung in ihr Bewusstsein, die sie zu verdrängen versucht hatte. Aventh, der wenige Tage vor seinem Tod unruhig in der Wohnung auf und ab gegangen war und ihre besorgten Fragen ignoriert hatte.

»Ich habe etwas gefunden«, hatte er schließlich mitten in der Nacht in ihr Ohr geflüstert. »Ich glaube, es wird unser Leben verändern.«

Sie sah ihre Tochter ängstlich an.

»Hast du?«

Una schüttelte den Kopf und hoffte, dass ihre Lüge sich in der Geste besser verstecken ließ als in einem Wort. Sie küsste ihre Mutter, die den Kuss innig erwiderte.

»Du bist vorsichtig?«

Elsen hielt sie fest.

»Ich bin vorsichtig und zurück, lange bevor die Kuppeln hell werden. Und definitiv bevor wir in der Verwaltung speisen!«

Una zwinkerte übertrieben in einer Parodie von Hagens Gesichtsgymnastik und Elsen tat ihr den Gefallen, darüber zu schmunzeln.

Zwanzig

Thau verbrachte den Tag damit, nach dem kleinen Nagetier und seiner Beute zu suchen, auch wenn sie wusste, dass das wahrscheinlich ohne Erfolg sein würde. Die Nacht mit ihren Geräuschen und verschiedene unruhige Träume hatten sie mit leichten Kopfschmerzen erwachen lassen und wenn sie ehrlich zu sich war, half ihr die Suche in erster Linie dabei, die Zeit zu vertreiben und den Kopf klarer zu machen. Im hellen Licht des Tages war Una wieder nur eine schöne Fremde und kein von dunklen Mächten gesandter Dämon. Ich habe nie darüber nachgedacht, dass ich hier draußen jemanden treffen könnte, dachte sie, während sie zwischen Büschen und Sträuchern halbherzig nach dem Bau des kleinen Nagers suchte.

Wer von uns wagte es denn zu glauben, dass es draußen in der Welt noch andere Kansa gab?

Vetra, ein Freund von Jurrka, hatte an einem Abend schnapsselig davon gesprochen, dass dort draußen noch andere lebten, dass Gott doch nicht nur sie hatte überleben lassen können. Jurrka hatte ihn angefahren und scharf zurechtgewiesen. Gott hatte die Seinen um sich versammelt, der Rest war tot oder Maschinenwesen. Aber die Herbstläufer haben in den Vorjahren andere Siedlungen erreicht, wir singen doch davon in den alten Liedern, hatte Vetra betrunken gemurmelt, weil Jurrka sich drohend vor ihm aufgebaut hatte.

»Das ist eine Ewigkeit her. Die Herbstläufer haben nach der Apokalypse versucht, Gott zu den Verlorenen zu bringen und sie haben irgendwann niemanden mehr gefunden. Sie haben auch nichts mehr gefunden, das uns nützlich gewesen wäre. Es gibt unter Gottes Himmel nur uns, seine Auserwählten, und die gottlosen Maschinenwesen!«

Niemand in dem kleinen Kreis, mit dem sie damals um den alten Ofen im Haus der jungen Erwachsenen gesessen hatten, hatte widersprochen. Vielleicht hatten andere, an anderen Öfen, mehr davon erzählt, kannten andere Geschichten. Thau fragte sich, warum sie sich über so viele Sachen keine Gedanken gemacht hatte. In den Wochen, die sie jetzt schon allein durchs Veld zog, war das anders geworden. Allein mit sich und der stillen Welt erschien ihr das Leben in Fundament eingeschränkt und unvollständig. Vieles ergab keinen Sinn und es gab Fragen, die sie quälten. Warum galt die Mauer als undurchdringlich und der Weg in den Norden als tödlich?

Die ersten Tage auf der anderen Seite der Mauer hatten Thau ernsthaft an ihrem Plan zweifeln lassen. Mehr, als sie sich hatte eingestehen wollen. Aber dann hatte sie den Fluss gefunden und an seinen Ufern war es leichter geworden, Fleck dazu zu bringen, den schweren Packsattel mit den beiden voll beladenen Körben jeden Tag zu tragen. Es gab in der Nähe des Wassers mehr essbare Pflanzen und so konnte sie das getrocknete Fleisch und das eingelegte Gemüse aufsparen. Sie war mehrmals an den Ruinen ehemaliger Siedlungen vorbeigekommen und hatte sie vorsichtig erforscht. Einige waren vor langer Zeit verbrannt, alle waren zerstört, und außer zerbrochenen Steinen gab es nichts, das sie hätte mitnehmen können. Waren alle diese Kansa in der Apokalypse Opfer der Maschinenwesen geworden? Warum hatte Gott sie nicht beschützt?

Thau entdeckte ein kleines Erdloch unter einem Strauch und brach einen Ast ab, um zu prüfen, wie tief es war. Es endete auf der Hälfte des Stocks und niemand in der kleinen Höhle ließ sich durch ihr Stochern aufscheuchen. Am meisten ärgerte sie sich darüber, dass sie den kleinen Zettel dieses Beutels mit den Zeichen, die Una aufgemalt hatte, verloren hatte. Manchmal am Tag holte sie sie heraus, strich mit dem Zeigefinger die dünnen schwarzen Linien dort und auf den Tüten nach und stellte sich vor, wie Una die Zeichen auf den hellen Untergrund malte. »Zettel« hatte Una die kleinen Papierstücke genannt und Thau hatte genickt, ohne zuzugeben, dass sie noch nie etwas aus Papier in der Hand gehabt hatte. Wie alles, was mit dem Deuten der Zeichen zu tun hatte, war es für die Kansa in Fundament verboten.

Sie stocherte noch einmal, aber das änderte nichts. Kein Beutel, kein Zettel, kein Tier. Thau seufzte und setzte sich auf einen Stein, um einen Schluck Wasser zu trinken. Am Himmel ballten sich dunkle Wolken zusammen, die der Sonne ihre Kraft nahmen und Regen bringen würden. Vielleicht auch Gewitter und Hagel. Wie lange war die Sturmzeit noch weg? Sie war sich nicht sicher, fürchtete aber, dass es nicht mehr allzu lang war. Warum weiß ich auch das nicht, dachte sie. In Fundament verkündeten die Priester die nahenden Stürme, wie sie alles verkündeten und bestimmten. Sie verschloss ihre kleine Metallflasche sorgfältig und schlich weiter den Hügel hinauf, bis sie das langgestreckte Tal sehen konnte, in dem sich die metallischen Beulen wie eine seltsame Seuche erstreckten. Das ist kein Gotteswerk, der Gedanke ließ sie nicht los. Sie seufzte, kaute lustlos auf ein paar staubigen Beeren und ihr Blick hing nachdenklich an den glänzenden Gebäuden. Es war doch kein Wunder, dass sie auf die erste Kansa, die sie außerhalb von Fundament traf, mit so intensivem Interesse reagierte, beruhigte sie sich. Und wenn diese Kansa dann auch noch freundlich und sanft war und Thau mit ihren hellen Augen an den jungen Jurrka erinnerte, dann brauchte es doch keine himmlische Intervention.

»Hat Gott dich wissen lassen, dass ich hier draußen jemanden finden würde?«

Thau sprach den Satz laut aus und sah zum Himmel.

War Una die Antwort auf ihre Fragen an Jurrka? Warum sonst hätte der strenggläubige Jurrka ihr mit seinen letzten Atemzügen einen Wunsch erfüllen sollen, den er für gotteslästerlich und sinnlos gehalten hatte? Sie versuchte, sich sein Gesicht vorzustellen, bevor es zu der starren Maske des Priesters geworden war. Hatte in seinen Augen nicht auch eine Sehnsucht gelegen, die Welt mit ihr zu erkunden, oder war das nur die Reflexion ihres eigenen Wunsches gewesen? An einem sturmfreien Tag, kurz bevor Jurrka zu den Silenti gegangen war, hatten sie gemeinsam zugesehen, wie sich die Paare des Herbstes feierlich unter freiem Himmel zum Pakt zusammengeschlossen hatten und den Segen der Priester bekamen.

»Jetzt können sie Gott besser dienen und sind stärker geworden«, hatte Jurrka ihr mit leuchtenden Augen zugeflüstert und kurz nach ihrer Hand gegriffen. Sie hatte den Druck seiner Hand glücklich erwidert. Es war so warm und windstill gewesen, dass sie ihre Wolljacken abgelegt hatten. Die Priester hatten Obst an alle verteilt und der Biss in das süße Fruchtfleisch hatte Thau übermütig gemacht. Das ist nicht alles, was sie jetzt können, hatte sie geflüstert und sich dichter an Jurrka gelehnt. Wer den Pakt einging, liebte unter Gottes Schutz und konnte seine Liebe auch körperlich zeigen. Mit dem eigenen Paktpartner oder einem anderen ausgewählten, wenn der Nachwuchs für die Gemeinde ausblieb. Thau war sich nicht sicher gewesen, dass ihre Liebe zu Jurrka nach diesem Ausdruck verlangt hatte, aber es gab nur diese eine Art von Liebe und bei niemandem hatte sie sich so geborgen gefühlt. Jurrka hatte die Hand aus ihrer gelöst und lächelnd den Arm um sie gelegt und sie hatte das als ein Versprechen für die Zukunft aufgefasst.

Aber dann war alles anders gekommen.

Und jetzt war nichts mehr, wie es war.

Irgendwo da unten war Una und tat die Dinge, die man in den Kuppeln tat. Thau versuchte sich vorzustellen, wie sie zwischen anderen Kansa umherging, redete, lachte und arbeitete. Wie ihre Hände nach Dingen griffen und der Blick ihrer schönen Augen auf ihnen ruhte. Glückliche Dinge.

Wenn die Kuppelbewohner keine Maschinenwesen waren, musste ihr Leben doch ungefähr so aussehen wie das Leben über den Schächten. Ohne die Lungenseuche sicherlich, die vom feinen Staub der Kohle kam, und aufgezogen von den gleichen Menschen, die sie geboren hatten.

Machte das wirklich einen so großen Unterschied?

Una fühlte sich ihrer Mutter, wie sie sie nannte, eng verbunden, dass konnte Thau in ihrer Stimme hören, wenn sie von ihr sprach. Thau hatte in ihrem Leben wenig Zeit damit verbracht zu überlegen, wer ihr ins Leben verholfen hatte, und sie hatte nicht darüber spekuliert, ob es ihr leicht fallen würde, ein eigenes Kind an die Gemeinschaft zu geben. Jetzt hier, mit Blick auf die fremden Kuppeln, sah sie plötzlich ein Erlebnis aus der Kindheit vor sich. Sie war vier, vielleicht fünf Jahre gewesen und mitten in der Nacht erwacht, weil eine junge Frau mit grässlich verzerrtem Gesicht und lautem Klagen in die Unterkunft der Kinder eingedrungen war und laut einen Namen geschrien hatte. Das Verhalten der Wahnsinnigen hatte allen im Raum große Angst gemacht und die Schreie der Frau hatten sich mit den Schreien der Kinder gemischt. Die Frau war durch den Raum geirrt und hatte versucht, die Mädchen zu ergreifen, die weinend aus ihren Betten in die Arme der Erzieherinnen geflüchtet waren. Auch nach Thau, die sich eng an die Wand gepresst hatte, hatte sie gegriffen und versucht, sie an sich zu ziehen. »Bist du meine Sieda?«, hatte sie mit wildem Blick geschrien und Thau hatte die Augen geschlossen und sich die Ohren zugehalten. Sie konnte sich an ihre Erleichterung erinnern, als man die schreiende Frau mit der Hilfe einiger Priester aus der Unterkunft entfernt hatte. Sie hat Gott verloren und wird ihn jetzt ewig suchen müssen, deshalb muss sie weinen und schreien, hatten ihnen die Erzieherinnen erklärt und sie hatten eine Stunde extra gebetet, um Gott zu bitten, ihr den Weg zurück zu weisen.

Ein Lichtstrahl fiel durch die dunklen Wolken genau auf die Mitte der großen Kuppel und das ließ sie noch überirdischer erscheinen. Ein Zeichen für eine gute Ernte, sagten die Priester gerne, wenn das Licht durch die Wolken gefächert in breiten Strahlen auf ein bestimmtes Feld fiel. Ein Ansporn, uns noch mehr anzustrengen, noch mehr zu weben, zu stricken, zu ernten, noch länger in den Schächten zu bleiben, noch mehr zu beten.

Nie drückte ein Zeichen aus, dass Gott mit Fundament zufrieden war, nie hatten die Kansa ihm genug für ihre Errettung gedankt.

Hier draußen fiel die Sonne ebenfalls in Strahlen durch die Wolken und traf Flächen oder Bäume oder verwandelte den Fluss in ein funkelndes Band. Außer Thau war aber niemand da, der das sehen konnte. Für wen also sollten die Zeichen sein? Und was wollte Gott damit sagen?

Thau erhob sich und schlich gebückt zurück hinter die Hügelkette. Auch wenn Una versicherte, dass außer ihr niemand die Kuppeln verließ, blieb sie wachsam und nutzte bei Tageslicht die Deckung der Büsche um sie herum. In den vielen Stunden, die sie damit verbrachte, über die faszinierende Fremde nachzudenken, war sie zu dem Ergebnis gekommen, dass sie nicht log, es aber einfach nicht besser wusste. Noch ein Punkt, den wir gemeinsam haben, dachte Thau und nahm sich vor, Una mehr zu fragen, wenn sie heute Nacht zu ihr kam. Vielleicht gab es auch in Firmament Dinge, die ausschließlich die Priester wissen durften. Auch wenn sie in den Kuppeln nicht Priester hießen.

Sie erreichte ihr Lager und Fleck gab ein kleines Geräusch von sich. Seine Wasserschüssel war leer, sie füllte sie auf und kraulte das trinkende Lama am Kopf. Er trank gierig und sie drückte sich an das Tier, das ihre Zuwendung geduldig ertrug. Der Geruch seines Lederzügels weckte Bilder aus Fundament in ihr. Sie sah die dicht gedrängten Häuser und die Kansa, die in jeder Sturmzeit in den Schächten darauf warteten, neu zu pflanzen und zu ernten. Ich muss mich bald auf den Weg nach Hause machen, dachte sie und der Gedanke war noch schmerzvoller, als er es in den letzten Wochen gewesen war.

Was würde sie dort erwarten? Würde die Tatsache, dass sie frische Sorten Saatgut für die Gemeinde brachte, sie wieder zum Teil der Gläubigen machen? Oder würde sie eine Ausgestoßene bleiben? Manchmal fürchtete sie, dass sie den Rückweg nur antreten würde, weil sie nicht wusste, wo sie sonst hingehen sollte.

Sie hatte die letzten Wochen bis zu ihrer Abreise in ständiger Angst verbracht, die Priester oder die Ältesten würden einen Weg finden, ihr den Status der Herbstläuferin zu verweigern. Sie spürte es in ihren harschen Worten und bösen Blicken, wenn sie ihnen begegnete. Im Gottesdienst rückten die anderen von ihr ab und jede Predigt schien lange und eindringliche Passagen über die Bestimmung der Frauen und Gottes Gebote zu enthalten. Der Priester, der Jurrkas Wunsch in seiner Überraschung laut gedeutet hatte, war eindeutig bestraft worden, sie sah ihn bei keinem der Gottesdienste mehr. Die Berg- und Talleute wichen ihrem Blick aus, wenn sie sich zum Essen setzte, und tuschelten feindselig. Träumt ihr denn nicht davon, nach einem besseren Leben für uns alle zu suchen, wollte sie über die zischenden Stimmen und knackenden Öfen hinwegrufen, blieb aber still. Ein Ältester hatte ihr Fleck öffentlich übergeben und ihr unter vier Augen noch einmal eingeschärft, dass jede Reise nach

Norden unweigerlich einen schrecklichen Tod bedeuten würde. Dann hatte er sie ohne Vorwarnung mit voller Wucht geohrfeigt. »Dir fehlt die Demut, du hässliches Ding, und Gott wird dich dafür bestrafen«, hatte er geknurrt und sie mit brennender Wange stehen lassen. Als sie losgezogen war, hatte sich niemand eingefunden, um sie zu verabschieden.

Bevor sie sich etwas von Unas Kuchen aus einem Korb nahm, kniete sie sich zum Gebet neben ihr Zelt. Die vertrauten Formeln kamen ihr in den letzten Tagen schwerer über die Lippen und oft wich sie vollständig vom Text ab. Sie schaute in den Himmel, der langsam dunkel wurde. Wer würde ihr glauben, dass in den Kuppeln der Maschinenwesen eine sanfte, wunderschöne Frau lebte, deren Berührung sie im ganzen Körper spürte und die ihr Saatgut schenkte? Es begann zu regnen und ein einzelner dicker Tropfen traf sie klatschend ins Gesicht. Sie musste laut lachen.

»Tue nicht so, sie gefällt dir doch auch, Jurrka.«

Einundzwanzig

Es regnete so stark, dass Una beschloss, die Vorräte, die sie trug, in den Betriebsraum vor der Schleuse zurückzubringen. Weder ihr Rucksack noch ihre Kleidung waren in der Lage, das Wasser fernzuhalten und sie wollte nicht, dass das Saatgut nass wurde. Ich muss es in kleine Dosen packen, dachte sie und schalt sich, dass sie auf diese Idee erst jetzt kam. Normalerweise wäre sie bei so starkem Regen sofort umgekehrt oder sie hätte den Regen durch die sich öffnende und schließende Schleuse betrachtet und ihren Ausflug auf eine andere Nacht verschoben, aber sie kämpfte sich gegen die Schauer, die ihr die Kleidung durchnässten, den Hügel hinauf und auf der anderen Seite hinunter. Im Licht der Taschenlampe sah der dichte Regen aus wie ein glitzernder Vorhang aus Wasser, der vom Wind getrieben mutwillig die Richtung wechselte. Una bedauerte, dass er sich nicht auch so anfühlte.

Sie zog die nasse Kapuze hinab und schüttelte sich, als sie den Schutz des Baumes erreichte, unter dem Thaus Lager war. Hier fiel der Regen auch, war aber deutlich schwächer. Durch die dichten Büsche und die dicken Blätter des Baumes war auch dem Wind viel von seiner

Kraft genommen. Thau saß zusammengekauert unter einer Plane, die sie am Baum und den Ästen eines Strauches festgebunden hatte. Una ließ sich neben ihr auf den Boden fallen und ihre nasse Hand griff nach Thaus und ließ sie sofort wieder los.

»Warum machst du kein Feuer?«

Una rieb ihre Hände gegeneinander, um die Kälte und die Nässe zu vertreiben.

»Du weißt doch, wie man Feuer macht, oder?«

Thau sah sie spöttisch an.

»Wie du selber beobachten konntest, weiß ich genau, wie man Feuer macht, aber du weißt nicht, dass ich dann meilenweit zu sehen bin. Das Holz ist feucht und qualmt.«

»Von wem bist du zu sehen?«

Una lachte.

»Außer mir sind hier nur die Huscher. Selbst dein Gott kann dich bei den vielen Wolken nicht klar erkennen.«

Thau ersparte es sich, Una zu erklären, dass Gottes Sicht auf die Welt nicht von Wolken behindert werden konnte. Das Konzept eines allwissenden, allsehenden Wesens war ihr schwer zu vermitteln.

»Die Huscher? Nennst du die kleinen Nager so?«

Thau machte mit der Hand eine Bewegung, die die Bewegung der kleinen Tiere durch das Gebüsch simulierte.

»Ja, die. Ich finde sie sehr süß. Sie sind ja auch die einzigen Tiere, die ich jemals gesehen habe. Bis zu Fleck natürlich.«

Una warf dem Lama, das geduldig und mit tropfendem Fell unter dem Baum stand, einen liebevollen Blick zu.

»Die haben mich auch ohne Feuer gefunden und sie stehlen mir Saatgut. Ich muss mir eine Kiste bauen, die sie nicht öffnen können. Gestern Nacht ist wieder einer mit einem Beutel verschwunden. Kannst du mir Nägel mitbringen?«

Thau erfreute sich daran, wie selbstverständlich sie Una um Hilfe bitten konnte und wie freudig diese nickte. So, als wäre das ihr Leben, als wären sie Nachbarinnen, die sich Dinge liehen und sich abends nach der Arbeit zu einem Plausch trafen.

»Nicht nur das, ich werde dir Dosen mitbringen, die helfen dann auch gegen den Regen.«

Als hätte er gehört, dass Una von ihm gesprochen hatte, rauschte der Regen in einer Böe hörbar durchs Tal und ein kleiner Tropfensturm fegte durch die Büsche gegen die Plane. Una und Thau rückten enger zusammen, lauschten dem Konzert aus Wind, Wasser und Blättern und schwiegen. Sie waren heute beide stiller und es fiel ihnen schwer, die Nähe der vergangenen Nacht herzustellen. Oder, wenn sie ehrlich zu sich gewesen wären, fühlte es sich an, als ob kein Abstand zur jeweils anderen mehr der richtige war. Der Regen tropfte auf die Plane und seine Anwesenheit war eine unerwünschte Erinnerung daran, dass sie nicht ewig zusammen hier draußen sitzen würden.

Würde ihre gemeinsame Zeit so vergehen, fragte Una sich. Würden sie beide im Veld sitzen oder umhergehen und eines Tages würde sie hinauskommen und Thau wäre verschwunden?

»Die Sturmzeit kann jetzt nicht mehr weit sein.«

Thau schien die gleichen Überlegungen anzustellen und rückte neben ihr unruhig auf dem feuchten Boden hin und her, als wollte sie sich sofort aufmachen.

»Unsinn!«

Una wusste, dass ihre Stimme unwirsch geklungen hatte und versuchte sofort, sie wärmer klingen zu lassen.

»Es sind noch ein paar Wochen, du musst noch nicht los. Jetzt noch nicht.«

»Ich brauche aber bestimmt fünf Wochen, um meinen Weg zurück zu finden.«

»Und dann?«

Die Frage stand eine lange Weile zwischen ihnen und beide wussten, dass es darauf keine Antwort gab, die sie jetzt ertragen konnten.

Würden sie sie jemals ertragen können?

Una ließ ihre Finger hilflos über den Rand der Plane gleiten und stutzte.

»Was ist das für ein Material?«

Die Plane war außen glatt und innen rau. Das Wasser perlte an ihren Seiten hinab, ohne die glatte Oberschicht zu durchdringen. Ein Geruch, den Una nicht zuordnen konnte, ging von ihr aus.

»Leder.«

Thau war in ihren Gedanken über die Zukunft gefangen und verstand den Themenwechsel hin zu ihrem Regenschutz nicht. Ja, sie war sehr froh, das große

Stück Leder bekommen zu haben, aber warum interessierte Una sich ausgerechnet jetzt dafür.

Weil sie Leder nicht kannte. Thau traf diese Erkenntnis im selben Augenblick, in dem Una die Frage stellte.

»Was ist Leder?«

Thau beschloss, die Beschreibung vorsichtig anzugehen, fand aber keinen harmlosen Weg, das Material zu erklären. Schließlich griff sie nach Unas freier Hand, damit diese nicht aufspringen konnte und sagte: »Leder ist gegerbte Tierhaut und sehr wertvoll. Ich kann mich glücklich schätzen, dass ich mich mit einem der Gerber gut verstanden habe. Er hat mir die Plane geschenkt, als alle anderen mich in die tiefsten Schächte gewünscht haben.«

Una unterdrückte den Reflex aufzuspringen und konzentrierte sich stattdessen auf das Gefühl von Thaus Hand in ihrer und auf ihre Worte. Wir sind Fremde, dachte sie, mit fremden Sitten.

»Auch Tiere sterben, Una, und manchmal töten wir sie, essen ihr Fleisch und machen ihre Haut mit Rinde oder Früchten und Eichenholz haltbar und wasserfest. Das dauert Wochen und wir benutzen es für Kleidung und Schuhe und für die Leder, auf denen die Bergleute in den Schächten knien, wenn sie die Kohle aus dem Berg hauen. Es ist sehr wertvoll.«

Una versuchte zu verstehen, was Thau ihr erzählte, und es zu akzeptieren. Sie sah auf die Plane, die die großen Unterschiede zwischen ihrem Leben und dem der Herbstläuferin so greifbar machte.

»Ihr esst die Tiere nicht nur, ihr verwendet auch ihre Haut?«

Thau nickte und ihr Daumen strich in kleinen unruhigen Bewegungen über Unas Hand, als wolle sie die Bedeutung der Worte damit glatt streichen.

»Und ihre Knochen, wir verwenden alles. Das Fell für Leder, die Hörner für Knöpfe, wir stellen Leim aus den Knochen her und Seife, Kerzen und Salben aus dem Fett. Die von uns, für die das infrage kommt, tun das. Die Silenti lehnen es ab, Leben zu nehmen, weil nur Gott das darf. Viele der Strenggläubigen tun das auch, aber sie tragen die Wolle, die man scheren kann. In den Schächten sieht das anders aus. Da ist Fleisch für hohe Feiertage reserviert und wird sehr geschätzt. Ich war, wie die meisten bei uns, froh, wenn ich ein Stück bekommen habe. Mein Trockenfleisch ist auch ein Geschenk des Gerbers.«

Una sah im Licht der kleinen Lampe auf ihre beiden Hände. Wie konnte sich ausgerechnet die Berührung einer Kansa, die es selbstverständlich fand, dass man ein Lebewesen tötete und ihm die Haut abzog, so angenehm anfühlen?

War sie damit nicht der mörderische Drache, den die alten Geschichten und das Kansalied beschrieben?

Nicht hoffe, wer des Drachen Zähne sät, Erfreuliches zu ernten. Jede Untat trägt die böse Hoffnung unter ihrem Herzen, sangen sie alle in der zweiten Strophe und erinnerten sich daran, dass jeder Schritt, jeder noch so gut gemeinte Verstoß gegen die Regeln, ein Schritt aus der Einigkeit, ein Schritt ins Chaos war.

Aber war ihr Leben nicht vor allem davon geprägt, was sie zur Verfügung hatten? Würden sie in Firmament möglicherweise ebenfalls Tiere essen, wenn es gelungen wäre, sie in den Kuppeln zu halten? Hatten die Menschen vor der Apokalypse Tiere gegessen? Einige? Alle? Aßen Tiere andere Tiere? Ich weiß das alles nicht, dachte Una. Ich kenne nur dieses Leben und sie kennt nur das andere.

Ihr reflexartiges Entsetzen und die leichte Übelkeit verschwanden und es blieb die Berührung auf ihrer Hand, die sie weniger beruhigte, als sie sie zusätzlich aufwühlte. Warum fühlte sich Thaus Berührung anders an als alle anderen Berührungen in ihrem Leben? Es war so verwirrend, über anstößige Bräuche nachzudenken und die eigene Haut dabei überdeutlich zu spüren. War es wirklich die Kombination aus fremder Realität und eigenen Grenzen, die Thaus Berührung außergewöhnlich machte? Una ließ ihren Daumen wie eine Antwort ebenfalls sanft über Thaus Haut streichen und beide schwiegen eine lange Zeit, ganz versunken in diese lautlose Unterhaltung von Daumen und Handrücken.

Ich will mehr als das, dachte Una und der Gedanke verließ seinen Platz in ihrem Kopf und wurde bis in ihren Unterleib spürbar. Als hätte er ein geheimes Tor geöffnet, stürzten ihm andere Gedanken hinterher und wurden überall in ihrem Körper zu prickelnden Empfindungen. Ich möchte ihren schönen Mund auf meinem Mund spüren und mit meiner Zunge über ihre Lippen lecken. Und ich will in den Fingern fühlen, wie sich die Haken ihres Reißverschlusses Zahn für Zahn auseinander schieben, während ich ihn langsam tiefer ziehe. Ich will mit meinen Händen einen Weg durch die Öffnung finden, die der Reißverschluss freigibt. Ganz langsam und zärtlich. Sie beugte sich unwillkürlich nach vorn und erschreckte sich gleichzeitig darüber. War sie dabei, den Verstand zu verlieren? Woher kamen diese Gefühle? Thau schien ihren Konflikt zu spüren. Una ließ ihre Hand ruckartig los und zog etwas aus ihrer Tasche.

»Ist das hier Leder?«

Sie hielt das Band ins Licht. Die metallene Platte glänzte und die roten Buchstaben waren deutlich zu erkennen. Thau sprang erschreckt auf, riss ihr das Band aus der Hand und starrte es fassungslos an.

»Wo hast du das her? Du hast mich belogen, oder? Du warst mit euren fliegenden Teufelsmaschinen in Fundament und weißt genau, wie wir leben? Warum tust du das? Haben deine Maschinenwesen dich geschickt, um mich zu prüfen? Haben die Ältesten dich beauftragt, mich zu finden?«

»Thau, bitte!«

Una war von Thaus Reaktion vollkommen überrascht und stand ebenfalls auf. Sie legte ihre Hände auf die Arme der anderen Frau und versuchte, sie an sich zu ziehen, aber Thau ließ das nicht zu. Sie standen jetzt beide im Regen, der von den Blättern unregelmäßig auf sie hinabtropfte, und sahen sich an. Der Lichtstrahl der Taschenlampe lag neben ihnen am

Boden wie ein schmaler leuchtender Weg in die alles verschluckende Dunkelheit. Sie ist so wunderschön, dachte Una und ihre Hände fuhren die starken Arme der Herbstläuferin hinab bis zu deren Händen. Thaus rechte Hand hielt das Band fest umschlossen, die linke war zur Faust geballt. Una hob ihre Hände vorsichtig, legte sie zu beiden Seiten um Thaus Gesicht und suchte ihren wütenden Blick.

»Alles, was ich dir erzählt habe, ist wahr. Alles! Ich habe dieses Band bei den Sachen meines Vaters entdeckt, als ich nach Werkzeugen für dich gesucht habe. Ich hatte es nie vorher gesehen und ich weiß nicht, wo er es gefunden hat. Ich vermute, irgendwo hier draußen und es muss schon viele Sturmzeiten her sein. Als mein Vater verunglückt ist, war ich zwei Sturmzeiten alt. Seitdem hat es versteckt in einer Kiste gelegen.«

Sie hielt dem Misstrauen in den Augen der Herbstläuferin stand.

»Das Band ist ganz sicher aus deinem Fundament?«

Thau nickte, ohne den Blickkontakt zu unterbrechen, entwand sich aber Unas Händen. Der Regen lief ihr aus den Haaren übers Gesicht und Una war versucht, die Tropfen mit den Fingern aufzunehmen. Vorhin, ganz kurz bevor sie das Band aus der Tasche gezogen hatte, war in Thaus Augen etwas erschienen, das Una wie eine wilde Sehnsucht durchfahren hatte und dann war es plötzlich verschwunden gewesen.

»Jeder Älteste in Fundament trägt ein solches Band um seinen Oberarm. Es ist das Zeichen seiner

Würde und er legt es nicht mehr ab, wenn es ihm verliehen wurde.« Thau strich über das Metall in der Mitte.

»Das ist Gold, wie in deiner Zeichnung im Gesicht und sehr, sehr selten bei uns. Wenn dein Vater es besessen hat, muss er einen Ältesten getötet haben. Freiwillig würde keiner sein Band hergeben. Niemals!«

Sie ging zu Fleck und rieb ihm unruhig über den nassen Rücken.

Jetzt war es an Una, entsetzt zu sein. War das möglich? War alles, was sie über ihren Vater wusste, falsch? Hatte er hier draußen jemanden getroffen und für ein Band aus Gold und Leder getötet? War sie das Kind eines kaltblütigen Mörders und Elsen hatte ihr das verschwiegen? Was hatte Elsen ihr noch alles nicht erzählt?

»Kannst du die Zeichen auf dem Band deuten?«

Thau sah nicht zu Una, sondern reichte Fleck einen der Äpfel, die Una ihr geschenkt hatte. Das Lama kaute geräuschvoll. Kleine Apfelstücke sprühten bis zu Una.

»Ja, ich habe gelesen, was auf dem Band steht. Fundament.«

Una deutete mit dem Zeigefinger auf die rötlichen Buchstaben.

»Das kann nicht alles sein. Da müsste der Name des Ältesten in Zeichen sein. Er wird feierlich graviert, wenn er sein Amt antritt und das Band bekommt. Wenn er stirbt, wird es zusammen mit ihm verbrannt. Das Metall wird eingeschmolzen.«

Thau kam zu Una hinüber und drehte das Band auf die Innenseite.

»Hier.«

Una nahm das Band und hielt es ins Licht der Taschenlampe. Am äußersten Rand der goldenen Platte waren auf der Innenseite waagerecht kleinere verschnörkelte Buchstaben graviert, die sie übersehen hatte.

»Talfer.«

»Was? Das kann nicht sein.«

Thau riss ihr das Band aus der Hand und funkelte es fassungslos an. Talfer war der Älteste, der ihr vor ihrer Abreise ins Gesicht geschlagen hatte. Sie sah sein selbstgerechtes, hasserfülltes Gesicht noch deutlich vor sich.

»Du kennst einen Talfer?«

Una erschreckte die Wut ins Thaus Gesicht.

»Ich kenne nicht einen Talfer, ich kenne Talfer. Kein Ältesten-Name wird zweimal vergeben. Wenn ein Ältester stirbt, stirbt sein Name mit ihm und Talfer ist höchst lebendig. Er ist schon bei den Ältesten, solange ich denken kann und hat mich persönlich verabschiedet. Mit einem Schlag ins Gesicht. Sein Band hat er dabei getragen. Ich habe es deutlich gesehen.«

Thaus Sätze waren kurz und abgehackt und der Tonfall, der sie so eigenartig machte, war stärker geworden. Una merkte, wie ihr Gehirn sich weigerte, die neuen Informationen zu verarbeiten. Sie fühlte sich schwindelig und schwach. Es musste für das alles eine Erklärung geben. Thau musste sich irren. Sie nahm ihr vorsichtig das Band aus der Hand und buchstabierte noch einmal sorgfältig den eingravierten Namen nach.

T A L F E R.

»Thau, das kann nicht sein. Dieses Band liegt seit achtzehn Sturmzeiten in Firmament.«

»Und Talfer hat es bei meiner Abreise getragen.«

Thau sah den Oberarm, der sich hob und die Hand, die sie mit voller Wucht im Gesicht getroffen hatte. Ihre linke Wange war einige Tage geschwollen geblieben und im Wasser eines kleinen Teiches hatte sie den blauen Halbkreis unter ihrem Auge gesehen.

»Ich irre mich nicht.«

Una zog Thau an sich und war unsicher, ob sie das tat, um die Herbstläuferin zu beruhigen oder um sich selber in diesem schnell drehenden Strudel Halt zu geben. Thau ließ es zu und der mittlerweile vertraute Geruch der schönen Frau erweckte etwas Wildes, Mutiges in Una. Sie drückte ihre Lippen auf die feuchte Haut an Thaus Hals und die Berührung verband die Unsicherheit und die Sinnlosigkeit der letzten Minuten mit dem Drängen, das sie zunehmend spürte, wenn sie in Thaus Nähe war. Sie löste ihren Mund schnell von Thaus Hals und sah sie fest an.

»Ich schwöre dir, dass ich herausfinden werde, woher er das Band hatte! Wir werden herausfinden, was zwischen unseren beiden Siedlungen vorgeht. Ich schwöre es dir bei allem, was mir wichtig ist. Bitte glaube mir und geh nicht weg! Bitte verlass mich nicht!«

Thau neigte sich ihr ein winziges Stückchen entgegen und Una konnte nicht anders, als ihren Mund auf Thaus Mund zu drücken, um ihren Worten etwas von dem Feuer und dem Schmerz mitzugeben, die sie in sich fühlte. Für eine kaum messbare Zeit lagen ihre Lippen fest und ruhig aufeinander und Una hatte den Eindruck, dass alles um sie herum stillstand.

Der Regen, der Wind, ihr Herz, die ganze aus den Fugen geratene Welt.

Jetzt passiert es, dachte sie, ohne zu wissen, was da passieren sollte und öffnete ihren Mund vorsichtig. Thau zog ihren Kopf schnell zurück und sah sie fragend an. »Was tust du denn da, Una?«

Ihre Stimme klang rauer und hatte die Wut verloren. Mitten im Chaos ihrer Begegnung war ein neuer unbekannter Ort entstanden, zu dem es sie beide zog und den sie beide fürchteten.

Was tue ich da?

Ich will sie küssen.

Ich will sie küssen, wie die Verbundenen sich küssen.

Una fühlte die Berührung ihrer Münder im ganzen Körper und das machte das Denken schwer. Sie trat einen Schritt zurück und atmete tief ein.

»Ich …«

Die Zahlen an ihrer Uhr blinkten auf. Die Zeit reichte nicht mehr, um auch nur einen Bruchteil der Gedanken und Gefühle, die in ihr tobten, auszudrücken.

»… Ich bitte dich zu warten. Thau, bitte geh nicht!«

Sie wagte es nicht, die Herbstläuferin noch einmal an sich zu ziehen, und als das Signal ertönte, lief sie wortlos hinaus in den Regen. Hatte Thau zum Abschied genickt oder hatte sie das sehen wollen?

Zweiundzwanzig

Una saß mit einer Tasse Kräutertee am Tisch, als Elsen erwachte und aus ihrem Zimmer kam. Ihre Finger tippten unruhig gegen das Gefäß und die langen Haare hingen ihr in wilden Strähnen zu beiden Seiten der Schultern hinunter. Sie trug den grauen Anzug ihres Vaters, ihre Schuhe waren dreckig. Elsen sah das alles und beschloss, es zu ignorieren, denn sie hatte keine Lust, sich am frühen Morgen mit ihrer Tochter über Overalltaschen oder andere Gebote zu streiten. Vielleicht war es wirklich ein Segen, wenn Una bald zu Hagen zog, überlegte sie und hasste sich für diesen Gedanken, weil sie wusste, dass es ihre Angst war, die diese Überlegung anstellte. Sie strich Una im Vorbeigehen leicht über die Schulter und goss sich selber Tee ein.

»Du bist früh wach. Die Arbeit in der Wäscherei scheint dir ja mächtig Spaß zu machen. Diest hat gestern Abend noch einmal gefragt, ob er den Wagen für morgen schicken soll und ich habe mich bedankt. Ist doch schön, mal in die Verwalterkuppeln gefahren zu werden, oder?«

Als sie sich auf ihren Stuhl setzte, sah sie das Band, das vor ihrer Tochter auf dem Tisch lag.

»Was ist das?«

Una sah Elsen an und in ihren Augen stand ein Ausdruck, den Elsen noch nie gesehen hatte.

»Interessant! Genau das wollte ich dich fragen.«

Elsen überhörte den aggressiven Tonfall, nahm das Band und betrachtete überrascht die eigenartigen, dicht geflochtenen Streifen und das Gold, das es zusammenhielt.

»Ist das Gold? Ich habe noch nie gesehen, dass Gold für Armbänder verwendet wird. Und was ist das für ein komisches Material?«

Ihre Finger strichen prüfend an den geflochtenen Strängen entlang, so, wie Unas Finger es getan hatten.

»Hat Hagen dir das geschenkt?«

»Hagen. Das ist alles, woran du denken kannst? Dass deine Tochter dem nächsten Verwalter verbunden wird und du in den Verwalterkuppeln leben wirst?«

Das Tippen der Finger gegen die Tasse wurde zum Trommeln.

Elsen seufzte und unterdrückte den Wunsch, ihre Tochter an sich zu ziehen, bis deren Wut verflogen war. Mag sein, dass das früher funktioniert hat, jetzt hilft es nicht mehr, dachte sie und entschied sich, ehrlich zu sein.

»Una, du bist ungerecht. Ich sorge mich um dich, um das, was du tust und das, was auf dich zukommt. Ich liege nachts wach und frage mich, was du machst, wenn du stundenlang alleine im Veld bist. Meinst du, das ist leicht? Jemandem, den man liebt, in ständiger Gefahr zu wissen?«

Nein, das ist nicht leicht, dachte Una und sah Thaus Mund vor sich, wie er sich ihrem zuneigte. Ich kann sie nur beschützen, wenn ich mehr weiß. Ich kann uns alle nur beschützen, wenn ich mehr weiß.

»Das ist Leder.«

Una betonte die drei Worte, als wären sie der Auftakt einer Rede und bemerkte erst, als sie klar und deutlich im Raum standen, was sie damit enthüllt hatte. Sie erhob sich und ging auf und ab, als könne sie die Buchstaben wieder einsammeln. Elsens Blick war ratlos und Unas Gehirn arbeitete auf Hochtouren, um den Schaden zu begrenzen.

»Vermute ich. Es ist kein pflanzliches Band und entspricht der Beschreibung in den alten Texten.«

Sie suchte Elsens Blick.

»Die Beschreibung von den behandelten Tierhäuten, die man für Kleidung und Schuhe benutzt hat?«

Es gab keine Beschreibung von behandelten Tierhäuten, in keinem der Texte, die Elsen ihr in den nicht öffentlichen Dateien gezeigt hatte. Die Frage war, ob Elsen sich daran erinnerte. Die Frage war auch, ob Elsen nicht ganz genau wusste, was das für ein Band war. Una suchte in Elsens Gesicht nach Antworten, fand dort aber nur die Ratlosigkeit und Verwirrung, die sie geäußert hatte.

Elsen versuchte sich an alles, was sie jemals zur Vergangenheit recherchiert hatte, zu erinnern. Wenn es diesen Text über Tierhäute gab, warum hatte sie ihn nie gelesen? Ihre Gedanken schossen in unruhiger Angst hin und her. Hatte Aventh ihr nicht kurz vor seinem Tod von diesem seltsamen Leder erzählt? Wo hatte er das gelesen? Hatte sie Una als Kind wirklich so tief in den verborgenen Dateien lernen lassen? Zwischen den ganzen Gedanken schob sich, hell und schmerzhaft klar, der entscheidende nach vorn.

»Wo hast du das gefunden, Una?«

Una nahm Elsen das Band aus der Hand und legte es demonstrativ vor sich auf den Tisch. Wie ein böser Eindringling lag der fremde Gegenstand neben den vertrauten Schüsseln und Löffeln. Für jemanden, der sich sein ganzes Leben mit der Herstellung und Reparatur der Dinge in Firmament beschäftigt hatte, schrie alles an ihm, dass er hier nicht hingehörte. Niemand in den Kuppeln hätte so viel Gold für ein Armband verwendet und die geflochtenen Bänder hatten eine Struktur, die sie noch nie gesehen hatte. Elsen wusste, dass der Tag, den sie meistens gefürchtet und manchmal herbeigesehnt hatte, gekommen war. Das Veld hatte einen Weg in die Kuppeln gefunden.

»Bei Vaters Sachen. In seiner alten Werkzeugkiste. Wusstest du, dass es da lag?«

Elsen schüttelte den Kopf und Una kannte ihre Mutter gut genug, um zu sehen, dass sie nicht log. Die Angst in ihren Augen und das leichte Zittern ihrer Hände verwandelten die Wut in Una zu Mitleid. Du bist zu hart mit ihr, dachte sie und das gab ihrer Stimme bei der nächsten Frage einen weicheren Klang. Wenn sie dir nicht den Weg nach draußen gezeigt hätte, wärst du Thau nie begegnet.

»War seine Werkzeugkiste die ganze Zeit hier in der Wohnung?«

Elsen überlegte und schüttelte den Kopf.

»Er hatte sie im Betriebsraum an der Schleuse stehen, weil er draußen im Veld oft Werkzeuge brauchte. Seine guten Werkzeuge hatte er hier, die alten nicht. Ich habe die Kiste erst nach ein paar Jahren in die Wohnung geholt.«

»Und du wusstest nicht, dass Vater es gefunden hat?«

Elsen griff nach dem Band, als prüfe sie nicht bloss sein Material, sondern wollte sicherstellen, dass es überhaupt real war.

»Ich wusste, dass er etwas gefunden hat. Ein paar Tage vor seinem Tod war er aufgewühlt und wollte mir nicht sagen, warum. Und er hat mir erzählt, dass er etwas entdeckt hat und dass sich alles ändern wird.«

»Und dann ist er verunglückt?«

Una nahm ihrer Mutter ab, das Wort aussprechen zu müssen. Elsen nickte und begann zu weinen.

»Und danach war es so schrecklich und leer und ich musste mich um dich kümmern, um überhaupt an ein Leben ohne ihn glauben zu können.«

»Und du hast nie darüber nachgedacht, was er damit gemeint haben könnte?«

Elsen hob das Band ans Licht.

»Ich habe darüber nachgedacht, manchmal. Aber dein Vater hatte viele eigenartige Ideen. Ich war mir nicht sicher, dass es wirklich etwas Physisches gab, wonach ich hätte suchen sollen. Ich habe gedacht, dass er eine Idee für Firmament hatte … dass er vielleicht …«

Sie bemerkte die Gravur auf der goldenen Platte und buchstabierte das Wort.

»Fundament. Weißt du, was das bedeutet?«

Una rang einen kurzen Augenblick mit dem Wunsch, ihrer Mutter von Thau zu erzählen und beschloss dann, es nicht zu tun.

»Ich weiß es nicht. Vielleicht ist das Band aus der Zeit der Apokalypse hier draußen im Veld liegen geblieben? Vielleicht trug eine andere Siedlung diesen Namen? Wollte Vater nach dieser Siedlung suchen, weil er glaubte, dass dort noch andere Kansa leben? Dass das Leben in den Kuppeln nicht unsere einzige Option ist?«

Una sah, dass Elsen etwas sagen wollte, sich aber dann unterbrach und sie mit müden Augen ansah. Ich werde dich nicht noch weiter gegen die Gemeinschaft aufbringen, dachte Elsen, wir müssen hier beide leben. Du noch länger als ich.

Dreiundzwanzig

Der Regen ließ den ganzen Tag nicht nach und der Sonne gelang es nicht, die grauen Wolken zu durchdringen. An den Bäumen zeigten die roten und gelben Blätter zunehmend bräunliche Flecken und verloren ihre Fähigkeit, dem Wind zu trotzen. Bald würden sie alle müde am Boden liegen und keinen Schutz mehr vor dem Regen bieten. In den alten Geschichten, die an den dunklen Abenden vor den großen Öfen erzählt wurden, war die Farbe der Blätter ein Zeichen gewesen, dass die Herbstläufer bald heimkehren würden. Thau hatte den Erzählungen der alten Bergleute so oft begeistert gelauscht, dass sie viele Sätze mitsprechen konnte.

»Und als das letzte Blatt am großen Baum vor dem Gottesgebäude von gelb zu braun geworden war und die Gläubigen im Gebet versammelt waren, kam Branwen, der frommste der Herbstläufer, und sein Packsattel war gut gefüllt.«

Geschichten, in denen Branwen eine Rolle spielte, gingen immer gut aus, aber es gab auch düstere Legenden von Herbstläufern, die den falschen Weg genommen oder Gott verlassen hatten und weit draußen elendig umgekommen waren.

»So wie Gott seine Freude daran hatte, Gutes zu tun und euch zahlreich zu machen, so wird Gott seine

Freude daran haben, euch auszutilgen und euch zu vernichten.«

Die Stimmen der alten Männer oder Frauen hatten sich an dieser letzten Stelle bedrohlich angehoben und alle im Raum hatten furchtsam die Köpfe gesenkt.

Thau fror und wünschte sich an einen der großen gekalkten Öfen im Gemeinschaftshaus von Fundament, um ihre Kleidung trocknen zu können. Sie hatte die riesigen weißen Gebilde, die einen ordentlichen Teil der Räume einnahmen, deutlich vor Augen und rieb sich mit beiden Händen unglücklich über ihre klammen Arme.

Wenn man am Abend früh genug da war, konnte man seine Matte auf der breiten Fläche im hinteren oberen Bereich des Ofens ausbreiten, den Gesprächen und Geschichten lauschen und trocken und warm schlafen. Jurrka hatte ihr oft einen Platz freigehalten und nach einem Tag auf den Feldern oder bei den Tieren war ihr dort, dicht an Jurrka gekuschelt, die feuchte Kleidung beim Schlafen getrocknet.

Trockene Kleidung und ein warmer Körper, an den man sich drängen konnte, waren eine schöne Vorstellung, wenn dieses Traumbild auch eine neue Note bekommen hatte, die sich nicht mehr vertreiben ließ.

Unas Mund auf ihrem Mund.

Vielleicht muss ich in der nächsten Nacht ein Feuer riskieren, um gesund zu bleiben, dachte sie und verscheuchte die Sehnsucht, diese Lippen mit den eigenen öffnen zu wollen, um mit ihrer Zunge nach der feuchten Wärme im Inneren zu suchen. Ihre Ohren und ihre Stirn schmerzten leicht, die kalte Feuchtigkeit war ihr über Nacht in die Knochen gezogen. Wenn ich ein Kind wäre und zu Hause über den Schächten, würde man mich jetzt einbacken. Die Erinnerung an diesen Brauch von Fundament ließ sie wehmütig schmunzeln. Kleinkinder und Säuglinge wurden bei starkem Husten von den Bergleuten auf den großen Brotschieber gelegt und dreimal hintereinander kurz in den warmen Ofen geschoben, um die Krankheit in den Lungen auszubrennen. Kinder, die zu schwach und klein geboren wurden, schob man ebenfalls für Sekunden in den Ofen, um ihnen eine Neugeburt zu ermöglichen und sie aus der Hitze gesund zur Welt kommen zu lassen.

Thau dachte fröstelnd über diesen Brauch nach und ihr Schmunzeln verschwand. Sie war sich nicht mehr sicher, wie viele der Kleinen diese Prozedur überlebten. Wir wissen nicht viel über die Welt und den Priestern und Ältesten ist das recht so, dachte sie grimmig. Wie konnte es sein, dass Talfers Band vor vielen Sturmzeiten hier in der Nähe der Kuppeln gefunden worden war? Wussten die Ältesten von den Kansa in den Kuppeln? Wussten die Kuppeln von der Siedlung über den Schächten? Warum leben wir streng getrennt, wo wir uns doch so ähnlich sind? Wo war der Zusammenhang, der das alles erklärte?

Allein hier im Regen, senkten diese Fragen ihre Stimmung deutlich mehr. Wenn ich überhaupt noch zufrieden über den Schächten leben will, dann kann ich nicht mehr lange bleiben. Der Gedanke kam ihr nicht zum ersten Mal. Und ich muss alles, was ich hier erlebt habe, vergessen.

Unas Mund auf meinem Mund vergessen?

Der Schmerz kroch ihr wie ein kleines Tier mit scharfen Krallen aus dem Magen durch den Brustkorb zum Herzen und hinterließ brennende Spuren auf ihren Rippen. Thau kämpfte gegen die Stiche und Schnitte an.

Du warst allein und da ist es kein Wunder, dass der erste Mensch, der nett zu dir ist, in dir angenehme Gefühle weckt. Sie hatte schon ein ganzes Repertoire an Beruhigungen und Abschwächungen, die das Chaos in ihr unter Kontrolle bringen sollten. Una war eine Prüfung, die Gott ihr geschickt hatte, sie war eine Ablenkung, die Jurrka im Himmel für sie erwirkt hatte, sie war eine irdische Lügnerin, sie war eine kurze Begegnung in einem langen Leben.

Ein langes Leben ohne Una? Thau stand auf und band Fleck los, damit er sich weiter entfernte Blätter an anderen Sträuchern suchen konnte. Das Lama sah sie aus seinen dunklen Augen an, blieb aber im Schutz des Baumes stehen. So standen sie beide dicht nebeneinander und die Tropfen fielen auf sein Fell und ihre Haare. Der Regen und der Nebel hatten die ganze Welt verschluckt und hielten die Wärme und das Licht an einem für sie unerreichbaren Ort gefangen. In den Kuppeln gab es jetzt bestimmt heiße Getränke und warme Speisen und Una saß irgendwo und lachte mit den anderen Bewohnern. Die Herbstläuferin sah deutlich vor sich, wie Una den Kopf zurücklegte, wie der schöne Mund sich öffnete und die hellen Augen sich schlossen. Sie hörte die einzigartige Stimme, die ihren Namen sagte und ihn damit zu einem fremdartigen Klang machte.

»Wir müssen bald los, Fleck.«

Thau kraulte den Kopf des Lamas und er neigte ihn ihr dankbar zu.

Vierundzwanzig

Es war nicht leicht gewesen, zwischen ihrem freiwilligen Dienst in der Wäscherei und Elsens erhöhter Aufmerksamkeit kleinere Dosen für das Saatgut zu entwenden und Una stand am Ende des Tages mit fünf alten, verbeulten Dosen da, die sie in unterschiedlichen Recyclingbehältern gefunden hatte. Sie nahm noch eine Dose mit Tomatenaufstrich und Brot aus ihrer eigenen Küche, packte alles in den Rucksack und wartete ungeduldig darauf, dass das Kansalied erklang. Dass Elsen nicht auch jetzt hier neben ihr saß, war erstaunlich, sie war ihr den ganzen Tag mehr oder weniger unauffällig gefolgt.

Zur ersten Pause in der Wäscherei waren sie und Enne mit salzigem Gebäck erschienen und alle hatten die beiden hochleben lassen. Una hatte kurz mit Enne geplaudert, deren ganze Aufmerksamkeit von einem neuen Anzug, den ihr die Verwaltung bewilligt hatte, in Anspruch genommen worden war.

Trotz eines technischen Problems in der Metallurgie hatte Elsen Zeit zum Mittagessen gefunden und sich mit Una an den Rand der Halle gesetzt. Es war ihr deutlich anzumerken gewesen, dass das Gespräch am Morgen sie mitgenommen hatte und dass sie nach Antworten suchte. Ihr Platz in der Nähe der scheppernden Geschirrbänder hatte nicht verhindert, dass sich andere Kansa zu ihnen setzten und so war die Pause ohne jedes private Gespräch vergangen. Una war das recht gewesen. Sie fürchtete mehr als jemals zuvor, dass sie in der Gegenwart ihrer Mutter dem brennenden Wunsch nachgab, von Thau zu erzählen.

Ob ich mich vielleicht schon verraten habe, dachte sie, während Diests Stimme im Kom von den Erfolgen des Tages berichtete. Ihr war als ob Thau so viel in ihr ausfüllte, dass es nach außen überschwappen musste. Ihre Gedanken drehten sich entweder um das seltsame Band und die mit ihm verbundenen Fragen oder um Thau. Sie drehten sich nicht nur um Thau, sie schwebten um Thau, sie hüpften um Thau und schwammen um die schöne Herbstläuferin. Wie sie das alles im begrenzten Raum unter Unas Schädeldecke hinbekamen, war ein weiteres Rätsel, das es zu lösen galt. In jedem Gespräch, das sie mit anderen Kansa führte, fand sie unzählige Anlässe, von Thau zu reden und konnte es nie tun.

Ronse, die wieder neben ihr die Overalls inspiziert und verteilt hatte, war mit ihren Geschichten über ein kleines Geburtstagsfest, das in einer Südkuppel stattgefunden hatte, heute der Mittelpunkt der Aufmerksamkeit gewesen. Sie hatte von den Tänzen und den Liedern erzählt und Una hatte sich gefragt, wie es wohl sein würde, mit Thau zu tanzen. Wie es sich anfühlen würde, die Frau, die genauso groß war wie sie, an sich zu ziehen und sich mit ihr Wange an Wange zum Takt der Musik zu drehen.

»Thin hat mich auf dem Fest geküsst. Richtig geküsst.«

Ronse hatte ihre wirbelnden Gedanken mit strahlenden Augen unterbrochen und ihr das ins Ohr geflüstert, bevor sie sich, erschreckt über ihre Indiskretion, kichernd die Hand vor den Mund gehalten hatte. Una war es gelungen, mit der angemessenen Mischung aus Überraschung, Begeisterung und Neugier zu reagieren, die ihr die restlichen Informationen über den unerlaubten Körperkontakt verschafft hatte, während sie darüber nachdenken konnte, was eigentlich ein richtiger Kuss war. Sexualität war für sie, wie die Verbindung, ein Thema gewesen, das sie, solange sie denken konnte, auf die Zeit verschoben hatte, in der es für sie relevant werden würde. Sie hatte mit den anderen jungen Frauen gekichert und heimlich Mutmaßungen angestellt, ohne sich wirklich dafür zu interessieren. Während Ronse ihr ins Ohr geflüstert hatte, war ihr klar geworden, dass sie die körperliche Nähe dieser getauschten Geheimnisse mehr genossen hatte als die Geheimnisse selber.

Diest redete immer noch und Una ahmte seine pompöse Art zu sprechen für sich selber mit affektierten Gesichtsbewegungen nach. Wenn sie ihren Zustand heute nicht gerade schrecklich traurig gefunden hatte, hatte sie versucht, ihn lustig zu finden und sich vorgestellt, in tausend Stücke zersprungen mitten in der Wäscherei neben den taschenarmen Anzügen der Frauen zu liegen.

»Was ist das?«, hatte sie den herbeigeeilten Gesundheitsdiener fragen hören. Das ist Una, die wegen ihrer Gefühle für eine fremde Frau aus dem Veld geplatzt ist, hatte eine überirdische Stimme, wahrscheinlich der Gott, an den Thau glaubte, gesagt und in ihrem Tagtraum hatten alle verständnisvoll genickt.

Das Kansalied erklang und Elsen öffnete die Tür, als hätte sie draußen auf diesen Moment gewartet. Una nahm ihren Rucksack und ging auf sie zu.

»Una, wir müssen reden.«

Elsen versperrte ihr den Weg und sie standen sich gegenüber.

»Das werden wir, morgen früh.«

Una drängte ihre Mutter sanft zur Seite.

»Bitte, Elsen …«

Elsen senkte den Kopf und gab den Weg zur Tür frei.

»Du denkst an unsere Verabredung morgen Abend?«

Una fragte sich, wie oft Elsen sie das noch fragen wollte, und ging wortlos hinaus.

Elsen stand verloren in den eigenen Räumen herum und wusste nicht, ob sie ihrer Tochter folgen sollte. Sie hatte die letzten Stunden in den Tiefen des Computersystems, das Firmament steuerte, verbracht und nach verborgenen Dateien gesucht. Sie hatte seltsame Ungereimtheiten gefunden und die Wand, die sie um sich errichtet hatte, um die Widersprüche im Alltag von Firmament nicht wahrzunehmen, hatte große Risse bekommen.

Wenn ich es ausspreche, ist es wahr und wer weiß, was dann mit uns passiert.

Es ist wichtiger, worüber wir schweigen.

Sie ließ sich auf ihr Bett sinken und die kleine Holzfigur, die Aventh ihr geschnitzt hatte, zeigte mit der Hand auf sie. Ich bin dafür nicht gemacht, dachte sie, ich bin nicht wie du und Una. Du konntest an ein anderes Leben glauben. Hast du wirklich gehofft, dass die Gemeinschaft von Firmament dir folgen würde? Sie ging zum Regal und drehte die Figur zur Wand.

Fünfundzwanzig

Obwohl die Kuppeln selbst in ihrer Abendbeleuchtung deutlich heller als alles im Veld waren, kam Una ihr Leben in Firmament schattenhafter und unwirklicher als ihre Stunden mit Thau vor. Wie es wohl über Tag im Veld war, dachte sie und lief den Hügel eilig hinauf. Der Regen hatte aufgehört, aber die Steine und Büsche waren nass. Sie rutschte mehrmals aus und musste sich zwingen, langsamer zu gehen, um dem Objekt ihrer Träume nicht als Schlammlawine entgegenzurollen.

Wie es wohl war, die Sonne mit Thau aufgehen zu sehen?

Thau hatte die Plane über einen Ast gehängt und saß auf ihrer Matte vor dem kleinen Zelt. Una ging zu Fleck, um ihre Freude über Thaus Anblick unter Kontrolle zu bekommen, und setzte sich dann erst zu ihr. Tropfen fielen in unregelmäßigen Abständen aus den Blättern, es roch nach feuchtem Holz, Erde und den braunen, blättrigen Pilzen, die in einem alten Schacht der Erzmine gezogen wurden.

»Hier.«

Sie zog die Dosen aus dem Rucksack und stellte sie neben sich auf den Boden. »Danke!«

Thau räumte die Dosen in einen Korb und setzte sich wieder.

»Hast du etwas über das Band herausgefunden?«

»Ich habe mit meiner Mutter gesprochen und sie hat keine Ahnung, wie mein Vater an das Band gekommen ist. Er hat es gefunden, sagt sie, aber er hat es ihr damals nicht gezeigt. Sie hatte es noch nie gesehen.«

Una sah Thau an.

»Ich glaube ihr das. Vielleicht hat es vor langer Zeit schon einmal einen Talfer gegeben und er hat sein Band in der Zeit der Apokalypse hier verloren. Vielleicht ist die Tradition mit den Namen nicht so alt, wie du glaubst.«

Una hatte sich das auf dem Weg ins Veld überlegt.

»Weißt du, wie lange die Namen eurer Ältesten nach ihrem Tod nicht mehr weiter vergeben werden?«

»Ich weiß so vieles nicht. Und ich denke, du auch nicht. Ich fürchte, das ist das Problem. Oder eines von den vielen.«

Thau klang resigniert und Una wusste, dass sie die Stimmung der Herbstläuferin dringend aufhellen musste.

»Der Regen hat aufgehört. Sollen wir übermorgen im Fluss schwimmen gehen? Oder denkst du, ich bin ein hoffnungsloser Fall?«

Sie bemühte sich fröhlich zu klingen und die entscheidende Information in dieser Fröhlichkeit zu verstecken.

Thau schenkte der gespielten Heiterkeit keine Beachtung.

»Warum gehen wir morgen nicht schwimmen?«

In ihrem Magen drehte und wendete sich das kleine Tier mit den spitzen Krallen.

»Ich werde morgen nicht kommen können.«

Una gab ihrer Stimme eine Normalität, die sie nicht empfand.

»Warum?«

Thau nahm die Taschenlampe und ließ ihr Licht spielerisch durch die Büsche streifen, um so gleichgültig wie möglich zu wirken und den Schmerz zu unterdrücken. Wie konnte Una auf eine Nacht mit ihr verzichten? Sie schwor ihr, dass sie gemeinsam die Fragen beantworteten, und dann verbrachte sie ihre Nächte in den Kuppeln? Ihnen blieb doch nur noch so wenig Zeit. Sie fühlt nicht wie du, dachte sie, sie ist eine Fremde aus einer fremden Welt. Die Gefühle, die über Tag stark gewesen waren, verwandelten sich in Wut.

»Ich muss zu einem Abendessen in die Verwaltung. Das kann man nicht absagen und ich habe keine Ahnung, wie lange es dauern wird. Elsen wird mich danach nicht mehr gehen lassen. Es ist schwierig genug zwischen uns.«

Obwohl Una bemüht gewesen war, selber unbeteiligt zu klingen, verletzte es sie, Thau so gleichgültig zu hören. Weiß sie denn nicht, wie schwer das für mich ist?

»Ist das eine Art Strafe? Werdet ihr in den Kuppeln mit Abendessen bestraft? Gibt es Kuchen, wenn ihr euch besonders schlecht benehmt?«

Der Sarkasmus in Thaus Stimme war nicht zu überhören.

»Es ist eine Strafe für mich … aber eigentlich eine nette Geste … es ist …«

Una bemerkte, dass ihre Sätze Lücken hatten und wusste nicht, ob sie Thau erzählen sollte, warum sie dort essen musste. Sie wird es verstehen, sie muss es verstehen, dachte sie, es hat doch keinerlei Bedeutung für uns.

»Mit wem isst du dort?«

Thau ließ den Lichtstrahl jetzt schnell kreisen und Una war versucht, ihr die Taschenlampe wegzunehmen. Das drehende Licht in den zitternden, tropfenden Büschen machte sie schwindelig.

»Mit meiner Mutter und der Familie des Verwalters.«

Der Lichtkreisel drehte sich unaufhörlich.

»Warum?«

Thau hob die Taschenlampe und leuchtete Una kurz ins Gesicht, bevor sie einen neuen Kreis begann.

Una holte tief Luft und stieß den nächsten Satz hinaus in das dunkle Veld.

»Weil ich zur nächsten Sturmzeit dem Sohn des Verwalters verbunden werde.«

Thau hörte und fühlte den Satz gleichzeitig. Ihre Muskeln spannten sich schmerzhaft an und das nahm ihr den Atem. Ihr Herz schlug schnell und hart gegen den Brustkorb, als verlange es, hinausgelassen zu werden. Die nächste Sturmzeit war nicht mehr weit entfernt, ein paar Wochen vielleicht. Una hatte einen jungen Mann, mit dem sie den Pakt eingehen würde. Seit der Priester Jurrkas letzten Wunsch im Gottesgebäude gedeutet hatte, hatte ihr nichts mehr so weh getan. Sie war versucht aufzuspringen und sofort mit Fleck in die Dunkelheit zu ziehen. Egal wohin, nur weg von den Kuppeln, von dieser Frau und ihren Lügen.

Una konnte nicht gut erkennen, wie Thau ihre Nachricht aufgenommen hatte, sie fühlte aber, dass die Herbstläuferin starr geworden war und ein wenig von ihr abrückte. Sie wird gehen. Una griff nach der kalten Hand, die die Taschenlampe hielt und nahm sie ihr aus der Hand. Tu, was du fühlst, dachte sie, es ist eure einzige Chance. Sie führte die Hand, die sich ihr trotzig entziehen wollte an ihren Mund, sank mit beiden Knien in den feuchten Boden und drückte ihre Lippen immer wieder in die weiche Innenfläche.

»Thau, ich verabscheue ihn. Es ist nicht meine Entscheidung. Wir werden verbunden, um das Überleben der Kansa zu garantieren. Niemand, der in den Kuppeln leben will, widersetzt sich diesem Befehl. Wir sind die Hüter der Wahrheit … die einzige Chance der Menschheit … oder das ist das, was alle in den Kuppeln glauben … Bitte … ich habe nie jemanden getroffen, mit dem ich mich verbinden wollte. In meinem ganzen Leben nicht.«

Una ließ die Hand los und zog Thaus Kopf sanft, aber bestimmt näher zu sich.

»Bis ich dich getroffen habe.«

Thau sah Unas Gesicht näher kommen und hörte ihre Worte.

Ja, dachte sie, dich zu treffen, hat alles verändert. Sie fühlte sich weich und warm werden und dann war Unas Mund so nah, dass sie die Worte, die Una sprach, an den eigenen Lippen fühlen konnte.

»Ich weiß nicht, wie das passiert ist, du bist meine ganze Welt geworden. Ich spüre dich in mir, wenn wir getrennt sind, und wenn du in meiner Nähe bist, ist das Leben schöner und ergibt mehr Sinn. Ich weiß, dass das keine Antworten auf unsere Fragen sind, aber ich weiß, dass wir gemeinsam Antworten finden können. Hörst du? Die Kuppeln sind meine Vergangenheit, du bist meine Zukunft und du bist meine Hoffnung.«

Sie unterbrach sich und ihre Blicke fanden sich.

»Wenn du das auch willst ... wenn du das auch fühlst ...«

In Unas Augen waren die Gefühle, die Thau in ihrem Herzen spürte, offen sichtbar und die leichte Vibration in Unas Stimme enthüllte die gleiche Angst, die Thau quälte.

«Thau ...?«

Una neigte ihr fragend den Kopf zu und Thau kam ihr vorsichtig entgegen.

Ihre Lippen berührten sich und diesmal ließ Thau es zu, dass Una ihren Mund öffnete und mit der Zunge einmal sanft an ihren Lippen leckte. Die Berührung durchfuhr beide mit der gleichen Intensität. Sie sahen sich lange an und dann schloss Thau die Augen und zog Una mit sich in ihr Zelt auf die dünne Matte. Ein kleiner Windstoß schickte ein paar regennasse

Blätter zu einem letzten bizarren Tanz durch die Luft und ließ sie in den Abdrücken landen, die ihre Füße und Knie im Boden hinterlassen hatten.

Sie lagen so dicht beieinander, dass Una Thaus Herz an ihrer Brust schlagen fühlte.

»Ich will dich küssen.«

Das zum ersten Mal in ihrem Leben zu fühlen und auszusprechen, war mächtiger, als Una erwartet hatte. Der Satz durchfuhr sie heiß und hell von Kopf bis Fuß, wie der leuchtende Blitz, den sie vor vielen Jahren gesehen hatte. Was habe ich denn erwartet, fragte sie sich, während sie in Thaus Augen leicht zitternd nach Zustimmung suchte. Die Herbstläuferin verdrängte die Verzweiflung und die Angst, überließ sich der wachsenden Erregung, die sie durchzog und flüsterte:

»Ich will dich auch küssen … glaube ich …«

»Glaubst du?«

Una biss Thau spielerisch in den Hals und hob dann wieder den Kopf.

«Ich bin sicher.«

Beide lächelten sich einen langen, leichten Augenblick an, bevor sie ihre Köpfe so dicht zueinander neigten, dass das Sehen seinen Sinn verlor. Ihre geöffneten Münder berührten sich und erprobten eine Weile diesen Kontakt mit sanften Küssen und kleinen Bissen. Dann berührten sich ihre Zungen vorsichtig und umspielten einander fest und weich und feucht, als hätten sie diese Bewegungen gemeinsam gelernt. Die Zeit löste sich auf, die dunkle Welt wurde unendlich weit und wohlig eng zugleich. Una fühlte Thaus ganzen Körper an ihrem Körper und folgte ihrer Erregung. Sie ließ ihre Hand vorsichtig über Thaus Schulter bis zur nackten Haut am Hals streichen. Thau drängte sich näher an sie und stöhnte leise auf, ohne den Laut unterdrücken zu können. Una zog die Zähne des Reißverschlusses langsam auseinander und ihre Finger glitten unter den Stoff und verfolgten die Kontur von Thaus nacktem Schulterblatt. Thau atmete tief ein und Una fühlte diesen Atem zwischen ihren Beinen, wie ein feuchtes Echo. Sie ließ ihre Hand auf Thaus Unterhemd tiefer gleiten und unter ihrer Berührung wurde Thaus Brustwarze unter dem Stoff fest und hob sich deutlich ab. Una kreiste einen Moment versunken mit dem Finger um die kleine harte Erhebung und rieb sanft darüber. In ihrem Kopf explodierten alle Empfindungen, als sie fühlte, wie Thau mit ihrem Daumen ihre eigene Brustwarze über dem Stoff des Overalls umspielte. Die Dunkelheit um sie herum wurde flüssig und trug sie gemeinsam auf einer Woge der Erregung hoch hinaus. Una wollte Thaus Reißverschluss weiter aufziehen, um ihre nackte Haut überall zu spüren, aber Thau hielt ihre Hand fest und flüsterte:

»Ich kann nicht alles, woran ich glaube, auf einmal aufgeben. Ich weiß sonst nicht mehr, wer ich bin.«

Sie küsste Una sanft auf den Mund und schloss die Augen. Beide atmeten schwer. Una küsste die geschlossenen Augenlider, zog Thau wieder dicht an sich und sie küssten sich und ließen ihre Zungen miteinander spielen, ohne viel zu sprechen, stundenlang, bis die Zahlen an Unas Uhr aufleuchteten. Ich könnte sie bis ans Ende aller Zeiten so halten, dachte Una und wusste, dass Thau das Gleiche fühlte. Sie strich Thau mit ihrer Hand über eine Wange und küsste sie dann an der gleichen Stelle.

»Dieser Kuss bleibt hier, ganz dicht bei dir und ich bin in 48 Stunden zurück. Ich werde dich jede einzelne Minute davon vermissen.«

»Ja«, sagte Thau und rollte sich zusammen.

Als Una durch das dunkle Veld auf die Schleuse zurannte, machte ihr diese karge, einsilbige Antwort zunehmend Angst.

Sechsundzwanzig

Thau lag mit angezogenen Beinen auf ihrer Matte, so wie Una sie verlassen hatte, und ihr Körper verlangte nach einer Erlösung, die sie ihm nicht zugestand. Sie fühlte sich, als hätte sie die letzten Stunden in einem alles verzehrenden Feuer verbracht und sähe jetzt zu, wie es nach und nach um sie herum verglomm und zu Asche wurde.

Sie schmeckte Una, sie roch und fühlte Una, sie sah Una gehen.

Ich habe in hellen Flammen gestanden, wieso hat mich das Feuer nicht verbrannt?

Im Licht der aufgehenden Sonne sahen ihre Hände, die Unas Brustwarzen durch den Stoff erkundet hatten, aus wie immer und ihre Lippen und Wangen, die von Unas Küssen übersät worden waren, wirkten glatt und weich.

Hatte die Nacht sie vor dem Blick des zornigen Gottes verborgen?

War er hier draußen in der Nähe der Kuppeln machtlos?

Sie erhob sich und schlich gebückt hinauf auf den Hügel. Ein breiter, rot leuchtender Streifen erhellte das Veld am östlichen Rand und der Himmel darüber war erst golden und dann blau. Die Wolken hatten sich verzogen und Thau konnte die Wärme, die mit dem Licht über den Horizont kroch, spüren. Sie kniete sich nieder und verbarg ihr Gesicht in den Händen.

Bin ich noch Thau aus Fundament? Die erste Herbstläuferin der Siedlung über den Schächten oder habe ich für Una alles verraten, woran ich geglaubt habe?

Die Küsse und Berührungen der letzten Stunden hatten in ihrem Geist eine Verwüstung angerichtet, die die Fragen und Zweifel der vergangenen Tage belanglos erscheinen ließen. Wusste ich nicht, dass das passieren würde, wenn ich in ihrer Nähe bleibe?

Habe ich mir nicht genau das von Anfang an gewünscht?

»Vergib mir, Gott, ich habe gesündigt.«

Sie legte sich nach vorne mit dem Gesicht in den feuchten Staub und streckte die Beine aus, wie es die Büßer im Gottesgebäude taten.

Wer in den Nächten auf dem großen Ofen lange genug wach blieb, der hörte nicht nur die Sagen der Herbstläufer, sondern auch die betrunkenen, getuschelten Geschichten der Bergleute. Von den Männern, die man in der Nacht beieinander gefunden hatte und deren Gesicht sich am Tage daraufhin so verformt hatte, dass sie nie mehr ans Tageslicht gelassen wurden. Thau hatte einmal zugesehen, wie man einen von ihnen tot aus dem Stollen ans Licht gebracht hatte. Seine linke Gesichtshälfte war ein einziges verwuchertes, augenloses Narbenfeld gewesen. »Das macht Gott, wenn man widernatürlich sündigt«, hatte ein junges Mädchen ihr aufgeregt zugeflüstert. Alle Kinder und Erwachsenen hatten in einer Mischung aus Angst und Sensationslust zugeschaut, wie sein Leichnam nackt in den Fluss geworfen wurde. Ein Begräbnis bei den Gläubigen von Fundament hatte er durch seine unzüchtigen Handlungen verwirkt und sein Leben damit verbringen müssen, in der Dunkelheit der Schächte seine Sünde abzuarbeiten. Würde Gott jetzt ihr Gesicht verformen? Thau schmeckte den Staub und war sich nicht sicher, ob für Frauen die gleichen Regeln galten. Über viele Sünden wurde nie öffentlich gesprochen.

Jurrka wüsste das, dachte sie, aber wie hätte ich ihm erklären sollen, dass ich meine Zunge feucht und nass mit der Zunge einer anderen Frau verbunden habe und dass mein ganzer Körper mit ihrem verschmelzen wollte. Und dass ich noch nie in meinem Leben so glücklich gewesen bin.

Ich war glücklich.

Die Sonne schien ihr auf den Rücken und sie erhob sich trotzig, um ihr Gesicht zur Bestrafung freizugeben. Der Wind war heute sanft und die Blätter an den Bäumen schöpften grundlos Hoffnung, dass sie dem Schicksal der Gefallenen entkommen würden. Thau wartete eine lange Weile, bevor sie einen letzten Blick auf die Kuppeln warf und entschlossen zu ihrem Lager zurückging.

Siebenundzwanzig

Una griff nach den gewaschenen Overalls und war sich sicher, dass noch niemals ein Tag langsamer vergangen war als dieser. Alle paar Minuten starrte sie auf ihre Uhr oder die große Uhr über dem Fließband und stellte fest, dass die Zeiger eingefroren waren. Wie sollte sie das bis morgen Abend überstehen? Sie lebte in einem ständigen Wechselbad aus kalter Angst und heißem Glück und die flackernden Bilder in ihrem Kopf ließen ihr Herz heftig schlagen. Mit jedem neuen Overall zog ein neues Bild, eine neue Emotion durch ihren Kopf und ihren Körper.

Thau biss in ihre Unterlippe und saugte leicht daran. Thaus Lachen an ihrem Hals, ihre Hand auf Thaus Brust. Thaus Zunge an ihrem Ohr, Thaus zögernde Hand auf ihrer Brust. Unas Gedanken purzelten durcheinander und sortierten sich in faszinierenden Mustern neu, wie das Kaleidoskop aus bunten Abfallprodukten der Glasproduktion, das sie als Kind besessen hatte.

Es war, als ob alle um sie herum in einer anderen Zeit lebten, die ihnen normal erschien und ihr wie ein zäher Sumpf, durch den sie waten musste, um zurück zu ihrer Herbstläuferin gelangen zu können. Sie war Elsen am Morgen ausgewichen, weil sie die explosive Verwirrung in sich mit niemandem teilen wollte und weil sie Angst hatte, dass ihr die Erlebnisse der Nacht deutlich im Gesicht abzulesen waren.

Das Band stand kurz still und der Kansa am Leitpult schimpfte hörbar vor sich hin. Alle nutzten die Zeit, um sich kichernd zu unterhalten. Una schaute auf die Münder der jungen Frauen, die sich um sie herum öffneten und schlossen. Aus dem Maschinenraum entkam mit dem nächsten Schwung Overalls eine heiße Wolke Wäschegeruch und nebelte den Raum ein. Una strich sich selbstvergessen über die Stelle auf ihrem Anzug, unter der sich ein kleiner blauer Fleck befand, den Thaus zärtlich saugender Mund zwischen ihrem Hals und ihrer Schulter hinterlassen hatte. Sie hatte ihn am Morgen im Spiegel entdeckt und trug ihn voller Stolz wie eines der Abzeichen, die verdiente Kansa bekamen. Ich bin nicht mehr wie ihr, dachte sie und versuchte, den nebelgetränkten Lauten aus den Mündern um sie herum Sinn abzuringen. Es fühlte sich an, als habe Thau sie mit ihrem Kuss markiert und sie wusste, dass sie dasselbe getan hatte. Ich gehöre ihr, dachte sie und griff automatisch nach den neuen, noch warmen Anzügen, als das Band anrollte.

In der Mittagspause huschte sie zwischen Kansa umher, die sich in Zeitlupe von einem Ort zum anderen bewegten, und versuchte sich zu beruhigen. Es galt, den Abend in der Verwaltung ohne Aufsehen zu überstehen und in der nächsten Nacht mit Thau einen Plan zu fassen.

In der nächsten Nacht mit Thau.

Es erregte sie, die Worte zu denken und sie sah Thaus hingebungsvoll geschlossene Augen im Licht der Taschenlampe vor sich. Das elektrisierende Glück, das sie im Veld in immer neuen Wellen durchfahren hatte, war mit ihr in die Kuppeln zurückgekehrt. Ich habe eine Frau geküsst, dachte sie und blieb regungslos in einem Gang stehen. Niemand in den Kuppeln hatte jemals davon gesprochen, dass das möglich war.

Dass eine Frau die Liebe in einer anderen Frau erkennen konnte.

Die Liebe entstand mit der Verbindung zwischen einem Kansa und einer Kansa. Das Kaleidoskop in ihrem Kopf drehte sich in eine andere Richtung, die Muster wurden scharfkantiger und einzelne Zacken stachen ihr schmerzhaft ins Gehirn. Was habe ich getan, Una griff sich an die Schläfe, weil einer der spitzen Zacken sich von dort nach draußen bohren wollte. Wenn Thau sie nicht gestoppt hätte, wären sie an einen Punkt gelangt, der gleichzeitig außerhalb und innerhalb ihres Vorstellungsvermögens lag. Ein großer Glasstein fiel leuchtend rot in die Mitte der Muster. Sie wusste, dass alles in ihr sich nackt und warm an Thau hatte drängen wollen, um ihre Hände und ihren Mund zu spüren und sie wusste, dass das nur der Anfang gewesen wäre.

Es konnte nicht falsch sein, die sanfte, schöne Herbstläuferin lieben zu wollen.

Una rieb sich über die Stirn, als könne sie die Angst und die Zweifel damit wegwischen. Ob Thau heute auch von den gleichen Gefühlen erfüllt war? Das knappe »Ja« ihres Abschieds warf in kurzen Abständen winzige schwarze Steine in ihr Kaleidoskop und brachten es zum Stillstand. Und wenn ich jetzt hinausschleiche, um ihr zu zeigen, dass es nichts gibt, das ich nicht für sie riskieren würde? Dass ich das alles hier hinter mir lassen kann?

»Una?«

Una öffnete die Augen und sah sich ihrer Mutter gegenüber. Elsen zog sie wortlos mit sich bis in ihre Wohnung und zwang sie auf einen der Stühle am Tisch. Ihre kühle Hand legte sich auf die Stirn ihrer Tochter.

»Ist das Fieber zurückgekommen? Ich werde dich jetzt für den Rest des Tages freistellen und erwarte, dass du dich sammelst. Ich weiß nicht, was du dir in Zusammenhang mit dem Band ausmalst, aber sieh doch, was das mit dir macht. Du stehst regungslos in den Kuppeln und riskierst, dass die anderen reden. Bitte Una, heute zählt, dass du dich ordentlich benimmst. Ich will nicht, dass Diest noch misstrauischer wird und dich zur Gesundheitsüberprüfung abholen lässt.«

Das Band. Una sah ihre Mutter an und stellte fest, dass sie das Band vollkommen vergessen hatte. Und die Tatsache, dass man Frauen, die auffällig waren, einsperrte, auch wenn das niemand so nannte.

Ich muss mich zusammennehmen, für Thau, für Elsen und für mich. Una stand auf und umarmte ihre Mutter fest. Elsen erwiderte die Umarmung und sah ihrer Tochter aus nächster Nähe in die Augen. Irgendetwas war anders geworden und sie konnte nicht sagen, was es war. Unas Augen glänzten und ihr Blick schien sich über die Wohnung hinaus auf einen unsichtbaren Punkt zu fokussieren. Sie hielt sich gerader, was sie noch größer erscheinen ließ, und um ihren Mund lag ein entschlossener Zug.

»Du kannst dich auf mich verlassen. Ich werde heute Abend die Una sein, die der Verwalter und sein Sohn erwarten.«

»Ich möchte, dass du glücklich wirst und dem Leben mit Hagen eine Chance gibst. Kein Band aus der Vergangenheit ist es wert, dass du deine Zukunft aufs Spiel setzt.«

Elsen kam sich bei diesem Satz vor, als verrate sie Aventh und bat ihn stumm um Vergebung.

Ich kann sie nicht auch noch verlieren. Wir müssen das vorsichtig angehen.

Achtundzwanzig

Der kleine Elektrowagen wartete an der Abzweigung zu ihrem Wohntrakt und Hagen saß in einem neuen dunkelgrauen Overall, der seine Muskulatur perfekt zur Geltung brachte, am Steuer. Junge Kansafrauen hatten sich um ihn versammelt und lachten über seine Scherze. Als sie sich näherten, zerstob die kleine Gruppe kichernd und Hagen stieg aus. Er verbeugte sich höflich zuerst vor Elsen und dann vor Una.

»Du siehst wunderbar aus, Una.«

Sie nickte bestätigend und er half ihnen beiden in den Wagen. Elsen hatte ihr die Haare gewaschen und zu einem einzigen Zopf geflochten, durch den sich ein leuchtend rotes Band auf ganzer Länge zog. Unas bester, roter Overall war mit rosafarbenen Streifen an der einzigen Tasche abgesetzt und saß perfekt.

Sie sah wunderbar aus und wusste das.

Wenn du mich doch sehen könntest, dachte sie, während der kleine Wagen sich durch die Kuppeln bewegte, und unterdrückte den Wunsch, bei jedem Stillstand an Abzweigungen vom Wagen zu springen und zur Schleuse zu rennen. Die Angst um Thau war in den letzten Stunden größer geworden und ihre Erinnerung hatte mitten im Glück neue Hinweise gefunden, die sie nervöser gemacht hatten. Ein tiefer Blick, ein Wort, ein Schweigen waren wie helle Warnsignale in unregelmäßigen Abständen erstrahlt. Was sich über Stunden wie der Beginn eines Bundes angefühlt hatte, fühlte sich jetzt wie ein Abschied an. Nein, Una rief sich zur Ruhe. Niemand, die so küsst, geht danach zurück in ihre Welt.

Hagen unterhielt sie mit einer lustigen Geschichte, der jede Pointe fehlte. Sie sah ihn von der Seite an, um sich abzulenken. Er wirkte aufgekratzt und noch ein wenig selbstverliebter als sonst.

»Ich würde mich nicht wundern, wenn ich die Position des Jungverwalters bald verlassen kann.«

Er nickte beifallheischend zu Una hinüber und die erwiderte seinen Blick gerade lang genug, um ihn zufriedenzustellen. Er braucht nur einen Spiegel, wie schade, dass wir so wenig Glas herstellen, dachte sie und hoffte, dass diese Erkenntnis sie aufheiterte. Die Wege und Abzweigungen der Kuppeln glitten vorbei und unterschieden sich selten, viele Kansa grüßten freundlich in ihre Richtung.

Ozora, Hagens Mutter, stand in der Tür ihrer Wohnung und zog Una dicht an sich, als sie ihr die Hand reichen wollte. Sie roch nach zu viel Rosencreme und einem süßen Duft, den Una nicht zuordnen konnte.

»Einigkeit, Tochter!«

Sie sprühte ihr den Gruß ins Ohr und zog auch Elsen an sich.

»Ich bin glücklich, euch endlich zu Gast zu haben. Kommt, kommt …«

Sie ging voraus und beide folgten ihr. Ein Geruch von Gebäck und Gewürzen durchzog die großen Räume und nahm den Kampf mit der übersüßen Rosencreme auf. Una schluckte, um nicht zu würgen, und hoffte, dass ihr das als Nervosität ausgelegt wurde. Elsen lächelte ihr aufmunternd zu.

Raum folgte auf Raum und Elsen und Una waren überrascht zu sehen, wie weitläufig die Wohnung des Verwalters und seiner Frau war. Das Schwinden der Bevölkerung hatte für einige Kansa sichtbare Vorteile.

Die Wände waren in bunten Farben gestrichen und geschmückt mit Zeichnungen und Bildern. Auf irgendeinem Weg schienen es die Sieger der verschiedenen Kunstwettbewerbe alle in diese Wohnung geschafft zu haben. Auffallend viele Bilder zeigten Diest, Ozora oder die ganze Familie. Una blieb vor einem riesigen Gemälde stehen, das die drei unter einem Baum in den Agrarkuppeln zeigte. Ihre Gesichter waren von einer fast lächerlichen Ebenmäßigkeit und Diest überragte seine Familie deutlicher, als er das im Leben tat. Der Baum trug zu viele dicke, grellrote Äpfel.

»Wir werden ein neues Bild malen lassen, wenn euer erster Sohn geboren ist. Fühlst du dich besser, Una?«

Ozora hatte ebenfalls innegehalten. Ihre Frage sollte offenbar mitfühlend klingen, hatte zusammen mit dem leeren Ausdruck ihrer Augen aber etwas Drohendes. Ihr Mund lächelte, wahrscheinlich, um die anderen Eindrücke Lügen zu strafen. Elsen hatte sie auf diese Frage vorbereitet, was gut war, sie hätte sonst nicht die passende Antwort gegeben.

»Es geht mir blendend, Ozora. Ich habe den Nachmittag damit verbracht, mich in Ruhe auf den Abend vorzubereiten. Es war mir sehr wichtig, heute gut auszusehen. Es ist eine große Ehre, dass du uns vor der Verbindung in deiner Wohnung empfängst. Die verlorenen Stunden werde ich in der nächsten Woche natürlich nachholen.«

Una nahm die Augen von der großflächig gepinselten Mischung aus zu rotem Obst und zu schmeichelhaften Gesichtszügen. Ozora war anzumerken, dass sie Unas Bemühungen lobenswert und ihre Einschätzung des heutigen Abends angemessen fand. Sie gingen schweigend weiter. In der Mitte eines großen Zimmers war ein Tisch festlich gedeckt und mit Blumen geschmückt. Gelbe und rote Blüten streckten sich üppig über den Rand einer getöpferten Vase hinaus, dunkle Gräser gaben ihnen mit geflochtenen Halmen Halt.

»Setzt euch.«

Ozora deutete auf zwei Plätze am Tisch, einer neben ihrem Stuhl und einer neben Hagen, der sich breitbeinig auf das üppig verzierte Sitzmöbel fallen ließ. Una und Elsen nahmen vorsichtig auf den gepolsterten Sitzflächen Platz.

»Na, wie gefällt dir das?«

Hagen hatte Unas Blicke gesehen, die ihre Verwunderung über die Größe der Wohnung nicht verbergen konnten.

»Unsere Wohnung ist nicht viel kleiner und gleich hier in der Nähe. Ich übernachte dort ab und zu. Du musst nach dem Jahresfest nie mehr in diesen engen Kisten wohnen.«

Unsere Wohnung.

Una sah den jungen Mann in aller Ruhe an. In seinen Augen lag ein Ausdruck dummer Arroganz, der wesentlich dafür verantwortlich war, dass die eigentlich angenehmen Gesichtszüge auf sie unattraktiv wirkten. Sie verbot sich, diese ausdruckslosen Augen mit Thaus tiefem, dunklem Blick zu vergleichen, um nicht schreiend aus der Wohnung zu rennen, und lächelte ihn an.

Noch vierundzwanzig Stunden und ich bin wieder bei ihr.

Obwohl das Kansalied verklungen und die Nachtbeleuchtung vor einer Weile angeschaltet worden war, ließ Diest auf sich warten, selbst die Abendansprache hatte sein Stellvertreter Semon gehalten. Ozora bewirtete sie mit gebratenen Gemüsehäppchen, um die Zeit bis zum Essen zu überbrücken, wie sie erklärte. Elsen und Una bestaunten die Häppchen ausführlich. In den meisten Kuppeln wären sie nicht als Vorspeise, sondern als außergewöhnliches Abendessen bejubelt worden.

»Wirst du das zum Fest tragen?«

Hagens Mutter ließ ihre Hand prüfend über Unas Anzug gleiten und schob sich mit der anderen ein Stück gebratene Aubergine in den Mund.

»Es ist mein bester Anzug.«

Una biss ebenfalls in eines der Häppchen, um ihren Kieferknochen eine Abwechslung vom Lächeln zu gönnen und zu verhindern, dass sie mehr sagte.

Melone mit gebratener Paprika, der süß-herbe Geschmack auf ihrer Zunge weckte Erinnerungen, die sie hier nicht gebrauchen konnte.

Sie versuchte stattdessen zu überlegen, wann sie das letzte Mal eine Melone probiert hatte.

»Es war dein bester Anzug.«

Ozora betonte das zweite Wort des Satzes und lächelte sie vielsagend an. Una sah, woher die leere Arroganz in Hagens Augen stammte.

»Wir werden dir einen Anzug machen lassen. Und Schuhe. Dir auch, Elsen.«

Ozora hatte kurz einen theatralisch entsetzten Blick unter den Tisch geworfen.

»Das ist sehr großzügig, Ozora.«

Elsen versuchte dankbar zu klingen, aber Una hörte deutlich, dass die Beurteilung ihrer Kleidung sie verletzte.

»Ich weiß nicht, ob Una einen neuen Anzug bewilligt bekommt. Dieser hier ist erst zwei Sturmzeiten alt.«

»Sie verbindet sich mit dem Sohn des Verwalters, sie bekommt einen Schrank voller Anzüge, wenn sie das will. Entschuldigt mich bitte, das ist sicher Diest.«

In einem der weiter entfernten Räume war das Summen eines Koms zu hören und Ozora verschwand, um die Nachricht zu lesen. Hagen begann sofort wieder zu reden und zählte ungefragt seine neuen Aufgaben auf.

»Ein Verwalter hat nie frei.«

Ozora kam mit einer Platte voller Speisen zurück, die beeindruckend aussahen. Frische Gurken, Radieschen und Tomaten waren zwischen den einzelnen Gerichten zu fantasievollen Blüten geschnitzt und gefächert, die dem Strauß in der Tischmitte frech Konkurrenz machten.

»Wir können ruhig anfangen zu essen, Diest kommt später dazu. Es gibt ein Problem mit … ich weiß gar nicht, womit es heute wieder ein Problem gibt … das ist es ja, was ich immer bei den Versammlungen ansprechen will … alle reden nur über die Vorteile, die man als Verwalter hat … die Woche der Kontemplation … die größere Wohnung … niemand sieht, wie selbstlos Diest für Firmament arbeitet.«

Die Frau des Verwalters begleitete ihren Redeschwall mit einem Lächeln, das so übertrieben und falsch war wie der süße Duft, der sie umgab. Dann hob sie eine der wehrlosen Radieschenblüten an den Mund und knabberte affektiert ein Stückchen heraus.

»Sollte ich da nicht nachfragen, ob ich gebraucht werde?«

Elsen rutschte unruhig auf dem Stuhl hin und her. Als leitende Technikdienerin wurde sie zu vielen Problemen gerufen.

»Unsinn.«

»Wir haben viel zu besprechen und zu planen. Wenn Diest das für nötig gehalten hätte, hätte er nach dir gefragt.«

Ozora füllte Elsen und Una ungefragt die Teller mit einer großen Kelle. Gebratenes und geschnitztes Gemüse platschten gemeinsam in die polierten Vertiefungen des Essgeschirrs. Una sah die feine Gravur, die den ganzen Rand ihres Tellers bedeckte. Lebenszeit. Einigkeit. Lebenszeit. Einigkeit.

Sie aßen und Ozora und Hagen bestimmten das Gespräch, ohne auf Antworten von Elsen und Una zu warten. Es reichte, wenn sie die seltenen Speisen lobten, lächelten und nickten, stellten beide schnell fest. Ozora hatte den Ablauf der Verbindung ihres Sohnes bereits detailliert geplant und legte ihre Vorstellung in allen Einzelheiten dar. Una und Elsen lauschten der Aneinanderreihung von Festen und Reden, die sie nach der offiziellen Verkündung der Verbindung erwarten würde.

»Das große Fest in der Zentralkuppel ist ja eher für die jungen Leute und das kleine für die Verwaltung hier bei uns. Der Kreis der Frauen trifft sich in einer der Agrarkuppeln. Diest spricht natürlich auf allen Festen und auch Hagen wird ein paar Worte sagen. Hast du deine Fruchtbarkeit regelmäßig überprüfen lassen?«

Ozora inspizierte das kunstvoll entblößte fleischige Innenleben einer üppigen Tomate, als könne es ihr Aufschluss über Unas Unterleib geben.

Una traf die Unverschämtheit der letzten Frage unvorbereitet. Bis jetzt hatte sie es geschafft, sich innerlich von Ozoras Worten zu distanzieren. Das war eine andere Verbindung mit einer anderen Kansa und diesem unangenehm kauenden Jungen, der neben ihr saß. Eine andere junge Frau würde in grellen Farben lächelnd zu ebenmäßig in ein zu großes Bild gemalt werden. Sie schaute auf den prächtigen Blumenstrauß in der Mitte des Tisches, um die kochende Wut in sich zu beruhigen.

»Una?«

Ozora war es nicht gewohnt, dass man ihr nicht sofort antwortete, und ihr Ton klang leicht beleidigt.

Una sah sich die Vase mit den Blumen hochheben und sie in der Mitte des Raumes zerschmettern.

»Natürlich hat sie das, Ozora. Und es ist noch eine zusätzliche Untersuchung direkt nach dem Jahresfest terminiert. Du musst Una verzeihen. Sie ist nicht dazu erzogen, über diese Themen mit jemand anderem als ihrer Mutter zu sprechen.« Elsen setzte sich sehr gerade in ihren Stuhl und hielt Ozoras Blick stand. Una senkte ihren Blick auf das Tischtuch und sah vor sich, wie sie es mit einem Ruck vom Tisch zog und die gravierten Teller und ziselierten Becher im Raum umherflogen.

Ozora stach ihre Gabel langsam in die Tomate und zog sie wieder heraus. Ihr gefiel es sichtbar gut, die große, schöne Una mit gesenkten Augen an ihrem Tisch zu sehen.

»Ich schätze deine Erziehung, Elsen. Una wird sich schnell daran gewöhnen, darüber auch mit mir zu sprechen. Schließlich ist sie bald meine Tochter und wird meine Enkelkinder gebären. Nicht wahr, Una?«

Una nickte, ohne den Blick vom Tischtuch zu nehmen und zählte innerlich langsam die Stunden, bis sie zu Thau gehen konnte.

»Entschuldigt bitte.«

Diests imposante Erscheinung füllte eine der Türen, die zu einem anderen Teil der Wohnung und offensichtlich zu einem weiteren Eingang führte. Er wirkte angespannt und sein gewinnendes Lächeln noch aufgesetzter als sonst. In seinen akkurat gekämmten Haaren hatte sich eine einzelne Strähne in einem auffälligen Bogen auf die andere Seite gestohlen. Ozora sprang sofort auf, richtete ihm im Vorbeigehen das Haar und wollte einen frischen Teller mit gebratenem Gemüse aus der Küche holen.

»Nicht nötig.«

Er legte seine Hand auf ihren Arm.

»Ich kann nicht lange bleiben. Es ist eine dieser Nächte. Du kennst das, Elsen.«

Er sah Unas Mutter an und die nickte.

»Was ist denn das Problem, Diest? Kann ich helfen?«

»Danke für dein Angebot, aber das ist verwaltungsintern.«

Er nahm sich eines der Häppchen und zermalmte es zwischen seinen Zähnen, ohne den Mund zu schließen.

»Ich weiß, dass ihr alles Wichtige auch ohne mich auf den Weg bringt. Ich habe mir die richtige Kansa ausgesucht.«

Er küsste Ozora im Vorbeigehen auf den Kopf, nickte Una und Elsen zu und verschwand.

Sein letzter Satz klang in Una nach. Diest hatte, wie alle anderen in Firmament, keinen Einfluss auf die Wahl seiner Verbindung gehabt. Wieso empfand er das anders? Sie sah auf Ozoras Mund, der schon wieder

Worte in schneller Folge ausspuckte. Wenn ich ein ledernes Band besitze, das gleichzeitig von einem Ältesten in Fundament getragen wird, und ich draußen vor der Kuppel eine Herbstläuferin küsse, die es gar nicht geben dürfte, ist es dann nicht auch möglich, dass die Regeln in den Kuppeln nicht für alle gleich gelten. Sie merkte, wie ihr Geist an eine Grenze stieß, die er trotz aller Ergebnisse der letzten Tage nicht überschreiten wollte. Ist das die Antwort auf unsere Fragen, dachte sie. Dass unsere eingeengten Leben uns die Zusammenhänge, die offensichtlich sind, nicht sehen lassen? Dass wir sie gar nicht sehen wollen?

Der Abend hatte sich bis weit nach Mitternacht hingezogen und Ozora hatte sie erst gehen lassen, als Elsen auf ihren Dienst am frühen Morgen hingewiesen hatte. Hagen hatte sie zurückgefahren und schien mit sich und dem Leben sehr zufrieden. Seine Mutter hatte darauf bestanden, nach dem Essen die Räume, die ihr Sohn nach der Verbindung zugesprochen bekommen würde, zu besichtigen und ihn dabei ständig gelobt. Una war der kleinen Gruppe durch die fremde Wohnung gefolgt wie in einem Traum, was nicht auffiel, denn Ozora war voll und ganz damit beschäftigt gewesen zu enthüllen, wie jedes der Zimmer eingerichtet werden würde. Die Floskel »Mit deinem Einverständnis natürlich« streute sie regelmäßig in Unas Richtung ein, obwohl es deutlich war, dass sie deren Bedeutung nicht kannte.

»Unser Schlafzimmer!«

Hagen hatte sich mit sichtlichem Stolz auf seine zukünftige Zeugungsfähigkeit neben dem großen Bett im einzigen eingerichteten Raum aufgebaut, als ihre beiden Mütter kurz vorausgegangen waren.

»Die nächste Verwaltergeneration wird hier entstehen!«

Noch vor einer Woche hätte Una das als die dumme Prahlerei eines jungen Kansa abgetan, aber in diesem Augenblick hatte seine Äußerung an der Grenze in ihren Gedanken gezerrt. Wie konnte er so sicher sein, dass sein Nachwuchs eines Tages gewählt werden würde?

Diest war nicht mehr zurückgekommen und Ozora hatte beim Abschied verkündet, dass sie einen formellen Besuch von Hagen bei Elsen nach diesem Treffen für überflüssig hielt. Alles war beschlossen, alle waren informiert. Una hatte den Zorn in Elsens Augen so deutlich gesehen, dass es sie erstaunte, wie blind Hagen und seine Mutter dafür waren.

Nach ihrer Rückkehr war Elsen schweigend an ihren Terminal gegangen und hatte versucht herauszufinden, welches Problem den Verwalter beschäftigt hatte. Für Firmament war es ein ruhiger Abend gewesen, das Problem konnte nicht technischer Natur gewesen sein. Una hatte sich in ihr Zimmer zurückgezogen und lag unglücklich in ihrem Bett, weil Elsen ihr das Versprechen abgerungen hatte, die wenigen verbleibenden Nachtstunden nicht für einen Ausflug zu nutzen. Wenn sie ehrlich war, hatte sie der Abend zudem extrem erschöpft und sie wusste, dass sie Kraft sammeln musste. Sie hörte Elsen im gemeinsamen Wohnzimmer umhergehen. Sie muss doch auch wissen, dass das nicht meine Zukunft sein kann, dachte sie, bevor die Müdigkeit sie überfiel, und wäre überrascht gewesen, wie nah sie damit den Gedanken ihrer Mutter kam.

Neunundzwanzig

Una erwachte, bevor die Tagbeleuchtung die Kuppeldächer erhellte, holte das Band aus der Tasche ihres Overalls und drehte es in der Hand. Obwohl es vor langer Zeit von Aventh gefunden worden war, war es für Una innerhalb der Kuppeln der einzig fühlbare Beweis, dass es Thau gab. Sie strich zärtlich über die fremde Struktur des Lederbandes und konnte sich nicht erinnern, in ihrem Leben etwas so herbeigesehnt zu haben wie das Wiedersehen mit der Herbstläuferin.

Sie sah Thau zusammengerollt auf der Matte im Zelt liegen.

Sie konnte sich gleichzeitig nicht daran erinnern, jemals vorher so ruhelose Angst gefühlt zu haben.

Als sie Elsen hörte, küsste sie das Band und verbarg es im grauen Overall unter ihrem Bett. Zum Glück schien Elsen mit eigenen Gedanken beschäftigt und sie tranken schweigend eine Tasse Tee. Bevor sie die Wohnung verließ, drehte Elsen sich zu Una um.

»Sie war früher anders, Ozora, meine ich. Wir sind gemeinsam aufgewachsen und sie war scheu und freundlich. Das Leben in der Verwaltung hat seine eigenen Herausforderungen. Vielleicht ist diese lärmende Arroganz eine Fassade und wenn ihr mehr Kontakt habt, zeigt sie ihr wahres Gesicht.«

»Vielleicht ist die große Kuppel der Mitte aus Zuckerguss.«

Una konnte nicht anders als Elsen wissen zu lassen, was sie von dieser Theorie hielt.

Was den Tag in den folgenden Stunden noch unerträglicher als den vorausgegangen machte, waren die vielen Nachfragen ihrer Freundinnen und Arbeitskolleginnen, die sie nötigten, den vergangenen Abend in leuchtenden Bildern zu schildern. Enne setzte sich direkt zum Frühstück mit erwartungsvollem Blick neben sie.

»Und? Ich habe gehört, dass Hagen dir eure Wohnung gezeigt hat. Wart ihr allein?« Una fragte sich, wie sie den wieder einmal schlecht gesüßten Brei bei sich behalten sollte, wenn selbst ihre beste Freundin den Tag mit Anzüglichkeiten begann.

Heute Abend bin ich bei Thau, sagte sie sich in einer endlosen Schleife in der Hoffnung, dass der Gedanke an die Herbstläuferin sie vor der trägen Zeit und den vielen Fragen schützen würde.

»Du schweigst und genießt?«

Enne fand zügig eine Erklärung für Unas Verhalten, die mit ihrer Sicht auf die Welt übereinstimmte. Ich schweige und genieße, dachte Una, und wenn du wüsstest, was ich genieße, würdest du dafür stimmen, dass man mich zur Korrektur einsperrt. Du würdest mich verachten und nie wieder mit mir sprechen. Sie versorgte Enne mit ein paar Informationen zum üppigen

Abendessen und zur Wohnung und sah in den Augen der Freundin, wie fasziniert sie von jedem kleinen Detail war.

»Bist du sicher, dass es Melonen waren? Ich dachte, die bauen wir nicht mehr an, weil der Anbau kompliziert ist.«

»Es waren Melonen. Und Avocados und Auberginen.«

Wenn Una gehofft hatte, dass ihre Aufzählung den Funken der Rebellion in Enne wecken würde, sah sie sich getäuscht. Ihre Freundin war hemmungslos begeistert von den schönen Dingen, die sie nicht hatte. Hatte sich seit der Apokalypse irgendjemand irgendwo gegen die herrschenden Zustände erhoben? Una musste sich das nicht fragen, denn die Antwort lag auf der Hand. Dass sie das Wort Rebellion überhaupt kannte, hatte sie Elsen und ihrem Unterricht zu verdanken, der weit über das angemessene Wissen einer Kansa hinausgegangen war. Sie sah zu ihrer Mutter hinüber, die mit anderen Technikern an einem großen Tisch saß und sich angeregt unterhielt.

Du hast meinen Geist für diese Zeit geöffnet, Elsen. Hast du gehofft, dass sie kommen würde?

Da sie endgültig als genesen galt, musste sie ihren unterbrochenen Dienst in den Agrarkuppeln beenden und das sorgte dafür, dass die von Enne informierten jungen Kansafrauen sie zwischen Sojabohnen und Reis mit weiteren Fragen bombardierten. Es war erstaunlich, wie viele Details des Abends Gesprächsstoff in den Gängen der Kuppeln waren.

»Du hast Hagen drei Kinder versprochen?«

Mazy sprudelte den Satz heraus und alle sahen Una erwartungsvoll an, der ruckartig klar wurde, woher diese Informationen stammten. Sie sah Hagen vor sich, wie er heute Morgen seine Version des gestrigen Abends an den Frühstückstischen von Firmament verbreitet hatte.

»Ich habe Hagen nichts dergleichen versprochen, ihr wisst doch alle, wie schwer es ist, Kinder zu bekommen. Kennt ihr jemanden, der Geschwister hat? Irgendjemanden? In irgendeiner Kuppel?«

Die kleine Gruppe, die bis jetzt kichernd und leise plappernd auf ihre Antwort gewartet hatte, wurde still. Mazy und die anderen sahen sie verletzt an. Zum einen, weil sie ihnen das Gespräch über die Träume und Wünsche, die mit den Verbindungen einhergingen, verdarb, zum anderen, weil sie eine Tatsache ansprach, die man nicht thematisierte.

Una rief sich zur Ordnung.

»Entschuldige, Mazy! Es ist nicht ganz so leicht, mit dem Sohn des Verwalters verbunden zu werden, wie ich dachte. Da warten viele Veränderungen und Verpflichtungen auf mich. Und Feste, natürlich.«

»Feste?«

Mazy brauchte nicht viel, um ihren vorherigen Gesprächskurs wieder einzuschlagen und Una teilte bereitwillig ein paar Neuigkeiten mit ihr und der Gruppe.

»Wie glücklich du sein musst.«

Mazy war tief beeindruckt.

»Ich bin unfassbar glücklich.«

Una sah in die Runde und ließ ein wenig von dem Glück, das sie fühlte, herausströmen. Die anderen umringten sie und teilten aufgeregt lachend ihre Pläne für die eigenen Verbindungen. Una nickte allen zu, bis ihr der Nacken schmerzte. Ich bin glücklich und ich werde wahnsinnig, wenn ich noch einmal so lange ohne Thau sein muss, dachte sie.

Dreißig

Una konnte nicht glauben, dass die dunklen Abendmotive endlich auf die Kuppelflächen gekrochen waren und sie sich im Schutze der Nacht auf den Weg zu Thau machen konnte. Ihre Aufregung war mit jeder Stunde größer geworden und Bilder der schönen Herbstläuferin durchfluteten sie, ohne dass sie das verhinderte. Sie packte ein paar leckere Kekse in ihren Rucksack und faltete einen sauberen Anzug sorgfältig immer neu zusammen, um nicht die Sekunden zu zählen. Elsen wusste, dass sie heute hinausgehen würde und blieb der Wohnung auch nach dem Erklingen des Kansaliedes fern.

Una schloss die Tür hinter sich und trug den Rucksack in einer Hand, so wie man ihn in den Kuppeln für kurze Wege trug. Sie ging in die entgegengesetzte Richtung der stillgelegten Kuppel und kehrte auf einem Umweg zurück, ohne jemandem zu begegnen, den sie kannte. Die Nachtbeleuchtung der Kuppeln zeigte eine dunkle Fläche mit kleinen und großen roten Punktformationen, eine seltsame Abwandlung des Sternenhimmels, die natürlich niemand bemerkte.

Draußen vor der Schleuse war die Nachtluft warm und Una konnte es nicht mehr abwarten, mit Thau zum Fluss zu gehen. Die Vorstellung, wie sie sich beide nackt im Wasser hielten und berührten, hatte ihr in den vergangenen achtundvierzig Stunden mehrmals Empfindungen beschert, die sie nicht kannte.

Sie fühlte sich frei und stark.

Gemeinsam würden sie jede Aufgabe, die ihnen dieses zerrissene Leben stellte, bewältigen. Sie rannte den Hügel hinauf, holte an der Bank tief Luft und stolperte im Lichtstrahl der Taschenlampe ins Veld hinunter. Ob Thau schon einmal eine Melone gegessen hatte? Ich muss ihr davon erzählen, wie süß und gleichzeitig herb sie auf der Zunge schmeckt, und dass mich der Geschmack an unsere gemeinsame Nacht erinnert hat. Genau wie der Geschmack der Avocado und der Aubergine. Sie muss wissen, dass ich am gestrigen Abend ununterbrochen an sie gedacht habe. Ob sie an mich gedacht hat? Ein Stein kullerte vor ihr die letzten Meter des Hügels hinab und sie beneidete ihn um jeden Meter, den er ihr voraus hatte. Gleich, dachte sie, gleich küsse ich sie und wir waschen Hagens Blicke, Ozoras Zukunftspläne, die Regeln der Siedlung über den Schächten und die einsamen Nächte im Veld im Fluss ab.

Sie teilte die Büsche und Sträucher und stürmte freudig in die kleine Lichtung.

»Thau?«

Ihre Taschenlampe beleuchtete den Platz mit wenigen Bewegungen und ihr Herz blieb stehen. Die Lichtung war leer. Fleck war nicht mehr an den Baum gebunden, die Körbe, der Packsattel und das Zelt waren verschwunden und Thau saß nicht lächelnd auf ihrer Matte. Der Boden war von kleinen Blättern übersät und aufgewühlt, aber sonst gab es keine Spuren, dass hier ein Lager gewesen war.

»Nein.«

Una sagte das laut, bevor sie begann, nach Thau zu rufen. Sie bog mit ihren Händen immer neue Zweige auseinander, die ihr mit ihren Blättern und Ästen ins Gesicht schlugen und ignorierte die Dornen an anderen.

»Thau!«

Der Name der Herbstläuferin eilte ihr durch das Dickicht voraus, doch außer dem Rascheln und Knacken der Büsche gab es keine Antwort. Una fühlte eine Verzweiflung, die alles andere in ihr verschlang.

»Nein!«, sagte sie wieder laut. Es musste eine Erklärung geben. Thau würde nicht wortlos verschwinden. Nicht nach allem, was zwischen ihnen passiert war. Sie sah sich hektisch um. Hatte Thau ein neues Lager aufgeschlagen? Das hatte sie doch schon einmal getan. Vielleicht näher am Fluss? Una durchbrach das Unterholz, ohne auf die Schmerzen an ihren Händen zu achten, und lief in die Nacht hinaus, ohne die Richtung zum Fluss zu kennen. Sie blieb nach ein paar schnellen Schritten stehen und sah sich um. Der warme Wind flüsterte leise mit den niedrigen Büschen, die Sterne funkelten kühl und distanziert, der Mond hatte den Bauch eingezogen und geizte mit seinem Licht. In der alles verschlingenden Dunkelheit gab es keinen Hinweis auf die Richtung.

Sie hatten die Hügelkette hinter sich gelassen, und dann?

Waren sie eher rechts oder links in die Unendlichkeit des Veldes gelaufen?

War Thau geradeaus vor ihr her zum Fluss gegangen?

Una hasste sich dafür, dass sie sich nicht daran erinnern konnte. Sie richtete ihre Taschenlampe ziellos in die Nacht und umkreiste das Lager in größer werdenden Ringen. Büsche, kleine Bäume, Sträucher und Felsen, aber kein Lama und keine Herbstläuferin.

»THAU!«

Sie schrie den Namen so oft und so laut, dass ihr der Hals davon brannte und ihre Stimme heiser wurde. Ihr Körper war ein einziger großer Schmerz. Ein brennender, unerträglicher Schmerz, der wie auf einer eigenen Blutbahn durch ihren ganzen Körper pulsierte. Das Veld blieb davon unbeeindruckt still. Wenn irgendjemand in der Nähe war, konnte er ihre lauten Schreie nicht überhören.

Vielleicht ist ihr etwas zugestoßen auf dem Weg zum Fluss, vielleicht war sie schwimmen gestern Nacht und ist gestolpert … dann muss ich sie suchen, sie liegt dort draußen hilflos, so, wie ich sie gefunden habe … Ich muss los … Ich muss sie finden und zurückbringen. Unas Gedanken versuchten, der Situation einen Sinn zu geben, den sie ertragen konnte, aber ihr Verstand schritt ein. Warum sollte Thau Zelt und Körbe aufladen und Fleck mit zum Fluss nehmen? Sie hatte gewusst, dass Una heute kommen und nach ihr suchen würde.

Die Angst, die Una in den vergangenen Stunden immer wieder unterdrückt hatte, brach aus und wurde ein riesiges wildes Tier, das alle ihre Empfindungen übernahm und sie anbrüllte, trat, tobte und schlug.

Ein Drache, dachte Una, die Angst ist ein Drache.

Sie drängte sich durch die Büsche zurück zur Lichtung, hockte sich auf den Boden, genau dorthin, wo Thaus Zelt gestanden hatte, und blieb regungslos sitzen. In ihrem Kopf schrien tausende von Gedanken durcheinander und der befreite Drache tobte. Die Zeit verging und schließlich erklang das Signal ihrer Uhr. Una erhob sich wie im Traum und zwang sich, langsam auf die Kuppeln zuzugehen. Der Weg den Hügel hinauf schien steiler und sie hielt oft an, um Luft zu holen und sich umzudrehen. Das Veld hinter ihr war so dunkel, wie es ihr ganzes Leben lang gewesen war.

Warum bleibe ich nicht hier draußen sitzen und warte auf den neuen Tag oder den Tod?

Sie zwang sich, einen Fuß vor den anderen zu setzen, erreichte die Hügelkuppe und starrte auf die Kuppeln im Tal. Silberbeulen hatte Thau sie genannt und in der trügerischen Sicherheit ihrer Umarmung hatten sie gemeinsam darüber gelacht. Diese silbernen Beulen sind deine einzige Zukunft, dachte Una, festgelegt und unabänderlich. Sie griff in den Sand des Bodens, als könne er ihr Halt geben, aber der Sand rieselte uninteressiert durch ihre geballte Faust.

Ich kann nicht alles, woran ich glaube, auf einmal aufgeben. Ich weiß sonst nicht mehr, wer ich bin, hatte Thau gesagt, und der Satz entwickelte in Unas Kopf ein Eigenleben.

Wie hätten zwei Frauen sich gegen die Gesetze der Kuppeln und der Schächte behaupten sollen?

Wie hätten sie ihre Liebe füreinander leben sollen?

Wo hätten sie leben sollen?

Wer hätte ihnen, die gegen alle Regeln verstoßen hatten, Schutz geboten?

In dieser Welt gab es für sie beide und das, was sie fühlten, keinen Platz. Una sah zurück in die endlose Dunkelheit. Thau hatte das nach ihren Küssen klarer als sie erkannt und war zurück nach Fundament gezogen. Sie hatte die letzte Grenze nicht überschritten und war zu dem Leben, für das sie bestimmt war, zurückgekehrt. Die Herbstläuferin aus der Siedlung über den Schächten hatte ihr nicht einmal einen Gruß hinterlassen.

Warum ausgerechnet dieses winzige Detail brennend schmerzte, konnte Una sich nicht erklären.

Einunddreißig

Elsen fand Una zusammengerollt auf dem Boden vor ihrem Bett, als sie am Morgen nach ihr sah.

»Kind!«

Der Schrecken, der sie ergriff, jagte ihr das Blut aus dem Kopf und sie fühlte sich schwindelig. Dafür ist jetzt keine Zeit, dachte sie und war mit zwei schnellen Schritten neben ihrer Tochter.

»Una? Bist du verletzt?«

Sie drehte die regungslose junge Frau auf den Rücken und versuchte sie aufzurichten. Una reagierte nicht auf ihre Fragen, ließ aber zu, dass sie sie aufrecht gegen den Bettrahmen setzte. Ihr Gesicht war tränenüberströmt und geschwollen, aber ansonsten ließen sich von Elsens kundigen Händen an ihrem Kopf und Körper keine Verletzungen ertasten und der Anzug zeigte keine Blutflecken.

Una sah mit verschwommenem Blick zu, wie ihre Mutter sie untersuchte und die Berührung kam ihr nach Stunden allein in der Dunkelheit unwirklich vor. Alles war unwirklich, seit sie den verlassenen Platz im Veld vorgefunden hatte. Ihr Kopf hatte versucht zu fragen und zu verstehen, was geschehen war, während ihr Körper in kochendem Wasser ertrunken war. Alle Befürchtungen rund um Hagen und die Verbindung waren zu einer fernen Erinnerung geworden.

War ihr das wichtig gewesen?

Der brodelnde Schmerz hatte mit unterschiedlichen Bildern von Thau gnadenlose Schneisen der Verwüstung in ihre Gedanken gezogen und Una, die zu Anfang ziellos zwischen Bett, Schrank und Tür auf- und abgegangen war, um ihnen zu entkommen, hatte sich schließlich wehrlos auf den Boden fallen lassen.

»Das kannst du doch nicht tun, das kannst du doch nicht tun, das kannst du doch nicht tun …«

Sie hatte den Satz stundenlang vor sich hin gemurmelt, als könne er, wenn sie ihn lang genug aneinanderreihte, Thau auf ihrem Weg erreichen, sich wie ein Seil um sie legen und sie zu ihr zurückziehen.

Elsen sprach sie wieder an und Una setzte sich den Sinn ihrer Frage zusammen. »Was ist denn passiert, Kind?«

Die Hand ihrer Mutter strich ihr zärtlich über die Wangen und sie sah die Tränen in ihren Augen. Una suchte im verkohlten Treibgut ihrer Gedanken nach einem Satz, der es bis in die Welt der belanglosen Dinge schaffen würde, fand aber nur ein Wort.

»Sie …«

Dann begann sie wieder zu weinen.

Elsen hatte befürchtet, dass der Besuch bei Ozora ihre rebellische und intelligente Tochter nachhaltig deprimieren würde, mit einer so starken Reaktion hatte sie jedoch nicht gerechnet. Am gestrigen Tag hatte Una zwar unruhig, aber gefasst gewirkt, jetzt war sie zutiefst erschüttert und verzweifelt. Elsen legte vorsichtig die Hand auf die Stirn ihrer Tochter, wie sie es getan hatte, als diese ein Kind gewesen war. Ich kann sie nicht zum Gesundheitsdienst bringen, wie soll ich erklären, warum sie außer sich ist. Außer sich, ihre Wortwahl bei diesem Gedanken machte ihr Angst. Ein solches, für die Gemeinschaft unerklärliches Verhalten würde eine Korrektur nach sich ziehen und Ozora auf den Plan rufen. Wie würde sie reagieren, wenn die schon in allen Details geplante Verbindung ihres Sohnes durch eine mentale Verwirrung in Gefahr geriet? Elsen sah die abgeschlossenen Türen zu den Gängen der Korrektur vor sich. Alles, was einer abgeschlossenen Gesellschaft gefährlich werden konnte, musste im Keim erstickt werden, das galt nicht nur für Viren und Bazillen.

Sie half ihrer Tochter ins Bett, zog ihr vorsichtig den Overall aus und deckte sie zu. Una ließ das alles ohne Gegenwehr geschehen, sie schien ihre Umwelt nur teilweise wahrzunehmen und sich in ihrer eigenen Welt zu befinden. Elsen holte das Medikament gegen Schmerzen und ließ zwanzig Tropfen in einen Becher fallen, den sie Una mit Wasser zu trinken gab. Das starke Mittel würde sie schlafen lassen und Elsen Zeit geben zu überlegen, was jetzt zu tun war.

Unas Zustand durfte nicht bekannt werden und das hieß, dass sie der Gemeinschaft eine glaubhafte Erklärung für den erneuten Ausfall ihrer Tochter liefern musste. Eine Erklärung, die weder die Verwaltung noch die Gesundheitsdiener alarmierte und die

Una ihrer Pflege überlassen würde. Unas Atem wurde langsam ruhiger und das unterdrückte Schluchzen ließ nach. Elsen strich ihr die Haare aus dem Gesicht und küsste sie sanft auf die Wange. Selbst im Schlaf sah Una nicht friedlich, sondern angespannt aus, ihr Mund war zusammengepresst, sie zog die Knie an den Körper und rollte sich schutzsuchend zusammen. Ich muss sie beschützen. Elsen schrieb ihrer Tochter eine Nachricht, legte sie auf den kleinen Tisch neben ihr Bett und ging hinaus.

Obwohl sie es hasste, die Funktionen des weiblichen Körpers für eine Auszeit zu benutzen, meldete sie Una mit schweren Menstruationsbeschwerden in den Agrarkuppeln ab. Die zuständige Kansa wirkte verständnisvoll und bat darum, informiert zu werden, falls sich die Beschwerden länger als einen Tag hinzogen. »Das wollen wir doch nicht hoffen, ich werde ihr gleich einen Tee aus Schafgarbe und Brennnesseln kochen und morgen geht es ihr sicherlich wieder besser. Du weißt ja, wie das ist. Einigkeit.«

Elsen hoffte, dass sie vierundzwanzig Stunden gewonnen hatte, um zu Una durchzudringen. Sie ging vor ihrem Dienst schnell zu den Kräutern, um ihrer Geschichte die nötige Glaubwürdigkeit zu verleihen, und versuchte in den nächsten Stunden, ihre Arbeit aufmerksam zu verrichten.

Una erwachte am Mittag und für einen wunderbaren Augenblick waren ihr die Ereignisse der Nacht nicht bewusst. Sie hatte von Thau geträumt, die neben ihr auf dem Hügel gesessen und gelacht hatte. Du bist so schön, hatte sie Thau in die kurzen dunklen Haare geflüstert und ihren Duft tief eingeatmet. Als die Realität der letzten Nacht sie einholte, war der Schlag genauso brutal und schmerzhaft wie der erste Anblick der verlassenen Lichtung.

Thau hatte sie verlassen und sie konnte nichts tun. Nichts.

Sie würde nie erfahren, was die Herbstläuferin zu diesem drastischen Schritt bewogen hatte, und nie hören, ob er für sie schwer gewesen war. Sie würde nie hören, ob sie sicher in Fundament angekommen war und wie sie dort lebte. Mit wem sie dort lebte. In den wenigen klaren Augenblicken der letzten Nacht hatte sie sich einzureden versucht, dass Thau diesen Weg gewählt hatte, weil sie den persönlichen Abschied von Una nicht ertragen hätte. Der Trost, den sie sich von dieser Überlegung versprochen hatte, hatte nicht eingesetzt. Stattdessen hatte sich die hoffnungslose Wut darüber, dass Thau ihr die Möglichkeit, sie anzuflehen, genommen hatte, mit ihrer Verzweiflung vermischt und war zu dem gnadenlos tobenden Schmerz geworden.

Ich hätte dich angefleht, das nicht zu tun, hatte sie gedacht, ich hätte dich auf Knien angefleht. Genauso lange, wie du deinen Gott angefleht hast und genauso hoffnungslos.

Sie richtete sich langsam auf und sah das Blatt Papier auf dem Tisch liegen. Sie erinnerte sich verschwommen daran, dass Elsen sie gefunden und ins Bett gelegt hatte. Sie zog den eng beschriebenen Zettel dicht vor die Augen und wartete darauf, dass die Buchstaben sich zu einem Sinn zusammensetzten. Die Nachricht bestand aus vorsichtigen Worten und versicherte ihr, das Elsen den Tag heute für sie geklärt hatte. Um alles andere würden sie sich heute Abend gemeinsam kümmern.

Es gibt nichts mehr, um das ich mich kümmern müsste, dachte Una. Sie griff nach den Schmerztropfen, ließ eine nicht gezählte Menge in ihren Mund tropfen und legte sich auf das Band, das sie geküsst und unter ihr Kissen gesteckt hatte. Egal, ob der Tod oder ein langer Schlaf auf sie wartete, es würde ein Ort sein, an dem sie ein Leben ohne Thau nicht ertragen musste.

Zweiunddreißig

Una fühlte einen bitteren Geschmack auf der Zunge und brennende Magensäure schoss ihr aus dem Hals in den Mund. Sie übergab sich heftig und bemerkte erst dann, dass Elsen ihren Kopf über eine Schüssel neben dem Bett hielt.

»Gut so, gut so«, murmelte ihre Mutter und strich ihr die schweißnassen Haare aus dem Gesicht. Una würgte den gesamten Mageninhalt hervor und ihr Kopf wurde mit jedem der schmerzhaften Krämpfe klarer. Elsen wischte ihr den Mund ab und legte sie vorsichtig zurück auf das Kissen, als nach einiger Zeit die Krämpfe ausblieben.

»Was hast du getan? Was, wenn ich nicht nach dir geschaut hätte? Wie hätte ich ohne dich leben sollen?«

Una hörte, sah und fühlte die Angst in Elsens verzweifeltem Schluchzen gleichzeitig, als hätten die Krämpfe ihre Empfindungen für dic Außenwelt wieder in Betrieb genommen. Sie stöhnte auf. Zu ihrem Schmerz gesellte sich eine Scham darüber, dass sie Elsen vergessen hatte. Sie drückte ihre Mutter fest an sich und schluckte, um das Brennen im Hals zu unterdrücken. Ihr Körper schmerzte, ihr Mund schmeckte sauer und bitter. Sie rückte ein Stück zurück und sah Elsen in die Augen. Es wäre leicht gewesen, die vielen

Tropfen zu einem Versehen zu erklären und Elsen damit eine Erklärung zu geben, mit der sie leben konnte. Oder ihre Tat auf die Zukunft mit Hagen zu schieben. Ein spontaner Akt der Verzweiflung, eine Reaktion auf die Anforderungen der Verbindung. Ich kann das nicht mehr, dachte Una und der klare Gedanke legte sich wohltuend kühl über den aufflammenden Schmerz.

Elsen reichte ihr ein Glas Wasser, das sie dankbar in kleinen Schlucken trank.

»Una? Es tut mir so leid, dass ich dir jetzt auch noch Fragen stelle und Vorwürfe mache. Ich bin so …«

Elsen fand keine Worte, um den Moment zu beschreiben, in dem sie ihre Tochter leblos im Bett entdeckt hatte und innerlich schreiend zu den Kräutern gelaufen war, um ruhig und mit einem Scherz über die Wirkung verdorbener Bohnen die Bittertropfen zu bekommen. Die Angst, dass sie zu spät zurückkommen könnte, hatte sie nahezu umgebracht.

»Fühlst du dich besser?«

Una nickte und richtete sich auf, ohne den Blickkontakt zu Elsen zu unterbrechen. Ihr Kopf war müde und viele Gedanken bewegten sich schwimmend in unterschiedliche Richtungen. Sie fischte einen heraus.

»Es gibt etwas, das ich dir schon lange hätte sagen sollen.«

Una holte durch ihren schmerzenden Brustkorb tief Luft.

Das war der Augenblick.

Jetzt.

Hier.

»Du weißt nicht, wie du ein Leben mit Hagen und Ozora ertragen sollst?«

Elsen wollte es ihrer Tochter so leicht wie möglich machen.

»Ja, das auch …«

Una nahm einen zweiten Anlauf.

»Ich habe im Veld etwas gefunden, so wie mein Vater damals … und doch ganz anders … ich …«

Elsen senkte schuldbewusst den Blick und hob den Arm, um sie zu unterbrechen. Unsere Geheimnisse töten uns, dachte sie und sagte: »Bevor du weiter sprichst … es gibt etwas, das ich dir hätte sagen müssen. Ich bin nicht sicher, was Aventh damals gefunden hat, aber wenn es das Band war, hat er es nicht im Veld gefunden … er hat es hier in den Kuppeln entdeckt.«

»Was?«

Una bemühte sich, die Nebel der Tropfen zu vertreiben und zu verstehen, was sie gerade gehört hatte.

»Er hat das Band in Firmament gefunden? Bist du sicher?«

In Una ordneten sich die vorhandenen Informationen neu und dieses Gefühl war schon fast vertraut geworden. Der Nebel in ihrem Kopf und der Schmerz in ihrem Herzen ließen es aber nicht zu, dass sie weitere Schlüsse zog.

Elsen nickte langsam.

»Ganz sicher. Ich habe ihn gefragt, ob er etwas im Veld gefunden hätte, und er hat gelacht und gesagt, dass er etwas in den Kuppeln gefunden hat. Er war so aufgeregt, damals habe ich geglaubt, dass er von einer neuen Idee spricht. Aber wenn er das Band gefunden und das Material analysiert hat, dann wusste er, dass es nicht aus Firmament stammen konnte. Und er war aufgeregt, weil das hieß, dass es jemanden in den Kuppeln gab, der Kontakt zu einer anderen Siedlung, anderen Kansa hatte. Jemanden, der weiter als bis zur Bank ging.«

»Bis nach Fundament.«

Una zog das Band unter ihrem Kissen hervor und reichte es Elsen.

Elsen nahm das Band und betrachtete die Buchstaben.

»Du glaubst, dass eine andere Siedlung diesen Namen trägt?«

»Ich weiß es.«

Una nahm das Band an sich und verschloss es in ihrer Hand, als könne sie Thau damit beschützen.

»Weil du etwas gefunden hast, das das beweist?«

Es gab ein letztes Zögern in Una, bevor sie ihre Entscheidung traf.

»Weil ich jemanden liebe, der dort lebt.«

Elsens Augen weiteten sich und sie schlug sich die Hand vor den Mund. Was immer sie erwartet hatte, diese Antwort erschütterte sie in ihren Grundfesten. Sie musste ihre Hände fest zusammenpressen, damit sie nicht zitterten, und zwang sich, ruhig zu werden. Ihr an Stress gewöhnter Kopf folgte dem Befehl, als gäbe es ein bedrohliches Problem in den Kuppeln zu lösen, und sortierte die herumliegenden Mosaiksteine in hohem Tempo an ihre Plätze. Una, die mit leuchtenden Augen jede Nacht ins Veld verschwunden war, Una die am Tag träumte und Lebensmittel für die Nacht stahl, Una, deren Augen einen neuen Ausdruck bekommen hatten. Warum habe ich das nicht sehen wollen?

Die Antwort kam genauso schnell wie die Frage, als hätte sie nur auf diesen Moment gewartet.

Weil das Undenkbare uns besser gefangen hält, als es die Kuppeln jemals könnten.

Elsen nahm die Hand vom Mund und stellte sich der Realität. Draußen vor den Kuppeln wartete ein fremder Mann auf ihre Tochter und sie verbrachte ihre Nächte mit ihm. Aber das allein erklärte Unas plötzliche Verzweiflung nicht.

Una konnte sehen, wie Elsen ihre Enthüllung nach und nach durchdachte und wartete, bis sie ihre Gedanken vorsichtig formulierte.

»Du hast dich jede Nacht mit ihm getroffen und die Liebe der Verbindung ist zu euch gekommen. Und jetzt ist er ohne dich zurück nach Fundament gegangen?«

Elsen wollte ihre Tochter tröstend an sich ziehen, aber die blieb gerade sitzen und nickte.

»Sie. Sie ist ohne mich zurück nach Fundament gegangen.«

Dreiunddreißig

Elsen versuchte, ihr spontanes Entsetzen über Unas Enthüllung nicht nach außen dringen zu lassen und bemerkte zu ihrer eigenen Verwunderung, dass das Gefühl mit jedem Satz, den Una äußerte, von allein geringer wurde. Es war, als müsse sie in eine unbekannte Frucht beißen, von der sie sicher gewesen war, dass sie den Geschmack nicht mögen würde, um dann mit jedem neuen Bissen zu bemerken, wie angenehm und vertraut sie schmeckte. Sie erlebte in den Worten, die ihre Tochter ihr abwechselnd klar und mühsam schluchzend erzählte, eine Begegnung, die so unerhört und undenkbar war, dass sie nicht anders konnte als die beiden Frauen, die sich diesem Wagnis offen gestellt hatten, zu bewundern.

Und sie erlebte in Unas Worten klar und deutlich den Beginn einer Liebe mit.

So habe ich für Aventh gefühlt, dachte sie, genau so, und lauschte gespannt und berührt zugleich.

Una durchlebte die letzten Tage mit jedem Wort, das sie Elsen preisgab, und das war gleichzeitig eine schwere Bürde und eine Last, die ihr von den Schultern genommen wurde. Es war, als würde Thau lebendiger, weil es jetzt einen weiteren Menschen gab, der von ihr wusste.

»Das ist ihr Name? Thau?«

Elsen testete vorsichtig die ungewohnte Aussprache, die ihrer Tochter mühelos über die Lippen kam.

»Ja. Und sie ist die erste Herbstläuferin der Siedlung über den Schächten. Sie ist alleine ins Veld gezogen, um nach Dingen zu suchen, die das Leben in ihrer Siedlung verbessern könnten. Jurrka hat ihr das ermöglicht, ihr bester Freund, der bei den schweigenden Mönchen gelebt hat und an der Lungenseuche gestorben ist. Ansonsten hätte ihr Gott das niemals zugelassen. Wenn du sie sehen könntest, Elsen.«

Una begann wieder zu weinen.

»Sie ist schlau und schön und stark und wenn sie lacht, wird die ganze Welt heller. Sie hat mir den Fluss gezeigt und sie kann schwimmen.«

Elsen ließ sich die Worte und Zusammenhänge, die sie nicht kannte, von Una erklären, nicht nur, weil sie sie verstehen wollte, sondern weil Una das beruhigte.

Da draußen ist eine andere Welt, die von anderen Menschen gelebt wird, dachte sie. Aventh hatte recht gehabt. Die Erkenntnis verstärkte ihr Schuldgefühl. Wenn ich nicht ängstlich und angepasst gewesen wäre, hätte er sein Geheimnis mit mir geteilt und es nicht nur angedeutet. Das wird mir nicht noch einmal passieren.

Sie hörte Una konzentriert zu und als sie zu dem Punkt kam, an dem Una das verlassene Lager im Veld entdeckt hatte, hielt sie den von Weinkrämpfen geschüttelten Körper ihrer Tochter dicht an sich gepresst, um etwas von ihrem Schmerz zu übernehmen.

Es war Abend geworden und das vertraute Lied erklang. Wir schaffen Lebenszeit, Einigkeit, Einigkeit, Einigkeit, sang der körperlose Chor in allen Koms, in allen Räumen der Kuppeln und stellte sicher, dass eine weitere Nacht in der falschen Realität von Firmament tatenlos verschlafen wurde.

Elsen stand entschlossen auf und hielt ihrer Tochter eine Hand hin.

»Kannst du aufstehen?«

Una nickte und zog sich an der Hand ihrer Mutter auf die Füße. Ihr war schwindelig und der ganze Brustkorb schmerzte von den heftigen Krämpfen, die die Bittertropfen ausgelöst hatten, aber in den Augen ihrer Mutter war eine Stärke und eine Klarheit, an der sie sich aufrichten konnte.

»Ich weiß von der Liebe nur das, was ich selber erlebt habe, aber ich denke, das reicht aus, um sicher zu sein, dass Thau dich niemals wortlos verlassen hätte. Wenn sie dir keine Nachricht hinterlassen hat, ist ihr etwas zugestoßen oder sie ist nicht freiwillig gegangen.«

Elsen wusste, dass sie sich mit ihrem Versuch, ihre Tochter zu stärken, auf einem schmalen Pfad bewegte. Wenn Una in vollem Umfang verstand, was sie sagte, würde sie das in eine noch tiefere Krise stürzen.

Unas Augen wurden bei Elsens Worten erst weit und verengten sich dann wieder. Ihr Schmerz verstellte ihr den Weg zu abstrakteren Schlüssen.

»Sie kann nicht schreiben, Elsen. Wie hätte sie mir eine Nachricht hinterlassen sollen? Und wir haben die Regeln ihres Gottes gebrochen.«

Una verlor den kleinen Hoffnungsschimmer beim Sprechen wieder aus den Augen und Elsen drückte sie beruhigend an sich.

»Ich bin überzeugt, dass sie einen Weg gefunden hätte, und deshalb werden wir gemeinsam herausfinden, was ihr passiert ist. Jetzt gleich! Heute Nacht!«

Una konnte nicht glauben, was sie hörte, aber Elsen wechselte bereits die Schuhe, suchte nach ihrem Rucksack und der extra starken Taschenlampe.

Nach all diesen Jahren will sie wieder mit dir hinausgehen, um Thau zu suchen.

Una kamen die Tränen, aber die Geste ihrer Mutter weckte auch einen Funken Kampfgeist in ihr. Die Aussicht, ihr Schicksal nicht mehr tatenlos annehmen zu müssen, nicht hilflos zusehen zu müssen, wie die Tage und Jahre ihres Lebens in Firmament ohne die Frau, die sie liebte, verrannen, gab ihr genug Antrieb, um sich anzuziehen.

Vierunddreißig

Wie bei den Ausflügen ihrer Kinderzeit trug nur Elsen einen Rucksack. Sie ging mit schnellen Schritten voraus und Una stolperte mit schwammigem Kopf und auf unsicheren Füßen hinter ihr her. Sie hatte vergessen, dass Elsen sich im Veld gut und geschickt bewegte, und so standen sie schnell an der Bank. Elsen nahm einen Schluck Wasser und atmete durch. Sie reichte Una die Wasserflasche und das Wasser lief kühl durch Unas wunden Hals.

Obwohl die Wirkung der Tropfen langsam nachließ, kam Una alles um sie herum wie ein seltsamer Traum innerhalb eines schrecklichen Albtraums vor. Die Nacht war klar und dunkel, eine verwischte Spur aus Sternen zog sich wie vergossene Hafermilch über den gesamten Himmel.

Elsen blickte wortlos auf das dunkle Tal zu ihren Füßen und kurz in die Endlosigkeit der weit entfernten Himmelskörper. Für dich, Aventh, dachte sie und setzte den ersten Fuß auf einen Weg, den sie noch nie betreten hatte. Una folgte ihr schweigend den Hügel hinab und übernahm im Tal die Führung. Sie hielt auf die dichten Büsche zu und bog sie mit den Händen zu einem Weg, den sie gemeinsam durchschritten. Eine kleine Lichtung öffnete sich im

Licht der Taschenlampen und Una blieb stehen.

»Hier«, flüsterte sie. »Hier hatte sie ihr Lager und hier war Fleck angebunden.«

Sie strich liebevoll über die Rinde eines kleinen Baumes und versank weinend in den Bildern ihrer Erinnerung.

Elsen sah sich still um. Es waren Sträucher und Bäume, die einen kleinen, zufällig spärlich bewachsenen Platz umringten, aber es kam ihr beinahe ungehörig vor, diesen Ort, der für ihre Tochter so intim war, zu betreten. Sie griff nach Unas Hand und wartete, bis ihre Tochter den sanften Druck erwiderte.

»Wir schauen jetzt unter jeden Busch und drehen jeden Stein um. Und wenn wir hier nichts finden, tun wir das Gleiche oben an der Bank.«

Una nickte, wischte sich die Tränen von den Wangen und ließ ihre Taschenlampe neben der starken Lampe ihrer Mutter Zentimeter für Zentimeter durch die Büsche fahren. Sie drängten sich an entgegengesetzten Orten langsam durch die Sträucher und ließen den Boden nicht aus den Augen. Die Äste knackten unwillig und kleinere Blätter regneten unter ihren suchenden Händen überrascht zu Boden.

Ein Huscher rannte aufgeschreckt aus Elsens Lichtkegel und wirbelte die Blätter auf seinem Weg auf. Elsen ließ ihm ihr Licht folgen und entdeckte etwas Dunkles in einem Haufen der schmutzig gelben Blätter. Es sah aus wie ein Pilz oder ein Stück Holz. Sie bog mühsam die Zweige zur Seite, um danach greifen zu können. Schließlich gelang es ihr, es mit einer Hand zu erreichen und ins Licht der Lampe zu ziehen.

»Una?«

Sie bahnte sich ihren Weg zurück auf die Lichtung und hielt ihrer Tochter ihren Fund entgegen. Una griff danach und presste sich den Gegenstand mit einem kleinen Aufschrei an die Brust.

»Das ist ihr Kompass, Elsen. Das ist der Kompass, den Jurrka ihr hinterlassen hat. Sie braucht ihn, um sich im Veld zu orientieren, und er ist ihr wertvollster Besitz. Sie würde nie ohne ihn gehen.«

Elsen sah den Beweis für eine andere Welt in den Händen ihrer Tochter und wartete darauf, dass ihr Verstand alle zur Verfügung stehenden Informationen zu einem logischen Schluss verknüpfte. Das Leben, wie wir es gekannt haben, ist zu Ende, dachte sie, und das Neue wird uns den Tod bringen, wenn wir nicht vorsichtig sind.

»Jemand hat Thau gegen ihren Willen mitgenommen. Es muss ihr gelungen sein, den Kompass unbemerkt in die Büsche zu schleudern. Das ist ihre Nachricht.«

Una suchte nach einem Wort, das in den Geschichten über die Apokalypse wiederholt vorgekommen war. Sie fand es und sah gleichzeitig das Band vor sich, das ihr Vater in den Kuppeln gefunden hatte. Die Erkenntnis traf sie wie ein Lichtstrahl und sie sah, dass Elsen das Gleiche dachte.

»Jemand aus Firmament hat Thau entdeckt und von hier entführt.«

Elsen nickte, erfreut über den wachen Klang in Unas Stimme und senkte schnell ihren Blick.

Lass uns hoffen, dass das alles ist, was sie getan haben, dachte sie.

Fünfunddreißig

Zwei Nächte zuvor.

Er hatte den besten Dienst der Welt und er würde alles dafür tun, ihn zu behalten.

Alles.

Was in den nächsten Minuten geschah, würde darüber entscheiden, wie sein Leben weiterging, und deshalb musste er jetzt eine Entscheidung treffen. Der Gedanke ließ ihn noch mehr schwitzen, als er es schon tat. Sein Anzug klebte ihm feucht am Rücken und ein einzelner Schweißtropfen lief ihm von der Stirn direkt ins Auge. Er bemühte sich, die Sicht frei zu zwinkern, ohne sich zu bewegen. Es war wichtig, so ruhig wie möglich zu sein. Das Rauschen und Knarren der Sträucher hatte ihn bis hierher geschützt, aber die Person auf der Matte hatte sich gerade kurz bewegt, als ein Ast von seiner Hand mit hörbarem Geräusch zurückgeschnellt war. Er hatte innegehalten und so flach geatmet, dass ihm fast schwarz vor den Augen geworden war. Die Person war ruhig geworden, nur das Tier neben dem Baum schnaubte leise.

Es war nicht sein Platz zu entscheiden, und damit war er weit gekommen. Er kontrollierte den Scanner noch einmal, legte das Gewehr vorsichtig neu an und justierte die Nachtsicht. Dass ausgerechnet Diests aufgeblasener Sohn etwas gefunden hatte, machte alles noch schwieriger.

Auder schloss die Augen, atmete tief ein und drückte ab. Der Schuss hallte trotz des Dämpfers hörbar durch das Tal. Das Tier sprang mit einem klagenden Laut zur Seite und zerrte an seinem Seil.

Er hatte seine Entscheidung getroffen.

Sechsunddreißig

Vier Nächte zuvor.

Auder ertrug die großspurigen Sprüche des aufgekratzten jungen Kansa neben sich, weil er das schon erlebt hatte. Die ersten Einsätze außerhalb der Kuppeln plusterten die Egos der jungen Verwaltersöhne gewaltig auf und machten sie geschwätzig. Hagen war ein drastisches Beispiel für dieses Phänomen. Er erfüllte den elektrischen Jeep mit endlosen Geschichten ohne Pointe, die alle eines gemeinsam hatten: zu zeigen, dass der erste Ausflug in die Welt außerhalb der Kuppeln für ihn keine große Sache war. Auder nickte und lächelte, um Diests Sohn bei Laune zu halten. Es waren ein paar nächtliche Kontrollfahrten, die Hagen an die Realität außerhalb der Kuppeln gewöhnen sollten. In einer Woche würde er seinen Dienst wieder in aller Ruhe und nach seinen eigenen Regeln versehen können. Heute Nacht aber musste er den großen Bogen um die Kuppeln wirklich fahren.

Dass Diest ihm seinen Sohn anvertraute, war einer der Vertrauensbeweise, die Auder aus der kleinen Gruppe der Gehilfen heraushoben.

Seine Beziehung zum obersten Verwalter war alt und auf eine besondere Art erprobt. Auch damals hatte er sich schnell entscheiden müssen und seine Entscheidung war richtig gewesen. Er lenkte den Jeep lautlos durch das dunkle Veld und reichte Hagen das Nachtsichtgerät.

Bald nach seiner Verbindung würde Hagen mit seinem Vater größere Ausflüge unternehmen. Auder selbst hatte Diest einige Male nach Ticaret begleiten dürfen und der Trubel der Herrscherenklave hatte ihn beeindruckt. Hier, wo alle Waren der streng abgeschotteten Siedlungen zusammenkamen und der Rat der Herrscher tagte, gab es kaum Verbote und Regeln. Im Gegensatz zu Besuchen in den Gemeinschaften war es nicht nötig, den goldenen Streifen von Firmament im Gesicht zu überschminken oder sich von Kopf bis Fuß zu verhüllen, so wie Diest es musste, wenn er für eine Woche zu den Ältesten von Fundament oder den Weisen von Sakrament wechselte. Auder hatte die Erschütterung darüber, dass die Kuppeln von Firmament nicht die einzige Art zu überleben war, lange überwunden und es machte ihn stolz, zu denen zu gehören, die garantierten, dass die Welt in Frieden leben konnte.

»Solange sie mit Gleichgesinnten abgeschottet in ihren Glaubenssystemen leben und überzeugt sind, dass es keine Alternative gibt, wird kein Krieg mehr ausbrechen. Wir stellen sicher, dass das so bleibt.«

Diest hatte es vermieden, ihn auf den längeren Salz- und Zuckertransporten mit den Problemen und Entscheidungen der Herrscher zu belasten und ihm nur das erklärt, was er wissen musste. Für Auder war das genau so, wie es sein sollte und er hatte nie zusätzliche Fragen gestellt. Es war nicht wichtig, wer was wo für die einzige Wahrheit hielt und wie viele abgeschottete Siedlungen ihren speziellen Kampf mit dem Überleben kämpften. Es war nicht wichtig, wie die Herrscher, die über dieses System wachten, die Waren und Reichtümer der Siedlungen unter sich aufteilten.

Es war wichtig, dass er seinen Platz neben Diest nicht verlor.

Hagen war vom Nachtsichtgerät mehr fasziniert als vom freien Veld und ließ ihn ständig die Richtung wechseln, weil er »etwas« gesehen hatte. Auch das kannte Auder. Die jungen Verwalter brannten darauf, ihre Väter mit einer wichtigen Entdeckung zu beeindrucken. Er ließ sie suchen, es gab ihnen das Gefühl, wichtig zu sein. Gefunden hatten sie in all den Jahren genauso wenig wie er.

Der Wagen holperte über die Steine der schmalen, versteckten Pfade, die Auder wie seine Anzugtaschen kannte. Hagen verstellte und justierte das Gerät vor seinen Augen in schneller Folge. Er war seinem Vater in jungen Jahren äußerlich sehr ähnlich, aber ihm fehlte das Charisma, das es Diest ermöglicht hatte, seine schlechten Charaktereigenschaften vor der Gemeinschaft zu verstecken. Wenn Hagen eines Tages die Verwaltung übernahm, dann würde das Leben in Firmament schwierig werden und Auder hoffte, dass seine Nähe zu Diest ihn auch vor diesen Schwierigkeiten schützen würde. Er wechselte die Richtung, weil Hagen jetzt hinter den Hügeln unentdeckte Abenteuer vermutete.

Auder war mit Diest aufgewachsen oder besser gesagt, neben Diest, denn nichts in seiner Biografie hatte ihn für einen Posten in der Verwaltung empfohlen. Diest war laut und beliebt gewesen und als Sohn des Verwalters von vielen Freunden umringt. Keiner von ihnen hatte allerdings die Schuld für seine Vergehen auf sich genommen, so wie Auder es unaufgefordert getan hatte. Diest hatte das erst verwundert, dann dankbar zur Kenntnis genommen und Auder war zu seinem Schatten geworden. Er hatte die Strafen für Diests Verletzungen der Regeln ohne Klagen erduldet und war von Diest mit einem Dienst in der Verwaltung belohnt worden. Ob der Verwalter ihn ohne das Ereignis jemals mit ins Veld genommen oder mit dem Schutz der Kuppeln und der Transporte beauftragt hätte, fragte Auder sich nicht. Als Diest Aventh über das Geländer gestoßen hatte, hatte er, ohne zu zögern, dafür gesorgt, dass der schwer verletzte Kansa die Ankunft der Helfer nicht erlebt hatte.

Die Dinge waren so geschehen, wie sie geschehen waren, und sie waren gut.

»Stopp!«

Hagens Stimme überschlug sich und Auder brachte den Jeep absichtlich so ruckartig zum Stehen, dass Hagen mit dem Nachtsichtgerät vor Augen gegen die

Scheibe prallte. Der junge Kansa riss sich das Gerät vom Gesicht und hielt sich die schmerzende Stirn. Auder erwiderte die wütenden Blicke, die er ihm zuwarf, mit der Miene des Befehlsempfängers, der sich keiner Schuld bewusst war. Hagen murmelte etwas Unhöfliches, traute sich aber nicht, es laut auszusprechen und stieß die Wagentür auf. Er griff sich eine der Taschenlampen aus ihrer Halterung unter seinem Sitz und ging hinter den Jeep. Auder lehnte sich in seinem Sitz zurück und wartete auf den Stein oder das Stück Holz, mit dem der junge Verwalter gleich zurückkommen würde.

»Ich wusste es doch!«

Hagens Stimme klang aufgeregt und stolz, in seiner Hand hielt er triumphierend ein Stück Stoff, zu einem Beutel zusammengeknotet und bedruckt. Auder setzte sich aufrecht hin und sein Puls beschleunigte sich. Er hatte in den letzten Wochen viele Runden kürzer gefahren und den Rest der Nächte im Zwischenhaus mit den unterschiedlichen vergorenen Getränken der Herrscher verbracht. Die Sturmzeit kam schnell näher und bald würde er für Monate in den Kuppeln eingeschlossen sein. Er nahm Hagen das Tuch aus der Hand, bevor er es genauer untersuchen konnte.

»Das ist uralt.«

Er tat so, als ob er die Fasern und das Muster gelangweilt im Licht inspizierte, während er fieberhaft überlegte. Diest hatte ihn vor ein paar Wochen aufgefordert, besonders wachsam zu sein, weil die Wächter aus Fundament eine Kansa aus den Augen verloren hatten, die einer schon fast vergessenen Tradition folgend bis zur nächsten Sturmzeit allein im Veld umherirren durfte. Auder kannte die riesige Mauer im Süden und war sich sicher, dass Diests Sorgen unbegründet waren. So wie die Mauer im Veld jeden Besuch verhinderte, sorgte die Mauer in den Köpfen der Gottgläubigen dafür, dass diese selbst ernannte Herbstläuferin gar nicht erst in Richtung Norden laufen würde. Wahrscheinlich war sie in der Öde der südlichen Steppe verhungert. Es gab keinen Anlass zur Sorge.

Er hatte aber gesehen, wie sehr sich der Verwalter über diese kleine, unnötige Abweichung von der Ordnung aufgeregt hatte. Diest hatte gerade erst seine letzte überlebende Tochter an eine Krankheit verloren und das nahm ihm die Option, sie an den ältesten Sohn der Monarki zu verheiraten. Dass ihm Enkel unter den einflussreichsten Herrschern verwehrt bleiben würden, machte ihn rasend und ließ ihn im Kreise seiner Helfer nach Fehlern suchen.

Lass es keinen Hinweis auf Fundament enthalten, flehte er, während seine Augen über das Tuch hetzten.

»Hier.«

Er schmiss es Hagen zu.

»Deine erste Trophäe. Ein Stück Stoff aus der Zeit der Apokalypse.«

Hagen sah ihn misstrauisch an und war nicht bereit, sich von seinem Status als Entdecker einer ernsthaften Gefahr für die Kuppeln zu trennen.

»Ich werde es Vater zeigen und er soll entscheiden, was zu tun ist.«

Und Diest entschied noch in derselben Nacht, dass Auder seine gesamte Zeit darauf verwenden sollte, sicherzustellen, dass sich niemand in der Nähe der Kuppeln aufhielt. Auch wenn der Stoff alt war und sich nicht eindeutig einer Siedlung zuordnen ließ, reagierte Diest auf den Fund angespannt und lobte seinen Sohn für die Entdeckung. Seinen Wunsch, die Suche zu begleiten, lehnte er glücklicherweise ab.

»Du hast doch deine Runden in der letzten Zeit sorgfältig erledigt?«

Diest nahm Auder zur Seite und in seinen Augen lag der Zorn, den viele fürchteten.

Auder senkte demütig die Augen.

»Natürlich, Diest! Du weißt doch, dass du dich auf mich verlassen kannst.«

»Ich weiß das, Auder. Sieh dich trotzdem gründlich um. Ich möchte mir keinen neuen Wächter suchen müssen.«

Siebenunddreißig

Der Kompass, dessen Funktion Elsen schnell begriffen hatte, lag mitten auf dem Tisch und sein Zeiger zeigte weiter nach Norden. Elsen nahm ihn auf und hielt ihn Una hin.

»Siehst du. Er ist jetzt hier in den Kuppeln und trotzdem zeigt er weiter eine Richtung an. Wenn er an seinem Ziel angekommen wäre, müsste er sich doch um sich selbst drehen. Er warnt nicht vor den Kuppeln der Maschinenwesen, er orientiert sich am magnetischen Pol der Erde. Er zeigt nach Norden. Nichts in Firmament wäre doch stark genug, ihn anzuziehen.«

Una erinnerte sich nur vage an diesen Teil ihrer Bildung, aber sie musste Elsen recht geben. Thaus Informationen über den Kompass waren falsch, wie vieles falsch war, in den Kuppeln und den Schächten. Dass Thau die Kuppeln auf ihrem Weg Richtung Norden gefunden hatte, war ein Zufall und mehr nicht.

»Aber er ist wunderschön.«

Elsen bewunderte die Schnitzereien im Holz und strich über den Namen.

»Wir müssen sie finden, Elsen.«

Una ging im Raum umher, wie sie das mit Unterbrechungen getan hatte, seit sie zurück in den Kuppeln waren. Sie suchte in einem schrecklich großen Knäuel aus Fakten, Mutmaßungen und Befürchtungen nach dem einen Faden, der sie zu Thau führen würde. Wer sagte ihr denn, dass Thaus Entführer sie am Leben gelassen hatte? Elsen hatte auf dem Rückweg versucht, ihr diesen schrecklichen Gedanken auszureden, aber sie kannte sie gut genug, um zu wissen, dass sie dasselbe fürchtete. Wer im Niemandsland zwischen den Siedlungen verschwand, konnte verschwunden bleiben, ohne dass das jemand bemerkte.

»Ja, das müssen wir.«

Elsen fuhr langsam mit dem Finger eine feine Linie in der Mitte des Kompasses nach und entdeckte eine winzige Vertiefung. Sie schob ihren Fingernagel hinein, ohne darüber nachzudenken und der Kompass sprang in zwei Teile auseinander.

»Was hast du getan?«

Una blieb stehen und sah sie entsetzt an.

»Ich … das ist ein Mechanismus, siehst du? Die zwei Hälften lassen sich wieder zusammensetzen.«

Sie hielt ihrer Tochter die beiden Hälften hin und die nahm sie vorsichtig in die Hand.

»Was ist das?«

Una zog eine kleine Papierrolle aus einer Klammer der unteren Hälfte und gab sie ihrer Mutter. Elsen entrollte das kleine Papierstück und sah, dass es dicht beschrieben war.

»Eine Botschaft?«

Sie glättete die winzige Rolle, so gut es ging.

»Das ergibt keinen Sinn, Elsen. Thau kann nicht schreiben. Niemand in Fundament kann …«

Una stoppte ihren Satz und überlegte.

»Die Priester können schreiben und lesen. Jurrka konnte schreiben. Aber warum sollte er Thau Sätze mitgeben, die sie nicht lesen kann?«

Elsen hatte das kleine Papier geglättet und begann, es zu entziffern.

»Weil er gehofft hat, dass sie jemanden trifft, der es kann?«

Sie las die eng beschrieben Zeilen laut vor und stockte mehrmals, um ein Wort genauer zu betrachten:

»Die Propheten weissagen falsch in meinem Namen; ich habe sie nicht gesandt und ihnen nichts befohlen und nichts mit ihnen geredet. Sie predigen euch falsche Gesichte, Deutungen, Abgötterei und ihres Herzens Trügerei.«

Una sah sie mit weit aufgerissenen Augen an.

»Jurrka wusste, dass die Priester in Fundament lügen.«

»Und er wollte sein Geheimnis nicht mit in den Tod nehmen, sondern es Thau mitgeben, wenn er es ihr schon nicht sagen konnte.«

Die beiden Frauen standen sich schweigend gegenüber, bis Elsen in die Küche ging und ihnen beiden kalten Tee eingoss. Sie reichte Una eine Tasse und trank selber nachdenklich einen Schluck.

»Es gibt mindestens zwei Siedlungen und in beiden werden die Einwohner über die Welt getäuscht. Wer täuscht sie? Wenn Aventh vor fast zwanzig Jahren ein Band in den Kuppeln gefunden hat, das einem der

Ältesten von Fundament gehört, heißt das doch auch, dass dieser Älteste seit mindestens dieser Zeit Zugang zu beiden Siedlungen hat. Und dass er die Möglichkeit hatte, das Band zu ersetzen, denn schließlich hat Thau es ja an seinem Arm gesehen.«

Elsen hatte mit ihrer Logik aus einem großen Rätsel einen simplen Zusammenhang gemacht, der Una sofort einleuchtete und sie gleichzeitig wütend machte, weil sie nicht selber darauf gekommen war.

»Wer in Firmament hätte die Zeit und die Möglichkeiten, unbemerkt von der Gemeinschaft an einen anderen Ort zu gehen?«

Die Woche der Kontemplation, die Abgeschiedenheit der Verwaltungskuppeln, der unkontrollierte Zugang zu allem Wissen und allen Maschinen der Kuppeln, die Antwort war so offensichtlich, dass Una und Elsen sie gleichzeitig und mit der gleichen Abscheu aussprachen.

»Die Verwalter. Diest.«

Una sackte auf dem Boden zusammen und weinte so laut, dass Elsen Angst bekam, man könne es bis in den Gang hinaus hören.

»Wenn Diest sie gefunden hat, dann lebt Thau nicht mehr.«

Elsen zog ihre Tochter in die Arme und hoffte, dass ihre Worte sie erreichten und dass sie wahr waren.

»Una, wenn sie Thau getötet hätten, hätten wir sie dort gefunden. Warum sollten sie eine tote Frau mitnehmen?«

Achtunddreißig

Warum sollten sie eine lebende Frau mitnehmen?

Warum sollten sie es riskieren, eine Fremde aus einer anderen Siedlung in die Kuppeln zu bringen?

Wie konnten sie sie überhaupt durch den Schutzschild von Firmament bringen? Elsen stellte sich diese Fragen zum wiederholten Mal und auch wenn ihr Kopf diese Rätsel nicht zu lösen vermochte, nahm er es zum Anlass, viele andere kleine Informationen zu einem neuen Bild zusammenzusetzen. Auf dem Weg an ihren Arbeitsplatz blieb sie mehrmals stehen und konnte mühsam unterdrücken, sich vor den Kopf zu schlagen. Warum habe ich das alles nicht sehen wollen? Die schwankenden Zucker- und Salzvorräte, die Erze, die gefördert wurden und trotzdem immer wieder knapp waren. Das ständige Bemühen, die Angst vor allem, was außerhalb der Kuppeln existierte, wachzuhalten. Sie konnte fühlen, wie ihre Gedanken sich aus ihren selbst angelegten Fesseln befreiten und sich zu unerhörten Ideen verbanden.

Eine alte, schlecht vernarbte Wut befeuerte ihre Suche nach der fremden Frau im Leben ihrer Tochter.

Es existierte eine Verbindung zwischen den Siedlungen von Firmament und Fundament, das war offensichtlich, und sie existierte seit mindestens zwanzig Jahren. Wenn Una Thaus Erzählungen richtig wiedergegeben hatte, gab es jemanden, der in der Siedlung über den Schächten und in den Kuppeln Macht hatte. Jemand, der die goldene Tätowierung besaß und sie bei Bedarf unsichtbar machen konnte. Jemand, der eine große Strecke im Veld in kurzer Zeit überwinden konnte. Sie sah den Kreis der Verwalter vor sich und weitere Gedanken befreiten sich brüllend aus ihrer Gefangenschaft. Die schlecht verschleierten Diskrepanzen, die sie immer wieder in den Dateien gefunden hatte, ergaben einen Sinn.

Alle hier waren ihr gesamtes Leben lang belogen worden.

Alle hier hatten sich ihr gesamtes Leben lang selbst belogen.

Elsen hörte wieder, wie Aventh ihr aufgeregt von seinem Fund erzählt hatte.

»Es wird vieles anders werden, meine Geliebte. Unsere Tochter wird ein anderes Leben führen können.«

Und sie sah Avenths Körper vor sich, wie er mit verdrehten Gliedmaßen am Fuße der großen rostigen Leiter gelegen hatte. Seine weit geöffneten überraschten Augen schutzlos den Blicken der anderen preisgegeben. Diest, der ihre Schulter getätschelt hatte, Auder, der ihr eine Jacke hatte umlegen wollen.

Ich hätte dich schützen können, ich hätte dich schützen müssen, Aventh, dachte sie und fröstelte, nicht nur, weil der Gang zwischen den Kuppeln ungeheizt war. Jetzt war die Zeit gekommen und es fühlte sich an, als ob ihr selbst auferlegtes Schweigen sich zu einer neuen Kraft zusammengeballt hatte.

Sie musste extrem vorsichtig sein, es gab in den Kuppeln jemanden, der viel zu verlieren hatte, wenn sein Verrat bekannt wurde.

In der Halle der Technikdiener angekommen, setzte Elsen sich an ihren Platz, grüßte höflich nach allen Seiten und achtete darauf, weder hektisch noch aufgeregt zu wirken. Der Stapel der Fehler und Ausfälle war über Nacht nicht kleiner geworden und wartete auf einen neuen Tag mit Reparaturen, die den Verfall verlangsamten.

Es kam Elsen vor, als ob alles, was sie in ihrem Leben über die Kuppeln und ihre Systeme gelernt hatte, sie auf diesen Moment vorbereitet hatte. Es hat Vorteile, ein Rädchen zu sein, wenn man die Maschine stoppen will, dachte sie. Sie wusste, dass es an ihr lag, voranzugehen, Una war von ihren Gefühlen so überwältigt, dass ruhige Überlegungen für sie eine Prüfung waren.

Ihre Tochter am Morgen in die Agrarkuppeln zu entlassen war Elsen schwergefallen, aber sie konnten keinerlei Aufmerksamkeit gebrauchen.

Sie stand auf und setzte sich im hellen Licht der Neonröhren an einen der freien Terminals im kühlen Serverraum. Ihr genügte ein kurzer Blick und sie sah, dass es ein größeres Problem mit den Notfalltüren der großen Kuppel gab, die sich in der Nacht ohne Grund geschlossen hatten und seitdem nur noch über ihre mechanischen Notfallhebel geöffnet werden konnten. Perfekt. Sie loggte sich ein und sah sich die Steuerung der Türen an. Als sich die Tür zum Serverraum öffnete, zuckte sie zusammen.

»Einigkeit.«

Beirer, ein Technikdiener, mit dem sie regelmäßig zusammenarbeitete, blieb in der Tür stehen und sah sie dankbar an.

»Du kümmerst dich um die Türen der großen Kuppeln?«

Elsen nickte ihm freundlich zu und gab ihrer Stimme den angemessen genervten Unterton.

»Ich lasse gerade die Diagnoseprogramme laufen. Ist gut möglich, dass es in der Nacht eine kurze Unterbrechung in der Stromversorgung gegeben hat und sich daraufhin die Notfallschließung aktiviert hat. Bin nicht sicher, warum sie sich dann nicht wieder haben öffnen lassen, aber das finde ich heraus. Sagst du den anderen Bescheid, dass ich möglicherweise ein paar Sachen herunterfahren muss? Oder das ganze System? In ein paar Stunden wissen wir mehr.«

Beirer war sichtbar froh, dass ihm die stundenlange Diagnose der alten Systeme erspart blieb und die anderen, denen er davon erzählte, würden es genauso empfinden. Für Elsen bedeutete das, dass sie jetzt nebenbei ungehindert in den Tiefen des Systems nach einem Hinweis auf eine Unregelmäßigkeit suchen konnte.

Wenn sie ehrlich war, wusste sie nicht, wonach sie suchte, aber sie hoffte, dass sich ihr das während der Suche offenbaren würde. Sie arbeitete sich gewissenhaft durch die Systeme. Das Problem mit den Türen war wirklich nicht mehr als ein Kurzschluss, dessen Ursprung sie schnell lokalisiert und verschlimmert hatte. Ansonsten liefen alle Systeme so, wie sie sollten oder wie die vielen Behelfslösungen es zuließen. Was hatte sie erwartet? Dass sie in den Programmen einen Hinweis auf einen verborgenen Raum und eine Gefangene finden würde? Auf offene Schleusen und Warentransporte? Sie aktivierte ein kleines Suchprogramm, dass sie selbst geschrieben hatte und das in der Lage war, unnötigen Stromverbrauch in stillgelegten Kuppeln zu ermitteln. Sie hatte es mehrmals eingesetzt, um mehr Energie für die bewohnten Kuppeln zu bewahren, ohne ihren Kollegen davon zu erzählen.

Es gab die stillgelegten Kuppeln auch für die Technikdiener nicht, die mit der Erhaltung von Firmament beauftragt waren.

Die Daten liefen über ihren Bildschirm und zeigten keinen erhöhten Stromverbrauch an ungewöhnlichen Orten. Nichts wies darauf hin, dass die Kuppeln von Firmament eine Gefangene beherbergten. Natürlich nicht.

Sie rieb sich über die kalten Arme und schloss kurz die Augen. Das Summen der Server um sie herum bündelte sich zu einem einzigen Ton, der sich in ihren Kopf bohrte und sie mit seiner Gleichmäßigkeit verspottete. Verzweiflung kroch ihr aus dem schmerzenden Kopf in den Magen und die Angst, dass sie auch in diesem Fall nur den Tod finden würde.

Warum sollte jemand das Risiko eingehen und eine Gefangene machen, die das gesamte System der abgeschlossenen Siedlungen in Gefahr bringen konnte?

Da war diese schreckliche Frage wieder.

Elsen schlug sich mit beiden Händen mehrmals auf die Wangen, um die Angst zu vertreiben. So kam sie nicht weiter. Es waren schon zwei Stunden vergangen und ihr blieb nicht ewig Zeit. Sie musste den nächsten Schritt finden.

Sie verständigte ihre Kollegen an den Türen per Text darüber, dass sie den Fehler entdeckte hatte. Dann schickte sie ein Team mit neuen Sicherungen zum Ort des Problems und ließ die leitenden Technikdiener wissen, dass sich das Problem ausgeweitet hatte und einen kurzen Neustart des gesamten Systems nötig machte. Ein solcher kompletter Neustart war zwar nicht üblich, angesichts der vielen Probleme aber auch kein Tabu mehr. Elsen hatte alle nötigen Schritte eingeleitet, als die Technikdiener sich mit den Sicherungen vor Ort meldeten und die Warnhinweise in den Kuppeln ertönten.

Drei Minuten würden die Lebenserhaltungssysteme der Kuppeln von einem kleinen System von Notstromaggregaten übernommen werden, während alle anderen Systeme ohne Strom waren.

Sie koordinierten ihre Uhren, Elsen nahm auf die Sekunde genau das System vom Strom und tippte fieberhaft neue Befehle ein, die mit dem Neustart wirksam werden würden. Dann atmete sie tief ein und lehnte sich zurück, während die letzten Sekunden der drei Minuten verstrichen. Das System der Kuppeln fuhr wie geplant wieder hoch und wenn sie gut gearbeitet hatte, hatten sie jetzt ein paar Trümpfe in der Hand.

Una hörte die blechernen Warnungen auf ihrem Mähbinder und hielt ihn kurz an. Die rotierenden Speichen an den großen Rädern vor ihr blieben ruckartig stehen und sie blickte durch den feinen gelblichen Staub auf die Reihe der gebundenen Getreidehalme hinter ihr. Dass ausgerechnet heute die Kuppelsysteme einen Neustart benötigten, konnte kein Zufall sein. Sie trank einen Schluck Wasser, sah hinauf zu den langen Reihen der künstlichen Sonnen und wollte die Hoffnung fühlen, die sie in Elsens Gesicht gesehen hatte, aber es gelang ihr nicht. Genauso wenig, wie es ihr gelungen war, die wenigen Löffel Brei bei sich zu behalten, die sie am Morgen zu essen versucht hatte. Sie sah ununterbrochen Bilder von Thau vor sich, die tot im Veld lag oder von Männern mit Diests Zügen misshandelt wurde.

Ihre Gedanken versuchten verzweifelt zu entschlüsseln, was mit Thau geschehen sein konnte.

Du hast es geschafft, den Kompass ins Gebüsch zu schleudern, also hast du gewusst, dass dir Gefahr drohte. Warum bist du nicht gerannt, dachte Una und gab sich die Antwort selber, während das Licht in den

Agrarkuppeln kurz flackerte, als die Generatoren ansprangen.

Weil der Angreifer schon zu nah war und du gefürchtet hast, dass er auf dich schießt, wenn du losläufst?

Oder weil du gehofft hast, ihn in einem Kampf zu besiegen, wenn er nah genug ist?

Ihr fiel die Nacht wieder ein, die ihr Leben verändert hatte, die Nacht, in der sie auf Thau geschossen hatte. Der erste Blick in ihr Gesicht, nach dem sie sich jetzt so unendlich sehnte. Sie erhob sich kurz und bewegte Arme und Beine, um die Taubheit, die sie fühlte, zu vertreiben.

Ich werde dich finden, Thau. Der Gedanke tat ihr gut. Wo du auch bist, sei dir sicher, dass ich dich finden werde. Die Warnung wurde mit lauten Kommandos aufgehoben und Una dirigierte den Mähbinder zurück auf seinen Weg durch die geschnittenen Halme.

Am Ende einer Reihe angekommen verfolgte sie, wie Elsen über das abgeerntete Feld neben ihr näher kam und brachte den Binder zum Stehen.

Elsen sah sie mit einem entschlossenen Blick an.

»Ich habe etwas versucht und wir werden jetzt ein bisschen Geduld brauchen. Komm nach deinem Dienst direkt nach Hause, ja?«

Una ertrug den Rest des Tages so, wie sie ihre erste längere Zahnbehandlung ertragen hatte. Es gelang ihr nach Dienstschluss sogar, noch ein wenig mit den anderen in ihrer Schicht zu plaudern und erst dann in die Wohnung zu stürmen.

Elsen stand am Kom und hatte die Abdeckung abgenommen. Sie drückte einen kleinen Knopf, ging hinüber zu ihrem Terminal und öffnete mit einem Klick die Funktion, die sie vom Serverraum aus aktiviert hatte.

»Komm her.«

Una setzte sich neben Elsen, die ein neues Programm auf ihrem Terminal öffnete. Auf dem Bildschirm wurde eine Liste mit Buchstaben und Nummern sichtbar.

»Das hier sind alle Koms in allen Kuppeln. Ich weiß nicht, welche Bezeichnung zu welchen Räumen gehört und ob das alle sind, aber mehr konnte ich in der kurzen Zeit nicht tun. Ich vermute, dass diese Gruppe zu den Verwalterkuppeln gehört. Sie machen ihre Kom-Kennzeichnungen nicht öffentlich.«

Elsen versah sie nach und nach mit Häkchen, bis alle grün leuchteten.

»Ich verstehe nicht.«

Una sah auf den Bildschirm und Elsen klickte eines der grünen Kennzeichen an.

Das Kom an ihrer Wand gab ein deutliches Rauschen von sich, unterbrochen von kleineren metallischen Geräuschen. Una starrte das Gerät an, das sie seit ihrer Kindheit benutzte und das in all der Zeit ausschließlich die Abendansprache, Warnsignale und das Kansalied wiedergegeben hatte.

»Sie waren ursprünglich als Gegensprechgeräte angelegt, aber das hat zu viele Probleme verursacht, also hat man diese Funktion vor Ewigkeiten deaktiviert. Sie ist aber noch da und ich habe die Mikrofone der Koms beim Neustart des Systems geöffnet. Jetzt müssen wir durchprobieren, welche noch funktionieren und ob wir sie zuordnen können und dann müssen wir hoffen, dass irgendjemand über Thau spricht. Oder über irgendetwas, das uns hilft.«

Elsen klickte auf das nächste Kennzeichen und wieder erklang das Rauschen. »Schaffst du das? Ich muss noch zur Expertenrunde und danach helfe ich mit.«

Una nickte und setzte sich auf den Platz, den Elsen frei gemacht hatte.

Sie würde Millionen von Koms durchsuchen, wenn das half, Thau zu finden.

Neununddreißig

»Müssen wir uns Sorgen machen?«

Elsen hatte am Raunen, das durch den großen Technikraum zog, gehört, dass Ozora auf dem Weg zu ihr war. Das freundliche Lächeln, mit dem sie sich einen Weg durch die Kansa bahnte, war oberflächlich aufgemalt und diente einzig dazu, die anwesenden Experten der verschiedenen Arbeitsbereiche nicht mit Gerüchten zu versorgen.

Elsen sah in die kalten Augen und pinselte sich ebenfalls ein Lächeln über die Mundwinkel.

»Einigkeit! Worüber sollten wir uns Sorgen machen, Ozora? Das Problem mit den Türen der großen Kuppel ist gelöst und in der Südkuppel ist die Temperatur wieder normal.«

Sie bemerkte, dass ihre rechte Hand leicht zitterte und legte sie von der Tastatur in den Schoß.

»Una hat Probleme und schon wieder einen Tag beim Dienst gefehlt.«

Ozora wischte eine unsichtbare Staubfluse von ihrem grellroten Anzug und warf einen wachsamen Blick in die Runde. Alle im Raum hatten die Köpfe über ihre Arbeitsflächen gesenkt und wirkten beschäftigt. Sie wandte sich Elsen wieder zu und tippte mit den Fingernägeln ungeduldig neben ihr auf den Tisch. Das

Geräusch wirkte in der Stille des Raumes ungewöhnlich laut. Elsen wusste, dass Ozora zu viel in ihre einzige Aufgabe investiert hatte, um sich die Feierlichkeiten jetzt von einer kränklichen Anwärterin verderben zu lassen.

Die Fingernägel trommelten schneller.

»Ich habe das mit Diest besprochen. Im äußersten Notfall müsste Hagen auf die Verbindung mit Una verzichten und die nächstbeste genetische Kombination würde zum Tragen kommen. Aber das kann ja keiner wollen, oder? Sie sind ein so schönes Paar. Und was würde das für Folgen für die junge Kansa haben, die aussortiert werden muss …«

Elsen sah zu Ozora hinauf und fragte sich, ob sie den bösen Zug um Ozoras Mund übersehen hatte, als sie Kinder waren, oder ob er die Antwort der Verwalterfrau auf ein Leben mit Diest geworden war.

Ein Leben, das möglicherweise viele Facetten enthielt, von denen niemand in Firmament wusste.

Das schnelle Trommeln der Nägel erstarb, damit die angedeutete Drohung sich im Raum zu ihrer ganzen Größe aufrichten konnte.

Elsen fühlte die Angst und zwang sich, ruhig zu atmen. Es war viel zu still im Raum. Alle schienen an ihren Terminals auf ihre Antwort zu warten.

Sie ersetzte das Lächeln auf ihrem Gesicht durch überraschtes Entsetzen über Ozoras Drohung, weil das von ihr erwartet wurde, und zog Ozora betont vertraulich zu sich hinunter.

»Una hatte eine starke Menstruation und du weißt ja, wie die jungen Frauen sind, sie schonen sich vor der Verbindung wegen jeder Kleinigkeit, um in vollem Glanz erstrahlen zu können. Heute hat sie mit ganzer Tatkraft bei der nächsten Rekordernte geholfen.«

Elsen machte eine dramatische Pause und atmete den Duft von Ozoras Parfüm versehentlich viel zu tief ein.

»Ach, Ozora, ich weiß noch, wie wunderschön du ausgesehen hast, als du neben Diest in der Kuppel gestanden hast. Alle haben euch zugejubelt.«

Es war lebenswichtig, dass Ozora sich beruhigte, und Elsen hoffte, dass Ozora diese schamlose Schmeichelei nicht als solche erkennen würde.

Die anderen Technikdiener behielten die beiden Frauen aus den Augenwinkeln im Blick, ohne ihre Tätigkeiten zu unterbrechen. Über einen Streit zwischen zwei Müttern einer Verbindung berichten zu können, wäre an den Tischen der Essensbereiche besonders gefragt, wenn es sich bei einer der Mütter um die Frau des Verwalters handelte.

Ozora richtete ihren aufwendigen Zopf mit einer Hand und legte die andere gespielt freundschaftlich auf Elsens Arm. Ihr Tonfall hatte seine grausame Kälte verloren und war jetzt von den angenehmen Erinnerungen an die eigene Bedeutung durchtränkt.

»Es tut mir leid, dass du damals an Aventh gebunden worden bist, aber du hast recht, es war eine so wunderbare Feier und ich garantiere, dass die Feier meines Sohnes noch schöner wird.«

»Wir sind alle gespannt auf deine Überraschungen.«

Elsen konnte sehen, dass Ozora ihre Heuchelei, geblendet von der eigenen Bedeutung, in keiner Weise durchschaute. Auch dafür hatte sie das Leben in der Verwaltung untauglich gemacht.

»Und du brauchst dir wirklich keinerlei Sorgen zu machen. Una ist stark und gesund, vielleicht manchmal zu übermütig, aber mit den Gedanken nur noch bei einer einzigen Sache. Komplett fokussiert. Das versichere ich dir bei den Kuppeln von Firmament.«

Ozora tätschelte Elsen den Arm und verschwand wortlos. Die Gespräche der Experten lebten ansatzlos auf und der intensive Duft von zu vielen sterbenden Blüten, der Ozora umgab, hing noch eine lange Weile zwischen den Regalen und Servern, als habe er die Chance genutzt, seiner Trägerin zu entkommen und suche jetzt nach einer neuen Heimat.

Vierzig

Una bemühte sich, im unterschiedlichen Rauschen der Koms etwas zu hören. Sie klickte sich gewissenhaft durch die endlose Liste der durch Buchstaben und Zahlen gekennzeichneten Geräte und achtete darauf, bei allen mindestens zehn Minuten auf ein Geräusch zu warten. Manche blieben vollkommen still, manche rauschten. Einmal hatte es ein lautes Knacken gegeben und Una hatte für einen Moment geglaubt, dahinter eine Stimme zu hören, dann aber bemerkt, dass es ein metallisches Schaben gewesen war, das annähernd wie ein Flüstern geklungen hatte.

Sie wusste, dass Elsen nach anderen Optionen schaute, und trotzdem machte sie jede neue Stille, jedes leere Rauschen mutloser. Es fiel ihr zunehmend schwerer, die zehn Minuten pro Kom, die sie sich auferlegt hatte, durchzuhalten und gleichzeitig war sie versucht, die Liste von vorn zu beginnen, ohne sie beendet zu haben. Was, wenn in der elften oder zwölften Minute ein Hinweis auf Thau zu hören gewesen war und sie ihn durch ihre Ungeduld verpasst hatte? Die Summe der Möglichkeiten machte sie wahnsinnig.

Klick. Rauschen.

Leises Rauschen.

Lautes Rauschen.

Rauschen.

Una verlor die Nerven und trat wütend gegen den Tisch. Sie wollte nicht ruhig herumsitzen und der Leere eines Geräusches Sinn abgewinnen, sie wollte mit bloßen Händen Mauern einreißen und mit den Füßen Türen eintreten, um jeden leeren Raum in Firmament nach der Frau, die sie liebte, zu durchsuchen.

Ein neuer Klick, ein neues Rauschen.

Bitte, Thau, halte durch, wo du auch bist. Ich werde dich finden.

Elsen betrat den Raum und sah ihre Tochter mit angespannten Schultern vor dem Terminal sitzen. Ganz offensichtlich hatte noch keines der Koms Informationen preisgegeben. Sie strich ihr über die Haare und stellte einen Teller mit Gemüse und gebratenen Kartoffeln auf den Tisch.

»Nichts?«

Una schüttelte den Kopf, ohne aufzusehen.

»Du musst essen.«

»Ich muss Thau finden.«

Una klickte trotzig auf die nächste Kennzeichnung.

»Weshalb du essen solltest.«

Elsen verstand die Verzweiflung in der Stimme ihrer Tochter zu gut, aber sie musste sicherstellen, dass Una von dieser Emotion nicht in die Tiefe gezogen wurde. Sie schob den Teller näher an die Hand ihrer Tochter. Der Geruch der gebratenen Speisen erfüllte den Raum und Unas Magen knurrte.

Elsen hatte recht, Una schaufelte Kartoffeln und Gemüse auf einen Löffel und klickte gleichzeitig auf das nächste Kästchen, das sie mit einem Rauschen verhöhnte.

Sie kaute und schluckte, ohne etwas zu schmecken. Elsen zog einen technischen Plan aus ihrer Tasche, breitete ihn auf dem Tisch aus und tippte mit dem Finger auf verschiedene Räume.

»Siehst du, die Kennzeichnungen der Verwalterkoms in den Kuppeln sind aus den Plänen entfernt worden, ich weiß nicht, wann und warum, vielleicht waren sie auch nie eingezeichnet. Die Liste, die ich auf den Servern gefunden habe, ist der einzige Anhaltspunkt, den wir haben und ich bin nicht mehr sicher, dass sie korrekt ist. Du müsstest doch rein zufällig schon irgendjemanden reden gehört haben. Das können doch nicht alles Koms in leeren Räumen sein.«

Das Rauschen veränderte sich im selben Moment und beide schauten überrascht zum Kom. Una wollte etwas sagen, doch Elsen legte einen Finger auf den Mund und lauschte angestrengt.

Schritte, das waren Schritte.

Jemand kam näher und blieb stehen.

Wieder Stille.

Die Schritte entfernten sich.

Jemand verschob etwas, das wie Metall auf Metall klang.

Elsen und Una starrten gebannt auf die ersten Töne, die ihnen übertragen wurden.

Es wurde wieder still.

Dann laute Schritte, näher dieses Mal.

Elsen ging so vorsichtig zum Kom, als könnten die Kansa in der Verwalterkuppel sie ebenfalls hören. Sie nahm die Abdeckung ab und drehte an einem verborgenen Rädchen. Das Rauschen wurde lauter. Und dann hörten sie, ganz schwach, die eine Stimme, die allabendlich aus dem Kom erklang.

Diests Stimme.

»Du hast das gut gemacht. Überlass den Rest mir, sorg' dafür, dass sie bis zur nächsten Woche der Kontemplation keinen Unsinn versucht. Dann bringen wir sie weg.«

Eine fremde Männerstimme antwortete mit einem kurzen Satz, der unverständlich blieb. Una sprang auf und umarmte Elsen so fest, dass ihrer Mutter die Luft wegblieb. Das Glücksgefühl, das sie durchfuhr, war überwältigend.

»Sie lebt, Elsen. Sie lebt und sie ist hier.«

Einundvierzig

Diest schloss die Tür des leeren Verwaltungsraums neben der Maschinenhalle der Mine sorgfältig hinter sich und das herablassende Lächeln, das er für Auder gezeigt hatte, wurde selbstgefälliger. Er durcheilte die Kuppeln mit schnellem Schritt und beglückwünschte sich wieder einmal zu seiner Entscheidung, den eher simplen Kansa früh zu seinem Vertrauten gemacht zu haben. Wie damals war, was zu einer Gefahr für die Kuppeln hätte werden können, durch Auders Eingreifen zu einer positiven Perspektive für ihn geworden. Die Uhr an seinem Arm piepste und vibrierte und erinnerte ihn an seinen nächsten Termin, er änderte seine Richtung und betrat den Raum der Beratung gerade noch pünktlich.

Hagen saß breitbeinig auf seinem Platz am Tisch der Verwalter und strahlte ihn beifallheischend an. Die beiden Söhne der anderen Verwalter hatten zwar mit den Außenrunden begonnen, würden aber erst im nächsten Jahr einen Platz am Tisch erhalten und Hagen genoss die Tatsache, ihnen dieses Privileg vorauszuhaben.

Diest grüßte in die kleine Runde, nahm Platz und lauschte den Tagesordnungspunkten, die von Semon, seinem Stellvertreter, vorgetragen wurden. Der hagere Mann mit den schlechten Augen hatte auch heute wieder sichtlich Mühe, seine eigenen Aufzeichnungen abzulesen, und seine Stimme war quälend langsam und einschläfernd.

Hagen kritzelte gelangweilt auf einem Blatt Papier, das vor ihm lag. Wenn Diest ehrlich zu sich war, zeigte sein Sohn keine Fähigkeiten, um eines Tages eine Siedlung zu leiten. An die anderen Aufgaben, die auf ihn warteten, mochte der Verwalter gar nicht denken. Er war wesentlich jünger gewesen, als sein Vater ihn mit hinaus in die Welt der Herrscher genommen hatte und er hatte schnell begriffen, welches Leben auf ihn wartete und was dafür nötig war.

»Diest?«

Semon und die beiden anderen Verwalter im Raum sahen ihn an.

»Entschuldige Semon, ich habe zu viel im Kopf. Was hast du gesagt?«

Diest war es unangenehm, bei dieser kurzen Abwesenheit ertappt worden zu sein.

Semon wiederholte seinen Vorschlag, die Salz- und Zuckerrationen der Kuppeln zu erhöhen und damit zwar den Erlös der Verkäufe leicht zu schmälern, aber die Zufriedenheit in Firmament zu gewährleisten.

»Einigkeit.«

Diest signalisierte seine Zustimmung und hing weiter seinen Gedanken nach. Es war ihm gelungen, diese kleine Gruppe Männer zusammenzustellen und bis heute hatten sie ihn nie enttäuscht. Sie sorgten mit ihrer langweiligen Ordnungsliebe für Ruhe innerhalb der Kuppeln und genossen ihre Privilegien außerhalb, ohne über die Stränge zu schlagen. Sie waren die offensichtliche Wahl gewesen, nicht so wie Auder, auf den ein Leben in der Erzmine oder den Agrarkuppeln gewartet hatte. Auder hatte sich für seinen Platz still empfohlen, weil er dafür gesorgt hatte, dass Diest in den Augen seines Vaters der perfekte Sohn bleiben konnte. Nur deshalb war er früh mit dem Leben außerhalb der Kuppeln vertraut gemacht worden. Nur deshalb war er in der Lage gewesen, die Bürde der Verwaltung vor seiner Verbindung von seinem schwer kranken Vater zu übernehmen. Schon damals war er die offensichtliche Wahl für die Kuppeln gewesen und selbst wenn er es nicht gewesen wäre, hätte er die Wahl gewonnen.

Und es war Auder gewesen, der in einem entscheidenden Moment dafür gesorgt hatte, dass er bis heute ein beliebter Verwalter ohne Makel geblieben war. Die Angst, dass Aventh das Band, das ihm aus der Tasche gefallen war, gefunden haben könnte und dass das zu zerstörerischer Unruhe in einer seiner Siedlungen führen würde, hatte ihn überstürzt dazu gebracht, den störrischen jungen Mann von der Anlage zu stoßen, bevor er zu Ende geredet hatte. Da Auder das Band trotz intensiver Suche nie bei Avenths Sachen gefunden hatte, hatte er sich rückblickend wohl zu einer übertriebenen Aktion hinreißen lassen. Aventh war nur einer dieser versponnen Träumer gewesen, die nach einem anderen Leben suchten und leicht zu isolieren waren.

Aber der Verlust des Bandes hatte Diest damals Angst gemacht und seine Entscheidungen beeinflusst. Die Kennzeichen einer Siedlung in einer anderen zu verlieren hatte in der Geschichte der Herrscher schon einige Male zu Problemen geführt und Herrscher, denen das passierte, verloren an Respekt. Auf das neue Band hatte er besser geachtet und Auder hatte dafür gesorgt, dass Aventh nicht von seinem Sturz erzählen konnte.

Semon zählte die Probleme der Kuppeln auf und Diest nickte seine pragmatischen Lösungsvorschläge wie immer ab. Es war eine ständige Gratwanderung, die klugen Köpfe der Gemeinschaft mit genug Problemen zu versorgen, damit sie nicht zu viel Zeit hatten, über andere Dinge nachzudenken, und gleichzeitig den Fortbestand der Kuppeln nicht zu gefährden. Jedenfalls nicht mehr, als er es sowieso schon war. Für meine Lebenszeit wird es vielleicht schon nicht mehr ganz reichen. Diest setzte sich gerader hin und sah sich in dem kleinen Besprechungsraum um. An den Wänden hingen die Bilder der vergangenen Verwalter und ihre Augen blickten selbst in Öl gemalt vorwurfsvoll in seine Richtung. Neben dem Bild seines Vaters war ein freier Platz, der geduldig auf das Ableben des nächsten Verwalters wartete. Auf sein Ableben. Diest sah wütend auf die Papiere vor sich. Er dachte nicht gerne an das Ende von Firmament und daran, dass er eines Tages sterben würde, aber wenigstens hatte Auder ihm jetzt ermöglicht, dass mehr von ihm überleben würde.

»Hagen?«

Semon wollte an den Sohn des Verwalters übergeben, damit der seinen Bericht über die Bodenanalysen vortragen konnte.

»Sind noch nicht fertig.«

Hagen vermied es, mit einem der Männer im Raum Blickkontakt aufzunehmen und Semon ging ohne Kommentar zum nächsten Punkt über. Sie würden den Sohn des obersten Verwalters hier nicht öffentlich für seine Faulheit kritisieren, aber Diest sah ein weiteres Gespräch mit Semon auf sich zukommen.

Die Sorge über die Zukunft der Kuppeln mischte sich mit der stets schwelenden Wut über seinen unfähigen Sohn und gemeinsam weckten sie die Wut über den Verlust des anderen Sohnes, den er für die Führung von Fundament vorgesehen hatte. Nicht dass er viel Auswahl gehabt hatte, aus den unzähligen Begegnungen mit Frauen, die man ihm in den letzten Jahrzehnten mit und gegen ihren Willen zugeführt hatte, waren nur wenige Kinder hervorgegangen. In Fundament waren es gerade einmal zwei gewesen, die überlebt hatten, aber der Junge kam auf ihn und war hellwach und intelligent. Um die Identität des Mädchens hatte er sich nicht gekümmert, er hatte Töchter, und als er schließlich nach ihr gesucht hatte, war sie nicht mehr auffindbar gewesen. Wahrscheinlich war sie, wie die anderen Töchter in Sakrament, vor dem Erwachsenwerden gestorben.

Dass dieser Sohn sich stark zum Glauben der Priester über den Schächten hingezogen fühlte, hatte

Diest nie als Hindernis betrachtet. Er war intelligent, er würde schnell genug begreifen, wie lächerlich die Glaubenssysteme der einzelnen Siedlungen waren, wenn man ihm die Augen öffnete. Er würde erkennen, dass die Menschen krankhaft daran interessiert waren, ihrer eigenen Identität gerecht zu werden, anstatt ein objektives Weltbild zu kultivieren. Und er würde sehen, welche Belohnungen auf die warteten, die dafür sorgten, dass sie das ungestört tun konnten.

Semon schlug eine weitere Seite um und verharrte mit zusammengekniffenen Augen, bevor er weitersprach und Diest zu seinen Gedanken zurückkehren konnte.

Echokammern hatten die Vorapokalyptiker diese Art, sich identische Meinungen ununterbrochen entgegenzuschreien, getauft und doch nicht begriffen, dass man sie nicht bekämpfen, sondern aus den digitalen Kammern analoge Wohnorte machen musste, um den Frieden auf der Welt zu sichern. Der Hass, die Abscheu und vor allem die Angst vor den anderen schweißte die einzelnen Gemeinschaften fest zusammen, man musste nur sicherstellen, dass sie sich nie begegneten. Oder nach einer anderen Wahrheit suchten.

Dass Jurrka sich gegen ein Leben im Kreis der Herrscher und für das Schweigen der Mönche entschieden hatte, hatte Diest ohne einen leiblichen Nachfolger im Kreis der Ältesten von Fundament dastehen lassen. Von den drei Siedlungen, die ihm zugeteilt waren und die er erfolgreich leitete, hatte damit nur Sakrament, die Siedlung der Verhüllten, eine Aussicht, von Pewod, einem seiner Söhne, erfolgreich angeführt zu werden.

Er war über Jurrkas Flucht zu den Mönchen so wütend gewesen, dass er begonnen hatte, diesen seltsamen Sohn bei jedem seiner Besuche zu quälen, um ihn an seine Seite zu zwingen. Aber Jurrka hatte seine Schläge und Demütigungen stumm ertragen und schließlich die Nahrungsaufnahme eingestellt. Krank und schwach, wie er geworden war, hatte er sich seiner Herrschaft entzogen. Und nicht nur das. Er hatte vor seinem Tod einer zerlumpten Kansa aus Firmament die Möglichkeit verschafft, auf legalem Weg die Siedlung zu verlassen. Als die Wächter sie aus den Augen verloren, hatte Diest das kurz beunruhigt. Viele der Frauen dieser Siedlung waren debil und kränklich, diese hatte gesund gewirkt, aber mit ihrem kräftigen Knochenbau und den kurzen Haaren unangenehm vermännlicht, wahrscheinlich war sie draußen im Veld schnell umgekommen. Und dann hatte ausgerechnet Hagen einen Hinweis auf eine Unregelmäßigkeit außerhalb der Kuppeln von Firmament entdeckt. Diest sah zu seinem Sohn, der sich nicht einmal bemühte, so zu tun, als höre er Semon zu.

Vielleicht hatte er sich damit auf lange Sicht endlich einmal als nützlich erwiesen.

Zweiundvierzig

Thau versuchte, die Augen zu öffnen, aber ihre Augenlider waren kalt und starr, wie aus gefrorenem Leder, und ihr Kopf schmerzte pochend. Sie versuchte sich aufzusetzen, aber der Befehl verhallte ungehört in ihrem Körper und erreichte die Muskeln nicht.

Wo bin ich, dachte sie und wie bin ich hierhergekommen? Habe ich das nicht schon herausgefunden?

Sie tastete ihre Umgebung mühsam ab und ihre Hand erspürte, dass sie immer noch auf der schmalen Liege unter der groben Decke lag. Die Decke roch immer noch feucht und muffig. Es war still und dunkel. Die Nebel in ihrem Kopf machten das Denken schwer und es wollte ihr nicht gelingen, die Zeit zu messen. Sie befand sich in einer permanenten Zwischenwelt, die nicht ganz Schlaf und nicht ganz Wachzustand war. Manchmal hatte sie das Gefühl gehabt, dass die Dunkelheit sich lichten wollte, aber dann hatte man ihr etwas zu essen oder zu trinken eingeflößt und die Schwärze war wieder dichter geworden. Irgendwann hatte sie, einigermaßen klar, selber gegessen und getrunken und war danach sofort wieder in tiefen Schlaf gefallen. Diesen Zusammenhang herzustellen, hatte sie einige Anläufe gekostet, aber wenn sie mit dem Essen wartete, wurde ihr Kopf wacher.

Wie lange habe ich dieses Mal geschlafen und wie lange bin ich schon hier?

Und wo ist hier?

Sie wollte nach dem Krug mit Wasser neben der Liege greifen und stoppte sich.

Una.

Immer, wenn sie einen kurzen Augenblick bei Bewusstsein gewesen war, hatte sie nach dem Bild der jungen Frau in ihrem Kopf gesucht, um sich daran festzuhalten. Aber es hatte sich ihr entzogen, war schön und flüchtig gewesen wie der Nebel über den morgendlichen Feldern, bevor die Sturmzeit begann. Waren die Nächte mit der schönen Frau nur ein Traum gewesen und das hier war die Realität oder war das hier ein Albtraum mit einem Maschinenmann und sie hatte vergessen, wie man erwachte?

Der Maschinenmann.

Das seltsame Wesen, das sie erst gefüttert hatte und ihr jetzt ab und zu wortlos einen Teller mit Brei und einen Krug Wasser hinstellte, sah für ihre getrübte Wahrnehmung nicht menschlich aus. Seine Haut war gelb und dort, wo sein Gesicht hätte sein müssen, glänzte eine große, spiegelnde Fläche, in der Thau sich selber, die metallischen Gebilde an der Wand, die schmale Liege und die Schutzwand vor der Toilette im Raum sehen konnte. Die Hände, die ihr das Essen brachten, waren genauso gelb wie die Füße.

Es gelang ihr, sich aufzusetzen, sie wartete, bis der Schwindel in ihrem Kopf aufgehört hatte, den Raum zu drehen und erhob sich. Sie ging langsam zu dem schmalen Strich aus Licht, der sich unter der einzigen Tür hindurchzwängte. Die Tür war glatt und kalt und die Klinke ließ sich nicht herunterdrücken. Sie vermutete, dass sie das schon mehrmals versucht hatte, vielleicht auch nur einmal, ja, einmal auf jeden Fall, kurz bevor der Maschinenmann zurückgekommen war. Sie hatte seine Schritte durch die Tür gehört und war so schnell zur Liege zurückgelaufen, dass sie sich ihr linkes Knie am eisernen Gestell aufgeschlagen hatte.

Wenn sie, so wie jetzt, ein paar Stunden mit dem Essen und dem Trinken wartete, funktionierte ihr Kopf besser. Gut genug um festzustellen, dass Una sie nicht belogen hatte. Dass der Maschinenmann nicht wirklich Maschine war, sondern eine Art Anzug trug, der sein Gesicht und seine Gestalt vor ihr verbarg.

Gut genug, um sich an die Nacht zu erinnern, die sie hierher gebracht hatte.

Sie klammerte sich an diese Phasen der Klarheit und schob die Nahrungsaufnahme und das Trinken weiter hinaus. Ihn nicht misstrauisch zu machen war wichtig, auch das verstand sie und obwohl sie keine Möglichkeit hatte, die Zeit zu messen, war es ihr bis jetzt gelungen, immer erst kurz vor seiner Rückkehr zu essen. Wenn sie nicht freiwillig aß, würde er sie gewaltsam füttern. Sie hatte ein paar Quetschungen am Oberkörper und an den Armen, die sie daran erinnerten.

Die klare Zeit war eine wunderbare Insel in einem großen trägen Fluss aus Schmerz und Angst. Thau fuhr mit dem Finger den Lichtstrich nach und sah Una vor sich. Bist du da draußen? Sie konnte endlich wieder das Gesicht der Frau, nach der sie sich sehnte, klar erkennen und das wirkte wie ein helles Licht in der Schwärze eines tiefen Schachtes.

Sie war nach der Nacht, in der sie sich so unfassbar nah gewesen waren, vom Hügel zurück in ihr Lager gegangen und ihr Entschluss hatte festgestanden. Gott, wenn er denn existierte, hatte das Recht verwirkt, sie zu strafen, die Gesetze der Siedlung über den Schächten galten für sie nicht länger. Die Erkenntnis, dass sie von Anfang an ausgezogen war, um ein anderes Leben zu finden und dass die Suche nach Waren für die Siedlung nur vorgeschoben gewesen war, hatte sie erfüllt. Zu viel in den Geschichten von Fundament und Firmament war unwahr, wahr war der Blick in Unas Augen und dort lag ihre Zukunft. Wenn Una in der nächsten Nacht zu ihr kam, würde sie ihr ein Armband aus den Gräsern am Fluss flechten und sie bitten, mit ihr den Pakt einzugehen. Sie würde ihr die Hand auf das Herz legen und den Schwur der Schächte sprechen oder den der Kuppeln oder einen neuen Schwur, den sie gemeinsam erdenken würden. Alles, was sie bis jetzt miteinander erlebt hatten, war unmöglich gewesen und hatte damit die Möglichkeiten, an die sie ihr Leben lang geglaubt hatte, als lächerliche Grenzen enthüllt, die jemand anderes erdacht hatte. Wenn es zwei

Siedlungen gab, würde es auch noch andere geben und vielleicht gab es eine, in der sie gemeinsam leben konnten. Und wenn nicht, würden sie einen Weg finden, zwischen all diesen Kansa, die ihre eigenen Wahrheiten mit Mauern und Lügen schützten, zu existieren. Oder bei dem Versuch das zu tun, gemeinsam sterben. Trennen würden sie sich, wenn es nach Thau ging, nie mehr.

Sie hatte sich über Tag ruhig verhalten, im Gegensatz zu Una war sie sicher, dass auch andere Kansa Firmament verließen. Sie erinnerte sich zu gut an das Brummen, das sie in einer der ersten Nächte an den Kuppeln gehört hatte, und das kleine Licht, das viel schneller als ein Mensch oder ein Pferd hinter den Hügeln im Osten verschwunden war.

Untätig in den Büschen auf Una zu warten, war nicht leicht gewesen.

Die schöne Frau hatte nicht nur ihre Gefühlswelt, sondern auch ihr Zeitempfinden auf den Kopf gestellt. Jede Minute mit ihr hetzte davon, während die Zeit ohne sie sich nicht zu bewegen schien.

Thau hatte in der Dunkelheit der langen Nacht ohne Una auf ihrer Matte gelegen und sich sehnsüchtig an deren weichen Mund gewünscht. Sie hatte vorher nie darüber nachgedacht, dass die Sprache der Intimität nicht aus ganzen Sätzen, sondern aus kleinen Lauten und Silben bestehen könnte. Sie hatte überhaupt nicht über die Sprache der Liebe nachgedacht und dann hatte sie sie in einer Nacht gelernt.

»Du«, hatte Una in ihr Ohr geatmet und das Wort war Erkenntnis, Liebeserklärung und sehnsüchtiger Wunsch gleichzeitig gewesen.

»Du«, hatte sie geantwortet und die beiden Buchstaben hatten ihre Verwunderung, ihre Hingabe und ihre eigene Sehnsucht mühelos transportiert.

Ihre Gedanken hatten sich gestreckt und geräkelt und Wege eingeschlagen, die sie selber nicht für möglich gehalten hatte. Befreit von den Grenzen ihres Denkens hatte ihr Körper neue Wege erdacht, diese Liebe zu zeigen und zu empfinden. Sich Una zu öffnen würde nicht nur zu Recht das gefährden, was sie zu sein geglaubt hatte, es würde sie zu dem machen, was sie eigentlich war.

Dann hatte Fleck unruhig geschnaubt und das hatte sie aus Unas imaginären Armen gerissen und misstrauisch gemacht. War sie eingeschlafen? Hatte sie in ihren Träumereien etwas überhört? Sie hatte mit angehaltenem Atem gelauscht und gerade als sie sich entspannen wollte, war ein Ast zurückgeschnappt und sie hatte gewusst, dass sie entdeckt worden war. Es war, als habe sie zu spät, aber überdeutlich einen Sinn für drohende Gefahr entwickelt, der ihr versicherte, dass jemand mit schlechten Absichten in ihrer unmittelbaren Nähe lauerte.

Zu nah um aufzuspringen und im Schutz der Nacht zu entkommen.

Sie hatte fieberhaft ihre Optionen durchgerechnet und war bei keiner angelangt, die gut war. Wahrscheinlich war ein Kampf in nächster Nähe noch ihre beste Option. Wer da in den Büschen lauerte, besaß Waffen, die aus der Distanz treffen konnten, ihr einziger Vorteil war ihn glauben zu lassen, dass sie schlief und ihn zu überraschen. Ich muss Una eine Botschaft hinterlassen, falls das schiefgeht, hatte sie gedacht und in einer möglichst natürlichen Schlafbewegung ihren Kompass an sich gezogen und innig geküsst. Ich liebe dich mehr als dieses Leben und ich hoffe, ich werde dir das sagen können, hatte sie gedacht und den einen Satz wie ein Gebet mehrmals lautlos wiederholt. Dann hatte sie gehustet und Jurrkas Kompass dabei flach in die dichten Büsche geschleudert in der Hoffnung, dass ihr Angreifer das in seinem Versteck nicht sehen konnte. Als sie sich auf den Kampf vorbereitete, hatte ein kleines Geräusch wie ein hohler Knall die Stille durchbrochen und sie hatte einen scharfen Schmerz im Rücken gespürt.

Und dann war die Dunkelheit gekommen.

Sie hörte die Schritte, die der Ankunft des Maschinenmannes vorauseilten, ging schnell zurück zur Liege, aß hastig von dem Teller, nahm einen großen Schluck Wasser und schloss die müden Augen.

Una.

Du.

Dreiundvierzig

Una war wie ausgewechselt. Jede Mutlosigkeit und Schwäche war von ihr abgefallen und sie strahlte eine Energie aus, die Elsen ansteckte. Sie folgte ihrer Tochter mit den Augen. Una ging im Zimmer auf und ab als gälte es, in kurzer Zeit eine Rinne in den soliden Steinboden zu laufen.

»Sie ist hier, Elsen, sie ist hier in Firmament, ich bin sicher! Über wen sollte Diest sonst gesprochen haben?«

Der Plan auf dem Tisch wehte mit jeder Kehrtwendung an einer Ecke auf und Elsen hinderte ihn daran, vom Tisch zu wehen. Ohne eine Zeichnung, die den genauen Standort des Koms zeigte, war ihr Suchbereich zwar nicht kleiner geworden, sie wussten jetzt aber, dass es sich lohnte, zu suchen. Elsen sortierte alle Informationen, die sie hatte und hielt Una an ihrem Anzug fest.

»Firmament ist groß, sie kann überall sein. Hast du die andere Stimme erkannt?«

Una blieb widerwillig neben ihrer Mutter stehen und schüttelte den Kopf.

»Nein, habe ich nicht. Wenn sie überall sein kann, Elsen, werde ich eben überall suchen.«

»Dafür wirst du mehr Zeit brauchen als die sechs

Tage, die bis zur nächsten Woche der Kontemplation noch verbleiben. Sie beginnt am Tag nach dem Jahresfest.«

Man merkte Una an, dass sie darüber nicht nachgedacht hatte. Sie setzte ihren Weg durch den Raum fort, aber ihre Schritte klangen nicht mehr ganz so energisch.

»Was ist dein Plan?«

Sie hatte der Stimme ihrer Mutter angehört, dass sie die Situation analysiert hatte.

»Mein Plan, und ich bin nicht sicher, dass er diesen Namen verdient, ist simpel und nicht mehr als ein Anfang. Ich teile dich ab morgen zur Kontrolle der Filter ein und das verschafft dir Zutritt in alle Kuppeln, ohne dass es jemanden misstrauisch machen wird. Es sei denn, sie sind schon misstrauisch, es sei denn …«

Elsen sah Una prüfend an.

»Bist du sicher, dass sie dich nicht verraten würde? Dass sie nicht versuchen wird, mit dem Namen der Kansa, die sie heimlich mit Lebensmittel versorgt und nicht der Verwaltung gemeldet hat, ihre Lage zu verbessern?«

Una sah Thau vor sich, die alleine in eine Welt gezogen war, von der alle glaubten, dass sie den Tod brachte. Die ihrem Gefühl mehr getraut hatte als den Lehren ihrer Gemeinschaft. Die sich auf eine Fremde eingelassen hatte, die auf sie geschossen hatte. Thau, die sie im Wasser gehalten und im Veld leidenschaftlich geküsst hatte.

»Sie würde eher sterben, als mich zu verraten. So wie ich eher sterben werde, als sie in Gefangenschaft zu lassen.«

Elsen sah wieder dieses Licht in Unas grünen Augen und das war ihr Versicherung genug. Sie würde ebenso wie ihre Tochter darauf vertrauen, dass die unbekannte Fremde aus einer anderen Siedlung nicht dafür gesorgt hatte, dass sie beide auf dem Weg in die Korrektur waren. Sie erhob sich und ging zur Tür ihres Zimmers.

»Gut. Dann wird es deine erste schwere Aufgabe sein, jetzt ins Bett zu gehen und zu schlafen. Wir fangen morgen früh an. Wenn sie uns nicht in Gefahr gebracht hat, wollen wir es jetzt nicht selber tun. Alle wissen, dass du dich gut mit den Filtern auskennst. Ich gebe dir einen Plan der Anlagen mit und dann arbeitest du dich durch die Verwalterkuppel. Wenn man dir irgendwo den Zutritt verwehrt, entschuldige dich, geh weiter und zeichne den Raum ein. Bestehe nicht darauf, Räume zu betreten. Ich werde mich morgen in den leeren Kuppeln umsehen und mich beim Mittagessen mal zu Auder setzen.«

Una sah ihre Mutter erstaunt an.

»Du glaubst, dass die andere Stimme Auder war?«

Elsen zuckte mit den Schultern.

»Er räumt für Diest schon heimlich den Dreck weg, seit sie beide Kinder waren. Wenn Diest einem Kansa eine heikle Mission anvertraut, dann ist es Auder.«

Vierundvierzig

Der Maschinenmann stellte den Teller auf den Boden und ging nicht sofort hinaus, sondern blieb im grellen Licht stehen, das sich kurz vor seiner Ankunft von länglichen Gebilden an der Decke im gesamten Raum verteilt hatte. Als die Röhren summend angesprungen waren, hatte Thau sie für eine Waffe gehalten, die sie töten sollte, und sich erst langsam von ihrem Schrecken erholt. Sie waren nur künstliches Licht, so wie Unas Lampe, aber kälter, flächiger und lauter.

Thau öffnete vorsichtig die Augen und starrte in die verspiegelte Fläche, die sein Gesicht verbarg. Sie versuchte zu sprechen, aber ihr Hals brachte nur ein trockenes Krächzen hervor. Sie hustete und unternahm einen zweiten Anlauf. Das helle Licht brannte in ihren Augen.

»Ich bin Thau, Herbstläuferin aus Fundament. Aufwärts, Fremder.«

Ihre Stimme klang heiser, aber es gelang ihr, die Worte klar zu artikulieren.

»Danke, dass du deine Speisen und dein Wasser mit mir teilst. Ich glaube, ich bin krank, ich kann mich an nichts erinnern. Ist das dein Haus? Bin ich zu nahe an deine Siedlung gekommen? Ich habe in den Ruinen

Saatgut gesammelt und bin auf dem Weg zurück in die Siedlung über den Schächten, bevor die Sturmzeit beginnt. Wer du auch bist, bitte lass mich gehen. Mein Lama ist ganz allein draußen im Veld. Bitte.«

Thau schloss die Augen und helle Punkte tanzten höhnisch vor ihren geschlossenen Lidern. Sie hatte sich überlegt, dass es wichtig war, genauso hilflos wie ahnungslos zu klingen, um ihn in Sicherheit zu wiegen. Sie war ganz sicher, dass sie innerhalb der Kuppeln war, aber sie musste das vor ihm verbergen. Sie war auch sicher, dass er ihre Körbe und die Saatgutbeutel und Dosen durchsucht hatte. Hatte er erkannt, dass sie aus den Kuppeln waren? Hatten sie am Lager auf Una gewartet und sie ebenfalls gefangen genommen? Dieser Gedanke ängstigte sie mehr als alle anderen. Sie spürte einen Stoß gegen die Liege und überließ die grellen Punkte ihrem Tanz.

Der Maschinenmann beugte sich langsam zu ihr hinunter und sie konnte ihr blasses Gesicht in der Spiegelung sehen.

»Bitte«, sagte sie wieder, »ich will doch nur nach Hause.«

Der Maschinenmann richtete sich auf und ging zur Tür.

»Dein Lama ist tot und du wirst dein Zuhause nie wiedersehen.«

Die Tür fiel krachend hinter ihm ins Schloss und Thau ließ die Tränen zu beiden Seiten ihres Gesichts hinunterlaufen, ohne sie wegzuwischen.

Auder zog den Schutzanzug langsam aus und hängte ihn sorgfältig an seinen Platz am Eingang der alten Minenkuppel. Eigentlich war es egal, ob sie sein Gesicht sah oder nicht, aber er liebte die Angst, die sein Anblick bei ihr ausgelöst hatte. Er liebte es, dass Diest ihm die alleinige Verantwortung für die Gefangene übertragen hatte, es gab ihm Macht. Natürlich wusste er, dass er sie sorgsam behandeln musste, aber den Schmerz in ihren Augen zu sehen, als er das tote Lama erwähnt hatte, das war sicher auch in Diests Sinn. Strafe musste sein.

Er ging in Richtung der Essensausgabe, sah hinauf zu den bunten Zeichnungen an der Kuppeldecke und freute sich auf Ticaret. Er würde Diest in fünf Tagen begleiten, um den Transport der Gefangenen leichter zu machen, aber auch als Belohnung für seine Umsicht.

Ich habe das wunderbar gelöst, er schritt auf den Speiseraum zu und war sehr zufrieden mit sich. Natürlich hätte er die verrückte Kansa, genau wie ihr Lama, erschießen und sie zusammen mit dem Plunder, den sie in ihren Körben herumschleppte, im Fluss versenken können, aber das hier war die bessere Idee. So war Diest ihm wieder verpflichtet.

Er grüßte freundlich nach rechts und links und strich einem kleinen Mädchen, das mit einer Puppe in der Hand an einer Ecke wartete, liebevoll über den Kopf. Eine junge Kansa, wahrscheinlich die Mutter der Kleinen, lächelte ihm aus einer Gruppe, die sich ein paar Schritte weiter angeregt unterhielt, zu. Er lächelte zurück und ging dem Klappern der Schüsseln und Becher entgegen.

Dass die Kansa in den Kuppeln ihn für freundlich, aber dumm hielten, war ihm recht, es schützte ihn und es schützte Diest. Wenn ihr wüsstet, wie gut ich entscheiden kann, dachte er, nahm sich einen gut gefüllten Teller und setzte sich mit dem intensiv duftenden Gemüsegericht an einen der langen Tische.

Als er die Fremde nach Hagens Fund entdeckt hatte, war sein Herz fast stehengeblieben. In unmittelbarer Nähe der Kuppeln gab es ein Lager und ihm war das entgangen. Die Herbstläuferin aus dem Süden, die den Wächtern entkommen war, hatte es wirklich unbemerkt bis Firmament geschafft. Unbemerkt von ihm, der mit dem Schutz der Kuppeln beauftragt war. Das würde ihn seinen Dienst und seine Privilegien kosten.

Wenn sie zurückkehrte und in der Siedlung über den Schächten von den Kuppeln und anderen Kansa erzählte, würde ihr zwar kaum jemand glauben, aber kaum jemand war Diest nicht gut genug. Der Verwalter hasste unkalkulierbare Ereignisse und er hatte seine guten Gründe dafür. Kleine Entdeckungen wurden manchmal zu großen Ereignissen. Erst kürzlich hatte ein Herrscher eine seiner Siedlungen verloren, weil eine kleine Gruppe unentdeckter Aufrührer ein Teleskop gefunden und in einer Sternenkonstellation den Befehl zum Transit in Richtung Sirius gesehen hatte. Der größte Teil der Einwohner von Testament war ihnen freiwillig in den Tod gefolgt, die Zweifler waren von den Eiferern umgebracht worden.

Auder hatte sich in der Nacht dem Lager unauffällig genähert, um die Fremde zu erschießen und sein Problem zu beseitigen. Hagens Fund würde nichts als eine Trophäe des faulen Verwaltersohns bleiben. Ein Stück Stoff aus der Vergangenheit, ohne Konsequenzen für die Gegenwart.

Die dumme Fremde hatte ruhig schlafend dagelegen und das hatte ihm Zeit gegeben nachzudenken und den Scanner aus der Tasche zu ziehen. Es war zwar unwahrscheinlich, dass er reagierte, aber Auder war diese Idee gekommen und er hatte sicher gehen wollen. Er hatte das kleine Gerät in die Höhe gehoben und war vollkommen überrascht gewesen als der Chip, den man Diests Nachfahren unter das Schulterblatt implantierte, angeschlagen hatte.

Die lästige Streunerin war eindeutig Diests leibliche Tochter.

Die Anzeige im Scanner hatte alles geändert, weil sie Diest eine Option verschaffte, nach der er in den letzten Monaten gesucht hatte. Auder hatte sein Glück kaum fassen können, nach der Betäubungspistole gegriffen und geschossen.

Er hatte die schlafende Frau perfekt getroffen und das hatte ihn stolz gemacht. Dann aber hatte er die armseligen Körbe durchsucht und das hatte ihn in eine neue Krise gestürzt. Ein paar der Tücher und Dosen waren eindeutig aus Firmament. Altes, unnützes Zeug und kleine Mengen Saatgut, aber es bedeutete, dass es in den Kuppeln irgendeinen heißblütigen Verwaltersohn gab, der die junge Frau vor ihm entdeckt und mit Lebensmitteln versorgt hatte. Auder hatte wieder eine Entscheidung treffen müssen und das Lama mit harten, wütenden Schlägen ins Veld getrieben. Dann hatte er die bewusstlose Frau, den Packsattel und alle anderen Sachen in seinen Wagen geladen und war damit zum Fluss gefahren. Als die geflochtenen Körbe langsam im dunklen Wasser davongetrieben waren, war er sich sicher gewesen. Wer immer sich von den halbwüchsigen Söhnen der Verwalter ein Vergnügen nebenbei gegönnt hatte, würde das für sich behalten wollen. Auch wenn die angehenden Herrscher viele Privilegien hatten, so war es keine Seltenheit, dass ihnen Vorrechte für Vergehen gegen die Ordnung der Siedlungen entzogen wurden. Wenn der junge Kansa bis jetzt über seine Abenteuer im Veld geschwiegen hatte, so würde er das erst recht tun, wenn sie verschwunden war. Es war unnötig seine Identität zu enthüllen. Dass er bis jetzt geschwiegen hatte, schloss Hagen aus dem Kreis der Verdächtigen aus.

Auder stach seine Gabel in eine große Kartoffel und aß mit großem Appetit. Um ihn herum herrschte reges Treiben, eine Frau am Nebentisch lächelte ihm freundlich zu. Er beschloss, sich einen Nachtisch zu holen. In fünf Tagen war diese ganze Geschichte erledigt und dann würde er den Lohn für seine Arbeit bekommen. Er biss genüsslich in die knusprige Kruste des Nusskuchens.

»Ist der Kuchen so lecker, wie er aussieht?«

Auder sah in Elsens freundliche Augen und wurde rot.

»Lecker.«

Er wollte eigentlich einen ganzen Satz sagen, aber die Worte ließen sich nicht so schnell finden und in die richtige Reihenfolge hintereinandersetzen. Elsen macht ihn nervös. Das war schon immer so gewesen. Schon vorher. Die Kuchenmasse in seinem Mund wurde zu einem zähen Klumpen, der sich schwer schlucken ließ.

»Darf ich?«

Sie deutete auf den freien Platz ihm gegenüber und er nickte und sah unruhig kauend zu, wie sie sich ein Stück Kuchen und einen Becher Saft holte. Es war nicht ungewöhnlich, dass Elsen außerhalb ihrer Wohnkuppel aß, sagte er sich, sie war als Technikdienerin überall unterwegs. Trotzdem konnte Auder sich nicht erinnern, schon einmal beim Essen mit ihr an einem Tisch gesessen zu haben. Er biss ein weiteres Stück ab und kaute knackend auf einer Nuss, die in seinem Kuchen steckte.

Elsen nahm auf der anderen Seite des Tisches Platz und biss ebenfalls ein großes Stück aus ihrem Kuchen.

»Du hast recht. Der ist richtig gut.«

Sie lachte ihn an und Auder lachte befangen mit geschlossenem Mund zurück. Die kleinen Nussstücke hatten sich in seinem Mund verteilt und er fürchtete, dass sie sich auch unvorteilhaft zwischen seinen weit auseinanderstehenden Schneidezähnen platziert hatten.

Sie erzählte zwischen den einzelnen Bissen von ihrem Tag und er bemühte sich, interessiert und freundlich zu schauen, ohne sie wirklich anzusehen. Ein weiterer Technikdiener setzte sich zu ihnen und verwickelte Elsen in ein Gespräch über den Mechanismus der Notfalltüren. Auder entspannte sich, versuchte mit der Zunge die Nusssplitter zu erhaschen und beobachtete Elsen heimlich.

Er hatte sie schon als Junge gemocht und als sie nach Avenths Tod beide ohne Verbindungspartner dagestanden hatten, hatte er Diest seine Gefühle angedeutet. Der Verwalter hatte das für eine absurde Idee gehalten und so hatte er ihr fern bleiben müssen, obwohl er sicher gewesen war, dass er ihr den Schmerz hätte nehmen können. Ein großes Nussstück widersetzte sich ihm hartnäckig und sein Gesicht verzog sich mit jedem Versuch, es aus seiner Position zu vertreiben, ohne die Finger zu benutzen.

Warum Diest ihm diesen Wunsch damals verweigert, aber jetzt seinem dummen Sohn den Wunsch nach Elsens Tochter erfüllt hatte, war ihm ein Rätsel. Elsen wandte sich ihm zu und lächelte, bevor sie dem Technikdiener seine nächste Frage geduldig beantwortete. Ihr Gesicht war auch mit über fünfzig Sturmzeiten noch schön und die kleinen Fältchen um ihre Augen verteilten sich wie die Strahlen der Sonne, die er bei seinen Ausflügen gerne betrachtete.

In jener Nacht war ihr Gesicht schrecklich verzerrt gewesen. Sie hatte sich über den toten Aventh geworfen und laut geschrien. Die Schreie und der wunde Schmerz in ihren Augen hatten ihn noch jahrelang in Träumen verfolgt.

»Du siehst angestrengt aus, du hast bestimmt viel zu tun.«

Elsen wandte sich ihm wieder zu. Er wischte die alten Bilder in seinem Kopf schnell weg und konnte der Versuchung, sich ein wenig aufzuplustern, nicht widerstehen. »Diest lässt mich viele Sachen alleine entscheiden und ich trage Verantwortung. Das ist oft nicht leicht.«

»Das habe ich mir schon gedacht.«

Elsen berührte seinen Arm.

»Im stillen Auder steckt ein Kansa, der viel mehr erledigt, als alle denken. Danke für deine Mitarbeit!«

Sie beugte sich ihm mit ihrem Becher Rote-Beete-Saft entgegen und es wirkte, als wolle sie auf ihn anstoßen. Er sah die ungeschickte Bewegung und den Becher, der sich über seinen Anzug ergoss, ohne dass er ihn aufhalten konnte. Elsen sprang auf.

»Auder. Es tut mir so leid. Wie konnte mir das passieren.«

Sie versuchte den Flecken auf seinem Anzug zu verreiben und rieb den tiefroten Saft dabei noch tiefer in die hellgraue Faser.

»Da will ich dir danken und dann passiert mir so etwas. Ich muss mich entschuldigen. Gerade dieser Anzug steht dir doch so gut.«

Sie sah ihn schuldbewusst an und legte ihre Hand auf seine Wange. Ihre Berührung machte die Schmeichelei zu einer ganz speziellen Botschaft für ihn allein. Auder lächelte eitel und das große dunkle Nussstück zwischen seinen Zähnen vergrößerte die Lücke unvorteilhaft.

»Kein Problem, Elsen, ich bringe den Anzug sofort in die Wäscherei und dann kann ich ihn morgen wieder tragen.«

Elsen strahlte ihn und die nussgestützte Zahnlücke dankbar an.

»Ich wusste doch, dass du ein Kansa bist, der sich auf unangenehme Situationen besser als viele andere einstellen kann.«

»Wenn du wüsstest, Elsen …«

Auder setzte an und unterbrach sich. Er stand abrupt auf.

»Wichtige Termine, tut mir leid.«

Diest würde es nicht gefallen, wenn er sich aus Eitelkeit verplapperte, er musste vorsichtig sein.

Elsen sah dem kleinen Mann nachdenklich hinterher, als er eilig in Richtung der Wäscherei den Essraum verließ, und machte sich dann auf die Suche nach Una. Sie fand sie leise fluchend an der Filteranlage der kleineren Verwaltungskuppel, wo der neue Filter in ihrer Hand sich erfolgreich dem Bemühen, ihn einzubauen, widersetzte.

Unas Tag war eine einzige Prüfung gewesen und sie war froh, als Elsen neben ihr auftauchte und sie gemeinsam den Filter montierten.

»Hast du etwas gefunden?«

Una senkte wütend den Kopf.

»Ich habe bis jetzt leere Tagungsräume und dreizehn verstopfte Filter gefunden. Dreizehn an einem Morgen. Hier muss alles ausgetauscht werden, ich komme kaum vom Fleck. Wenn ich die Filter nicht tausche, fragt sich der nächste Technikdiener, was ich getan habe. So werden wir Thau nie rechtzeitig finden.«

Elsen stellte sich dicht neben sie und behielt den Technikdiener, der über ihnen an einer der Sonnenröhren im Dach arbeitete, dabei im Auge. Sie strich ihrer Tochter zärtlich über den Kopf und flüsterte: »Wenn wir Auder folgen, finden wir Thau. Ich bin ganz sicher.«

Fünfundvierzig

Diest legte den Kopf schief, um Ozora glauben zu machen, dass er ihr und ihren endlosen Ausführungen über die Verbindung ihres Sohnes und das Jahresfest zuhören würde, während er innerlich seine nächsten Schritte plante. Auf dem Fest würde er seine Rede halten und mit überraschend guten Nachrichten dafür sorgen, dass die Stimmung für die nächste Sturmzeit positiv war. Am folgenden Tag würde er mit Auder und der jungen Frau, die sein Erbgut trug, nach Ticaret aufbrechen, um die Monarki zu treffen und die Verhandlungen zu beginnen.

»Diest? Den roten oder den hellroten?«

Ozora stand mit zwei Frauenanzügen, die sich für seine Augen nicht unterschieden, vor ihm und er deutete nach kurzer, gespielter Überlegung auf den linken.

»Der ist es, Ozora, der bringt deine Figur besonders gut zur Geltung.«

Sie nickte lächelnd und redete weiter. Das war ihr Arrangement, sie bekam innerhalb der Kuppeln, was ihr gefiel, er tat so, als ob er ihr zuhörte und sie tat so, als ob sie alles andere nicht bemerkte.

Er sah sich im Raum um, während seine Verbundene redend und gestikulierend um ihn herumtänzelte.

Trotz aller Bilder, die Ozora gesammelt hatte, waren die Kuppelwände schmutzig bunt und das träge Summen der Filteranlagen allgegenwärtig. Unter dem Licht der schlecht gedimmten Lampen nahmen sich zu viele wuchtige Möbel gegenseitig die Wirkung und sammelten Staub. Diest nickte Ozora zu und zog selbstvergessen mit dem Zeigefinger eine Linie in die feine Staubschicht auf dem Tisch. Die Böden in den Agrarkuppeln waren ausgelaugt und die Atemluft war gerade in der Nähe der Erzmine trotz aller Filter radongeschwängert. Der keuchende Husten war ein Geräusch, das er mehr mit den Kuppeln verband als jedes andere. Manchmal glaubte er, in der Nacht die abgeleiteten Grubengase der alten Kohlemine zu riechen, auch wenn er wusste, dass sie draußen abgefackelt wurden. Firmament hatte in diesem Zustand noch zehn, vielleicht zwanzig Jahre und bis dahin musste er einen guten Platz für sich gefunden haben. Er wollte weder in seiner Siedlung über den Schächten noch bei den Verhüllten leben, es reichte ihm, ein paar Wochen in jedem Jahr dort zu verbringen. Sie brachten ihre Erträge und waren leicht zu führen, aber wenn die Sturmzeit kam, waren beide Siedlungen kein guter Platz. Diest sah, wie sich aus einer der Blüten im großen Strauß, der die Mitte des Tisches zierte, ein großes gelbes Blatt löste und lautlos auf die aufwendige Schnitzerei der Tischplatte fiel. Ozora sah es auch und riss den ganzen Strauß mit genervtem Gesichtsausdruck aus der Vase. Mehr gelbe und rote Blätter regneten zu Boden und bildeten eine Spur vom Tisch zu ihrem unsichtbaren Ziel am Ende des Ganges. Diest folgte der Spur und sammelte die Blütenblätter auf. Morgen würden an der gleichen Stelle auf dem Tisch frische Blumen beginnen, langsam zu verwelken.

Alles verfiel irgendwann, das war nicht zu ändern. Er warf die Blätter in den Kompostbehälter und ging zurück an seinen Terminal.

Ihm blieben noch zwei Siedlungen und die Möglichkeit, eine leibliche Tochter mit einem Sohn der Monarki zu verbinden, das garantierte ihm einen Platz unter den Reichsten der Herrscher, wenn er Firmament eines Tages hinter sich lassen musste. Er hatte sie über seinen privaten Zugang kontaktiert und ihnen die Daten aus dem Chip der jungen Frau zukommen lassen. Wer sie zur Welt gebracht hatte, interessierte die Monarki zum Glück nicht und Diest konnte sich nicht daran erinnern. Sie trug seine Erbanlagen und da ihr Glaube ihnen ausschließlich Ehen unter Herrschern erlaubte, war ihm schnell ein Termin eingeräumt worden. Die neue Verbindung würde natürlich auch eine Frage der Mitgift werden und das bedeutete, er würde nach der nächsten Sturmzeit einen Weg finden müssen, zusätzliche Güter aus seinen Siedlungen abzuzweigen. Ein Verwalter hatte nie Ruhe. Diest seufzte, griff an den Boden und zerdrückte eine gelbe Blüte, die er übersehen hatte, langsam in seiner Hand.

Sechsundvierzig

Una wusch sich am Abend unwillig den Staub von den Händen und klickte sich danach wieder durch die Liste der Koms. Das Kom, aus dem sie den Satz gehört hatte, blieb heute still. Sie schwankte zwischen dem Wunsch, diesem Kom dauerhaft zu lauschen und dem, weitere anzuklicken. Elsens Satz am Mittag hatte sie nicht ruhiger gemacht. Wie sollten sie Auder durch die Kuppeln folgen, ohne ihn zu alarmieren?

Klick. Rauschen.

Zurück.

Klick. Rauschen.

Sie zog sich den Zopf, in den sie ihre langen Haare gezwängt hatte, so fest, dass ihr die Haut hinter den Ohren schmerzte. Der Gedanke, dass Thau irgendwo in Firmament war und sie nicht zu ihr konnte, machte sie wahnsinnig. Das Rauschen der unterschiedlichen Koms verhöhnte sie dazu mit einer akustischen Darstellung ihrer Lage. Ein kurzer Moment der Hoffnung und dann der hörbare Beweis für die monotone Gleichgültigkeit der Kuppeln, der sich über sie lustig machte.

Klick.

Rauschen. Rauschen.

Una stand auf und ging im Raum auf und ab. Unser Leben hier ist nichts als eine Ansammlung von

Lügen und die einzige Wahrheit, die ich gefunden habe, wird von Kansa, die ich mein ganzes Leben lang kenne, gefangen gehalten.

Was, wenn es uns nicht gelingt, Thau in den nächsten Tagen zu finden?

Was, wenn die Woche der Kontemplation anbricht und Thau verschwindet?

Wo würden sie Thau hinbringen? Zurück in die Siedlung über den Schächten? Wozu sie dann erst hier gefangen halten?

Warum hatten sie Thau überhaupt gefangen?

Una fühlte die Verzweiflung in sich wie ein lebendiges Wesen und sie wusste, dass es sie auf kurz oder lang zerreißen würde. Sie sah sich durch die Kuppeln rennen und Türen aufbrechen auf der Suche nach der Frau aus dem Veld. Auf der Suche nach ihrer Frau.

Wie lange würde es dauern, bis man sie einfing und in die Korrektur brachte?

Wie lange, bis sich die Verwaltung der einzigen Zeugin entledigen würde?

Sie schlug ihre Faust im Vorbeigehen auf den Tisch, aber der stechende Schmerz hatte dem Toben der Verzweiflung wenig entgegenzusetzen.

Egal, was sie sich vorher für ihr Leben gewünscht hatte, jetzt war alles auf ein paar Wünsche zusammengeschmolzen.

Thau noch einmal in den Armen halten zu dürfen.

Noch einmal in die klugen dunklen Augen sehen zu können und ihr sagen zu können, dass sie sie liebte.

Und dann gemeinsam dieser Welt der Lügen zu entfliehen.

Elsen kam mit einem Tablett zur Tür herein und sah ihre Tochter ruhelos umhergehen. Sie stellte das Essen auf den Tisch und hielt Una fest.

»Ich habe eine Aufgabe für dich.«

Siebenundvierzig

Thau vermied es, die Augen zu öffnen, als sie die leisen Stimmen hörte. Sie waren zu zweit, soweit sie das feststellen konnte und standen im Eingang zu ihrem Raum. Oder war das nur ein weiterer ihrer wirren Träume?

»Wenn die Haare gewachsen sind und sie weibliche Kleidung trägt, wird es gehen. Dann sieht sie nicht mehr so männlich aus. Dass sie groß ist, muss kein Nachteil sein. Im Haus der Frauen in Ticaret kriegen sie das schon hin.«

In der Stimme lag Verachtung.

»Wenn ich diese Verbindung nicht so dringend brauchen würde, würde ich den Monarki so eine nie anbieten, aber die Chance, sie mit dem Sohn des Herrschers zu verbinden und meine Blutlinie an der Spitze der Monarki zu haben … unglaublich, dass sie von mir ist. Ich muss betrunken gewesen sein, als man mir ihre Mutter gebracht hat. Gib ihr nichts mehr von dem Zeug, ich will, dass sie frisch wirkt.«

Die andere Stimme war noch leiser.

»Sie trägt dein Erbgut und sie ist gebärfähig und gesund. Das mögen die Monarki.«

Die Tür fiel zu, ohne dass jemand ein Tablett abgestellt hatte. Thau wartete noch einen Augenblick, öffnete die Augen und starrte fassungslos die graue Decke an. Ihr betäubtes Gehirn versuchte, die gehörten Sätze zu verarbeiten. Einer der Männer, die sie gefangen hatten, hatte sie gezeugt. Jemand aus den Kuppeln? Wie konnte das möglich sein? In ihrem Kopf kroch eine Erinnerung hoch, schaffte es aber nicht bis ins Bewusstsein. Diese Stimme … Sie schlief wieder ein, bevor sie den Gedanken verfolgen konnte.

Achtundvierzig

Una schaute auf das kleine Gerät, das Elsen aus ihrer Tasche zog und versuchte zu verstehen, was sie sah.

»Was tust du mit dem Kontroller für die Bestäubungsdrohnen?«

»Das ist leicht zu erklären oder wenigstens hoffe ich, dass es das ist.«

Elsen fühlte einen Tatendrang in sich, den sie über viele Jahre unterdrückt hatte. Jetzt endlich durfte sie ihr gesamtes Wissen und all ihre Ideen nutzen, um wirklich etwas zu verbessern. Sie hielt einen winzigen runden Knopf in die Höhe und gab ihn Una.

»Was ist das?«

Una konnte sich nicht erinnern, so einen Knopf schon einmal gesehen zu haben.

»Das ist die Einheit in den Bestäubungsdrohnen, die ihre Position an die Steuerung sendet.«

»Wo hast du die her?«

Una drehte das elektronische Bauteil ratlos in ihrer Hand.

»Ich habe eine Drohne zerstört oder sagen wir es so, wie es im heutigen Bericht steht, eine Drohne hatte bedauerlicherweise einen Unfall an einer Kuppelwand. Technischer Fehler, kommt vor. Niemand wird sie vermissen, sie steht sehr weit unten auf der Reparaturliste.«

Elsen nahm die Steuerung in die Hand und zeigte auf die kleine Anzeige.

»Geh damit im Raum umher.«

Una folgte der Anweisung ihrer Mutter ratlos und bewegte sich ans andere Ende des Raumes.

»Siehst du?«

Unas Mutter hielt die Steuerung hoch und Una sah, dass auf dem Display ein kleiner Pfeil in grünem Licht in ihre Richtung angezeigt wurde.

»Eine unglaublich praktische Funktion. Diese Zelle gibt nicht nur die Höhe, sondern auch ihre genaue Position im Raum an die Steuerung weiter. Und sie tut das über viele Kilometer. Verstehst du?«

Elsen fuhr mit dem Finger die Kreise im Display eifrig nach.

»Das sind die Kuppeln, hier ist unsere Wohnung und hier ist der Pfeil.«

»Und wie bringt uns das zu Thau?«

Una sah ihre Mutter an als mache sie sich ernsthaft Gedanken über deren Geisteszustand. Elsen lächelte und zog sie an den Tisch.

»Wie gut bist du als Schauspielerin?«

Neunundvierzig

Una rauschte in die Wäscherei und versuchte nicht, unbemerkt zu bleiben. Die Spätschicht bestand aus Frauen, die sie flüchtig kannte und betont mürrisch grüßte. Das Band lief langsamer als am Tag und in einer halben Stunde würde es für die Nacht stehenbleiben. Der Geruch der frischen Wäsche mischte sich mit dem strengen Geruch des Pflanzenfetts, mit dem die Transporträder abends eingeschmiert werden mussten. Das ist die ideale Zeit, hatte Elsen verkündet. Die Schicht war kleiner, alle waren müde und hungrig und wollten in ihre Wohnräume.

»Kann das denn so schwer sein?«

Una richtete sich zu ihrer vollen Größe auf, stemmte die Hände in die Hüften und redete so laut, dass auch der Kansa über der Anlage sie hören musste.

»Erst ist Ozoras neuer Anzug in die falsche Kuppel geliefert worden und jetzt vermisst Hagen seinen neuen Overall.«

Die beiden Namen lösten unter den Anwesenden ein unruhiges Gemurmel aus und der Kansa vom Leitstand machte sich über die kleine Metallleiter eilig auf den Weg zu ihr.

»Einigkeit, Una. Ich bin Ember, wie kann ich dir helfen?«

Seine freundliche Nervosität erfreute Una und dass er wusste, wer sie war, machte die Sache leichter.

»Da sitze ich gerade mit Ozora in der Verwalterkuppel und plane meine Verbindung mit dem Sohn des Verwalters und da müssen wir feststellen, dass Hagens neuer Anzug nicht aus der Wäscherei zurückgekommen ist. Ozora ist entsetzt. Wenn so eine Nachlässigkeit am Tage der Verkündung passieren würde, das wäre ja eine Katastrophe!«

Una war sich unsicher, ob sie die richtige Menge Anmaßung und Unverschämtheit in ihre Worte gelegt hatte und hob das Kinn deshalb so an, wie Diest es bei seinen Reden tat. Ember, der ihr sowieso nur bis zur Schulter reichte, sank daraufhin noch ein wenig mehr in sich zusammen und neigte den Kopf.

»Una, ich bin überzeugt, dass es sich da um ein Versehen handelt. Die Anzüge der Verwaltungskuppel werden natürlich gesondert behandelt. Sie sind in Raum zwei und es wäre mir eine Ehre, dich persönlich davon überzeugen zu dürfen, dass heute alle pünktlich ausgeliefert worden sind.«

»Nicht nötig!«

Una stoppte seine Bewegung.

»Du wirst hier sicherlich gebraucht, damit nicht noch mehr durcheinanderkommt, und wenn der Anzug wirklich ausgeliefert worden ist, wird sich das ja schnell feststellen lassen.«

Ember nickte unentschlossen und sah hilflos zu, wie Una die schwere Tür zu Raum zwei öffnete und hinter sich schloss.

Una atmete hinter der Tür tief aus und konnte nicht fassen, wie gut Elsens Plan bis jetzt funktionierte. Es war beruhigend und erschütternd zugleich. In Raum zwei war es stiller und das Geräusch der Bänder und riesigen Waschmaschinen war durch die dicke Stahltür unterdrückt zu hören. Der Geruch nach frischer Wäsche war deutlich stärker.

Sie tastete nach dem Lichtschalter und sah im Schein der grellen Deckenbeleuchtung viele leere Regale und zwei Container mit den Anzügen der Verwalterkuppeln vor sich.

Ihre Finger tasteten hektisch in ihrer Anzugtasche nach dem kleinen Knopf und der Nadel mit dem Faden. Viel Zeit würde ihr nicht bleiben. Die Angst, die Ember zurück an seinen Leitstand beordert hatte, würde ihn auch dazu bringen, selber klarstellen zu wollen, dass ihm kein Fehler unterlaufen war. Sie hob die Anzüge in schneller Folge an und überprüfte die Namen. Auders frisch gereinigter Anzug war der dritte, den sie berührte. Ihre Finger zitterten, als sie den kleinen Knopf in die kleinste der Brusttaschen fallen ließ und die Tasche oben mit zwei kleinen Stichen zunähte. Wenn Auder wie die meisten Kansa war, hatte er für diese Tasche keine Verwendung und würde das nicht bemerken.

Die Tür öffnete sich und Una zuckte zusammen. Sie stieß Auders Anzug an seinen Platz zurück und hoffte, dass es so aussah, als ob ihre Hand missmutig den kleinen Stapel durchsuchte.

»Hagens Anzug ist nicht hier.«

Ember nickte unterwürfig und verständnisvoll.

»Ich habe nachgeschaut und er ist gestern Morgen an die Verwaltungskuppel geschickt worden. Möglicherweise hat Ozora ihn übersehen?«

Ember machte ihr dieses Angebot, damit sie nicht in die Verlegenheit kam, einen Fehler zugeben zu müssen. Una hasste ihn einen Moment lang für seine blinde Loyalität der Verwaltung gegenüber. Warum lässt er zu, dass ich mich hier so benehme? Warum haben wir alle zugelassen, dass unser Leben so ist?

Sie lächelte ihn mit gespielter Ungeduld an.

»Ich werde das mit Ozora gemeinsam herausfinden. Bitte sprich sie nicht darauf an, falls sie den Anzug wirklich übersehen hat. Ozora hasst das. Danke für deine Mitarbeit.«

Sie rauschte mit der gleichen herrischen Energie aus der Wäscherei und hoffte, dass das reichte, um den armen Ember stillzuhalten.

Fünfzig

Thau hielt sich eine Hand schützend über das Gesicht und wünschte sich in die Dunkelheit des Velds zurück. Jetzt, wo ihr Kopf klarer war, brannte das weiße Licht der seltsamen Röhren an der Decke ihr in den Augen und hinterließ die seltsamen kleinen Punkte in ihrem Sichtfeld, wenn sie es betrachtete. Der Raum war größer, als sie gedacht hatte, bis zur Tür, durch die der Maschinenmann kam, waren es zehn Schritte und zehn Schritte von ihrer Liege bis zur Schutzwand vor der Toilette.

Sie war aufgewacht und konnte nicht sagen, wie viel Zeit vergangen war, aber der Schleier in ihren Gedanken war spürbar schwächer gewesen. Es fiel ihr weniger schwer, den Weg zur Toilette zu gehen, ihre Muskeln gehorchten ihr besser und trugen sie. Der Maschinenmann hatte ihr bei seinem letzten Besuch nicht nur den Brei und Wasser, sondern auch ein Tuch, Seife, eine kleine Bürste mit einer weißen Paste und frische Kleidung dagelassen. Mit der klobigen gelben Hand hatte er auf eine Reihe von silbrigen Gebilden an der rechten Wand gedeutet. »Wasch dich von jetzt an jeden Tag, wenn du keinen Ärger willst.«

Seine Stimme hatte nicht vertraut geklungen, obwohl sie den gleichen Tonfall wie Unas gehabt hatte.

Thau nahm die Hand vom Gesicht, erhob und entkleidete sich im grellen Licht der Röhren. Sie ging nackt hinüber zu den silbrigen Gebilden. Ihre Hand griff nach den seltsamen Rädern und als sie daran drehte, fiel kaltes Wasser aus den flachen Scheiben über ihr in kleinen Strahlen auf sie hinab. Sie wusch sich gründlich und drehte das fallende Wasser erst ab, als sie die Kälte nicht mehr ertrug. Es fühlte sich gut an, kalt und klar zu sein. Der Anzug, den der Maschinenmann ihr dagelassen hatte, war rot, an den Beinen zu kurz und hatte nur eine unpraktische Tasche am Bauch. Unas Anzüge waren anders gewesen. Ich hätte sie nach den Anzügen fragen sollen und nach dem Leben in den Kuppeln, dachte sie. Ob Una gewusst hatte, dass sie beobachtet worden waren? Hatte sie deshalb die Nacht in den Kuppeln verbracht? Um nicht mitansehen zu müssen, wie Thau abgeholt wurde? Unas Gesicht erschien vor ihr, ganz nah, und der Verdacht verschwand so schnell, wie er gekommen war.

Sie strich sich die nassen Haare aus dem Gesicht und ging langsam den Raum entlang. Es gab die eine Tür und sie war aus Metall, es gab keine Fenster oder Lüftungsschlitze nach draußen und der schwache Luftzug, den sie in Abständen spürte, schien aus einer länglichen Öffnung neben den Röhren aus der Decke zu kommen. Sie versuchte, sich die Kuppeln vorzustellen, wie sie sie vom Hügel aus gesehen hatte, und fand absolut keinen Hinweis darauf, wo sich dieser Raum befinden konnte. Warum war sie hier? In ihrem Kopf meldete sich eine Erinnerung an die geflüsterte Konversation des Maschinenmanns mit einer anderen Stimme. Einer Stimme, die eigenartig vertraut geklungen hatte. Worüber hatten die beiden gesprochen? Thau wusste, dass es wichtig gewesen war und sie alarmiert hatte. Die vertraute Stimme hatte sich über ihr Aussehen gewundert, aber das konnte nicht alles gewesen sein. Sie tastete die schmalen Ränder der Tür unruhig ab, doch die Erinnerung wollte nicht zurückkommen.

Einundfünfzig

Elsen markierte die Positionen, an denen Auder sich länger aufhielt, auf der Karte der Kuppeln neben sich. Sie hatte zwei Technikdiener mit mürrischen Antworten von ihrem Arbeitsplatz ferngehalten und hoffte, dass das gereicht hatte, um andere zu entmutigen. Bis jetzt konnte sie alle Punkte, an denen Auder in den letzten vierundzwanzig Stunden gewesen war, Orten in der Verwalterkuppel, den Essräumen und der Zentralkuppel zuordnen. Der kleine Sender funktionierte perfekt, lieferte aber keine ungewöhnlichen Daten. Hatte sie sich das zu einfach vorgestellt? Würde Auder diesen Anzug in die Wäscherei geben, ohne dass seine Wege ihnen etwas enthüllt hätten? Sie setzte mit dem frisch gespitzten Bleistift sorgfältig einen weiteren Punkt, weil sich der kleine Pfeil länger als fünf Minuten nicht bewegt hatte.

Nur noch zwei Tage bis zum Jahresfest, in den Kuppeln war die Aufregung mittlerweile deutlich spürbar. Dekorationen tauchten in den Gängen und der Zentralkuppel auf, die Küchen arbeiteten in längeren Schichten und die Absauganlagen verteilten süße und herbe Gerüche bis in die Technikräume.

Die Zeit lief ihnen davon und sie konnte in Unas Augen sehen, dass ihre Verzweiflung nach Taten schrie. Wenn Elsen die klugen Taten ausgingen, würde Una mit den unklugen beginnen.

Ozoras letzte Nachricht, die noch einmal ausdrücklich hervorgehoben hatte, wie Una sich zu kleiden (in den neuen hellroten Anzug) und zu halten (nicht zu gerade, um nicht zu groß zu wirken) hatte, war von einem Wutausbruch begleitet worden, in dessen Verlauf Una zwei Keramikteller zerschlagen hatte.

Elsen legte schützend eine Hand über die Karte, weil Talber, der sein erstes Jahr im Technikdienst gerade begonnen und bis jetzt still in ihrer Nähe an einem Server gearbeitete hatte, sich in ihre Nähe wagte.

»Elsen, wir wissen nicht, ob wir mit dem Überprüfen der Stromleitungen in der Minenkuppel anfangen sollen … Sie stehen vor dem Jahresfest auf dem Plan, aber …«

Er senkte die Augen und rang mit den Händen. Sein junges Gesicht legte sich in sorgenvolle Falten.

Elsen kannte das unausgesprochene Zögern hinter seinem abgebrochenen Satz. Die alte Minenkuppel existierte seit Jahrzehnten in einem Zwischenraum zwischen den bewohnten und den vergessenen Kuppeln. Das Kohlevorkommen war vor Jahrzehnten abgebaut worden und an tiefere Vorkommen hatten sie mit den technischen Möglichkeiten der Kuppeln nicht gelangen können. Die Aufzeichnungen zeigten, dass die Schächte mit Abraum verfüllt worden waren. Firmament gewann genug Energie durch Sonne und Wasser, die Kohle war ein Relikt aus der Frühzeit der

Kuppeln. Am liebsten hätten die Technikdiener deshalb die Mine, so wie die leeren Lagerkuppeln, ignoriert, aber alle wussten, dass die Grubengase sicher ausgeleitet und die Stromleitungen regelmäßig überprüft werden mussten. Sämtliche elektrischen Anlagen in den Untertageanlagen der Mine waren schlagwettergeschützt ausgeführt worden und es musste überprüft werden, ob die elektrischen Geräte keine Funken erzeugten oder Oberflächentemperaturen entwickelten, die das explosionsfähige Methan-Luft-Gemisch entzünden konnten.

»Du hast sie dir auf den Plan gelegt?«

Talber klang erleichtert und tippte mit dem Finger auf den Punkt, den sie gerade erst auf der Karte der Kuppeln eingezeichnet hatte. Elsen sah überrascht zu ihm auf. »Das ist die alte Minenkuppel? Bist du sicher?«

»Natürlich!«

Er setzte sich eifrig zu ihr und fuhr die Linien auf der Karte entlang. »Agrarkuppel 3, Holz 1, Mine Erz, Wohnkuppel Ost drei, Lagerkuppel vier und sieben, Getreide 5, Mine Kohle.«

Elsen sah ihn an, als habe sie seine Kenntnis der Kuppelpläne überprüfen wollen und sei mit dem Ergebnis zufrieden.

»Ich sehe, du lernst ordentlich. Danke für deine Mitarbeit! Ich werde die Überprüfung selber übernehmen. Trag´ die Sperrung bitte für den Tag nach dem Jahresfest ein, das ist in drei Tagen und reicht auch noch. Wir wollen doch erst ungestört feiern.«

Talber konnte sein Glück und ihr Lob nicht fassen und stürzte mit roten Wangen davon. Elsen sah auf den Plan und den kleinen Punkt, den sie eingezeichnet hatte. Warum sollte Auder sich in der alten Minenkuppel aufhalten? Sie sah auf ihre Uhr. Es war für jeden weiteren Schritt entscheidend, dass die Verwaltung nicht durch die Überprüfung, die eine Sperrung der Gänge rund um die Kuppel für alle Nichtbeteiligten und Sicherheitsanzüge verlangte, alarmiert wurde, deshalb hatte sie sie für die Zeit nach dem Fest eintragen lassen. Sie tippte eine Nachricht in ihr Kom und ließ Una von den Filteranlagen abrufen.

Es war lebenswichtig für Una, dass sie so schnell wie möglich herausfinden konnte, wo Thau war.

Zweiundfünfzig

»Das Wichtigste ist, dass ich sie finde!«

Una nahm die kleine Werkzeugkiste, in der sich versteckt der Kontroller für die Drohne befand.

»Das Wichtigste ist, dass du nicht entdeckt wirst, damit wir unsere Chance behalten.«

Elsen stellte sich vor die Tür und verhinderte, dass Una hinausgehen konnte.

»Lass uns bitte noch einmal alles durchgehen. Was tust du?«

Una sah sie ungeduldig an, antwortete aber trotzdem.

»Ich ersetze die Hauptsicherung der Getreideschälmaschine.«

Elsen nickte, sie hatte dieses Bauteil ausgesucht, weil sich die Mühle in unmittelbarer Nähe der alten Mine befand. Es stand lange genug auf der Liste, um bei allen, die sich möglicherweise danach erkundigten, eher Freude als Verwunderung auszulösen.

»Und dann?«

»Versichere ich mich, dass Auder nicht in der Nähe ist und versuche, von dort ungesehen in die Minenkuppel zu gelangen.«

»Was, wenn man dich entdeckt?«

»Dann hast du mich beauftragt zu schauen, ob

die Karte mit den Installationszonen der Elektrizität im Betriebsraum liegt, weil du sie für die jährliche Inspektion nach dem Jahresfest brauchst und nicht finden konntest.«

Elsen nickte und überprüfte in Gedanken, ob sie an alles gedacht hatte. Die Inspektionsanmeldung war der Verwaltung vorgelegt, der Zonenplan versteckt, Unas Geschichte war überprüfbar und logisch. Sie nahm ihre Tochter in den Arm.

»Du weißt, dass du nichts unternehmen kannst, wenn du sie findest. Du stellst fest, wo sie ist und verschwindest sofort wieder. Bitte versprich mir das und ich verspreche dir, dass ich einen Weg finden werde.«

Una nickte unwillig, ohne Elsen anzusehen und die hob das Kinn ihrer Tochter mit einem sanften Griff an. Ihre Augen trafen sich.

»Ich verspreche es.«

Dreiundfünfzig

Thau hörte ein Geräusch an der Tür und legte sich schnell zurück auf die Liege. Der Maschinenmann mochte es nicht, wenn sie stand. Vielleicht war das so, weil sie ihn deutlich überragte oder es war aus einem anderen Grund, den sie nie erfahren würde. Sie hatte aufgehört, ihrer Einschätzung zu trauen und sie hatte aufgehört, mit ihm zu reden. Er hatte sich bei einem der letzten Besuche vor sie gestellt und ihr ohne jede Vorwarnung so heftig gegen ein Knie getreten, dass sie zusammengesackt war. Dann hatte er auf die Liege gedeutet und sie hatte sich sofort schmerzverzerrt hingelegt.

»Wenigstens bist du nicht dumm, wo du schon hässlich bist.«

Das Geräusch, das aus seinem Helm gedrungen war, hatte wie das Gackern eines kranken Huhns geklungen und war wahrscheinlich seine Version eines Kicherns gewesen.

Das Geräusch an der Tür verstummte und sie setzte sich wieder auf.

Ihr Zeitgefühl war schwer angeschlagen und obwohl sie glaubte, dass sein letzter Besuch noch nicht allzu lange her sein konnte, war sie sich nicht sicher. Sie hatte den Brei gegessen und Wasser getrunken.

Sie hatte sich gewaschen und war im Raum auf- und abgegangen. Die Lampen hatten kurz geflackert und waren dunkel geworden. Oder war das länger her? Sie hatte von Una geträumt und sich vorgestellt, wie sie zusammen über das Veld dem Fluss entgegenliefen. Wie viel Zeit hatte das verbraucht? Eine Stunde? Einen Tag? Eine Ewigkeit? War sie jemals mit Una am Fluss gewesen?

Es kratzte wieder an der Tür und dann hörte sie zum ersten Mal nach langer Zeit ihren Namen. Er durchfuhr sie wie ein Blitz und sie erstarrte.

War sie jetzt wahnsinnig geworden?

»Thau?«

Unas Stimme war dumpf und leise und sie hätte sie doch immer erkannt. Ihr Herz begann heftig zu schlagen, als wolle es den Rest des Körpers über das unerhörte Ereignis informieren. Sie lief die zehn Schritte durch den Raum und fiel vor der eisernen Tür auf die Knie.

»Una, du bist gekommen.«

Sie presste beide Hände zitternd und weinend gegen das kalte Metall, als könne sie die Frau auf der anderen Seite dadurch spüren.

»Thau, ich bin hier.«

Una weinte auch und versuchte verzweifelt, den Schließmechanismus der Tür zu deaktivieren, aber er verweigerte sich. Auder musste einen Sonderzugang aktiviert haben. Sie presste beide Hände so fest gegen das Metall, als könne die Wärme ihrer Hände es schmelzen.

Ich will sie doch nur einmal kurz sehen, dachte sie. Ich will fühlen, dass sie lebt.

Sie schlug in einer Mischung aus unfassbarem Glück und brennender Wut mit beiden Handflächen an die Tür und der Schmerz und der klatschende Ton, der durch den Raum hallte, brachten sie zur Vernunft. Sie wischte sich die Tränen aus dem Gesicht, sah sich um und lauschte. In der Kuppel blieb es still. Sie hob den Controller und suchte nach dem Pfeil. Auder war in der Verwalterkuppel, weit weg von ihr und Thau. Sie hatte keine anderen Verwalter oder Ordnungsdiener in der Nähe gesehen. Ihr Herz schlug rasend schnell.

Thau war hier.

Thau war hier.

Thau war hier.

Der dunkle Schmerz in ihr, der alle Handlungen schwerer gemacht hatte, seit sie das leere Lager im Veld entdeckt hatte, wich einem blendend hellen Glück. Sie drückte ihre Wange fest gegen das Metall und hörte schwach das Schluchzen auf der anderen Seite. Ich werde Kuppeln für dich versetzen, dachte sie, und Flüsse durchschwimmen und nie wieder wird es jemand wagen, uns zu trennen.

»Thau, du musst mir zuhören. Ich habe nicht viel Zeit und kann jetzt nicht zu dir kommen, aber wir werden dich hier herausholen. Hörst du mich, Geliebte? Ich schwöre es dir. Ich schwöre es bei Jurrkas Kompass und meinem Leben. Elsen hat einen Plan und ich werde eher sterben als zuzulassen, dass man dich wegbringt. Hörst du mich? Geht es dir gut?«

Thau hatte ihr Ohr ebenfalls ganz dicht an die Tür gedrückt und konnte die geflüsterten Sätze mühsam verstehen. Sie hatte in der Einsamkeit des Raumes vergessen, wie Glück und Hoffnung sich anfühlten, und Unas Stimme jetzt zu hören war ein so großes Glück, dass es sie fast zerriss.

»Es geht mir gut.«

Sie versuchte jedes einzelne Wort, das Una gesagt hatte, in ihrem Kopf einzuschließen, damit sie keines vergessen würde.

»Thau?«

Unas Stimme war jetzt lauter und Thau hielt sich daran fest.

»Ja?«

»Ich liebe dich.«

»Ich liebe dich auch.«

Thau war nicht sicher, ob Una sie gehört hatte oder ob sie zu lange gebraucht hatte, um auf diesen wunderbaren Satz zu antworten. Die Zeit entglitt ihr zu schnell. Sie blieb noch lange, nachdem es auf der anderen Seite still geworden war, an der Tür sitzen.

Vierundfünfzig

In der Wohnung war es ruhig, auch wenn Elsen wusste, dass Una nicht schlief. Immerhin lag sie auf ihrem Bett und ging nicht mehr in den Räumen auf und ab, wie sie es getan hatte, als sie von Thau und dem verschlossenen Raum in der stillgelegten Minenkuppel erzählt hatte. Ihre Stimme hatte sich überschlagen und ihre Gesten hatten nach einem unsichtbaren Gegner gesucht. Elsen hatte ihre ganze Überzeugungskraft einsetzen müssen, um sie wenigstens ein bisschen zu beruhigen.

Sie startete ihren Terminal und sah die Daten über den Bildschirm laufen, die sie sich in Hagens zukünftiger Wohnung von seinem Terminal hierhergeschickt hatte. Alle wussten, dass ihre Tochter demnächst in die Kuppel der Verwalter ziehen würde, niemand hatte sie auf dem Weg dorthin aufgehalten oder Fragen gestellt. Dass sie Ozora, Hagen oder Diest nicht begegnet war, war reines Glück gewesen. Aber selbst wenn sie ihnen begegnet wäre, als besorgte Mutter mit einem Zollstock und Plänen, hatte sie das Recht, sich über die zukünftige Einrichtung ihrer Tochter Gedanken zu machen. Die Gewohnheiten der Bewohner von Firmament waren wie ein Umhang, der ihre Taten unsichtbar machte.

In den leeren Räumen angekommen war es ein Kinderspiel gewesen, das geschützte Intranet der Verwaltung vom schon installierten Terminal des Verwaltersohns zu öffnen und die Informationen an ihren Terminal zu transferieren. Hagen verwendete keinerlei Verschlüsselungen oder Passworte und die Seiten, die er kürzlich besucht hatte, waren alle noch geöffnet. Elsen war sich nicht sicher, ob dieser Umgang mit den hochsensiblen Daten der Verwalter seiner Dummheit oder seiner Arroganz geschuldet war. Ein neuer Datensatz öffnete sich, eine schriftliche Konversation, offensichtlich erst kürzlich geführt mit einer anderen Siedlung, und Elsen konnte einen kleinen Aufschrei nicht unterdrücken, als eine junge Frau aus Fundament erwähnt wurde.

Deshalb war sie für Diest von Bedeutung. Elsen konnte nicht anders als ihren Mund zu einem bitteren Grinsen zu verziehen. Welche Ironie. Statt für seinen Sohn hatte Una sich für Diests Tochter entschieden. Elsen hielt inne und schloss die Augen. Sie versuchte nicht zum ersten Mal ein Bild von Thau vor sich entstehen zu lassen. Wie sie wohl aussah, diese Frau, die ein Produkt zweier Welten war? Sie konnte Diest nicht ähnlich sein, denn sonst hätte Una ihr niemals ihr Herz geöffnet.

Es wird schön sein, sie kennenzulernen und in ihrem Blick die Liebe zu Una zu sehen. Sie öffnete die Augen und richtete mit schnellen Klicks einen geschützten Ordner ein. Wie immer die Frau, die ihre Tochter so sehr liebte, aussah, Elsen war überzeugt, dass sie der lebende Beweis dafür war, dass Gene nur ein kleiner Teil einer sehr großen Gleichung waren. Und sie beschloss, dass keine der beiden jungen Frauen die Information über ihre Herkunft im Augenblick brauchen konnte.

Sie hörte, dass Una im Nebenzimmer wieder auf und ab ging. Wer konnte es ihr verdenken? Sie verbarg den gesicherten Ordner und las weiter, während Unas Schritte den Grundriss ihrer Wohnung vermaßen.

Haben wir je mehr getan als das?

Elsen rieb sich die schmerzenden Schläfen, ihr war kalt und eine stetig gewachsene Übelkeit lauerte in der Speiseröhre darauf, ihr in den Mund zu kriechen. Sie hustete und trank einen Schluck kalten Tee, bevor sie weitere Dateien öffnete.

Sind wir alle nur sinnlos in den Kuppeln auf- und abgelaufen und darüber ist unser Leben vergangen?

Es war niederschmetternd zu lesen, dass alles, woran sie in Firmament glaubten, ein schlampig konstruiertes Kartenhaus aus falschen oder lückenhaften Informationen war, dessen gesamte Stabilität in seiner ständigen Wiederholung lag. Dadurch war ein verzerrtes Bild der Welt entstanden, eine Realität, die Ängste dramatisch verstärkte und die von den Kansa verlangte, widerstreitende Informationen ohne eingehende Überprüfung abzulehnen. Elsen sah ihre Kollegen und Freundinnen vor sich. Die meisten Kansa waren aufrichtig und ehrlich, sie wollten gern Gutes tun, in ihrem Leben etwas erreichen und sie waren loyal. Falls ihnen Zweifel gekommen waren, hatten diese guten Eigenschaften ihnen jede Kritik verboten. Sie wollten die anderen nicht im Stich lassen, nicht abweichen und aufgeben und zwangen sich, auszuharren – aber je länger sie alle weitergemacht hatten, desto unmöglicher war jede Alternative geworden.

Elsen bemerkte, wie sich auch in ihr vieles gegen die neuen Informationen wehren wollte, und sie zwang sich zu verstehen, wem die Kuppeln von Firmament nutzten.

Es überraschte sie nicht mehr zu lesen, wie mühelos die Verwalter Firmament ausgebeutet hatten, aber es erschütterte sie bis ins Mark festzustellen, dass sie ihre Taten gar nicht aufwendig verborgen hatten.

Wir haben nur gesehen, was wir sehen wollten.
Wir hätten das alle erkennen können.
Ich hätte das erkennen müssen, Aventh.

Sie las, speicherte alles, was sie wichtig fand, und entwarf gleichzeitig einen Plan. Firmament und seine Bewohner lagen im Sterben, das war am frühen Morgen die Erkenntnis, die ihre Entscheidung noch einmal veränderte. Alles würde davon abhängen, dass Diest so lange wie möglich arglos blieb und nichts unternehmen konnte, davon hing ihr Leben, das ihrer Tochter und der Frau, die sie liebte, ab.

Elsen bemerkte, dass sie Una und Thau darum beneidete, die Grenzen ihrer Realität im entscheidenden Moment so furchtlos überschritten zu haben.

Du warst meine Hoffnung und jetzt bist du die Zukunft. Ihr seid die Zukunft. Sie stand auf und ging zu ihrer Tochter.

»Gibt es einen Platz, an den wir fliehen können? Gibt es noch mehr Siedlungen?« Una blieb nicht stehen, um das zu fragen.

»Viele. Diest verwaltet drei, aber es gibt noch mehr.«

Elsen versuchte, die schlimmsten ihrer Erkenntnisse hinter einem neutralen Gesichtsausdruck zu verstecken.

»Wir müssen die Kansa in Firmament damit konfrontieren.«

Una sah aus, als wolle sie alle gefunden Informationen noch in dieser Nacht in der großen Kuppel verkünden.

»So einfach ist das nicht. Die Autorität unserer Realität ist unangefochten und das schützt Diest und die Verwalter. Sie würden uns als Abtrünnige, Verräter, oder Wahnsinnige einsperren und das würde unseren Tod bedeuten. Diese Möglichkeit müssen wir ihnen nehmen.«

Elsen verschränkte die Arme fest vor dem Bauch, als müsse sie das Wissen, das sie in sich trug, beschützen.

»Aber du hast eine Idee, wie wir fliehen können? Und wohin?«

In Unas Stimme lag ungeduldige Wut.

»Sagen wir, ich habe eine Idee.«

Fünfundfünfzig

Enne konnte nicht fassen, dass Una sich am Morgen des Jahresfestes die Zeit nahm, um bei den letzten Proben für Maurits Stück vorbeizuschauen und tanzte, aufgeregte Worte sprudelnd, um sie herum.

»Ich dachte schon, du verlässt die Verwalterkuppeln in deiner Freizeit gar nicht mehr. Du hast dich rar gemacht. Wir sind beim großen Chor ohne Kostüme mit dabei und spielen dann das Stück direkt vor Diests Ansprache und dann wieder Chor, noch in den Kostümen, und danach habe ich gerade noch genug Zeit, mich umzuziehen, bevor die Verkündigungen beginnen. Und dann der Tanz.«

Sie umarmte Una und zog sie tanzend mit sich durch den Raum. Una wurde von den schnellen Drehbewegungen nach der durchwachten Nacht übel und sie entzog sich ihrer besten Freundin mit einem Lächeln.

»Ein wunderbarer Tag für uns alle. Das ist ja unglaublich, was ihr da entworfen habt.«

Sie ging zu dem großen Kleiderständer, an dem hinter einem Vorhang die selbstgenähten Kunstwerke unter kleinen Lavendelbeuteln hingen. Der intensive Duft der getrockneten Blumen durchdrang weit mehr als die Fasern der Kostüme. Una atmete flacher und lächelte Maurits zu, der daneben in einer Ecke saß. Er lächelte stolz über seinen Text hinweg zurück. An einem kleinen Tisch gingen zwei der jungen Schauspieler einen Dialog durch, drei weitere tanzten einen komplizierten Reigen, den sie abwechselnd unterbrachen und korrigierten. Ein kleiner Junge saß auf einem zu großen Stuhl und bemühte sich, eine langhaarige Perücke einzupudern. Das feine weiße Puder tanzte im Licht der Lampen durch den Raum und bedeckte Stühle und Tische um ihn herum, ohne dass das jemanden zu stören schien. Una berührte die aufgeregte Freude, die im Raum allgegenwärtig war, und sie spürte, wie Tränen ihre Augen füllten. Sie wandte sich schnell den Kostümen zu und zog ein buschiges, braunes Ungetüm hervor, das kaum noch einem Anzug ähnelte.

»Was ist das denn?«

»Der Drache!«

Enne hob die Kapuze, die das ganze Gesicht hinter zotteligen, braunen Wollbüscheln verstecken würde, stolz hoch.

»Ich habe die Maske selber genäht und den Anzug für Eta, die den Helden Edain liebt.«

Sie zog einen grellroten Overall hervor, der mit hellroten Herzen besetzt war, und beugte sich flüsternd zu Una.

»Er wird am Ende in ihren Armen sterben. Der Drache stirbt auch.«

Nein, das wird er nicht, dachte Una und schenkte dem Anzug der unglücklichen Hauptfigur die gebührende Aufmerksamkeit.

»Das hast du wunderbar hinbekommen.«

Una hängte die beiden Kostüme zurück an ihren Platz und zog Enne verschwörerisch näher. Enne lauschte mit leuchtenden Augen Unas geflüsterten Worten und schlug sich zwischendurch die Hand vor den Mund, um nicht laut zu lachen.

»In Ordnung?«

Una drückte Ennes Hand und die erwiderte den Druck.

»Natürlich, das ist eine verrückte Idee, typisch für dich. Ich wusste doch, dass du ihn liebst! Seid nur rechtzeitig wieder zurück.«

»Du kannst dich auf Hagen und mich verlassen.«

Una überspielte geschickt, wie schwer es ihr fiel, diesen Namen auszusprechen. Sie scherzte noch eine Weile mit Enne, bevor sie sich auf den Weg zu Elsen machte. Überall in den Kuppeln war die Stimmung aufgeräumt, junge Kansa zogen verkleidet oder mit Blumen geschmückt mit Musikinstrumenten umher und ihre Lieder erfüllten die sonst monoton summenden Gänge. Es war genauso wie in jedem Jahr und es war genau so, wie sie es brauchten. Sie trat hinter Elsens Stuhl im Raum der Technikdiener, legte ihr die Hand auf die Schulter und nickte, als ihre Mutter aufsah.

Elsen sah zu, wie Una den Raum wieder verließ und war ruhiger, als sie es in den letzten Tagen gewesen war. Ihre Gelassenheit überraschte sie nicht. Alles, was in der letzten Zeit passiert war, alles, was sie erfahren und was Una erlebt hatte, hatte zu diesem Punkt geführt.

Wie immer es ausging, morgen würde die Welt eine andere sein, und das war gut so.

Sie überprüfte ihre Werkzeugkiste und beobachtete nebenbei den kleinen Pfeil im Display des Controllers, der sich weiterhin bewegte und seinen Standort verriet. Sie hatte die Frequenz, in der Auder seine Anzüge wechselte, deutlich überschätzt und das hieß, dass sie auch heute noch wissen würden, wo er sich befand. Er war am frühen Morgen in der Minenkuppel gewesen und seitdem nicht mehr dorthin zurückgekehrt. Er plante wahrscheinlich, das Jahresfest ungestört von der lästigen Gefangenen zu verbringen. Gerade bewegte sich der Pfeil auf die Zentralkuppel zu.

»Ich mache noch einen letzten Kontrollgang. Wir sehen uns in der Zentralkuppel?« Alle nickten, der junge Talber, der von ihr zu seiner ersten Bereitschaft eingeteilt worden war, sah sie ängstlich an und schwitzte unter der Last dieser Verantwortung seinen guten Anzug durch. Sie lächelte ihn an.

»Mach dir keine Sorgen, was soll heute schon passieren. Wenn der Ton ausfällt, muss Diest eben lauter sprechen.«

Die anderen Technikdiener lachten laut.

Elsen nahm ihre Werkzeuge, atmete tief ein und machte sich auf den Weg.

Sechsundfünfzig

Thau saß in der Stille ihres Raumes und versuchte zu verstehen, was der tiefrote Anzug und die stark nach Rosen duftende Seife, die der Maschinenmann ihr hingelegt hatte, bedeuteten.

War heute der Tag, an dem man sie wegbrachte? War überhaupt Tag?

Würde Una irgendwann kommen, um sie zu retten und sie nicht mehr vorfinden? Wie lange war es her, dass sie ihre Stimme hinter der Tür gehört hatte?

Es war so schrecklich still und so schrecklich hell.

Hatte sie die Stimme, nach der sie sich sehnte, hinter der Tür wirklich gehört oder hatte ihre Verzweiflung ihr diesen Klang nur vorgespielt?

Sie verflocht die zitternden Hände fest ineinander und schloss die Augen, um die unerträgliche Helligkeit auszuschließen.

Una, die über das dunkle Veld schaute und sich mit beiden Händen den weizenfarbenen Zopf fester zog.

Una, die sich zu ihr umdrehte und den Mund öffnete, um sie etwas zu fragen.

Una, deren Atem warm und sanft über ihre Lippen strich.

Ihre Hände zitterten, obwohl ineinander verflochten, immer noch.

Die Stimme, die Bilder, war nichts davon Wirklichkeit?

Die Panik in ihr wuchs und sie bekam kaum Luft.

Atme, befahl sie und klammerte sich an die Erinnerung.

Atme! Ein! Aus! Atme!

Sie breitete die Arme aus und führte sie wieder zur Brust, als könne sie die von Rosenduft getränkte Luft damit in ihre Lungen leiten. Die Wände ihres Gefängnisses kamen langsam näher und sie schaute auf den Boden. Die grelle Helligkeit war wie ein eigener Raum, der ihr zunehmend die Zeit und den Mut raubte.

»Wir werden dich hier herausholen. Ich schwöre es dir. Ich schwöre es bei Jurrkas Kompass und meinem Leben. Elsen hat einen Plan und ich werde eher sterben als zulassen, dass man dich wegbringt.«

Thau hatte sich diese Worte immer und immer wieder laut vorgesagt, weil sie Angst hatte, sie in dieser zeitlosen Ewigkeit zu vergessen.

Jetzt sprach sie sie laut aus, weil sie sie hören musste, um daran glauben zu können, dass den Worten Taten folgten.

Was, wenn Una und ihr Plan längst entdeckt worden waren? Wenn ihre Chance auf ein gemeinsames Leben unbemerkt von ihr vorbeigegangen war?

Atme!

Wenn heute der Tag war, an dem man sie aus Firmament wegbrachte, warum war Una noch nicht zurückgekommen?

Thau setzte sich auf die Liege und wiegte sich verzweifelt hin und her, während sie Unas Worte wie ein Gebet leise vor sich hinmurmelte.

Siebenundfünfzig

Elsen und Una trafen sich an den festlich geschmückten Tischen in der Zentralkuppel und setzten sich zu einer Gruppe aus ihrem Wohnbereich. Die langsam ansteigenden Ränge des riesigen Raumes füllten sich, auch die, die am Morgen noch ihren Dienst geleistet hatten, fanden sich jetzt ein, um die außergewöhnlichen Speisen nicht zu verpassen. Der Chor betrat nach und nach die große Bühne und das Summen vieler Stimmen kämpfte mit dem Geruch der gebratenen Köstlichkeiten um die Hoheit im großen Rund.

Diest saß mit den anderen Verwaltern, Auder und seiner Familie an einem prächtig geschmückten Tisch dicht an der Bühne und überflog seine Rede. Ozora schaute kurz und prüfend in Unas Richtung und war mit dem Ergebnis augenscheinlich zufrieden. Una trug den richtigen Anzug und ihre Haare waren zu einem aufwendigen Band eng um ihren Kopf geflochten. Hagen zwinkerte ihr mehrmals zu und sie lächelte für alle sichtbar zurück.

Es ist der Tag der Schauspieler, dachte Una, steckte sich lachend ein Stück Zucchini in den Mund und hörte gespielt aufmerksam zu, wie Elsen sich angeregt mit einem ihrer Kuppelnachbarn unterhielt. Ihre Mutter wirkte vollkommen ruhig und entspannt. Ihre

Augen glänzten und in den feinen grauen Strähnen ihrer Haare fing sich vorteilhaft das Licht. Una scherzte und nickte synchron mit dem Gespräch und hoffte, dass sie genauso ruhig wirkte, während sie innerlich explodierte und dem Moment entgegenfieberte, in dem sie Thau endlich aus ihrem Gefängnis befreien konnte.

In den nächsten Stunden würde sich alles entscheiden.

Elsens Plan sah für sie vor, dass sie sich mit Hagen traf, danach Thau befreite und ungesehen in den Betriebsraum der stillgelegten Kuppel brachte. Sie zerbiss nervös eine gefüllte Tomate, der rote Saft spritzte über den Tisch und hinterließ kleine Flecken auf dem weißen Tischtuch. Alle lachten und Una fing den Rest des roten Saftes feixend mit den Händen auf.

In den letzten beiden Tagen hatte sie Wasser, Medikamente und Nahrungsmittel, Werkzeug, ein Zelt und Kleidung an der Schleuse versteckt. Sie wischte sich den Tomatensaft mit einer Serviette von den Händen und legte eine Hand kurz auf die Tasche in der Mitte ihres Anzugs. Thaus Kompass wollte sie nicht dort zurücklassen und trug ihn immer bei sich.

Bring alles dorthin, was ihr beide braucht, um eine Weile im Veld zu überleben, hatte Elsen auf ihre Nachfrage gesagt und Una hatte kurz innegehalten und sie korrigiert.

»Was wir drei zum Überleben brauchen.«

»Natürlich.«

Elsen hatte ihr lächelnd in die Augen gesehen.

»Ich sorge für die Ablenkung und dann komme ich nach. Wichtig ist, dass ihr so schnell wie möglich im Veld und hinter dem Hügel seid.«

Una nahm wieder Blickkontakt zu Hagen auf und er zwinkerte wieder. Dass sie Elsens Plan nicht vollständig kannte, machte sie ein bisschen unruhig, aber sie hatte sich entschlossen, ihrer Mutter zu vertrauen.

»Du wirst schon sehen«, hatte sie gesagt und sich keine weiteren Details entlocken lassen.

Der Chor war jetzt ohne seine Kostüme, aber in festlichen Overalls vollständig auf der Bühne versammelt und stellte sich auf, um sich vor dem ersten Lied vor dem Leitsatz über dem großen Tor zu verbeugen.

Es ist wichtiger, worüber wir schweigen, stand da auch heute, die großen Buchstaben für den Festtag frisch poliert und mit einer bunten Blumengirlande geschmückt.

Elsen stieß Una sanft an und aktivierte den Timer an ihrer Uhr. Una tat es ihr unter dem Tisch nach und fühlte, wie Elsens Hand ihre fest umfasste.

»Hol deine Frau! Ich folge dir in genau fünfzig Minuten. Wir sehen uns draußen.«

Achtundfünfzig

Hagen wippte ungeduldig auf seinem Stuhl hin und her und fing sich einen strafenden Blick seiner Mutter ein. Er setzte sich gerade hin, griff sich eine Handvoll Oliven und kaute sie geräuschvoll, während er seine Augen durch den Raum streifen ließ. Una sah wundervoll aus und er konnte in den Blicken der anderen Männer sehen, dass sie ihn beneideten. Jetzt galt es nur noch, diesen ganzen Unsinn zu überstehen und dann würde die wilde Una ihm gehören. Zumindest hier in Firmament hätte er damit die schönste Frau an seiner Seite und sollte sie ihn langweilen, hatte sein Vater über andere Frauen in anderen Siedlungen gesprochen.

Er spuckte einen Olivenkern neben sich auf den Boden. Es war zwar ärgerlich, dass Diest ihn am nächsten Tag nicht zu diesem geheimen Ausflug mit nach Ticaret nehmen würde, aber ansonsten konnte das Leben nicht besser sein. Selbst wenn sein Fund außerhalb der Kuppeln nicht die erhoffte Sensation, sondern nur ein alter Lappen gewesen war. Seine Zeit würde kommen, davon war er überzeugt. Er spuckte einen weiteren Kern und traf das Hosenbein eines kleinen Jungen, der mit hochrotem Kopf vor ihm stehen geblieben war und sich hektisch die Lippen leckte.

»Für dich.«

Der Junge stotterte die Worte heraus, bevor er ihm ein Stück Papier entgegenstreckte. Hagen nahm es ihm unwillig ab, faltete es auseinander und entzifferte die schön geschwungenen Buchstaben, während sein Grinsen breiter wurde.

Wer will denn an unserem Tag eine Stunde lang den Chor hören? Triffst du mich jetzt gleich im Heulager Süd? Una.

Er lehnte sich vor und sah sich grinsend um. Una saß nicht mehr bei ihrer Mutter. Sie war also doch nicht so verschlossen und abweisend, wie er gedacht hatte, wenn sie kurz vor der Verkündung noch mit ihm an einem Ort allein sein wollte, der bei den jungen Paaren vor der Verbindung wegen seiner dunklen Ecken und weichen Unterlagen große Beliebtheit genoss.

«Muss kurz raus.«

Er zwinkerte seinem Vater zu, übersah den missbilligenden Blick seiner Mutter, erhob sich und verließ die Zentralkuppel, während der Chor mit dem Kansalied begann.

Im großen Gang grüßte Hagen gut gelaunt eine Gruppe Sänger, die vor einer Wohnung zwei Erwünschte mit einem Lied begrüßten und sie singend in die Zentralkuppel begleiteten. Er bog pfeifend in den nächsten Gang und konnte sein Glück kaum fassen. Es war merklich leerer geworden, aber einzelne kleinere Gruppen waren noch unterwegs. Manche zogen den gesamten Nachmittag umher und kamen erst zum Tanzen in die Kuppel. Hagen ging schneller und sah sich in Gedanken mit Una nackt im frischen Heu. Das war sein Jahresfest und die kommende Sturmzeit würde er damit verbringen, seine Fantasien mit Una in allen Facetten auszuleben.

Er öffnete vorsichtig die Tür zum Getreidelager und sein Grinsen wurde noch tiefer. Una hatte das Licht gelöscht. Er roch das frische Heu und tastete sich in der Dunkelheit langsam an den Ballen entlang.

»Una?«

»Hier, Hagen.«

Weil er beide Hände suchend nach vorne ausgestreckt hatte, traf der Schlag von der Seite seinen Kopf völlig ungeschützt. Una hatte in der Dunkelheit einige Male geübt, den Holzknüppel mit dem richtigen Schwung gegen einen Strohsack zu schlagen und trotzdem erschreckte es sie, als das Holz den Schädel sauber traf und Hagen ungebremst zu Boden fiel. Sie tastete nach seinem Puls und war erleichtert, sein Herz schlagen zu fühlen. Gut. Sie ließ eine Mischung aus Schmerz- und Schlafmedizin in seinen Mund tropfen und zog ihn mühsam hinter die hoch aufgeschichteten Ballen im hinteren Bereich. Sie schwitzte und der Getreidestaub verklebte ihr die Atemwege.

Auf ihrer Uhr tickte die Zeit herunter.

Ihr blieben noch zweiunddreißig Minuten, weniger, als sie gehofft hatte.

Sie vergewisserte sich, dass Hagen nicht bei Bewusstsein war, legte ihn in eine Seitenlage, wischte sich den Schweiß von der Stirn und ein paar Strohhalme vom Anzug und griff nach den beiden Kostümen.

Neunundfünfzig

Elsen sah auf ihre Uhr und machte sich mit einem Teller voller Leckereien auf den Weg in den Technikraum.

»Du versorgst Talber?«

Die Technikdiener, an denen sie vorbeikam, nickten ihr dankbar zu und Elsen lächelte, geschützt von der Normalität ihrer Handlungen. Sie sah auf die Menschen, die um sie herum ahnungslos sangen, aßen und lachten und ihr Gewissen meldete sich schmerzhaft.

Du musst das nicht tun.

Sie balancierte den Teller vorsichtig durch die gut gefüllten Reihen, trat hinaus in den Gang zum Raum der Technikdiener und sah noch ein letztes Mal zurück in die Zentralkuppel.

Der Chor begann das Lied vom Tag nach der Sturmzeit, an dem das Wasser besser schmeckte und das Licht der Leuchtröhren heller strahlte.

Doch, ich muss das tun.

Sie ging mit entschlossenen Schritten weiter.

Sechzig

Thau hörte das Klicken der Tür und setzte sich erschreckt auf die Liege. Der rote Anzug lag noch unberührt neben ihr. War jetzt der Moment gekommen? Würde sie jetzt verschleppt werden, ohne Una wiedergesehen zu haben. Sie sah verzweifelt im Raum umher und suchte nach einem Gegenstand, den sie als Waffe benutzen konnte, als die Tür sich öffnete.

»Thau.«

Una war mit wenigen Schritten durch den großen Raum bei der Herbstläuferin angekommen und ihr Mund bedeckte Thaus Gesicht mit kleinen, wilden Küssen.

»Wir gehen jetzt. Hörst du, wir gehen zusammen weg.«

»Du bist hier, Una. Bist du wirklich hier?«

Thau küsste den wilden Mund und zog Una an sich, als könne sie ihren Körper mit dem Körper der Frau, nach der sie sich gesehnt hatte, verschmelzen, bevor sie wieder verschwinden konnte. Una erwiderte ihre Umarmung mit der gleichen Leidenschaft und zog sie lächelnd hoch.

»Wir werden bald alle Zeit der Welt haben, aber jetzt haben wir sie nicht. Zieh' das an, schnell. Für die nächsten Minuten bist du Hagen und wenn wir jemanden treffen, knurrst du nur. Verstanden?«

»Nein, kein Wort, aber ich vertraue dir.«

Während Thau sich das Kostüm des Drachen überstreifte, ging Una den Plan in Gedanken durch. Elsen hatte die verriegelte Tür mit einem Sicherheitsprotokoll überlistet und Una musste nur noch die Sicherung für das Licht herausdrehen und die Türverriegelung wieder aktivieren. Ihnen blieben danach noch fünfzehn Minuten, um die leere Kuppel und die Schleuse zu erreichen, und sie durften dabei nicht auffallen.

Dann würden sie die Vorräte packen und hinaus ins Veld laufen.

Thau stand im braunen Drachenkostüm vor ihr und küsste sie zärtlich knurrend durch die Fransen und Büschel der Maske. Ihre kurzen Haare und das Gesicht ohne die goldene Tätowierung waren gut verborgen. Una erwiderte den Kuss und legte die ganze Sehnsucht hinein, die sie in den letzten Zeit gespürt hatte.

Jetzt, wo Thau gesund neben ihr stand, schien alles leichter.

»Ich wusste doch, dass du ein Drache bist. Wenn mir doch nur jemand verraten hätte, dass Drachen so küssen können.«

Thaus Kopf hatte es aufgegeben, die Situation zu verstehen, dafür ging alles viel zu schnell. Sie verließ sich auf ihre Gefühle.

»Wenn ich gewusst hätte, wie schön und einfallsreich Maschinenwesen sind, wäre ich viel früher losgegangen.«

Sie hielten sich fest und dann zog Una Thau mit sich hinaus in die leere Kuppel.

»Warte hier.«

Sie rannte zu einem großen Kasten und drehte die Sicherung heraus. Das Licht in Thaus Gefängnis erlosch, so wie alle anderen Lichter. Eine schwache Notbeleuchtung sprang im Vorraum an. Thau zerschlug sie und schloss die Tür zu Thaus Gefängnis sorgfältig.

»Jetzt geht es los. Schaffst du das?«

Una griff nach Thaus Hand und die nickte. Sie rannten vorbei am Eingang zum Stollen und dann in einen der Gänge.

»Ich habe mir unseren ersten Tanz zwar anders vorgestellt, aber wenn die Welt auseinanderbricht, darf man wohl nicht wählerisch sein. Erschrick bitte jetzt nicht«, flüsterte Una und begann, laut und fröhlich zu singen.

»Nur hier mit dir kann ich glücklich sein.
Möge das Morgen genau wie das Gestern sein.
In Einigkeit. Mit dir allein.«

Eng umschlungen durcheilten sie in einer Mischung aus ungelenken Tanzschritten und schnellem Lauf die Gänge und Una sang und winkte einigen Kansa zu. Alle winkten lachend zurück und riefen ihnen Glückwünsche hinterher. Einmal umkreiste sie eine Gruppe Musikanten, nahm die Melodie auf und sie hatten keine Wahl, als zu ihren Trommeln zu tanzen. Thau zog Una näher und knurrte laut, die Trommler lachten und fielen in einen neuen Rhythmus.

»Una und Hagen. Una und Hagen.«

Una suchte Thaus Mund hinter der Maske und küsste sie innig. Die Trommler jubelten und trommelten wilder. Thau senkte den Kopf und schnaubte sanft.

»Ich habe einen Drachen gezähmt.«

Una jubelte und die Gruppe jubelte mit ihnen.

»Lasst uns durch, wir wollen bis zur Verkündung durch alle Kuppeln tanzen.«

Sie hüpften und sangen noch ein Stück gemeinsam und bogen danach tanzend ab.

Sieben Minuten.

Una umging die Hauptgänge und ihre Wohnkuppel und beide standen schließlich keuchend im Betriebsraum der leeren Kuppel. Hier hat alles angefangen, dachte Una, wie lang das her war, beinahe in einem anderen Leben.

Sie zog die beiden prall gefüllten Rucksäcke aus ihrem Versteck. Der Timer ihrer Uhr sprang auf null und sie schickte eine kurze Botschaft vom alten Terminal an Elsens Kom im Raum der Technikdiener. Thau hatte das Kostüm abgestreift, sich einen grauen Anzug angezogen und sah Una an.

»Was tun wir jetzt?«

Una gab ihr einen vollen Rucksack und setzte sich den zweiten auf.

»Wir gehen raus.«

Thau sah das Keypad und die Schleuse an.

»Hast du nicht gesagt, dass eure Kuppeln Kansa ohne Tätowierung erkennen und zerstören?«

Una schloss den Reißverschluss von Avenths Anzug und küsste Thau sanft. »Du bist in den Kuppeln, oder? Die ganze Geschichte mit dem Schutzschild ist eine Lüge, wie fast alles hier. Elsen sagt, es gab nie ein Schutzschild, weil es nichts gab, was uns bedroht hätte. Die Scanner in den Kuppeln und unsere Tätowierung dienen nur dazu zu registrieren, wer versucht, die Kuppeln zu verlassen. Es gibt hier am Rand einen Chip, der vibriert, wenn er gescannt wird.«

Sie hielt Thaus Hand fest, die zärtlich über den goldenen Strich in ihrem Gesicht strich.

»Sie ist nicht einmal wirklich aus Gold, sie ist nichts als ein Zeichen meiner Gefangenschaft.«

Thau schüttelte den Kopf.

»Für mich nicht.«

Sie legten die Köpfe aneinander, sahen sich aus kurzer Distanz in die Augen und fühlten das unbändige Glück, das die Angst noch in Schach hielt. Una strich zärtlich über die dunklen Ringe unter Thaus Augen.

»Schaffst du es den Hügel hinauf?«

Una löste sich von Thau, setzte sich den Rucksack auf und tippte den Code ein.

»Ich bin doch ein Drache, hast du das schon vergessen?«

Die Tür öffnete sich und Thau folgte Una in die Schleuse.

Einundsechzig

Elsen stellte den Teller vor Talber und der junge Technikdiener strahlte sie dankbar an.

»Alles in Ordnung?«

Sie beugte sich beiläufig über ihren Terminal und er nickte kauend. Die Uhr an ihrem Arm sprang auf null, wenn alles nach Plan gelaufen war, hatten Una und Thau die Kuppel jetzt verlassen. Elsen unterdrückte die Angst um ihre Tochter, beugte sich nach vorne, sah Unas Nachricht und atmete erleichtert aus. Sie setzte sich und tat, als entdecke sie etwas Ungewöhnliches auf ihrem Bildschirm.

»Das ist seltsam.«

Sie tippte ein paar sinnlose Zahlen auf ihre Tastatur und fixierte Talber beunruhigt. Der junge Technikdiener sah sie nervös an und wischte sich die körnigen Reste einer gefüllten Paprikaschote aus den Mundwinkeln.

»Habe ich etwas übersehen?«

»Es sieht so aus.«

Sie konnte es ihm nicht ersparen, sein Stresslevel deutlich zu erhöhen. Sie brauchte ihn aufgeregt und unaufmerksam. Sie erhob sich und griff nach ihrem Werkzeug.

»Teile der Stromversorgung in der alten Minenkuppel sind ausgefallen. Alle Türen haben sich entriegelt und die Pumpen stehen. Ich weiß nicht, wie lange schon. Das ist ein ernstes Problem, ich muss sicherstellen, dass die Gasableitung nicht betroffen ist.«

Talber sah sie schockiert an.

»Talber.«

Sie ging zu ihm hinüber und hinderte ihn daran, auf seinen Bildschirm zu sehen.

»Du musst Diest sofort darüber verständigen, was passiert ist, und ihn warnen, dass er vielleicht einen großen Kuppelalarm auslösen muss. Ich sage vielleicht, hörst du? Wirke nicht alarmiert, stell' klar, dass bis jetzt nur feststeht, dass die Türen, das Licht und die Pumpen betroffen sind. Verstehst du das? Ich melde mich per Kom, los jetzt!«

Der junge Technikdiener wurde bleich und nickte. Den obersten Verwalter kurz vor seiner jährlichen Rede mit einer schlechten Nachricht zu unterbrechen, machte ihm Angst, aber in Elsens Worten lag eine Dringlichkeit, die ihm mehr Angst machte. Die Gase der alten Schächte waren für Firmament eine stille, aber tödliche Gefahr und Elsen war eine Expertin.

»Sofort, Elsen.«

Er eilte zur Tür hinaus und sie wartete einen Augenblick, bevor sie ihm folgte. Der Elektrowagen stand da, wo sie ihn abgestellt hatte, und sie war in kurzer Zeit an der Minenkuppel. Sie nahm ihre Pistole aus dem kleinen Fach unter dem Sitz, öffnete die Sicherheitstür und ging in der Dunkelheit ruhig zu der Kaue, die Thaus Gefängnis gewesen war. Die Tür war geschlossen, Una hatte an alles gedacht. Elsen atmete den leichten Duft von getrockneten Rosen ein, der zusammenhanglos im Raum hing, und zwang ihre Muskeln, sich zu entspannen. Es war so still hier, so friedlich. Der fröhliche Lärm der Festlichkeiten war zu weit entfernt, um diese Kuppel zu erreichen. Sie zog sich in eine dunkle Ecke in der Nähe des Eingangs zur Grube zurück, entsicherte die Pistole und wartete.

Mit der Stille würde es gleich für lange Zeit vorbei sein.

Zweiundsechzig

Talber stand noch immer an dem festlich gedeckten Tisch und sah verwirrt zu Ozora. Diest hatte ihn nicht ausreden lassen, sondern war nach seinen ersten Sätzen, mitten in einem Lied des Chores, aufgesprungen und mit Auder in Richtung der Minenkuppel davongeeilt. Sein hektischer Abgang hatte für eine kurze Unruhe auf der Bühne gesorgt, aber jetzt sang der Chor wieder mehrstimmig von der Schönheit der Kuppeln, wenn der Abend kam. Die anderen Verwalter tuschelten am Ende der Tafel. Diest hatte sie mit einem kurzen Handzeichen daran gehindert ihm zu folgen.

»Auch wenn die dunkle Sturmzeit kommt, die Kuppel stehen feeeeeeeest«, erhob sich die Stimme der Solistin mit einem langgezogenen, hohen Schlusston über den Rest des Chores und löste große Begeisterung im Saal aus. Die Kansa von Firmament klatschen und trampelten laut und anhaltend. Talber klatschte mit und der Schweiß lief ihm in einem Rinnsal den Rücken hinab.

War er jetzt dafür verantwortlich, dass der Alarm im Ernstfall ausgelöst werden würde? Sollte er hier auf Diests Rückkehr warten oder zurück an seinen Posten gehen? Wie sollte er hier rechtzeitig vom Ernstfall erfahren?

Die ganze Kuppel brüllte nach einer Zugabe und Ozora musterte seinen abgetragenen Anzug mit abschätzigen Blicken. Talber verbeugte sich höflich und entschied sich für eine Rückkehr an seinen Arbeitsplatz. Elsen würde sich bei ihm melden und wissen, was zu tun war.

Dreiundsechzig

»Sie kann doch nicht wissen, dass die Tür sich öffnen lässt. Auch wenn das Licht ausgegangen ist.«

Auder hetzte neben Diest durch die geschmückten Gänge und hoffte, dass er recht hatte. Was, wenn die seltsame Frau aus der Siedlung über den Schächten das Klicken des Sicherheitshebels gehört und es ausprobiert hatte? Was, wenn sie jetzt, am Jahresfest, durch die Kuppeln irrte? Er konnte auf Diests Gesicht sehen, dass der Verwalter ihn für diese Komplikation verantwortlich machte, auch wenn er nichts damit zu tun hatte. Aber so war Diest, er fand schnell einen Schuldigen, an dem er seine Wut auslassen konnte. Sie rannten endlich in die dunkle Kuppel und Auder sah erleichtert, dass die Tür zur ehemaligen Kaue geschlossen war. Auch Diest wurde langsamer und sie kamen gemeinsam an der Tür an.

»Sieht nicht so aus, als ob sie den Stromausfall bemerkt hat. Wir fesseln sie bis morgen an eines der Rohre und dann ist alles gut.«

Auder sah Diest unterwürfig an und riss die Tür auf. Diest ging an ihm vorbei in den dunklen Raum und Auder folgte ihm.

Selbst im spärlichen Licht, das von der geöffneten Außentür der Kuppel bis hierher drang, war gut zu erkennen, dass die Liege leer war. Beide drehten sich hektisch um sich selber. Der gesamte Raum war leer, der rote Anzug lag ordentlich gefaltet auf der Liege.

»Nein!«

Diests Stimme schäumte vor Wut.

»Doch«, antwortete eine weibliche Stimme und Elsen trat in den Türrahmen.

Beide Männer erstarrten und sahen auf den schattenhaften Umriss und die Pistole, die er in der Hand hielt. Auder stoppte seinen Reflex, auf Elsen zuzustürzen, denn die Pistole hatte sich bei der ersten Bewegung seines Fußes gehoben. Er sah den zurückgezogenen Hahn und wusste, dass er nicht schnell genug bei ihr sein würde, um den Schuss zu verhindern, denn eine Waffe trugen sie beide am Jahresfest nicht. Diest starrte Elsen hasserfüllt an und begriff, dass ihm etwas Wichtiges entgangen sein musste. Er sprühte seinen Hass mit Worten in ihre Richtung und hoffte, sie damit durcheinanderzubringen.

»Ich hätte dich mit Aventh zusammen erledigen sollen.«

Elsens Blick ruhte weiter vollkommen ruhig auf den beiden Männern, sie hatte beim Studium der Daten aufgehört sich einzureden, dass der Tod ihres geliebten Mannes ein Unfall gewesen war.

»Ja, Diest, das hättest du, aber das hast du nicht.«

Die Kälte und Klarheit in ihrer Stimme fuhr dem Verwalter zu seiner eigenen Überraschung in den Magen und bewirkte eine unangenehme Mischung aus Übelkeit und Schmerz, die er in seinem Leben sehr selten gespürt hatte. Er riss sich zusammen und sah gespielt belustigt auf die alte Pistole, er musste die Kontrolle über diese Situation zurückgewinnen, um Auder eine Chance zu geben Elsen zu entwaffnen.

»Du wirst uns doch damit nicht erschießen wollen, Elsen.«

Ein Lächeln kroch wie eine verwundete Schlange über seine Lippen. Er bemerkte, wie Auder sich neben ihm anspannte, um im richtigen Moment loszusprinten.

»Diest.«

Elsen gelang das Lächeln besser als ihm.

»Ich werde euch doch nicht erschießen. In Firmament werden die Menschen nicht ermordet, sie haben Unfälle.«

Sie trat einen Schritt zurück, ließ die Tür zufallen und aktivierte die Verriegelung. Diest und Auder stürmten gleichzeitig nach vorne und ihre Fäuste trommelten gegen die Metalltür. Elsen ging im Rhythmus der wütenden Schläge zur Gasanlage und sah nach dem alten Ventil, das sie vorher leicht gelockert hatte. Das Gas strömte spärlicher als früher aus der Tiefe hervor, aber es würde reichen. Sie drehte das Ventil mit ihrer Zange vorsichtig auf, lief aus der Kuppel und verriegelte den Eingang hinter sich. Dann entfernte sie sich mit dem Elektrowagen in die Richtung ihres Arbeitsplatzes im Technikraum. Methan, das sich mit Sauerstoff mischte, war hochentzündlich, ein einziger Funke würde reichen, um die Mine und vielleicht die gesamte Kuppel zu zerstören. Sie stürzte gespielt atemlos in den Raum, wo Talber zusammengesunken auf seinem Stuhl saß.

»Gasaustritt, Talber. Kuppelalarm. Methan! Explosionsgefahr! Komplettevakuierung. Ich habe Diest getroffen, er hat mir seinen Code gegeben. Er versucht das Leck zu finden! Los, Talber! Diest und Auder riskieren ihr Leben, wir müssen dafür sorgen, dass die anderen eine Chance bekommen. Wir müssen raus!«

Sie entfernte die schützende Glasplatte vom Alarmknopf, gab ihren und Diests Code nacheinander ein und drückte ihn dann fest. Der junge Kansa sah sie leichenblass und regungslos an. Ein unglaublich lauter, heulender Sirenenton durchbrach die Stille und eine metallische Stimme ertönte in allen Kuppeln.

»Komplettevakuierung, dies ist keine Übung, bitte begeben Sie sich zu den Schleusen. Komplettevakuierung. Dies ist keine Übung, bitte begeben Sie sich zu den Schleusen.«

Die riesigen Schleusentore der Zentralkuppel schoben sich mit schrillem Knirschen langsam auseinander und in allen Gängen erschienen leuchtend grüne Streifen, die den Weg zur nächsten Schleuse wiesen. Man hörte überall laute Schreie und Weinen.

»Talber, wir müssen raus.«

Sie nahm den jungen Mann, dessen Verstand sich weigerte, das eben Gehörte zu akzeptieren, an der Hand.

»Raus? Elsen, wir können nicht nach draußen … draußen ist der Tod …«

Sie schob ihn gegen seinen Willen vor die Tür, wo er weinend zusammensackte und sah sich ruhig um. Die Warnlampen aller Terminals im Technikraum blinkten und Sirenen, Durchsagen und laute, verzweifelte Schreie drangen von draußen hinein.

Diese neue Welt wird unter Schmerzen geboren, dachte Elsen und ging zum Kom, um das Kom an der Gasanlage der alten Mine zu kontaktieren. Sie sah vor sich, wie der elektrische Impuls sich auf den Weg zum kleinen Knäuel entblößter Kabelverbindungen in der Minenkuppel machte.

Ein einziger Funke.

Sie drückte den Knopf.

Für dich, Aventh.

Eine gewaltige Detonation erschütterte fast gleichzeitig die Kuppeln und deren Wände und Böden erbebten so stark, dass Elsen sich an einem Tisch festhalten musste. Die Anzeigen und Lichter um sie herum flackerten kurz hell auf und erloschen dann vollständig. Elsen hörte, wie Teile der Deckenpaneele aus den Kuppeln hinabstürzten. Notstromaggregate sprangen an und versagten, neue Warntöne jaulten kreischend auf. Sie rannte hinaus und schob Talber vor sich her zur nächsten Schleuse. Sie wurden mitgezogen von einem Meer aus Kansa, die weinend und schreiend durch die Gänge drängten. Viele zögerten verzweifelt vor den Öffnungen ins Freie, andere zogen sie zur Seite oder rannten über sie hinweg. Eine Serie kleiner Explosionen erschütterte den Boden und die Menge drängte schneller durch die großen und kleinen Schleusen in die Helligkeit des Velds. Elsen und Talber wurden hinausgespült und Elsen musste ihre Augen vor dem hellen Licht der Sonne schützen. Sie zog Talber mit sich, bis sie ihn in einem sicheren Abstand zu Firmament auf dem Boden sitzen ließ und machte sich auf den Weg, um Una zu suchen.

Vierundsechzig

Auch wenn das Feuer in den Kuppeln bereits seit zwei Wochen gelöscht und Teile der Infrastruktur wiederhergestellt waren, weigerte Thau sich, im Inneren zu schlafen, so wie einige der Kansa auch. Die Bekämpfung der Flammen mit Abraum aus der Erzmine und Lehm aus dem Fluss hatte Tage gedauert und drei zusätzliche Leben gekostet. Viele der alten Strukturen waren durch die extreme Hitze des Brandes instabil geworden und warteten auf Überprüfung. Strom und Wasser standen nur stundenweise und nicht überall zur Verfügung. Ein kleines Zeltlager war im Veld neben den Kuppeln entstanden und Verwirrung und Angst waren in den Gesichtern der Menschen zu lesen, wenn man an den kleinen Behausungen vorbeiging. Manche hatten ihr Hab und Gut um sich verteilt, als wollten sie draußen sesshaft werden, andere lebten in kleinen Zelten mit dem, was die Gemeinschaft ihnen gebracht hatte. In den Kuppeln sah es nicht viel anders aus. Einige weigerten sich, ins Veld zu kommen und harrten mit ängstlichem Blick auf die offenen Schleusen in ihren Wohnquartieren aus.

In den letzten beiden Nächten hatten starke Gewitter im Veld getobt und das Nahen der Sturmzeit war unübersehbar geworden.

Una zog die Decke enger um sich und Thau und hörte, wie der Wind durch die dichten Büsche um sie und ihr Zelt rauschte. Fleck, den sie friedlich kauend bei den Gräsern am Fluss gefunden hatten, döste leise schnaubend an einem Baum in der Nähe. Er war frei zu gehen, wohin er wollte, blieb aber in der Nähe, was wohl auch an den Äpfeln und Möhren lag, mit denen die Kinder ihn heimlich fütterten. Seit die meisten ihre Angst vor ihm verloren hatten, war er eine Attraktion und hatte Thau und Una mehr Besuch beschert, als sie gebraucht hatten. Sie waren die Einzigen, die jenseits der Hügelkette ihr Lager aufgeschlagen hatten, die Zelte und notdürftig erbauten Hütten der anderen standen dicht gedrängt im Veld vor der großen Kuppel. Eine kräftige Böe zerrte an den Leinen ihres Zeltes und es schwankte bedenklich.

Für die Sturmzeit mussten sie alle eine andere Lösung finden.

Una küsste Thaus geschlossene Augen und den schönen Mund darunter. Wir müssen für so vieles eine andere Lösung finden. Thau räkelte sich in ihren Armen und erwiderte ihre Küsse leidenschaftlich.

»Wir müssen zur Versammlung.«

Una leckte Thau über ein Ohr und die erschauerte wohlig, bevor sie flüsterte: »Kann die nicht zur Abwechslung ohne uns stattfinden? Ich habe meine Geschichte jetzt schon so oft erzählt und Elsen leitet die Versammlungen fantastisch.«

»Heute werden die Verwalter befragt und ich weiß von Elsen, dass sie einsichtig sind. Dass sie ihr Gewissen erleichtern und über die Warenlager in den Zwischenhäusern, über Ticaret und Sakrament berichten wollen. Das könnte wieder ein interessanter Tag für die Kansa werden, die weiterhin glauben, dass in Firmament alles richtig war und wir nur die Tore schließen müssen, um ungestört weiterleben zu können.«

Una hatte es aufgegeben, sich darüber zu wundern, dass ein Teil der Kansa unerschüttert darauf beharrte, ihr Weltbild sei richtig gewesen. Sie versuchten, bei jeder Versammlung darüber abstimmen zu lassen, dass Semon, Diests Stellvertreter, zum obersten Verwalter zu erklären sei und der Aufenthalt außerhalb der Kuppeln zur Straftat erklärt wurde. Es hatte eine Abstimmung gegeben, bei der ihr Antrag von der Gemeinschaft abgelehnt worden war, aber sie weigerten sich, dieses Ergebnis zu akzeptieren. Dass seitdem zu Beginn jeder neuen Sitzung der gleiche Antrag abgelehnt werden musste, war ein Ritual geworden, das die Gemeinschaft auf ihrem neuen Weg festigte.

Die erste dieser Versammlungen hatte sich am Abend der Explosion aus der Not zusammengefunden. Die Kansa, die gegen das Feuer kämpften, hatten sich neu koordinieren müssen, es galt, Verletzte zu versorgen und Tote zu bergen. Viele Kansa waren zudem außerhalb der Kuppeln so panisch geworden, dass sie betreut werden mussten. Elsen hatte rund um Firmament nach Menschen gesucht, die unverletzt und einigermaßen gefasst waren und sie um sich versammelt. Andere waren dazu gekommen, als sie die Ansammlung bemerkten.

Aus dem Koordinierungstreffen war unter Elsens Anleitung in den folgenden Tagen schnell mehr geworden. Mit den Anweisungen für Reparaturen und den Plänen der Kuppeln hatten die funktionierenden Computer Daten der Verwalter freigegeben, die sich blitzschnell herumgesprochen hatten. Die Versammlungen waren zu hitzigen Diskussionsrunden geworden und hatten dazu geführt, dass die überlebenden Verwalter und ihre Gehilfen, genau wie Hagen und Ozora, provisorisch festgesetzt worden waren. Hagen hatte dabei so getobt, dass ihn einer der Technikdiener niedergeschlagen hatte. Bei seiner ersten Anhörung hatte er mit der Verbindung seines Vaters zu den Herrschern gedroht und auf sein Recht, über die Kansa von Firmament zu herrschen, bestanden. Auch auf Una hatte er gezeigt und wütend gefordert, dass sie die Nächte mit ihm verbringen müsse. Sie habe sich ihm schon vor der Verbindung im Heu hingegeben und könne froh sein, dass er die Verbindung noch aufrecht erhalte. Er hatte wie ein trotziges Kind gewirkt und selbst die Anhänger seines Vaters taten sich zunehmend schwer damit, ihn zu unterstützen. Una war fasziniert davon, dass sein aufgeblasenes Ego ihr eine Erklärung für die letzten Minuten vor der Explosion erspart hatte. Ozora saß größtenteils schweigend in einer der ehemaligen Korrekturzellen und beklagte nur das Fehlen von Blumenschmuck, wenn man ihr etwas zu essen brachte.

Elsen war gemeinsam mit zwei anderen Technikdienern die vorübergehende Leitung von Firmament übertragen worden. Una wusste, dass ihre Mutter bei allem, was sie tat, von schweren Gewissensbissen gequält wurde. Vierzehn Kansa hatten ihr Leben bei der Explosion, der Panik und der Bekämpfung des Feuers verloren, darunter Diest und Auder. Das, was man von ihnen gefunden hatte, war begraben worden und die Ursachenforschung war weitgehend abgeschlossen. Alle Technikdiener hatten bestätigt, dass die alte Gasanlage eine tickende Bombe gewesen sei. Talbers Aussage hatte Elsens schnelle Reaktion zur Heldentat erklärt und Una wusste, dass sie das zusätzlich belastete. Elsen war überall, arbeitete Tag und Nacht, analysierte die Schäden und organisierte die Reparaturen.

Am vierten Abend nach den Enthüllungen hatte sie Thau gebeten, ihr Versteck im Veld zu verlassen und vor der Versammlung zu sprechen. Vorher hatte sie sie umarmt und ihr vorsichtig erklärt, was sie über ihre Herkunft und die von Jurrka wusste und ihr die Botschaft im Kompass gezeigt.

«Er war dein Bruder«, hatte sie abschließend geflüstert und Thau hatte sie fragend angesehen. Die Verwandtschaftsbeziehungen der Menschen zueinander waren ihr immer noch fremd.

«Ihr hattet unterschiedliche Mütter, aber Diest hat euch beide gezeugt und Jurrka sollte seine Nachfolge bei den Ältesten von Fundament antreten. Dich wollte er an einen Herrschersohn verkaufen, um sich dort Erben und einen Platz zu sichern.«

Una hatte gesehen, wie Thau nach und nach begriffen hatte, dass Diest den Menschen, den sie immer noch vermisste, in den Tod getrieben hatte, weil er sich seinem Willen nicht hatte beugen wollen. Und dass Jurrka ihm ein letztes Mal getrotzt hatte, als sein Wunsch verlesen worden war. Elsen hatte in Diests Aufzeichnungen keinen Hinweis darauf gefunden, ob Jurrka gewusst hatte, dass Thau seine Schwester war, sie vermutete es aber.

Thau hatte lange in Unas Armen geweint und dann war sie aufgestanden und hatte ihre Hand ausgestreckt.

»Diest wollte doch, dass seine Nachfahren ihn unsterblich machen, ich werde dafür sorgen, dass niemand hier jemals vergisst, wer er wirklich gewesen ist und was er getan hat.«

Una sah vor sich, wie sie mit Thau den Hügel hinabgegangen war und sich in die Mitte des von Fackeln erhellten Kreises gestellt hatte. Elsen hatte die Hand gehoben und für Ruhe gesorgt. Das Gold am ledernen Band, das sie im Gedenken an Aventh eng um ihr Handgelenk gebunden hatte, hatte das Licht der Fackeln eingefangen. Ein unruhiges Raunen war durch die Menge gefahren, als immer mehr Anwesende begriffen hatten, dass Thau eine Frau mit kurzem Haar war, die keine Tätowierung trug. Einige Kansa waren aufgesprungen und Elsen hatte energisch für Ruhe gesorgt. Thau hatte Unas Hand losgelassen und ihre Stimme erhoben.

«Aufwärts. Ich bin Thau, Herbstläuferin aus Fundament. Ich weiß, dass ihr mich für eine Fremde haltet, weil ich eure Tätowierung nicht trage, aber ich bin ein Teil der Kuppeln von Firmament. Ich bin eine Tochter von Diest. Mein Bruder, Diests Sohn Jurrka, hat es mir ermöglicht, die Siedlung über den Schächten zu verlassen, bevor Diest ihn getötet hat. Ich bin ausgezogen, um ein besseres Leben zu finden und ich habe euch gefunden. So wie ihr bin ich von Diest und den anderen Herrschern verraten und um mein Leben betrogen worden.«

Sie hatten sich angesehen und die Verwirrung der Menge war hörbar gewesen. Die Kansa hatten durcheinandergerufen und geschrien und es hatte minutenlang gedauert, bis wieder Ruhe eingekehrt war.

Una hatte im auf- und abschwellenden Stimmgemenge einen Arm gehoben, als wolle sie sich melden.

«Sie hat mich gefunden, denn ich gehe seit Jahren ins Veld. Sie war unbewaffnet und ich habe auf sie geschossen und hätte sie fast getötet, weil die Angst meine Handlungen bestimmt hat. Weil ich nichts wusste über die Welt außerhalb von Firmament. Schaut euch Diests Aufzeichnungen an, Thau sagt die Wahrheit.«

Einige Kansa waren wütend aufgesprungen und Elsen hatte die Hand gehoben.

«Wer Fragen an Thau hat, kann sie jederzeit stellen, denn sie will hier bei uns bleiben. Una und Thau haben die Liebe gefunden und wollen als Verbundene in unserer Gemeinschaft leben. Diest wollte Una mit einem seiner Söhne verbinden, aber sie hat sich für eine seiner Töchter entschieden.«

Das Raunen war wie ein lebendiges Wesen durch den Kreis geeilt und hatte sich wild um sich selbst gedreht. Una und Thau hatten ruhig in der Mitte gestanden.

»Ein Teil von ihnen wird weiter zweifeln und hadern.«

Thau erhob sich und zog sich mit anmutigen Bewegungen einen grauen Overall an.

«Das ist ihr gutes Recht, aber dann müssen sie und ihre Zweifel sich nach der Sturmzeit eine andere Art zu leben suchen, in einer anderen Siedlung.«

Una sah sie entschlossen an. Sie gingen gemeinsam hinauf auf den Hügel und blickten hinab auf Firmament.

Die Sonne stand noch nicht sehr hoch am Horizont und Una hielt ihr das Gesicht entgegen. Im Tal hing ein feiner Nebel zwischen den Bäumen und Büschen, die unterschiedliche Rot-, Braun- und Gelbtöne in die Landschaft tupften. Manche Bäume reckten bereits trotzig ihre vollkommen kahlen Äste der Sturmzeit entgegen. Um die kleinen Zelte und großen Kuppeln lag ein Meer aus vielfarbigen Blättern, die vom Wind immer wieder in kleinen Spiralen verwirbelt wurden. Ganz in der Ferne ragte eine andere, deutlich höhere Hügelkette mit weißen Spitzen in den Himmel. Langgestreckte weiße Wolken wurden vom Wind über diese Hügel einem unbekannten Ziel am blauen Horizont entgegengeschoben.

Una liebte den Anblick ihrer neuen Welt im Licht mit jedem Tag mehr.

Sie liebte Thau mit jedem Tag mehr.

Die Herbstläuferin stellte sich hinter sie und umschlang sie. Wo die Minenkuppel gewesen war, klaffte ein hässliches Loch und ein dunkler Riss verlief quer über einige der großen Kuppeln. Im Tal vor der großen Schleuse versammelten sich die ersten Kansa und gingen zur Versammlung hinein. Manche trugen Verbände oder hinkten, kleinere Gruppen saßen draußen beieinander und diskutierten. Die Gespräche verstummten nicht mehr. In kleinen Gruppen und großen Zusammenkünften wurde gestritten und geredet – ihre Welt lag in Trümmern, die Sturmzeit kam näher – es war nicht mehr wichtiger, worüber sie schwiegen.

Wie zufällig enthüllten die aktivierten Terminals auch jetzt noch täglich neue Informationen und befeuerten jede Versammlung mit schmerzhaften Diskussionen. Dass Thau und Una sich liebten, verblasste als Neuigkeit im Angesicht der schrecklichen Nachrichten über die Kuppeln. Das giftige Radon in der Atemluft, die gestohlenen Salz- und Zuckervorräte, die ausgelaugten Böden und die anderen Siedlungen, in denen andere Kansa lebten. Thaus Berichte waren gefragte Belege für das Leben in Fundament geworden und sie versuchte, den Alltag in der Siedlung über den Schächten so gewissenhaft wie möglich zu erklären. Über ihre Gefangenschaft sprach sie nur mit Una und Elsen und sie trugen gemeinsam die Verantwortung für die Ereignisse, die sie den Kansa in Firmament vorenthielten.

Bei Nacht saß Elsen mit ihnen am Feuer und Una erfreute sich daran, wie gut es Thau gelang, Elsen zu trösten, wenn die Schuld zu schwer auf ihr lastete. Zu Thaus neuen Besitztümern zählte ein Schulbuch, das Elsen ihr aus den Kuppeln mitgebracht hatte und mit dessen Hilfe sie Thau geduldig das Alphabet erklärte. Zu sehen, dass sich die beiden Frauen, die sie liebte, so gut verstanden, machte Una glücklich. Auch wenn in Elsens Blicken auf Thau hin und wieder eine prüfende Verwunderung lag, die Una nicht mit Thaus Erzeuger in Verbindung bringen wollte und von der Elsen abstritt, dass es sie gab.

»Wir wissen alle nichts darüber, wie man eine bessere Gemeinschaft bildet.«

Una lehnte sich an Thau.

»Wir wissen alle, wie man es nicht macht.«

Die Herbstläuferin vergrub ihr Gesicht in den langen offenen Haaren und Una wandte ihr das Gesicht zu.

»Ich weiß, dass ich dich liebe.«

»Ich liebe dich auch.«

Thau suchte ihren Blick.

»Und darauf sollen wir eine neue Gemeinschaft bauen?«

Una sah hinüber zu Maurits, der an diesem Morgen den roten Anzug der Frauen trug und eifrig auf ein Papier, das auf einem Felsen lag, schrieb. Neben ihm lagen ein schlafender junger Mann und Enne dicht aneinander geschmiegt. Die kleine, zierliche Enne war eine der Ersten gewesen, die nach Thaus erster Rede aufgestanden war und ihr demonstrativ die Hand gereicht hatte.

»Sicher nicht alleine.«

Una deutete auf die kleine Gruppe und Thau sah sie fragend an.

»Wenn man Gesellschaften mit Angst und Hass zusammenhalten kann, kann man es mit Liebe doch vielleicht auch.«

Thau zuckte mit den Schultern und Una musste schmunzeln, weil diese Reaktion sie an ihre ersten Tage im Veld erinnerte. Elsen kam aus der Kuppel und schien nach ihnen zu schauen. Una winkte ihr zu und Thau stupste sie an.

»Eine neue Gemeinschaft ohne Geschichten von Drachen und Maschinenwesen?«

»Mit anderen Geschichten. Ich habe zum Beispiel draußen im Veld einen wilden Drachen gezähmt. Ich bin Una, die Drachenzähmerin.«

Sie fuhr Thau durch die strubbeligen Haare und die knurrte laut.

»Und ich habe festgestellt, dass Maschinenwesen weicher sind, als ich dachte. Unfassbar viel weicher. Ich bin Thau, die mutigste der Herbstläuferinnen.«

Sie küssten sich lachend und Thau warf einen kurzen Blick über ihre Schulter in die Richtung, in der Fundament lag und danach hinauf in das endlose Blau. Sie fühlte nach dem Kompass in ihrer Tasche und hoffte, dass es einen Himmel gab, in dem Jurrka sehen konnte, was er ihr ermöglicht hatte.

»Gut, lass es uns versuchen. Welchen Antrag bringen wir heute ein?«

»Andere Farben und mehr Taschen auf den Anzügen der Frauen?«

Thau nahm lachend Unas Hand und sie gingen den Hügel hinab, auf die offenen Schleusen der Kuppeln von Firmament zu.

PF 1621, D – 72006 Tübingen, Telefon: 0049 (0) 7071 66551
office@konkursbuch.com
www.konkursbuch.de Facebook: konkursbuch.verlag
Cover: mit einem Ausschnitt aus einem Foto von Estela Frances
& Silvia Sanchis, grafische Elemente im Innenteil: Ausschnitte aus
einer Zeichnung von Laura Pérez Vernetti.
Gerne schicken wir Ihnen auch unser gedrucktes Gesamtverzeichnis.
ISBN-Buch: 978-3-88769-483-8 E-Book: 978-3-88769-484-5